「世界文學全集」出版緣起

一九七八年三月，遠景開始計劃出版「世界文學全集」，籌劃初始，我們曾在「出版緣起」中，寫下遠景的心願：

一開始，文學便以大江注海之勢，流入了生民的命脈裏。一篇作品一個里程，一部書一個高峯，知識的原野在那裏拓展成豐碩的文明。

改革、革命、烽火戰亂，人類在其意志的伸張與扭曲中，建立了文明——而眞正使文明茁壯的，卻是和平的土壤。

因此，就如同和平是一樁心願一樣，我們選編「世界文學全集」也是這樣的一樁心願。古人說：「溫故知新」，這樁心願使得我們在讀完「青楓蒲上不勝愁」以及在斤斤計較了知識人的種種偏執之後，懂得如何去回頭，去環顧四周，更而著手去整理這套「世界文學全集」。

選編這套書的過程，如見百花爭妍——我們時而勉爲其難、時而深感情不可卻，而大部分時候，我們的態度是義不容辭的。

它使我們學那星子般的，用力、閃爍、發亮。它更使我們似花朵一樣，盡心、開放、吐芬芳。

願「世界文學全集」這一個回顧的工作，能有拋磚引玉的作用，帶來更爲遼濶的遠景。

而今，八年歲月驚馳而去，一百部世界文學在我們的經營中確實有了遼濶的遠景。我們眼看文學作品普及社會各階層，這些偉大的著作內容雋永，耐人尋味，永遠感動著每個時代的性靈，任何家庭都渴望把它們擺置在自家的書櫥裏。

然而，站在一百部文學名著築起的高峯中，嶄新的里程逼人正視，在不盡的生民命脈裏，我們卻看到了浩瀚的世界文學名著，如江海之滔滔，取用不盡。一百部書才只是一個開始。

在先進的國家裏，有許多不休不眠的偉大心靈，日夜思索、創作；在亞非地區、第三世界中，有太多光芒奪目的珍貴作品埋於敗絮之中，等待世人的發現、禮讚。

今天，我們再度出發，遊走文學的五湖四海，繼續出版「世界文學全集」第二輯一百種，我們知道仍不能涵蓋滔滔江海的文學名著於萬一。我們希望廣大的讀者、作者、文學先進，不吝提供我們各方的信息，使得這一個開發世界文學的工作日益有進，爲建豎文明的浩大工程，添沙增石。

——一九八六年三月

遠景創立十二周年

一百年的孤寂

加布里爾・賈西亞・馬奎斯著
宋碧雲譯

小說人物表

（從第一代至第六代）

約瑟・阿加底奧・布恩廸亞
歐蘇拉・義瓜蘭（妻）

奧瑞里亞諾・布恩廸亞上校
瑞美廸奧絲・莫斯科特（妻）

約瑟・阿加底奧
（碧拉・特奈拉所生）
麗貝卡（妻）

阿瑪蘭妲（女）

奧瑞里亞諾・約瑟
（碧拉・特奈拉所生）

阿加底奧
聖塔索菲亞・狄拉佩達（妻）

十七名私生子
（皆名「奧瑞里亞諾」）

「美人兒瑞美廸奧絲」

奧瑞里亞諾・席岡多
菲南妲・戴・卡庇奧（妻）

約瑟・阿加底奧・席岡多

雷娜塔・瑞美廸奧絲（美美）

約瑟・阿加底奧

阿瑪蘭妲・歐蘇拉
賈斯頓（夫）

奧瑞里亞諾
（其父為摩里西奧・巴比龍尼卡）

奧瑞里亞諾
（其父為奧瑞里亞諾）

1

多年後，奧瑞里亞諾・布恩廸亞上校面對槍斃行刑隊，將會想起父親帶他去找冰塊的那個遙遠的下午。當時馬康多是一個小村子，只有二十棟磚房，建在一條清水河岸上，河水順着史前巨蛋般又白又大又光滑的石頭河基往前流。世界太新，很多東西還沒有名字，要陳述必須用手去指。每年三月，一戶衣衫襤褸的吉普賽人會在村子附近搭帳篷，展覽新發明的玩意兒，笛子和小鼓響聲震天。起先他們帶來磁鐵。一位鬍子硬繃繃、雙手像麻雀的胖吉普賽人自稱名叫梅爾魁德斯，他公開示範他所謂馬其頓煉金大師的第八項奇蹟。他拖着兩塊金屬挨戶走，村民看到鍋罐、叉子和火盆在原位翻倒，屋樑吱吱嘎嘎，鐵釘撐不住，螺絲釘眼看要往外跳，連遺失很久的東西都從家人最常找的地方出現，亂糟糟跟在梅爾魁德斯的神鐵後面拖着走。吉普賽人以刺耳的腔調說：「物體自有其生命，只要喚醒它們的靈魂就行了。」約瑟・阿加底奧・布恩廸亞的想像力老是超越自然的天性，甚至超越奇蹟和神術，他認爲這個無用的發明可用來吸出地底的黃金。梅爾魁德斯爲人正直，警告他說：「行不通的。」當時約瑟・阿加底奧・布恩廸亞不相信吉普賽人會說眞話，便以騾子和兩頭山羊換了那兩塊磁鐵。他太太歐蘇拉・義瓜蘭仰賴這些牲口來增添家財，想勸他打消原意，硬是沒辦法說服他。她丈夫答道：「不久我們就有許多黃金，鋪地板都綽綽有餘。」此後好幾個月，他拚命驗證自己的想法。他拖着那兩塊磁鐵，探勘該區的每一吋土地，連河床都不放過，一面走一面朗誦梅爾魁德斯的咒文。結果他只吸出一套十五世紀的甲冑——一片片由鐵鏽接合着，裏面發出空洞的鳴聲，很像一個裝滿石頭的大葫蘆。約瑟·阿加底奧·布恩廸亞和四位探險隊隊員把甲冑拆開，發現裏面有一具鈣化了的骸骨和一個小銅盒，頸部纒着女人的頭髮。

三月吉普賽人回來了。這次他們帶來望遠鏡及皮鼓般大小的放大鏡，公開展覽，說是阿姆斯特丹的猶太人最近發現的。他們叫一位吉普賽婦女站在村子的一端，把望遠鏡架在帳篷的入口。村民花五里拉，可以窺視望遠鏡，看吉普賽婦人跟他只隔一隻手臂的距離。梅爾魁德斯宣佈：「科學可消除距離。再過不久，人類不需要離家就能看見世上任何地方發生的事情。」炙人的正午陽光和放大鏡合作表演了一場驚人的奇觀：他們把一堆乾草放在街心，聚集陽光，將乾草引燃。約瑟·阿加底奧·布恩廸亞仍為磁鐵未奏效而難過，突然起意要把新發明當做戰爭的武器。梅爾魁德斯又勸他打消這個念頭，不過梅氏最後收回那兩塊磁鐵，外加三枚殖民地金幣，把放大鏡換給他。歐蘇拉驚惶得流下眼淚。她父親窮困一生，好不容易才攢下一箱金幣，她特意埋在床下，指望到恰當的時候才拿出來使用，那三枚錢幣就是由金幣箱取出來的。約瑟·阿加底奧·布恩廸亞懷着科學家的克己精神，專心做戰術實驗，甚至冒着生命的危險，自然沒開口勸慰嬌妻。為了證明放大鏡對付敵軍的效果，他自己站在陽光的焦點位置，嚴重燒傷，生瘡化膿，過了好久才痊癒。他太太被這種危險的發明嚇慌了，提出抗議，有一次他準備放火燒房子。他常常在房間裏一連待幾個鐘頭，計算新武器的戰略可行性，終於編出一本指示清晰、說服力甚强的手冊。他將手冊和一大堆實驗報告及幾頁說明圖交由一位信差寄給政府，那人翻越羣山，在無邊的沼澤中迷了路，涉過暴風雨下的河流，差一點死於絕望、瘟疫和野獸的侵襲，最後才找到一條路，接上騾子載郵件通行的山徑。儘管當時要到首都簡直不可能，約瑟・阿加底奧・布恩廸亞仍保證政府一徵召他就前去，當場示範新發明給軍事當局看，並親自訓練他們參加複雜的太陽戰法。他等回音等了好幾年。最後他實在等膩了，便向梅爾魁德斯哀嘆計劃失敗，於是吉普賽人以行動證明自己是老實人：把金幣還給他，換回放大鏡，另外還送他幾張葡萄牙地圖和幾件航海用具。他親手記下荷曼修士的簡明研究大成，留給約瑟・阿加底奧參考，讓他能使用觀象儀、羅盤針和六分儀。長長的雨季，約瑟・阿加底奧・布恩廸亞躲進他在屋後搭蓋的小房間裏，足不出戶，免得人家打擾他的實驗。他完全放棄家庭的義務，夜夜在院子裏觀察星星的行程，爲了找出研判正午的方法，他差一點中暑。等他成了操作儀器的專家，他對太空另有一套概念，不必走出書房就能航行未知的海面，探訪無人居住的地帶，與輝煌的本體建立關係。此時他養成自言自語的習慣，走遍房屋却不注意任何人；歐蘇拉母子則在菜園種香蕉、水芋、葛根、山藥和茄子，忙得背脊都快要斷了。突然間，他狂熱的活動暫時中止，彷彿着了魔，事先並沒有任何預兆。他像中邪般過了好幾天，自己喃喃念出一串嚇人的假定，連他都不相信自己的智能。十二月某一個星期二的午餐時刻，他突然傾吐出心裏的重擔。孩子們一輩子記得父親在長期熬夜之後，飽受想像力折磨，一本正經向他們宣佈自己的發現：

「地球是圓的，跟橘子一樣。」

歐蘇拉實在忍不住了。她大叫說：「你要發瘋自己儘管去瘋！別對孩子們灌輸你的吉普賽思想。」約瑟·阿加底奧·布恩廸亞不為所動，他太太把觀象儀扔在地板上摔碎了，他並不驚慌。他另做一個，召集村中的男人到他的小房間來，向他們提出無人能懂的理論，示範人類向東航行回到原處的可能性。全村都認定約瑟·阿加底奧·布恩廸亞發瘋了，這時候梅爾魁德斯正好回來，洗刷了他的寃枉。梅氏公然讚美他聰明，完全靠天文學推理就引出一套實際上已證實而馬康多人還不知道的理論。為了表示敬佩，他送他一件對小村前途影響極大的禮物：就是煉金實驗室。

此時梅爾魁德斯衰老得很快。他第一次來的時候，年紀看起來和約瑟·阿加底奧·布恩廸亞差不多。可是後者保住了驚人的體力，能抓着馬耳朵把馬兒拉倒，而吉普賽老人好像患了某一種難纏的病，憔悴不堪。事實上，這是他無數次環遊世界，染上各種稀奇病症的結果。他一面談話一面幫約瑟·阿加底奧·布恩廸亞設立實驗室，照他自己的說法，死神到處跟着他，猛聞他的褲底，却沒有下決心用利爪作最後的一搏。他曾躲過人類的各種疫病和災禍。他在波斯患了玉米疹，在馬來羣島得了壞血病，在亞歷山卓港染上痲瘋，在日本患了脚氣病，在西西里島碰上地震，在麥哲倫海峽遭到悲慘的船難，都僥倖未死。這位怪人據說掌有古命相家諾斯特拉達莫斯的直譯本，生性陰沉，全身裹着一團悲哀的靈氣，表情像亞洲人，似乎知道另一個世界有些什麼。他頭戴一頂烏鴉展翅般的大黑帽，身穿天鵝絨馬甲，上面有幾百年積存的綠鏽。儘管他頗有智慧，胸襟也寬得令人不解，他却有人際的負擔，塵世的身分，使他遭到日常生活的許多小難題。他自稱患有老年的病痛，面臨微瑣的經濟困難，而且壞血病害他牙齒掉光，早就不能再笑出聲了。那個悶熱的下午，吉普賽人吐露他的秘密，約瑟·阿加底奧·布恩廸亞確信這是大友誼的開始。孩子們被他的荒誕故事嚇慌了。奧瑞里亞諾當時才五歲，他一輩子記得那天下午看到老人坐在窗口射進來的顫抖日光下，以深沉的嗓音爲人照亮最黑的幻想幽徑，而油汚遇熱融解，順着鬢角往下流。他哥哥約瑟·阿加底奧則把那個美妙的形象當做家傳的回憶，傳給一切子孫。反之，歐蘇拉對客人那次來訪印象極差，她進屋的時候，梅爾魁德斯正好不小心打破一瓶二氧化汞。

「這是魔鬼的氣味，」她說。

梅爾魁德斯糾正她說：「才不呢。有人證明魔鬼具有硫化物的屬性，這只是一點腐蝕性的昇華物罷了。」

他一向喜歡說教，就精闢地說明朱砂的兇惡屬性，可是歐蘇拉不理他，帶孩子們去祈禱。那種刺鼻的氣味永遠留在她腦子裏，與梅爾魁德斯的印象緊緊連結在一塊兒。

除了大量的瓶罐、漏斗、蒸餾器、濾嘴和篩子，初級實驗室還有原始的水管、一個細長脖子的玻璃燒杯、一個複製的煉金元質（以鹽、硫黃和水銀構成），以及一具吉普賽人照「猶太瑪麗」的三叉蒸餾器說明書所製造的蒸餾鍋。除此之外，梅爾魁德斯還留下與七大行星相關的七種金屬樣品、摩西和佐西莫斯的黃金增殖公式，以及一套跟「大教示」過程有關的符號和素描——解得出意思的人便可着手製造點金石。約瑟·阿加底奧·布恩廸亞一看黃金增殖的公式那麼簡單，深受誘惑，遂向妻子歐蘇拉獻了好幾週的殷勤，要她准許丈夫挖出私藏的金幣，看它能分解多少次水銀，便能增殖多少倍金子。歐蘇拉照例順從了丈夫不屈不撓的意志。於是約瑟・阿加底奧・布恩廸亞把三枚金幣投入鍋內，與銅屑、雄黃、硫黃和鉛塊融合；再加進一鍋海狸油煮沸，最後煮成濃濃臭臭的黏漿，不像貴重的金子，倒像普通的焦糖。歐蘇拉的寶貴家產經過危險的蒸餾過程，與七種金屬融合，再摻入煉金用的水銀和塞普魯斯硫酸，因爲蘿蔔油不够，便加些猪油去煮，結果變成一大塊燒焦的猪油渣，牢牢黏在鍋底。

吉普賽人回來的時候，歐蘇拉發動全村對抗他們。可是這次吉普賽人帶各種樂器跑遍全村，吹奏得震耳欲聾，一位小販宣佈展出納西安森家族最奇妙的發現；村民的好奇心終於戰勝了恐懼心。於是人人都到帳篷去，交出一分錢，看梅爾魁德斯返老還童，身體康復，沒有皺紋，有一付閃亮的新牙齒。大家記得他的牙齦已被壞血病毀掉，雙頰鬆軟，嘴角萎縮，如今證明了吉普賽人的超自然威力，不禁嚇得發抖。後來梅爾魁德斯原封不動地抽出牙齦中的牙齒，向觀衆展示片刻——此時他又變成幾年前的老頭子了——再放回去，笑瞇瞇恢復了青春，觀衆的恐懼轉爲驚惶。連約瑟・阿加底奧・布恩廸亞都認爲梅爾魁德斯的知識已到達叫人受不了的極限，不過，吉普賽老人單獨向他解釋假牙的效能，他覺得很興奮。看來好簡單好奇異喲，他一夜之間就對煉金實驗失去了興趣。他經歷了新的情緒危機。他不按時回去吃飯，他整天在屋裏踱上踱下。他對歐蘇拉說：「不可思議的事情在人間發生了。河流對岸就有各種神奇的用具，我們却一直過着驢子般的生活。」打從馬康多建村就認識他的人看他受梅爾魁德斯影響，改變這麼大，非常吃驚。

起初約瑟・阿加底奧・布恩廸亞可以算是年輕的族長，指導人家種植，教人養小孩和動物，爲了社區的利益，凡事都跟每個人合作，甚至親自動手。因爲他的房舍一開始就是全村最好的，別人都照它的樣子來建造。裏面有個光線充足的小起居室、一間露台狀植有鮮花的餐廳、兩間臥室、一個種着大板栗樹的院子，一座保養得宜的花園，以及一座供山羊、豬仔和母鷄棲息的獸檻。他家和整個社區只禁養一種動物，就是鬥鷄。

歐蘇拉的工作能力和丈夫差不多。這個女人活躍、嬌小、嚴苛，具有不屈的勇氣，一輩子沒唱過歌，似乎無所不在，從黎明到深夜老穿着漿過的裙子到處跑。多虧了她，黏土地板、未粉刷的泥牆、他們自製的天然木家具總是乾乾淨淨的，他們放衣服的舊矮櫃也發出溫暖的羅勒草香味。

約瑟·阿加底奧·布恩廸亞是全村最有企業頭腦的人，他精選村舍的位置，使每戶人家到河邊取水要花相同的力氣，他妥善排列每一條街，結果白天悶熱的時候沒有一間房子比別人多曬到太陽。馬康多在短短的幾年間變成三百位居民所知的最整齊最勤奮的村子。小村莊眞快樂，沒有人年過三十，沒有人死亡。

打從建村開始，約瑟·阿加底奧·布恩廸亞就築起一些陷阱和鳥籠。不久他家和全村的房子都住有好多好多羣居鳥、金絲雀、食蜂鳥和知更鳥。各種不同的鳥聲齊鳴，吵得要命，歐蘇拉常用蜂蠟塞耳朶，免得失去現實感。梅爾魁德斯等人第一次來賣治頭痛的玻璃球時，人人都奇怪他們竟能找到沼澤中沒有人知道的小村子，吉普賽人承認是根據鳥叫聲找到的。

社會先導精神不久便消失了，被磁鐵的狂熱、天文學的計算式、煉金夢，以及尋找世界奇蹟的衝動所取代。約瑟·阿加底奧·布恩廸亞由一個整潔活躍的人，轉變成外表懶散、衣着隨便的男子，留着一把亂鬚，歐蘇拉好不容易才用菜刀替他修剪整齊。很多人認爲他是怪魔咒的犧牲者。可是他拿出工具來清理地面，請大家開出一條路，使馬康多能接觸世間的各種發明時，連那些相信他發瘋的人也撇下工作和家庭，一心一意追隨他。

約瑟·阿加底奧·布恩廸亞對該區的地理一無所知。他知道東面有一道無法穿透的山脈，山脈的另一邊是里奧哈查古城——依照他祖父老奧瑞里亞諾·布恩廸亞的說法，古代法蘭西斯·德萊克爵士曾用大砲在那邊獵鱷魚。他把大砲修好，塡入乾草，帶回去獻給伊麗莎白女王。約瑟·阿加底奧·布恩廸亞年輕時跟一羣部下帶着妻子、小孩、動物和各種家用品，翻山找尋出海的通路，找了二十六個月，終於放棄探險，建立馬康多村，從此就用不着返鄉了。那條路只通向旣往的一切，他不感興趣。南邊是沼澤，佈滿永恒的植物浮渣，照吉普賽人的說法，浩大的沼地簡直沒有邊界。西面的沼澤和一大片無垠的水域混合，水中有軟皮鯨魚，頭部和軀幹都很像女人，害水手們爲牠們不平凡的胸脯而着迷，甚至送命。吉普賽人順着那條路航行六個月，才到達騾子載郵件通行的地帶。約瑟·阿加底奧·布恩廸亞估計，唯一跟文明接觸的方法就是沿着北方那條路走。於是他把開墾工具和打獵的武器遞給跟他同建馬康多村的人；將導航用具和地圖裝進背包，踏上冒險的旅程。

頭幾天他們沒遇到什麼可觀的障礙。他們順着嶙峋的河岸走到幾年前發現甲胄的地方，再由那邊進森林，走上一條野橘樹夾道的小徑。頭一星期結束後，他們殺了一隻鹿來烤，大家講好只吃一半，剩下的醃起來慢慢吃。他們小心翼翼，設法拖延吃金剛鸚鵡的時間，那種鳥的肉呈藍色，味道粗粗有腐臭味兒。此後十幾天，他們沒有再看見太陽。地面又軟又濕，像火山灰似的，草木愈來愈密，鳥叫和猿鳴聲愈來愈遠，世界變得一片悲凉。長征者的皮靴陷入熱騰騰的油灘，他們以彎刀砍掉血淋淋的水仙和黃澄澄的蠑螈，置身在潮濕和沉默的原始樂園，回到原罪以前的遠古時光，自覺充滿上古的回憶。他們整整一星期不說話，像夢遊般走過悲哀的宇宙，四周黑漆漆的，只見亮殼昆蟲的微弱反光，肺部被窒人的血腥味壓得透不過氣來。他們不能回頭，因為他們一面走一面開路，走過之後原地馬上長出新的植物，把通道封死。約瑟•阿加底奧•布恩廸亞說：「沒關係，最重要的是不能失去方向。」他始終遵守羅盤的指示，引導同伴向看不見的北方走，以便走出那個魔境。某一個黑濛濛的夜晚，天上沒有星星，可是暗夜的空氣新鮮清純。兩週來他們走得精疲力盡，就掛起吊床，頭一次睡了個好覺。醒來時，太陽已高掛在天空，他們陶醉得說不出話來。眼前有一艘西班牙大帆船，圍在羊齒和棕櫚樹之間，在沉默的晨光下白灼灼沾滿了粉屑。桅桿微微向右斜，完好如初，上面掛着髒兮兮的破帆布和索具，索具上綴有蘭花。船身蓋滿一層硬化的藤壺和軟苔蘚，牢牢嵌在石頭表層下。整艘船似乎佔據了它特有的孤寂和湮滅的空間，不受歲月侵蝕，不受鳥兒垂青。遠征軍小心勘察內部，裏面滿是花叢，此外什麼都沒有。

既然發現大帆船，可見離海不遠了，約瑟•阿加底奧•布恩廸亞的魄力突然為之崩潰。他當初吃盡苦頭，犧牲一切，要找大海却不可得，這回不是找海，大海竟突然出現，像一個難以超越的障礙橫在他眼前，他認為這是命運捉弄人。多年後，其子奧瑞里亞諾•布恩廸亞上校橫越此區，這兒已是一條正規的郵道，他尋找船隻，只發現罌粟田中已燒盡的船骸。那時候他才相信這段故事不是父親想像出來的，他想不通大帆船怎麼會上陸走到這個地點。可是當時約瑟・阿加底奧・布恩廸亞離開大帆船，往前再走四天才發現大海，並未關心這個問題。他面對灰濛濛起泡的汚濁海水，夢想破滅了。這兒不值得冒險犧牲走一趟啊。

他大叫說：「天殺的！馬康多四面八方都被水包圍了。」

約瑟・阿加底奧・布恩廸亞遠征回來，任意畫了一張地圖，村民受他影響，一度認爲馬康多是半島。他是賭氣畫出來的，特別誇大溝通的困難，彷彿要懲罰自己缺乏腦筋，選上這個地點。他對歐蘇拉哀嘆道：「我們哪兒都去不成，我們吸收不到科學的益處，將在這裏虛耗一生。」他在小實驗室中苦思數月，想要把馬康多遷移到更好的地點。可是這一回歐蘇拉預先看出他狂熱的計劃。她像小螞蟻偷偷出動，毫不留情，男士們已準備搬家，她說服全村的婦女反對丈夫輕舉妄動。約瑟・阿加底奧・布恩廸亞不知道自己的計劃什麼時候被什麼反對的力量圍攻，在推拖、失望和規避的密網中困死，化爲一場夢。有一天早晨，歐蘇拉發現他在後面的小房間喃喃念着遷移計劃，把實驗用具收進原來的箱子，她故作天眞望着他，甚至有點可憐他哩。她任丈夫完成工作，任由他釘箱子，以沾過墨水的刷子寫上姓名縮寫字母，她不責備他，其實她知道丈夫已曉得（因爲她由他的獨白中聽到了）村民不支持他的計劃。等他開始拆門板，歐蘇拉才鼓起勇氣問他幹什麼，他語氣含悲說：「旣然沒有人要走，我們自己走吧。」歐蘇拉一點都不驚慌。

她說：「我們不走。我們要留在這兒，因爲我們在這邊生過一個兒子。」

他說：「我們沒有親人死亡。一個地方有親人埋骨，才算是家鄉。」

歐蘇拉堅決地低語道：

「如果要我捨命才能勸你們留下來，我願意一死。」

約瑟。阿加底奧・布恩廸亞沒想到妻子的意志這麼堅決。他提出美妙的幻想，保證會找到一個奇妙的世界，人只要在地上滴一點魔水，植物就會照人的意思長出果實，而且有各種抗拒痛苦的用具廉價出售；可是歐蘇拉對他的先見之明無動於衷。

她回答說：「你不該再跑來跑去，空想些瘋狂的主意，該爲兒子們操心啦。看看他們，野得像驢子。」

約瑟・阿加底奧・布恩廸亞照太太字面的意思去做。他看看窗外，發現孩子們赤足在沐浴着陽光的花園裏，總覺得他們此刻才開始存在，是由歐蘇拉的魔咒孕育出來的。此時他內心發生神秘又肯定的變化，超越時空，飄回記憶中未曾探察的日子。下半輩子這棟房屋不會被遺棄了，歐蘇拉繼續打掃，他專心站着思索小孩的問題，最後兩眼潤濕，用手背擦乾，聽天由命地嘆一口長氣。

他說：「好吧，叫他們幫我把箱子裏的東西拿出來。」

長子約瑟・阿加底奧（沿用父親的名字）今年十四歲，腦袋方方的，頭髮濃密，性格像父親。不過，他雖具有同樣的生長衝力和體力，大家却很早就看出他想像力很貧乏。他是大家翻山越嶺，還沒有建立馬康多村的時候出生的，父母看他沒有野獸的特徵，深深感謝天主。次子奥瑞里亞諾是馬康多出生的第一個小孩，今年三月就滿六歲了。他生性沉默退縮，出生前曾在母親的子宮內哭泣，降生時睜着眼睛。接生人剪臍帶的時候，他的腦袋轉來轉去，好奇地打量屋裏的情形，端詳人們的面孔。後來他對走近來看他的人不感興趣，一直盯着大雨後彷彿快要倒塌的棕櫚葉屋頂。歐蘇拉未曾再想起他那强烈的目光，直到奧瑞里亞諾三歲時，有一天她端起爐子上的滾湯，放在桌上，他正好走進廚房。孩子一臉惶惑，站在門口說：「會流出來。」鍋子已牢牢放在桌子中間，孩子說完話，湯鍋彷彿受一股內在動力驅使，開始向邊緣移動，掉在地板上摔破了。歐蘇拉十分驚惶，把這件事告訴丈夫，他却說是自然現象。他素來如此，根本無視於兒子的存在，一方面是他把童年當做智能不足的時期，一方面也因爲他思索怪主意想得太專心了。

自從那天下午他叫孩子們進屋幫他拆開實驗室的物品以後，他便花許多時間來陪伴孩子。小房間的牆壁漸漸貼滿怪地圖和怪畫，他在裏面教他們讀書、寫字、計算數目，跟他們談起世界的奇蹟，不僅談他知道的事情，還將想像力發揮到極限。就這樣，孩子們得知非洲的南界有人非常聰明，愛好和平，唯一的消遣就是靜坐思考，也知道人可能徒步橫越愛琴海，沿着島嶼一一跳過去，直達沙龍尼卡港。這些幻想課深深印在孩子們的記憶中，所以多年後，一名正規軍官正要下令行刑隊開火，奧瑞里亞諾・布恩廸亞上校彷彿又看見那個溫暖的三月下午，父親停下物理課，中邪般站着，一手舉在空中，眼睛一眨也不眨，聆聽遠處的吉普賽笛聲、鼓聲和鈴鐺聲——他們又到村子來了，宣佈孟菲斯賢者最新和最嚇人的發現。

他們是新來的吉普賽人，男男女女年紀都很輕，只會說他們的語言，外形俊秀，皮膚油亮亮的，雙手靈巧；他們的舞蹈和音樂給街道帶來一片熱鬧和紛亂；有漆着各種顏色的鸚鵡一路朗誦義大利抒情曲；母鷄配着鼓聲生下一百枚金蛋；訓練有素的猴子猜測人的心事；還有一架多用途的機器，可以同時縫鈕釦，降體溫；另有一個儀器可叫人忘掉不愉快的往事；有一種糊藥可返老還童，還有一千種奇巧和不平凡的發明，約瑟‧阿加底奧‧布恩廸亞必須發明一架記憶機，才能把那些玩意兒全部記下來。他們霎時改變了這個小村莊。馬康多的街道被擁擠的市集弄亂了，村民紛紛迷失在街上。

約瑟‧阿加底奧‧布恩廸亞兩手各牽一個小孩，免得他們在混亂中走失，他碰見鑲金牙的特技家和六隻手臂的戲法家，被民衆發出的屎尿和涼鞋混合氣味薰得透不過氣來，像瘋子般到處走，想要找尋梅爾魁德斯，以便向他吐露無數夢魘的秘密。他問了好幾位吉普賽人，他們都聽不懂他的話。最後他來到梅爾魁德斯以前搭帳篷的地方，發現一位不愛說話的亞美尼亞人正用西班牙語叫賣一種喝了能隱身的糖漿。約瑟‧阿加底奧‧布恩廸亞擠過專心看表演的人潮，上前問話時，那個人已喝下一杯琥珀色的東西。他以嚇人的表情讓對方感受可怕的氣氛，然後化爲一灘可怕的柏油，他的答覆聲仍在空中飄盪：「梅爾魁德斯死了。」約瑟‧阿加底奧‧布恩廸亞爲這個消息而難過，站着一動也不動，設法克服心中的苦惱。後來羣衆被其它巧計吸引，紛紛解散，亞美尼亞人的那灘柏油則蒸發得無影無踪。別的吉普賽人證實梅爾魁德斯在新加坡海灘發高燒死掉，遺體已扔到爪哇海深處去了。孩子們對這個消息不感興趣。他們硬要父親帶他們去看某一處帳篷入口正在宣傳的孟菲斯聖哲奇蹟，照吉普賽人的說法，那個帳篷曾屬於所羅門王。孩子們堅持要去，約瑟・阿加底奧・布恩廸亞就付了三十里拉，帶他們到帳篷中央，那兒有個巨人——身體毛茸茸的，剃光頭，鼻子穿着銅圈，足踝套着重重的鐵鍊，正在看守一具海盜的寶箱。巨人打開箱子，箱子冒出冰涼的氣味。裏面只有一個巨大透明的固體，內含無數細針，落日的餘光映在裏面，被割裂成彩色的星星。約瑟・阿加底奧・布恩廸亞手足無措，知道孩子們等人解說，就鼓起勇氣呢喃道：

「這是世界上最大的鑽石。」

吉普賽人反駁道，「不，是冰塊。」

約瑟・阿加底奧・布恩廸亞聽不懂，伸手去摸，可是巨人把它拿走了。他說：「要摸得再付五里拉。」約瑟・阿加底奧・布恩廸亞付了錢，把手擱在冰上，放了好幾分鐘——他能接觸這奧秘的東西，心裏又是害怕又是高興。他不知道該說什麼才好，就多付十里拉，讓孩子們也體會體會這種神奇的經驗。長子約瑟・阿加底奧不肯摸。反之，次子奧瑞里亞諾上前一步，把手放上去，立刻縮回來。他駭然驚呼道：「好燙。」父親沒有理他。此刻父親爲這項神蹟的證據迷住了，霎時把他昏狂冒險的挫折，以及扔在海裏餵烏賊的梅爾魁德斯的遺體拋到腦後。他再付五里拉，把手放在冰塊上，彷彿要證明聖經的眞理，大聲驚嘆說：

「這是我們當代最偉大的發明。」

2

十六世紀，海盜法蘭西斯・德萊克爵士攻擊里奧哈查城，當時歐蘇拉・義瓜蘭的高祖母被警鈴聲和大砲聲嚇壞了，六神無主，一屁股坐在燒着的爐子上。她身體燙燒，此後就成了無用的廢人。她只能用枕頭墊着側坐，走路的樣子大概也怪怪的，從來不公開行走。她一口咬定自己的身體會發出焦味，遂放棄一切社交活動。黎明她總是站在院子裏，因爲她不敢睡着，怕夢見英國人和兇惡的軍犬爬進她臥房的窗戶，以火紅的鐵塊對她用刑。她丈夫是亞拉岡籍的商人，夫婦已生了兩個孩子，他花掉半間店的價錢權充醫藥費和娛樂費，想緩和她的恐懼。最後他賣掉店面和貨品，帶家人到離海很遠的一個印第安丘陵社區去定居，爲太太築了一間沒有窗戶的臥房，讓她夢中的海盜無路可闖進屋。

那個隱秘的村莊有一位定居很久的土著煙農，名叫約瑟・阿加底奧・布恩廸亞，歐蘇拉的高祖父與他合夥作生意，相當賺錢，他們短短幾年就發了大財。幾百年後，土著煙農的玄孫娶了亞拉岡人的玄孫女。所以，每次歐蘇拉爲丈夫的瘋念頭煩惱時，總會跳回三百年前，詛咒法蘭西斯・德萊克爵士攻打里奧哈查城的那一天。這只是她自我安慰的辦法，事實上他們夫妻被一道比愛情更鞏固的約束力綁在一起，至死不渝……那就是共同的良心困擾。他們是表兄妹。他們在古老的村莊一起長大，祖先們工作勤勞，習慣良好，把古村莊建設成全省最好的小城。雖然他們一出生就有人預言他們會結成夫婦，可是小兩口表示要結婚時，雙方的親戚仍出面阻止。幾百年來，這兩大家族常常雜婚，幸虧生下他們這兩個健康的後代，親戚怕他們結婚會生出大蜥蜴來。家族中已有可怕的先例。歐蘇拉的一位姑姑嫁給約瑟・阿加底奧・布恩廸亞的叔叔，生下一個兒子，終身穿鬆垮的袋形褲，獨身活到四十二歲，流血致死，因爲他生來就有一根狀如螺旋錐的軟骨尾巴，尖端還帶一小撮毛。這段豬尾巴不容許任何女人見到，後來一位屠夫朋友好心幫忙，以大菜刀替他切除，他竟因此而送命。約瑟・阿加底奧・布恩廸亞年方十九歲，一時興起，以一句大話解決這個問題：「只要孩子會說話，我不在乎生一羣小豬仔。」於是他們結成夫婦，鞭炮和樂隊連鬧了三天。若非歐蘇拉的母親以子孫各種不祥的預兆來嚇唬她，甚至勸她不要圓房，他們婚後理當過得很快樂。歐蘇拉怕强壯任性的丈夫會趁她睡覺時强暴她，上床前總要穿上一件母親用帆布爲她做的襯褲，再繫上一整套交叉的皮繩，前面更以厚厚的鐵釦封死。他們就這樣過了好幾個月。白天他照顧鬥鷄，她跟母親一起刺繡。晚上夫婦常慘兮兮廝鬥幾個鐘頭，扭打似乎取代了歡愛，最後大家憑直覺感到有點不對勁，謠傳歐蘇拉婚後一年仍是處女是因爲她丈夫性無能。約瑟・阿加底奧・布恩廸亞最後才聽到流言。

他冷冷靜靜跟太太說：「歐蘇拉，妳看大家流傳些什麼話。」

她說：「隨他們去講嘛。我們知道不是眞的。」

情況又這樣維持了六個月，某一個悲慘的禮拜天，約瑟・阿加底奧・布恩廸亞鬥鷄贏了普魯丹西奧・阿固拉。輸家氣得要命，又因鬥雞而血性勃發，就退離約瑟・阿加底奧・布恩廸亞幾步，存心讓鬥雞場的每一個人聽見他要說的話。

他嚷道：「恭喜！說不定你的公雞能援濟援濟嫂夫人。」

約瑟・阿加底奧・布恩廸亞從容抱起公雞。他告訴大家：「我馬上回來」，然後對普魯丹西奧・阿固拉說：

「你回家拿武器，因爲我要殺你。」

十分鐘後，他帶着祖父的缺口長矛回來。小城的半數居民聚集在鬥雞場，普魯丹西奧・阿固拉正在門口等他，對方沒有時間自衞。約瑟・阿加底奧・布恩廸亞使出蠻牛的力氣和祖父奧瑞里亞諾・布恩廸亞在該區消滅美洲虎的瞄準能力，扔出長矛，刺穿了普魯丹西奧的咽喉。那天晚上，大家在鬥雞場守屍，約瑟・阿加底奧・布恩廸亞走進臥房，他太太正要穿上貞操褲。他以長矛指着她說：「脫掉。」歐蘇拉清楚丈夫的決心。她喃喃說道：「後果你要負責。」約瑟・阿加底奧・布恩廸亞把長矛插在泥地上。

他說，「妳若生出大蜥蜴，我們就養大蜥蜴。可是城裏不會再爲妳發生兇殺案。」

那是六月的一個良宵，涼爽有月亮，他們醒着在床上嬉戲到天明，室內有微風吹過，傳來普魯丹西奧・阿固拉親人的哭聲，他們充耳不聞。

這件事可以算做光明的決鬥，不過他們兩個人的良心都遭受痛責。有一天晚上歐蘇拉睡不着，走到院子去拿水，看見普魯丹西奧・阿固拉的幽靈站在水甕邊。他面如土色，表情很悲哀，正用一個非洲蘆葦做成的塞子來遮咽喉的破洞。她並不害怕，只覺得同情。她囘到屋內，把所見的情形告訴丈夫，他並未放在心上。「這只表示我們受不了良心的重擔。」過了兩夜，歐蘇拉又在浴室裏看見普魯丹西奧・阿固拉的幽靈，正用蘆葦塞子清洗喉嚨的血汚。另外一天晚上，她看他冒雨散步。約瑟・阿加底奧・布恩廸亞爲妻子的幻想而生氣，就拿着長矛走進院子。死者滿面含悲站在那兒。

約瑟・阿加底奧・布恩廸亞大叫說：「你滾到地獄去。你囘來多少次，我就再殺你多少次。」

普魯丹西奧・阿固拉的幽靈並未走開，約瑟・阿加底奧・布恩廸亞也未敢扔出長矛。此後他不曾睡過好覺。死人在雨中看他的那副落寞表情，對活人的思念，搜遍房屋要找水來打濕蘆葦塞子的焦慮……在在使他痛苦。他對歐蘇拉說：「他一定很難受。妳看他好孤獨。」她十分感動，下回看見死人打開爐上的鍋蓋，知道他找什麼，此後就在房子內外放了好多水壺。有一天晚上，約瑟・阿加底奧・布恩廸亞發現幽靈在他房間洗傷口，再也耐不住了。

他告訴對方：「沒關係，普魯丹西奧。我們要離開這個城鎭，儘量走得遠遠的，永遠不囘來。你安心去吧。」

這就是他們計劃翻山越嶺的原委。約瑟・阿加底奧・布恩廸亞的幾個朋友——都是跟他差不多的年輕人——爲此計劃而興奮，拆屋整裝，帶着妻子兒女走向沒有人保證會有的國度。約瑟・阿加底奧・布恩廸亞出發前，先把長矛埋在院子裏，又逐一割斷鬥鷄的喉嚨，相信這樣可以使普魯丹西奧‧阿固拉得到一點安寧。歐蘇拉只帶一皮箱的新娘服、幾件家用品，以及那一小箱父親傳給她的金幣。他們並未訂好明確的路線，只想往里奧哈查城的反方向走，免得留下行跡或者碰見熟人。眞是荒謬的旅程。十四個月之後，歐蘇拉吃猴子肉和燉蛇肉吃壞了肚子，却生下一個輪廓完全像人的男嬰。她坐在吊床上，由兩個男人扛着走完一半的行程，因爲水腫，兩脚都變形了，靜脈瘤腫得像水泡。孩子們肚皮扁塌塌，兩眼無神，看了眞可憐；但他們却比父母更能適應旅程，活得很好，大部分時間興趣盎然。翻山越嶺將近兩年後，有一天早上，他們成爲首度看見山脈西坡的活人。他們站在雲霧漫天的山頂，看見一大片水汪汪的沼澤遠遠向世界的另一側展開。可是他們始終沒找到大海。他們在沼澤中亂轉了好幾個月，與路上遇見的最後一批印第安人相隔老遠，有一天晚上，他們在一處嶙峋的河岸邊搭營，河水像凍結的玻璃似的。多年後，亦即第二次內戰期間，奧瑞里亞諾‧布恩廸亞上校想沿這條路出奇不意攻打里奧哈查城，走了六天才明白這樣做簡直發瘋。不過，大夥兒在水邊紮營的那天晚上，他父親的部下活像遭遇船難、無法逃生的人。翻山期間人口倒增加了，他們都準備活到老死（已如願以償）。那夜約瑟‧阿加底奧‧布恩廸亞夢見該地聳起一座熱鬧的城市，房屋都以鏡子當牆壁。他打聽是什麼城，人家說出一個他從未聽過也沒有特殊意思的城名，却在他夢中神秘地廻響着：「馬康多」。次日他說服部下，要他們相信不可能找到大海。他叫大家在河邊最凉的地點砍樹闢地，建了這座村莊。

未發現冰塊以前，約瑟‧阿加底奧‧布恩廸亞一直解不出夢中以鏡子當牆壁的房屋代表什麼意思。發現冰塊後他自覺想通了。他認爲不久的將來他們可以用普普通通的清水造出大量冰塊，用以建造村裏的新房屋。馬康多不再是鉸鏈和門環熱得扭曲的火燒地帶，將會變成一座涼城。他沒有堅持開一座製冰工廠，是因爲當時他正熱中於孩子的教育，尤其熱心教導次子，次子從小就對煉金術表現出奇異的直覺。實驗室重新打掃過。他們復查梅爾魁德斯的筆記，如今從從容容，不再有新奇感，父子耐心討論，想把歐蘇拉的黃金由鍋底的殘渣中分解出來。長子約瑟·阿加底奧難得參加。父親的身心都跟水管糾結在一起，此時任性的長子已是了不得的少年，體型比同齡的孩子高大。他已變聲，唇上開始出現細毛。有一天晚上，他更衣準備睡覺，其母歐蘇拉走進房間，覺得既羞慚又同情：除了丈夫，兒子是她看見的第一個裸體男人，他的身心配備太好了，簡直有點反常哩。歐蘇拉正在懷第三個孩子，這才解除了新婚時的恐懼。

大約此時，有個生性快活、愛說髒話、富於挑逗力的女人到家裏來幫忙做雜事，她會用紙牌算命。歐蘇拉跟她提到長子。她認爲兒子非凡的體格簡直跟她表親的豬尾巴一樣不自然。女人朗聲大笑，笑聲像破玻璃的碎屑灑遍了整間屋子。她說：「正相反，他將非常幸運。」爲了證實自己的預言，幾天後她把紙牌帶到他們家，跟約瑟·阿加底奧一起關在廚房外的穀倉裏。她靜靜將紙牌放在一張木匠用的板凳上，想到什麼就說什麼，小伙子在她身邊乾等；興趣不高，反覺得厭煩，她突然伸手來摸他。她眞的嚇一大跳說，「主啊！」然後就說不出話來。約瑟·阿加底奧自覺骨頭充滿泡沫，有一種軟弱的無力感，以及想哭的欲望。女人沒暗示什麼。可是約瑟·阿加底奧整夜想她，想她腋下的煙味，以及他自己皮膚染到的氣味。他要跟她長相廝守，渴望她當母親，但願他們永遠不離開穀倉，她不斷對他說「主啊！」有一天他實在忍不住了，便到她家去找她。他正式造訪，儍儍坐在起居室，一句話也不說。當時他並不想要她。他覺得她很陌生，與體味造成的印象不相符，簡直像另外一個人似的。他喝了咖啡，垂頭喪氣離開那兒。晚上他躺着睡不着，又像野獸般瘋狂地想她，但他渴慕的不是穀倉裏的她，而是她那天下午的樣子。

幾天後，女人突然叫他到她家去，屋裏只有她和她母親，她藉口要給他看一副牌，叫他進臥室。接着恣意摸他，害他先是顫慄，繼而迷妄，恐懼甚於快樂。她要小伙子晚上來看她。他自知無法前去，却隨口答應，以便脫身。可是晚上他躺在火辣辣的床上，知道自己就算不能去看她也非去不可。他摸黑穿衣服，聆聽暗處弟弟平靜的呼吸聲、鄰室父親的乾咳、院子裏母鷄的哮喘、蚊子的嗡嗡聲、自己的心跳聲，以及他未曾注意的一種世界奔忙聲，然後走上鼾眠的街道。他由衷希望她食言，屋門不只是關着，還上了門條。可是門却開着。他用指尖輕輕一推，鉸鏈唉呀一聲凹進去，在他心底留下凍結的回音。他側身進去，設法不發出聲音，一進門就聞到那股氣味。他仍在廻廊裏，女人的三個弟兄在那兒搭起吊床，四周黑漆漆，他看不見也無法判斷位置，沿着大廳摸索，想去推臥室門，找到正確的方位，以免上錯了床。他找到了。吊床的繩子比他預料中來得低，他撞到繩子，一位正在打鼾的男人翻個身，夢囈般說道：「星期三」。他推開臥室門，免不了要刮到凹凸不平的地板。他面對百分之百的黑暗，鄉愁油然而生，突然瞭解到他完全來錯了地方。狹窄的房間內睡着蒼老的母親、另一個女兒和她的丈夫、兩個孩子，以及那位女人——她可能不在哩。本來他可以憑那股煙味來認路，可惜屋裏到處都是那種氣味，幽遠却又十分肯定，一直黏着他的皮膚。他久久不移動，驚恐莫名，想不通自己怎麼會來這種放蕩的深淵，這時候有一隻五指攤開的手在暗處摸呀摸的，摸到他的面孔。他並不吃驚，他雖然不知道，却已經料到了。他任由那隻手擺佈，全身疲憊得嚇人，讓對方帶他到一個形狀不明的地方，衣服被人脫掉，身子像一袋馬鈴薯被拋來拋去，在無底的黑暗中由這邊扔到另一邊，手臂完全派不上用場，現場不再有女人味兒，倒有阿摩尼亞的臭味，他設法想起她的面孔，却只想到母親歐蘇拉的面容，亂糟糟感覺他正在做一件早就想做却以爲不可能的事情；他不知道自己幹什麼，因爲他不曉得自己脚在哪裏，頭在哪裏，那是誰的脚或誰的頭，自覺再也耐不住腎臟的咕嚕咕嚕聲、腸子的空氣、恐懼感以及奔逃的焦慮，同時又想永遠留下來面對氣人的沉默和可怕的孤獨感。

她名叫碧拉·特奈拉，也是遠征到馬康多來建立村子的成員之一——十四歲那年，有個男人强暴她，此後一直愛她愛到二十二歲，但他個性獨特；從未下決心公開彼此的關係，所以家人硬拖着她來，以便拆散他們。他答應要跟她到天涯海角，不過得等他料理完事務才動身，她等他等膩了，老是把紙牌上預言三天、三個月或三年內會由陸路或海路趕來的高、矮、金髮和黑髮男子當做他。長年等待，她的大腿不再强壯，乳房不再尖挺，溫柔的習性也消失了，但是瘋狂的情焰則分毫無損。小約瑟·阿加底奧爲這名奇異的玩物而瘋狂，夜夜跟她穿過斗室的迷宮。有時候他發現房門閂着，敲了好幾次門，自知若有勇氣敲第一次，就得敲到底，等了一段長時間，她終於開門放他進去。白天他躺着作夢，偷偷享受頭一天晚上的回憶。可是她高高興興，蠻不在乎，邊談話邊進他家的時候，他不必努力掩飾緊張的心情，因爲這位笑聲能嚇走鴿子的女人，跟晚上那個看不見形影、敎他由內部呼吸、控制心跳，讓他明白男人爲什麼怕死……的力量毫不相干。他活在自己的世界裏，父親和弟弟告訴家人他們已打穿金屬殘渣，把歐蘇拉的金子解析出來的時候，他甚至不瞭解每個人爲何如此開心。

事實上，他們堅忍不拔、不厭其煩地努力多回，終於成功了。歐蘇拉很高興，她感謝上帝發明煉金術，村民都擠到實驗室裏，家人端出餅乾加蕃石榴醬來待客，慶祝這項奇蹟，約瑟·阿加底奧·布恩廸亞則展示坩堝和還原的金子，活像是他新發明的。他傳閱一遍，最後站在長子面前，長子最近幾天很少在實驗室露面。他把乾乾黃黃的一團東西放在他眼前問道：「你覺得像什麼？」長子約瑟·阿加底奧誠心誠意回答說：

「狗屎。」

父親用手背打他，打得鮮血和眼淚齊流。那天夜裏碧拉·特奈拉摸黑找瓶子和棉花，以碘酒繃帶爲他包紮紅腫的傷處，她在不惹對方心煩的情況下對他爲所欲爲，儘量愛他又不弄痛他。他們變得十分親密，不知不覺互相耳語。

他說，「我想單獨跟妳在一起。最近我要找一天向大家宣佈，那我們就可以不必偷偷摸摸了。」

她並未勸他冷靜。

她說：「那很好。我們若單獨相處，不要開燈，可以看見對方，我愛叫多大聲就叫多大聲，別人不必干涉，你也可以在我耳邊亂說些你想得出的胡話。」

聽了這段談話，加上他對父親餘恨未消，對卽將到來的狂戀懷着憧憬……他內心興起一股沉着的勇氣。他毫無準備，自發地把這些事情全部說給弟弟聽。

起先小奧瑞里亞諾只瞭解他哥哥冶遊可能遇到的危險，他想不通目標有什麼迷人的地方。漸漸的，他開始感染到那份焦慮。他想知道危險的細節，對哥哥的痛苦和快樂感同身受，自己又是害怕又是高興。他孤零零躺在熱炭坑一般的床上，睜眼等哥哥等到天明，然後聊天聊到起床的時刻，所以兩兄弟很快就同樣睏乏，對煉金術和父親的學問同樣不感興趣，喜歡避開別人。歐蘇拉說：「這兩個孩子發狂了，一定是肚子長蟲。」她搗碎土荊芥，弄了一帖驅蟲藥給他們喝，沒想到他們竟堅忍地喝下去，一天同坐便盆十一次，拉出一些玫瑰色的寄生蟲，得意洋洋拿給每個人看，這麼一來，他們就瞞過了歐蘇拉，使她找不出兒子心神錯亂、昏昏欲睡的眞正起因。這時候奧瑞里亞諾不但瞭解了，也等於眞正體驗了哥哥的經驗，有一次哥哥詳細說明愛情的技巧，他插嘴問道：「感覺像什麼？」哥哥約瑟·阿加底奧立刻回答說：

「像地震。」

正月某一個星期四凌晨兩點，阿瑪蘭妲降生了。別人還沒有進房間，歐蘇拉先仔細端詳她。她全身亮亮濕濕的，活像蠑螈，不過身體各部分都呈人形。直到家裏擠滿了人，奧瑞里亞諾才注意到這個新生的娃兒。他哥哥從十一點就不在床上，他趁亂溜出去找他，這是一時衝動所作的決定，他甚至無暇思索自己怎麼可能把哥哥引出碧拉·特奈拉的臥室。他圍着房屋繞了好幾個鐘頭，吹口哨作暗號，後來天快亮了，他不得不回家。到了母親房裏，他發現哥哥約瑟·阿加底奧正在逗新生的小妹妹，面孔朝下擺出天眞無邪的表情。

歐蘇拉剛休息過四十天，吉普賽人回來了。他們就是帶冰塊來的那批雜耍師和戲法師。他們和梅爾魁德斯的部族不同，很快就證明他們不是進步的先驅，而是娛樂節目的承辦人。就連他們帶冰塊來的時候，也不宣傳它在人類生活中的用處，只把它當做馬戲班的簡易古董。這回他們帶了許多奇巧玩意兒，還帶了一條飛毯。但是他們不介紹它對運輸發展的基本貢獻，倒當做消遣的東西。村民立刻掏出最後幾枚金幣，在村舍上空飛行一圈。約瑟·阿加底奧和碧拉利用全村的亂局，享受許多輕鬆的時光。他們是人羣中兩個快樂的戀人，甚至認爲相愛的感覺比半夜短暫偷情更舒暢，更深刻。可惜碧拉破壞了那股吸引力。她看約瑟·阿加底奧樂於跟她在一起，大受鼓勵，不覺把形式和場合搞混了，突然讓他承受整個世界的重擔。她說，「現在你眞正是大男人了。」他不懂意思，她就明明白白說給她聽。

「你要當爸爸了。」

約瑟·阿加底奧好幾天不敢出門。聽見碧拉在他家廚房咯咯笑，他常跑進實驗室去避難——那邊的煉金用品又在歐蘇拉的祝福下復甦了。老約瑟·阿加底奧·布恩廸亞欣然接納迷途的長子，教他尋找點金石，他終於着手去做。有一天下午，吉普賽人駕飛毯由實驗室窗口迅速通過，村中的幾個孩子坐在上面高興地揮手，兩兄弟對飛毯十分熱中，老約瑟·阿加底奧·布恩廸亞卻看都不看一眼。他說，「讓他們去作夢吧，我們會飛得比他們更好，而且比一張可憐的毯子更有科學根據。」長子約瑟·阿加底奧雖裝出有興趣的樣子，其實根本不懂煉金元質的威力，總覺得它看來像一個劣質的瓶罐。他想逃避煩惱，卻未能成功。他沒胃口，晚上也睡不着。他的脾氣變得很壞，與父親實驗失敗時差不多，老約瑟・阿加底奧・布恩廸亞看他心煩意亂，以爲他把煉金術的成敗看得太嚴重了，就親口解除他在實驗室的任務。次子奧瑞里亞諾當然知道哥哥不是爲研究點金石而苦惱，但是哥哥不肯對他吐露秘密，不像以前那麼自動自發。他（哥哥）已從同謀和健談的人變得退縮，充滿敵意。他對全世界不滿，渴望孤獨，有一天夜裏他照樣下床，却沒有到碧拉・特奈拉家，倒混在喧囂的市集裏看熱鬧。他在各種奇巧玩意兒之間穿梭，什麼都不感興趣，最後看到一個跟博覽會無關的畫面；一位年紀很輕很輕的姑娘，幾乎還算小孩子，渾身掛滿串珠，約瑟・阿加底奧從來沒見過這麼漂亮的女人。她跟羣衆一起看某個男人因爲不孝順父母而化爲蛇身的慘劇。

約瑟・阿加底奧沒有注意看。質問蛇人的場面進行時，他向第一排的吉普賽少女擠過去，站在她背後。他猛壓她的背脊。女孩子想掙脫，但是約瑟・阿加底奧貼得更緊。她感覺到他的存在了。她一動也不動貼着他，驚懼得發抖，無法相信這回事，最後竟回頭含着顫慄的笑容凝視他。此時兩個吉普賽人把蛇人放進籠子裏，扛進帳篷。指揮表演的吉普賽人宣佈：

「各位女士和先生，現在我們要展出某位女子所受的考驗；她看了不該看的東西，此後一百五十年將夜夜被砍頭，以示懲戒。」

約瑟・阿加底奧和吉普賽姑娘沒有看砍頭表演。他們前往女方的帳篷，一面脫衣服，一面急切切熱吻。吉普賽姑娘脫掉一身漿過的花邊胸衣，身體小得只剩一點兒。她是鬆軟無力的小青蛙，乳房剛剛發育，兩腿瘦瘦的，還不如約瑟・阿加底奧的胳臂來得粗，但是她有決心，有溫情，彌補了她的弱點。然而，他們在公共帳篷裏，吉普賽人拿着馬戲道具穿進穿出，做生意，甚至逗留在床邊玩骰子，約瑟・阿加底奧實在無法回應她的熱情。中央桿上掛着一盞燈，照亮了整座帳篷。愛撫中斷時，約瑟・阿加底奧赤裸裸躺在床上，不知道怎麼辦才好，女孩子試圖挑逗他。不久有一位豐滿的吉普賽婦人由一個男子陪同進來——他不是商旅隊的成員，也不是村子裏的人。這對男女開始在床前脫衣。婦人無意間看了約瑟・阿加底奧一眼，檢視他休憩中的壯觀男性體魄，熱情得叫人傷感。

她驚呼道：「小伙子，願上帝讓你永遠保持現狀。」

約瑟・阿加底奧的女伴叫對方別干擾他們，那一對男女就躺在床邊的地板上。別人的情慾勾起了約瑟・阿加底奧的熱情。剛接觸時，少女的骨頭好像嘎扎嘎扎脫臼了，聲音像一盒骨牌，皮膚則迸出蒼白的汗水，兩眼充滿淚光，全身發出可憐兮兮的哀聲和隱隱約約的泥土味兒。但她堅定又勇敢地忍受衝擊，叫人欽佩。約瑟・阿加底奧自覺飄入空中，升上天使般純潔的靈境，衷心吐出溫柔的髒話，傳入少女的耳朵，再轉化成她的語言由嘴裏說出來。那天是星期四。星期六晚上，約瑟・阿加底奧頭上綁一塊紅布，跟着吉普賽人走了。

歐蘇拉發現他不在，找遍了村頭村尾。吉普賽人搭營的地方只剩一個垃圾坑，營火熄滅了，餘灰仍在冒煙。有人在垃圾堆找珠子，他告訴歐蘇拉：昨夜商旅隊推蛇人的籠子上車，他曾在亂紛紛的人潮中看見歐蘇拉的兒子。她對丈夫大叫說，「他變成吉普賽人了！」丈夫對兒子失蹤沒顯出半點驚慌的神色。

老約瑟·阿加底奧·布恩廸亞一面在研鉢中磨他已搗過一千次，又加熱重磨的材料，一面說：「但願是眞的，那他會學着當男子漢。」

歐蘇拉打聽吉普賽人的去向。她邊問邊走，順着人家告訴她的方向前進，以爲還來得及追上他們。她一直往村外走，後來離村子太遠，更不想回頭了。晚上八點鐘，約瑟·阿加底奧·布恩廸亞聽見小娃娃阿瑪蘭妲哭得聲嘶力竭，把材料擱在肥料堆上保溫，跑去看看她怎麼回事，這才發現妻子失踪了。幾個鐘頭後，他召集一批裝備精良的男子，把阿瑪蘭妲交給一位自願餵奶的婦人，動身走上看不見的小路，四處找歐蘇拉。次子奧瑞里亞諾也一起去。他們碰見幾名義大利漁夫，聽不懂他們的語言，對方以手勢告訴他們沒有人由那邊走過。他們搜索三天，徒勞無功，只好回到村子裏。

此後幾週，約瑟·阿加底奧·布恩廸亞簡直嚇慌了。他身兼母職，照顧小阿瑪蘭妲，替她洗澡，替她穿衣服，每天帶她去吃四次奶，晚上甚至唱些歐蘇拉不會唱的歌曲給她聽。有一回，碧拉·特奈拉自願在歐蘇拉回家以前代做家裏的雜事。奧瑞里亞諾的神秘直覺隨着這次災禍而銳化，看她進屋，突然有了高超的洞察力。他知道哥哥逃走，母親失踪，此人要負些不可言傳的責任，他沉默又固執地仇視她，所以她未敢再回他們家。

一切隨着時間步上常軌。約瑟·阿加底奧·布恩廸亞和次子不知不覺又回到實驗室，撢去灰塵，點燃水管的火焰，再度耐心處置肥料堆上擱了好幾個月的材料。連柳條籃子裏安臥的小阿瑪蘭妲都好奇地看父親和二哥專心工作，斗室的空中瀰漫着水銀蒸氣。歐蘇拉走了幾個月後，怪事開始發生了。一個擺在碗櫃中被人遺忘的空瓶子突然重得誰也搬不動。工作枱上的一壺水根本沒用火去燒，居然無緣無故沸騰半個鐘頭，完全蒸發。約瑟・阿加底奧・布恩廸亞父子看了這些現象，又驚奇又興奮，無法解釋，只視爲物體的先見之明。有一天阿瑪蘭妲的搖籃自己移動，繞着房間轉一圈，奧瑞里亞諾嚇慌了，連忙跑去攔阻。父親倒不驚慌，他把籃子放回原位，繫在桌脚邊；相信父子等待已久的事情快要來臨了。這回奧瑞里亞諾聽見他說：「你若不怕上帝，看看金屬就該敬畏祂。」

突然間，失踪將近五個月的歐蘇拉回來了。她神采飛揚，比以前年輕，穿着村子裏沒見過的新款服飾。約瑟・阿加底奧・布恩廸亞簡直受不了這個衝擊。他嚷道，「這就對了！我知道會發生的。」他眞的相信如此，因爲他長期關在實驗室處理那些材料，內心深處暗暗祈求：但願天賜的奇蹟不是找到點金石，不是解出能使金屬活躍的靈氣，不是屋內的鉸鍊和門鎖能變成黃金，而是歐蘇拉回來，如今果然應驗了。但是她不像丈夫那麼興奮。她依照慣例吻了他一下，彷彿只離開一個鐘頭似的，然後叫他：

「看看門外。」

約瑟・阿加底奧・布恩廸亞上街看到一羣人，好久好久才解除困惑感。他們不是吉普賽人。他們是跟村民一樣的男女，頭髮直直的，皮膚黑黑的，跟他們說同一種語言，有着同類的病痛。他們以騾馬載來吃的東西，以牛車載運家具和家用品，日用品販子拍賣純粹又單純的人生附件，不慌不忙的。他們來自沼澤的另一邊，離此地只有兩天的行程，那邊的城鎮每個月收到一次郵件，對於幸福人生的日用品相當熟悉。歐蘇拉沒追上吉普賽人，却找到了丈夫搜索人間新發明時未能找到的路線。

3

碧拉·特奈拉的兒子出生兩週就送到祖父母家去。歐蘇拉心不甘情不願地接納他，因爲她丈夫受不了自己的子孫流落在外，堅持要如此，她只得順從，不過丈夫曾提出條件，永遠不能讓孩子知道他的眞實身分。家人爲他取名叫約瑟·阿加底奧❶，但是爲避免混淆，只叫他阿加底奧。當時城裏有許多活動，家裏忙亂不堪，照顧小孩變成次要的事情。家人把他們交給一位瓜吉羅印第安婦人維西塔西昂照顧，她是爲了逃避部落中流行好幾年的失眠症，才跟一位弟兄來到此城的。他們倆都很溫順，樂意幫忙，所以歐蘇拉雇他們幫忙作家裏的雜事。就這樣，阿加底奧和阿瑪蘭妲還不會說西班牙語就先會講瓜吉羅話，還背著歐蘇拉學會喝蜥蜴湯，吃蜘蛛蛋，歐蘇拉賣糖果做的小動物，生意不錯，忙得沒時間管他們。馬康多已經改變了。跟歐蘇拉來的人大肆宣傳這裏土質好，在沼澤中的位置甚佳，於是過去的小村莊一下子變成活躍的城鎭，有店鋪、工藝坊和永恒的通商道路——第一批阿拉伯人由那條路趕來，身穿袋形褲，耳朵掛着圓環，以玻璃珠來交換金剛鸚鵡。約瑟·阿加底奧·布恩廸亞片刻不得安寧。他接觸到遠比想像世界更迷人的現實，神魂顚倒，對煉金實驗室不再感興趣，把幾個月來愈弄愈少的材料擱在一邊，又恢復往日積極進

❶他們的名字代代相傳，父子、祖孫往往同名。

取的面目——以前他曾積極判定街道的格局和新房子的位置，不讓任何人享受大家得不到的特權。他在新客之間建立了極大的權威，他們打每一處地基，砌每一道牆都要找他商量，大家決定由他負責分配土地。雜耍團的吉普賽人回來了，粗鄙的狂歡節目改爲有組織的賭運遊戲，大家高高興興歡迎他們，以爲約瑟・阿加底奧會跟他們一起回來。但是約瑟・阿加底奧並未返鄉，那位蛇人也沒有來，照歐蘇拉的想法，唯有蛇人能告訴他們其子的近況。如今鎭民認爲吉普賽人會帶來淫慾和墮落，將來不准他們在城內紮營或涉足。不過，約瑟・阿加底奧・布恩廸亞明白表示：梅爾魁德斯以古老的智慧和奇妙的發明促進小村成長，他的老部族永遠受歡迎。可惜照流浪者的說法，梅爾魁德斯的部落踰越了人類知識的極限，已經在地球上絕跡了。

約瑟・阿加底奧・布恩廸亞暫時擺脫了幻想的折磨，短時間便建立起一套常規和工作制度，只容許稍微放鬆：一是放鳥——打從建村開始，鳥兒便以歌聲爲他們帶來許多樂趣；二是在每棟房子裏安置音樂鐘。全是雕花木頭做的巧鐘，由阿拉伯人帶來換金剛鸚鵡，約瑟・阿加底奧・布恩廸亞爲其校準時間，每隔半小時全城就響起同一首歌的絃律，到正午達到高潮，像一首完整的華爾玆舞曲，精確又整齊劃一。那幾年約瑟・阿加底奧・布恩廸亞還決定街上不種阿拉伯橡樹，改種杏樹，而且發現一種讓杏樹長生的方法，未曾透露給別人聽。多年後，馬康多變成一座鋅板屋頂的木屋城，灰濛濛的殘破杏樹仍然立在最古老的街道上，只是沒人知道種植者是誰罷了。父親整頓小城；母親做糖製小公鷄和小魚生意，每天用桴木細棍串着批出去兩回，生意興隆，爲他們增加了不少財富；奧瑞里亞諾則整天待在廢棄的實驗室裏，憑實驗精神來學習銀飾技術。他長得很快，哥哥留下的衣服很快就穿不下了，他開始穿父親的，不過奧瑞里亞諾不像父兄那麼胖，維西塔西昂得在襯衫上縫些褶子，在褲子上縫斜紋。青春期他的嗓音不再柔嫩，變得沉默又孤獨，另一方面，他出生時那種熱切的眼神又恢復了。他一心一意做銀工實驗，很少踏出實驗室去用餐。約瑟‧阿加底奧‧布恩廸亞看他這麼退縮，非常擔心；就把房子的鑰匙交給他，並給他一點錢，以為他大概需要女人。但是奧瑞里亞諾把那筆錢拿去買鹽酸來調製王水，將鑰匙鍍上黃金，弄得很漂亮。他放肆的程度遠不如小阿加底奧和阿瑪蘭妲，他們已經開始換牙了，還整天抓着印第安人的斗篷到處跑，硬是不肯說西班牙話，要說瓜吉羅語。歐蘇拉對丈夫說，「你不該埋怨，兒女會繼承父母的瘋脾氣。」她哀嘆命苦，相信孩子們的野勁兒跟豬尾巴一樣可怕，這時候奧瑞里亞諾看了她一眼，害她陷入狐疑的心境。

他告訴母親：「有人要來。」

他提出預言時，歐蘇拉照例想用家庭主婦的邏輯來破解其威力。有人來很正常嘛。每天都有幾十位陌生人通過馬康多城，沒人起疑心或生出什麼奧秘的念頭。然而，奧瑞里亞諾不受邏輯影響，確信自己的預言。

他堅持說道，「我不知道是誰，反正人已經在半路上了。」

那個星期天，麗貝卡來了。她只有十一歲；跟幾位皮毛商辛辛苦苦由曼瑙爾走來——他們負責送小姑娘和一封信給約瑟‧阿加底奧‧布恩廸亞，可是他們解釋不清要他們幫忙的人是誰。她全部的行李包括一個小皮箱、一張手漆花的小搖椅、一個帆布袋——裏面裝有她父母的遺骨，不斷發出咔啦——咔啦——咔啦的聲音。那封信是某人寫給約瑟·阿加底奧·布恩廸亞的，語氣很熱情，儘管長年未相見，彼此相隔老遠，對方仍深深敬愛他，基於最起碼的人道精神，自覺該做好事，把這位可憐無依的孤女送到他身邊，因爲她是歐蘇拉的二級表親，算來也是約瑟·阿加底奧·布恩廸亞的親戚；她就是尼坎諾·烏羅亞和麗貝卡·蒙蒂兒夫婦的女兒，願上帝在天國保佑他們夫婦，他們的遺骨已由小姑娘帶在身邊，以便舉行基督教葬禮。信上提到的人名和發信者的簽名都很清楚，可是約瑟·阿加底奧·布恩廸亞和歐蘇拉根本想不起有這兩位親戚，也不認識跟發信者同名的人，更別提遙遠的曼瑙爾村了。由女孩子口中不可能探出進一步的消息。她一來就坐在搖椅上吸手指，用驚慌的大眼睛打量每一個人，似乎完全不懂他們問些什麼。她身穿一件染黑的斜條子舊衣裳，脚穿一雙魚鱗狀的漆皮靴子；頭髮用黑緞帶蝴蝶結綁在耳後。她披有一塊肩布，上面的圖形被汗水磨光了，右手腕配戴一根食肉動物的尖牙，鑲在銅牌上當做驅邪的護符。她皮膚發青，肚子像小鼓又圓又硬，一看就知道從小多病又吃不飽，可是大家拿東西給她吃，她一口都沒動，盤子始終放在膝蓋上。他們甚至以爲她是聾子和啞巴哩，後來印第安人用他們的語言問她要不要喝水，她彷彿認識他們，轉動眼睛點點頭。

家人沒有別的辦法，只好收留她。奧瑞里亞諾曾耐心讀所有聖徒的名字給她聽，她一概沒有反應。所以他們決定沿用信上提到的她母親的名字，叫她麗貝卡。當時馬康多還沒有人死亡，根本沒有墓地，他們就保留那袋遺骨，等着找一處合適的安葬地點。有一段很長的時間，遺骨袋到處礙手礙脚，常在最出乎意料之外的地方露面，老是像孵卵的母鷄咔啦咔啦響。麗貝卡過了好久才跟家人打成一片。她常在屋內最偏遠的角落坐着搖椅吸手指。除了音樂鐘的聲音，什麼事情都引不起她的注意。她每隔半小時就用驚慌的眼神尋找時鐘音樂，似乎希望在空中找到它。頭幾天他們硬是沒辦法叫她吃東西。誰也想不通她爲什麼沒餓死，那兩個印第安人不斷輕手輕脚在屋裏屋外走動，什麼都清楚得很，他們終於發現麗貝卡只喜歡吃院子裏的溼泥，以及她用指甲從牆上剝下來的白粉膠。她的父母或者養她的人一定爲此罵過她，她偷偷做，頗有罪惡感，設法存下一些，趁沒有人注意的時候享用。此後他們就嚴密監視她。他們把牛的膽汁撒在院子的地面，又用辣椒塗牆壁，以爲這一來就能改正她的惡習，但是她找泥土的手法很高明很狡猾，歐蘇拉不得不採取更激烈的手段。她把橘子汁和大黃放在鍋裏，端到露水下擱一整夜，次日叫麗貝卡空腹服用。沒有人告訴她這帖藥可治吃土的惡習，但她認爲空腹吃苦味的東西一定能讓肝發生作用。麗貝卡身體弱，反抗性倒很强，個性也强，他們得像綁小牛一般捆住她，才能叫她呑下藥水，而且她拳打脚踢，擋也擋不住，有時候咬人吐口水，並說些奇怪的話，更叫人受不了；那兩位印第安人很憤慨，說她講的是他們語言中最最下流的髒話。歐蘇拉發現以後，除了治療還用鞭子打她。不知道是大黃還是鞭打生了效，抑或兩者相加的結果，反正幾星期後麗貝卡開始慢慢痊癒。她跟小阿加底奧和阿瑪蘭妲一起玩，小傢伙把她當姐姐。她吃東西吃得很開心，餐具也用得中規中矩。他們很快就發現，她說西班牙話跟印第安話一樣流利，做手工的能力很强，還會編些滑稽的歌辭來唱音樂鐘的華爾兹舞曲。他們不久便將她當做自家人。她對歐蘇拉比其親生的子女更親熱，叫小阿加底奧和阿瑪蘭妲弟弟妹妹，叫奧瑞里亞諾叔叔，叫約瑟・阿加底奧・布恩廸亞爺爺。所以她跟別人一樣，終於名正言順被稱做麗貝卡・布恩廸亞——一生只有這個名銜，端端莊莊用到老死。

麗貝卡吃泥土的惡習治好以後，睡在另外兩個小孩的房間。有一天晚上，跟他們同眠的印第安婦人偶然醒來，聽見角落中有一種斷斷續續的怪聲音。她惶然下床，以爲是野獸闖進屋內。這時候她看見麗貝卡坐在搖椅上吸手指，眼睛在暗處亮得像猫眼。維西塔西昂早就被惡運嚇慌了，累慘了，她認出那雙眼睛含有某種病的徵兆——他們兄妹就是爲了逃避這種病，才永遠離開自己當過王子和公主的古老帝國。那就是失眠症。

印第安男子卡陶爾天亮就離開這戶人家。他的姐妹相信命運，認爲這種致命的疾病無論如何都會跟踪她到天涯海角，所以乾脆留下來。誰都不瞭解維西塔西昂驚惶的原因。約瑟・阿加底奥・布恩廸亞高興地說：「我們若永遠不睡覺，那更好哇。我們的一生可以有更多的收穫。」印第安婦人解釋說：睡不着並非失眠症最可怕的病徵，反正身體根本不覺得累嘛，但是這種病會發展成更嚴重的病情，就是失去記憶。她的意思是說，病人漸漸習慣了熬夜的狀況以後，童年的記憶開始消失，接着忘掉東西的名稱和性質，最後連親友的身分和自我的知覺都消失了，變成沒有記憶的白痴。約瑟・阿加底奥・布恩廸亞笑得半死，以爲這是印第安人迷信杜撰的許多病名之一。可是歐蘇拉爲了安全，仍採取預防措施，將麗貝卡和別的小孩隔離。

幾星期後，維西塔西昂的恐懼似乎減輕了，此時約瑟・阿加底奥・布恩廸亞發現自己躺在床上翻來覆去，硬是睡不着。歐蘇拉也醒着，問他怎麼回事，他回答說：「我又想起普魯丹西奥・

阿固拉。」他們片刻都未曾睡着，可是第二天精神很好，也就忘了昨夜的窘境。午餐時分，奧瑞里亞諾驚嘆說：他整夜在實驗室中用金子修飾他爲歐蘇拉慶生用的別針，現在精神却好極了。直到第三天就寢時分，全家沒有一個人想睡，他們自知已五十幾小時沒有睡覺了，這才開始驚慌。

印第安婦人相信宿命論，她說：「孩子們也睡不着。一旦病魔闖進某間屋子，誰都逃不掉。」

他們眞的患了失眠症。歐蘇拉曾由母親那兒學到植物的藥用效能，她燉了一帖附子湯，叫全家人喝下去，可是他們照樣睡不着，整天走來走去作白日夢。在這種幻想又神志淸醒的狀況下，他們不但看見自己夢中的形影，還看見別人夢到的人物。家裏彷彿充滿了客人。麗貝卡坐在廚房一角的搖椅上，夢見一個容貌像她的男人，身穿白亞麻衣裳，襯衫領子用金釦子別着，帶一束玫瑰花給她。他跟一位雙手纖柔的婦女同行，女人抽出一朶玫瑰，插在孩子頭髮上。歐蘇拉知道那個男人和女人就是麗貝卡的父母，可是她拚命想認出他們，却更確定自己沒見過這兩個人。此時家裏做的糖果小動物仍然賣到城裏各地，後來約瑟・阿加底奧・布恩廸亞怪自己粗心，始終不原諒自己。小孩和大人欣然吮食患了失眠症的綠色小公鷄，患了失眠症的粉紅色小魚，患了失眠症的黃色小馬，所以到禮拜一淸晨，全城的人都醒着。起先誰也不驚慌。相反的，他們樂於不睡，因爲那些日子馬康多有很多事情要做，時間簡直不够用。他們辛勤工作，不久便沒事可做了，凌晨三點鐘，他們往往交疊着手臂，數音樂鐘的華爾玆音符。有人雖不累，却懷念作夢的滋味，很想睡覺，試用各種方法來使自己疲勞。他們整天聚在一起交談，一連幾個鐘頭說着同樣的笑話，把閹鷄的故事弄到最複雜的程度，變成一個永無止盡的遊戲——敍述者問大家要不要聽他講閹鷄的故事，他們說「要」，敘述者就說他不是叫大家說「要」，而是說說他們要不要他講閹鷄的故事；他們說「不要」，敘述者就說他不是叫大家說「不要」，而是問他們要不要聽他講閹鷄的故事；他們若悶聲不開口，敘述者又說他不是叫大家沉默，而是問他們要不要他講閹鷄的故事；誰也不能離開，因爲敘述者會說他不是叫大家離開，而是問他們要不要他講閹鷄的故事……就這樣一再循環，歷時一整夜。

約瑟・阿加底奧・布恩廸亞知道這種傳染病已侵入全城，他召集各家族的首腦，向他們解釋他所知的失眠症資料，大家商量了幾項措施，避免病症傳到沼澤的其它城鎭。於是他們取下山羊頸子上的鐺鈴——亦即阿拉伯人拿來換金剛鸚鵡的鈴鐺——掛在城區的入口，給那些不聽哨兵勸告和請求，硬要進城的人使用。凡是通過馬康多街道的陌生人都得搖鈴，讓病人知道他們是健康的外客。他們不准在城內吃喝，因爲失眠症顯然是由口腔傳染的，而本地的食物和飲料一定被失眠症汚染了。就這樣，他們把疾病控制在城區四周。檢疫很有效，大家終於將緊急情況視爲平平常常，重新安排生活，重整工作的節奏，沒有人再爲睡眠的習慣操心。

奧瑞里亞諾想出一套公式，使他們的記憶多保留了幾個月。他是偶然發現的。身爲最先患失眠症的專家之一，他將銀飾藝術學到盡善盡美的程度。有一天他要找平日打薄金屬用的鐵砧，硬是想不起它的名字。父親告訴他：「小鐵砧」。奧瑞里亞諾把名稱寫在一張紙片上，糊在小鐵砧底部：「小鐵砧」。這樣他相信以後不會忘記。由於那個東西的名字很難記，他並沒有想到這是失去記憶的第一個表徵。幾天後，他發現實驗室的每一樣東西他幾乎都想不起來。於是他分別寫下名稱，以後只要讀文字就可以認識東西。父親說他連小時候印象最深的事情都忘光了，非常驚慌，奧瑞里亞諾遂教他這個辦法，約瑟・阿加底奧・布恩廸亞要全家實行，後來更推廣到全村。他用沾了墨水的刷子記下每一樣東西的名稱：桌子、椅子、鐘、門、牆壁、床、鍋子。他到獸欄去記下每個動物和植物：牛、羊、豬、母鷄、葛根、水芋、香蕉。他研究失去記憶的可能，漸漸發現總有一天大家能憑文字辨認東西，却沒有人知道其用途。於是他記得更清楚。母牛頸子掛的告示牌足以顯示馬康多居民對抗健忘症的方法：「這是母牛。天天要擠牛奶，她才會產乳。牛奶得煮沸，再跟咖啡調和，製成咖啡乳。」他們就這樣活在日漸遺忘的現實中，一度憑文字認識世界，可是等他們忘了文字的效用，就什麼都忘得精光了。

他們在沼澤那條路的起點掛上「馬康多」的路牌，又在主街上掛了一塊更大的牌子，寫明「上帝存在」。每一棟房子裡都寫着記東西和感覺的提示文字。但是這套體系需要高度的警戒心和道德力量，很多人中了虛構世界的邪，自己發明一套系統，不太實用，却能叫人安心。碧拉・特奈拉以前用紙牌算將來的命數，如今更想出用紙牌推算過去的伎倆，她大大促成了自欺術的流行。依賴這一點，失眠症的病人開始生活在紙牌的抉擇項目所建立的世界中，只依稀記得父親是四月初來的黑膚男子，母親是左手戴金戒指的黑膚婦人，生日則是月桂樹上雲雀唱歌的最後一個禮拜二。約瑟・阿加底奧・布恩廸亞被這些寬心的策略打敗了，決定製造他一度渴望用來記吉普賽發明物的記憶機。我們每天早晨可從頭到尾複習一生取得的知識，記憶機就是根據這一點而構想出來的。他把它設計成旋轉的字典，立在軸心的人可以用槓桿來加以操縱，那麼短短幾個鐘頭內，人們眼前就可掠過人生最必要的知識。他寫了將近一萬四千項，這時候沼澤通往村子的大路出現一個外形古怪的老人，身上帶著睡眠鈴，手提一個綁了繩子的手提箱，還拉著一輛蓋黑布的板車。他直接走到約瑟·阿加底奧·布恩廸亞家。

維西塔西昂打開門，不認識他，以爲此人不知道這座城已陷入遺忘的流沙，什麼都賣不出去，想要來推銷東西。他十分衰老。雖然嗓門也猶豫發顫，雙手似乎摸不清物體存在不存在，但他顯然來自大家仍有睡眠和記憶的世界。約瑟·阿加底奧·希恩廸亞發現老人坐在起居室裡，正用一個打了補釘的黑帽子搧涼，以同情的目光閱讀牆上的告示。他故作親暱與客人打招呼，怕自己以前認識他，如今想不起來了。但是訪客知道他作假。他覺得屋主已忘記他，不是情感上的遺忘，而是另一種更殘酷更無法挽回的遺忘，他淸楚得很，那是死亡的遺忘啊。他明白了。他打開塞滿神秘物件的小提箱，從中取出一小箱藥瓶。他讓約瑟·阿加底奧·布恩廸亞喝一種淺色的飲料，後者漸漸恢復了記憶。他的眼睛濕淋淋含著眼淚，才發現自己站在一間荒謬的起居室裡，室內的東西都貼了標籤，他爲牆上寫的廢話而慚愧，喜孜孜認出了來人。原來是梅爾魁德斯。

馬康多的人欣喜恢復記憶，約瑟·阿加底奧·布恩廸亞和梅爾魁德斯則重溫他們的友情。吉普賽老人有意留在城裡。他眞正經歷了死亡，可是他耐不住寂寞，又回來了。因爲他忠於人生，失去了一切超自然的功能，而且被部族遺棄，他決心到世上這個還沒有死亡的角落來避難，全心經營一家銀板照相實驗室。約瑟·阿加底奧·布恩廸亞沒聽過那項發明，他看見自己和家人留影在一張珠光金屬片上，簡直驚訝得說不出話來。那天氧化溴的銀板相片上浮出約瑟·阿加底奧·

布恩廸亞的形影，頭髮硬硬白白的，紙板領子與襯衫用銅釦相連，表情顯得惶恐又端莊，歐蘇拉笑得半死，說他像「驚恐的將軍」。事實上，照相的那個十二月早晨，約瑟·阿加底奧·布恩廸亞眞的很害怕，他認爲人的影像長留在金屬板上，身心會漸漸憔悴。這次一反常例，是歐蘇拉糾正了他這種想法，也是她忘記前嫌，決定讓梅爾魁德斯留在他們家。不過她從來不准人家爲她照相，依據她自己的說法，她不想留影當子孫的笑柄。那天早上，她替孩子們穿上最好的衣服，在臉上抹粉，各餵一湯匙滋養糖漿，要他們一動也不動，乖乖在梅爾魁德斯的照相機前面靜止兩分鐘。日後只有一張家庭照片留存——奧瑞里亞諾穿着黑天鵝絨衣裳站在阿瑪蘭妲和麗貝卡中間。他的表情和多年後面對槍斃行刑隊時差不多，疲軟無力，彷彿一切都洞察得淸淸楚楚。但是他還沒有預知將來的命運。他是精良的銀匠，以作品精美而飽受沼澤各區讚揚。他的工藝坊和梅爾魁德斯的實驗室共用一個房間，他在裡面連呼吸都輕得無聲無息。父親和吉普賽人大聲嚷叫，解析古占卜家諾斯特拉達莫斯的預言，此時瓶子和托盤吭吭響，酸液和溴化銀潑出來，狀如漩渦，終於消失了；奧瑞里亞諾似乎躲進另一個時代。他工作專心，判斷力很强，不久賺進來的錢就超過其母歐蘇拉賣糖果小動物的收入，可是他已長成大男人，還不認識半個女人，大家都覺得奇怪。他眞的沒有結交過女友。

幾個月之後，一位年近兩百歲、常常唱着自編的歌曲通過馬康多城的「男子漢法蘭西斯科」回來了。「男子漢法蘭西斯科」以歌曲詳細道出曼瑙爾到沼澤邊緣各城鎭發生的事情，所以誰若有口信要送，或者有事情要公開，就會付他兩文錢，請他把事情編在歌謠庫裡。歐蘇拉聽他唱歌，指望聽見長子約瑟·阿加底奧的消息，結果竟得知她母親的死訊。「男子漢法蘭西斯科」有一次卽席和惡魔決鬥，擊敗了對方，此後就贏得這個綽號；眞實姓名反而沒有人知道。失眠症流行時間，他離開馬康多，有一天晚上突然又在卡塔利諾的店舖裡出現了。全城的人都去聽他唱歌，想知道外界發生的事情。這回有個女人和他同行，其胖無比，由四個印第安人用搖椅扛著，另外還有一位發育期的黑白混血姑娘，表情落寞，拿一把傘遮太陽。那天晚上奧瑞里亞諾來到卡塔利諾店裡。他發現「男子漢法蘭西斯科」像孤立的變色龍，坐在一羣旁觀者中央，以不成腔調的老嗓子唱出消息，並用瓦特·拉里爵士在圭亞納送他的古老手風琴伴奏，用硝石泡裂了的一雙健足打拍子。後面的一扇門有男子進進出出，坐搖椅的胖婦人守在門前，默默搧凉。卡塔利諾耳朶後面插一朶毛氈玫瑰，他正在賣一杯一杯發酵的甘蔗汁，趁機走過去，伸手去摸男士們身上他不該碰的地方。午夜時分，天氣熱得叫人受不了。奧瑞里亞諾聽消息從頭聽到尾，沒聽見什麼跟家人有關的消息。他正準備回家，胖婦人用手招呼他。

她說，「你也進去，只要二十文錢。」

奧瑞里亞諾把一枚硬幣扔在女人膝上的漏斗裡，走進房間，却不知道理由。那位剛發育的黑白混血姑娘赤裸裸躺在床上，乳頭小得像母狗。那天晚上已有六十三個男人排在奧瑞里亞諾前面進過房間。室內的空氣被這麼多人使用過，夾著汗水和嘆息，已漸漸變得渾濁不堪。少女拿起濕淋淋的床單，叫奧瑞里亞諾握住一頭。床單重得像帆布。他們抓着兩頭把它擰乾，床單終於恢復自然的重量。他們翻一翻床墊，汗水由另一面流出來，奧瑞里亞諾希望這道手續永遠不要完成。

他知道理論上的歡愛技巧，但他雙膝軟弱，站都站不直，儘管滾燙的皮膚直起鷄皮疙瘩，但他實在忍不住想要大便。少女整好床鋪，叫他脫衣服，他尷尬地解釋說：「他們叫我進來。他們叫我在漏斗中扔二十文錢，快一點。」少女明白他慌亂的心情。她柔聲說，「只要你出去的時候再扔二十文錢，你可以多逗留一會。」奧瑞里亞諾脫下衣服，心裡老想著他的身體比不上哥哥，羞愧得要命，儘管少女努力嚐試，他却愈來愈沒興趣，孤獨極了。他以悽涼的口吻說：「我會再扔二十文錢。」少女默默感謝他。她的背脊冷冰冰，瘦得皮包骨，因爲疲勞過度，呼吸很不自然。兩年前的某一天，她住在很遠的地方，未熄火就睡著了，醒來時四周一片火海。她跟養育她的祖母住在一起，房子化爲灰燼。此後她祖母就帶著她一個城市一個城市流浪，以二十文錢的代價接客，以便賠償燒毀的房屋。照少女估計，她每夜接七十個客人，還得再接十年，因爲旅途的費用、祖孫的膳食費、印第安人扛搖椅的工錢都得由她支付。胖婦人敲第二次門的時候，奧瑞里亞諾什麼都沒做就走出房間；眞想哭一場，那天晚上他睡不著，一直想著那位姑娘，慾望和憐憫兼而有之。他好想愛她，保護她。天亮時分，他因失眠和發燒而憔悴，靜靜決定要娶她，讓她脫離祖母的虐政，自己可夜夜享受她給予七十個男人的快感。早上十點鐘，他到卡塔利諾店裡去，少女已出城了。

時間緩和了他瘋狂的求婚意圖，挫折感却一天天加重，他以工作來安慰自己。他聽天由命，願做一個終身沒有女伴的男人，以便掩飾無能的羞愧感。這時候，梅爾魁德斯已把馬康多一切可留影的東西印在模板上，遂將銀板照相實驗室留給約瑟·阿加底奧·布恩廸亞任意支配，後者決心用它來取得上帝存在的科學證明。經由他在房屋各處重疊曝光的複雜過程，他相信上帝如果存在，他遲早會照到祂的一張相片，否則就斷然推翻祂存在的假定。梅爾魁德斯則深入解析古命相家諾斯特拉達莫斯的理論。他常逗留到深夜，穿著褪色的天鵝絨馬甲，悶熱不堪，以小小的麻雀形雙手亂塗亂寫，手上的戒指已失去往日的光澤。有一天他自認爲已發現馬康多前途的預兆。它將變成佈滿大玻璃屋的光輝城市，布恩廸亞的後裔將會絕跡。約瑟•阿加底奧•布恩廸亞大吼道：「這是誤解。那些房子一定不是玻璃屋而是我夢見的冰屋，布恩廸亞家永遠有後裔存在，每一方面都永遠如此。」在這個浮誇的家園裡，歐蘇拉奮力保住一點常識，她的小糖果生意擴大了，用一架烤箱整夜做出一籃又一籃的麵包，各種布丁、蛋白甜餅和小點心，幾個鐘頭就消失在沼澤各區的大路上。她已到達有權利休息的年齡，但是她愈來愈活躍。她的事業實在太忙了，有一天下午，印第安婦人幫她在麵糰裡加入甜味，她心煩意亂看看院子，竟看到兩個陌生的俏姑娘在陽光下綉花。原來是麗貝卡和阿瑪蘭妲。她們爲外婆戴了三年的孝，剛脫下喪服，鮮明的衣裳似乎使她們在人間獲得了新的地位。與大家預料的相反，麗貝卡比較漂亮。她有一身淺色的皮膚，一雙安詳的大眼睛，神奇的雙手彷彿能用隱形的線綉出各種刺繡圖形。阿瑪蘭妲年紀較小，有點粗俗，但她具有自然的特色——也就是已故外婆那種內在的緊密感。小阿加底奧雖然已顯出其父的精力，但是跟她們比起來，簡直像小孩子。他開始向奧瑞里亞諾學習銀飾藝術，奧瑞里亞諾還教他讀書寫字。歐蘇拉突然覺得屋內擠滿了人，孩子們即將結婚生子，由於缺少空間，他們會被迫散居各地。於是她拿出多年辛苦攢下的錢，與顧客們做了一些安排，著手擴建房屋。她叫人造一間正式的客廳、一間比較舒服和涼爽的日用起居室、一間全家賓主坐得下的十二席餐廳、九間窗戶面對院子的臥室，一道有玫瑰園擋住正午熱氣的長廊，並加設欄干來放幾鉢羊齒和秋海棠。她把廚房加大，預備放兩具烤爐。碧拉・特奈拉為約瑟・阿加底奧算命的穀倉拆掉了，另外建一間兩倍大的，此後家裡永遠不會缺糧。她在板栗樹的樹蔭下修築兩間浴室，一間供女人使用，一間供男人使用，又在大馬廐後面蓋個有圍牆的養雞場，一間乳牛欄，一間四面通風的鳥園——供流浪的鳥兒隨意棲息。歐蘇拉似乎感染了丈夫的幻想熱病，整天帶領幾十名泥水匠和木匠，確立光線和暑氣的位置，分配空間，完全沒想到界限問題。建村元老的原始房舍充滿工具和材料、汗流浹背的工人——他們叫每個人不要前來干擾，看到一袋屍骨老是咔啦咔啦跟著他們，非常憤慨。就在整天聞生石灰和柏油的種種不便中，誰也沒看清地面如何聳出一棟不僅是全城最大，更是全沼澤地區最涼爽、最適於待客的房屋。約瑟・阿加底奧・布恩廸亞想在激變中出奇不意捕捉上帝的形影，他最不瞭解房屋建造的過程。新房子快要落成的時候，歐蘇拉把他拖出化學世界，告訴丈夫她收到一紙命令，房子正面要漆藍色，不能照他們的意思漆白色。她拿出公文給他看。約瑟・阿加底奧・布恩廸亞不懂太太說些什麼，他辨認上面簽的名字。

他問道：「這傢伙是誰？」

歐蘇拉悶悶不樂說：「官員。聽說他是政府派來的權威。」

地方官阿波里納・莫斯科特大人已靜悄悄來到馬康多城。他下榻在雅各旅社——是第一批拿小飾物來換金剛鸚鵡的阿拉伯人中的某一位建造的——次日他在距離布恩廸亞家兩區段的街道上租了一個獨門小房間。他擺出自己向雅各買來的桌子和椅子，把隨身帶來的共和國盾牌釘在牆上，又在門板上漆了「官員」的字樣。他的第一道命令是所有的房屋都得漆成藍色，以慶祝國家的獨立紀念日。約瑟・阿加底奧・布恩廸亞手持那紙命令去找他，發現他躺在小辦公室搭起的吊床上睡午覺。他問官員：「這張公文是你寫的？」阿波里納・莫斯科特大人是成熟的男子，怯生生的，臉色紅潤，他承認了。約瑟・阿加底奧・布恩廸亞問道：「憑什麼權利？」阿波里納・莫斯科特大人由抽屜拿出一張紙頭給他看。「我已奉派爲此城的長官。」約瑟・阿加底奧・布恩廸亞看都不看那張派令。

他冷冷靜靜說：「本城的人不靠紙張下命令。你聽清楚，我們這兒不需要法官，因爲沒有事情需要判決。」

他面對阿波里納・莫斯科特大人，並未提高嗓門，只詳細說明他們怎麼建立村子，分配土地，開路，做了必要的改革，樣樣不麻煩政府，也沒有別人來煩他們。他說：「我們這兒十分平靜，連自然死亡的人都沒有。你看得出來，我們還沒有墓地呢。」沒有人怨政府不幫忙。相反的，大家慶幸政府一直讓他們和平成長，但願政府照舊不管他們，因爲他們建立城鎭，可不想讓外地來的第一位暴發戶指揮。阿波里納大人穿着斜紋粗棉布外套，跟褲子一樣白，擧止始終不失文雅。

約瑟・阿加底奧・布恩廸亞下結論說：「你若想跟普通公民一樣留在這兒，大家歡迎你。不過，你若來叫大家把房子漆成藍色，製造紛爭，那你不妨拎起你的爛包袱，回到你原來的地方去。我的房子要漆成白色，像鴿子一樣。」

阿波里納・莫斯科特大人面色轉白。他退後一步，繃緊下巴，略帶苦相說：

「我要警告你，我身上有武器。」

約瑟・阿加底奧・布恩廸亞不知道自己什麼時候又恢復了往日拉倒馬兒的蠻力。他抓住阿波里納・莫斯科特大人的外套翻領，把對方舉到跟他眼睛一樣高的位置。

他說：「我這樣做，是因爲我寧願扛着活生生的你，不必在有生之年携帶你的屍體。」

他就這樣抓着大官的領子穿過街心，直到沼澤那條路才把他放下來。一星期後，官吏帶着六名打赤脚、衣衫襤褸、荷槍的士兵回來了，有一輛牛車載着他的妻子和六個女兒跟在後面。事後又有兩輛車載來家具、行李和家用品。他把家眷安頓在雅各旅館，先出門找房子，並在士兵保護下回去打開辦公室。建立馬康多的居民決心趕他們走，紛紛帶着大一點的兒子去聽約瑟・阿加底奧・布恩廸亞調度。但是他不贊成，他解釋說，當着人家的眷屬面前找人麻煩不是男子漢的作風，而阿波里納大人已帶着妻子女兒回來了。於是他決定以愉快的方法解決問題。

奧瑞里亞諾陪父親去。大約此時，他開始留黑髭鬚，尖端上蠟，嗓音也變得很宏亮，若在戰時一定很出風頭。他們沒帶武器，不理衞兵，逕自走進官員辦公室。阿波里納・莫斯科特大人並未失去鎮定。他把這對父子介紹給恰好在場的兩個女兒——一位是十六歲的安芭蘿，膚色跟母親一樣黑；另一位是九歲的瑞美廸奧絲，是白膚綠眼的漂亮小姑娘。她們態度和藹，頗有禮貌。男士們一進來，未經介紹，她們就端椅子給客人坐。但是他們父子都站着。

約瑟·阿加底奧·布恩廸亞說：「好，朋友，你可以留在此地，不是因爲你門口駐有荷槍的强盜，而是顧念你的妻子和女兒。」

阿波里納·莫斯科特大人很不高興，但是約瑟·阿加底奧·布恩廸亞沒給他回話的時間。他繼續說：「我們只有兩個條件。第一、人人都可以把房子漆成他喜歡的顏色。第二、那幾名士兵立刻離開。我們保證爲你維持秩序。」長官舉起右手，五隻手指完全攤開。

「你以名譽擔保？」

約瑟·阿加底奧·布恩廸亞說：「這是敵人的保證。」他用嚴苛的口吻說：「我要告訴你一件事；你我仍是敵人。」

士兵們那天下午就走了，幾天後，約瑟·阿加底奧·布恩廸亞替長官一家人找到房子。人人都安心了，只有奧瑞里亞諾例外。長官的幼女瑞美廸奧絲年齡可以當他的女兒，但她的形影一直縈繞不去，害他十分痛苦。那種感覺就像鞋子裏跑進小石頭一樣難受。

4

新房舍白得像鴿子，落成時家裏特地開舞會慶祝。上回歐蘇拉看見麗貝卡和阿瑪蘭妲長成青春少女，忽然起了這個念頭，擴建房子的主因可以說就是想讓少女們有個體面的地方接待訪客。整修期間，她爲了達到美輪美奐的目標，苦得像船奴似的，工程未完她就訂製了昂貴的裝飾品、成套的餐具，和一架足以使鎮民驚奇、年輕人興奮的新奇玩意兒：就是自動鋼琴。他們拆開來運送，裝成好幾箱，和維也納家具、波希米亞水晶石、印度公司的整套餐具、荷蘭的枱布、各種美術燈和燭台、帷帳、綢緞一起卸下車。進口商自費派一名義大利專家培特羅·克里斯庇來裝配鋼琴、調音，教顧客使用，並教他們照六頁歌譜上的流行音樂來跳舞。

培特羅·克里斯庇金髮碧眼，年紀很輕，馬康多人從未見過這麼英俊、這麼有禮貌的男人；他對衣著很講究，儘管天氣熱得悶死人，他仍穿着錦緞馬甲和黑布大外套工作。他關在客廳好幾個禮拜，汗流浹背，遠遠躲着屋主一家人，專心的程度不下於正在作銀工實驗的奧瑞里亞諾。有一天早晨，他沒有開門，沒有叫人來看這項奇蹟，自己將第一捲樂譜放在鋼琴裏，惱人的錘打聲和接二連三的木板噪音消失了，代之而起的是勻整的音樂。他們全部跑進客廳。約瑟·阿加底奧·布恩廸亞如遭雷殛，倒不是因爲樂聲太美，而是佩服琴鍵的自動功能，他架起梅爾魁德斯的照相機，想照下隱形操縱者的相片。那天義大利專家跟他們一起吃午餐。麗貝卡和阿瑪蘭妲負責上菜，她們看這位雙手蒼白、不戴戒指，有如天使一般的男人使用餐具，不禁有點害羞。培特羅・克里斯庇在客廳隔壁的起居室教她們跳舞。他指導舞步，並未接觸她們的身體，以節拍器打拍子。由歐蘇拉和和氣氣監視着——女兒上課時，她從來不走出房間。那幾天培特羅・克里斯庇穿着緊身的伸縮褲和跳舞鞋。約瑟・阿加底奧・布恩廸亞對太太說：「妳用不着太擔心。那個人是個娘娘腔。」但是她一直小心警戒，直到訓練期結束，義大利專家離開馬康多爲止。接着他們開始籌備大宴會。歐蘇拉擬了一份宴客名單，只邀請建村元老的後裔，碧拉・特奈拉的家人不包括在內——此時她又生了兩個「父不詳」的孩子。宴客名單是一流的，完全取決於友情；她垂青的不只是大夥兒出奔建立馬康多以前約瑟・阿加底奧・布恩廸亞的世交，還有嬰兒時代開始就跟奧瑞里亞諾及小阿加底奧作伴的兒子和孫子輩，以及唯一應邀跟麗貝卡和阿瑪蘭妲一起繡花的老世家千金。溫厚的地方官阿波里納・莫斯科特大人是一名傀儡領袖，他只能靠微薄的收入養活兩名持木棍的警察。爲了維持家計，他的女兒開了一間裁縫店，代人製造絨毛花和番石榴點心；並代寫情書。她們雖然嫻淑又勤快，而且是全城最美的姑娘，對新舞步也最精通，但是布家並未邀請她們赴宴。

　　歐蘇拉母女擺家具、擦銀器，把玫瑰小船中的少女像掛起來，使泥水匠建造的赤裸房舍有了一點新生命的氣息；此時約瑟・阿加底奧・布恩廸亞相信上帝不存在，就不再追尋祂的形影。他拆開自動鋼琴，想解開鋼琴的奧秘。宴會前兩天，他泡在一堆琴鍵和槌打器之間，笨手笨脚搞一團亂糟糟的琴弦，弦線忽而向一方捲起，忽而向另一方伸開，最後他總算把鋼琴拼回去了。那幾天的驚喜和衝擊特別多，到了指定的日子和時刻，新燈點起來，屋門打開，室內還有松脂和濕洋灰的氣味，建村元老的兒女和孫兒輩參觀擺着羊齒和秋海棠的門廊、安靜的房間、瀰漫着玫瑰花香的花園。他們在客廳歡聚，欣賞本來用白罩單覆蓋的新發明。有些人對沼澤其它城鎮流行的鋼琴很熟悉，看了不免有些失望；等歐蘇拉放進第一捲樂譜，讓阿瑪蘭妲和麗貝卡領頭跳舞，鋼琴却發不出聲音，她心裏更不是滋味。梅爾魁德斯當時快要瞎了，老態龍鍾，運用他古老的智慧，想將自動鋼琴安裝好。最後約瑟·阿加底奧·布恩廸亞錯扳了一個原先卡住的機關，音樂竟出來了，先是急急的一陣，接着是亂七八糟的音符。槌打器敲着胡亂安裝、胡亂調音的琴弦，完全失去了控制。但是，二十一位翻山尋海到西部的勇士們的子孫，儘量避開曲調混亂的影響，跳舞直跳到天明。

培特羅·克里斯庇回來修自動鋼琴。麗貝卡和阿瑪蘭妲協助他整理琴弦，並嘲笑曲調混雜的毛病。氣氛實在很愉快很純潔，歐蘇拉不再監視他們。他臨別的那天晚上，家人以自動鋼琴伴奏，即席開舞會送他，他和麗貝卡示範現代舞，動作很熟練。小阿加底奧和阿瑪蘭妲的技巧和舞姿也不輸他們。可是，碧拉·特奈拉跟一羣人在門口旁觀，有個女人說小阿加底奧的屁股像女人，碧拉跟她打架，用口咬，用手拉頭髮，打得好兇，示範節目因此打斷了。午夜時分，培特羅·克里斯庇發表一篇動人的道別小演說，他答應很快就回來。麗貝卡送他到門口，關門熄燈後，她回房痛哭；一連哭了好幾天，連阿瑪蘭妲都不知道理由。她的封閉行爲並不奇怪。她表面上雖然豁達又誠懇，其實個性很孤獨，心事誰也猜不透。她已長成骨架頎長結實的少女，仍堅持要用她當初帶來的小木頭搖椅，那張椅子修理過好多回，扶手已經掉了。沒有人發現她這麼大了還吸手指頭。難怪她總愛找機會關在浴室裏，而且習慣對着牆壁睡覺。下雨的午後，她跟一羣朋友在秋海棠門廊上綉花，看見濕濕的地面和蚯蚓在花園中掘起的泥堆，總要停止談話，流下思鄉的淚水。她一開始哭，當年被橘子和大黃摧毁的滋味又化爲無法壓抑的渴望。她恢復吃土的舊習。第一次可以說是好奇，她相信那種難吃的味道必能治好吃土的衝動。事實上，泥土含在口中她眞的受不了。不過她被漸增的焦慮打垮了，硬吃下去，慢慢回復多年前的胃口，喜愛原始礦物的氣味，欣賞她的原始食物。她常常抓一把泥土放進口袋，小口小口偸吃，內心喜怒交雜，一面吃一面教女友們最困難的針線活兒，大談一些不配叫女人爲他們吃膠泥的男人。有了那一把一把泥土，唯一値得她自貶身價的男人似乎不那麼遙遠了，確實多了，他那雙漆皮馬靴踏過世界上其它地方的地面，泥土彷彿正把他血液的重量和溫度傳送給她，化爲礦土的氣息，在她口中留下辛辣的餘韻，在她心底留下安詳的沉澱質。有一天下午，安芭蘿・莫斯科特無緣無故要求參觀房子。阿瑪蘭妲和麗貝卡爲她意外造訪而心慌，拘拘泥泥陪伴她。她們帶她看整建過的大廈，請她聽自動鋼琴的樂曲，請她吃橘子醬和餅乾。安芭蘿端莊、迷人、彬彬有禮，歐蘇拉曾在她來訪期間出現片刻，對她印象好極了。過了兩個鐘頭，安芭蘿趁阿瑪蘭妲不注意，遞一封信給麗貝卡。她看見「敬愛的麗貝卡・布恩廸亞小姐」等字樣，井然的字跡、綠色的墨水、文雅的措辭……都和自動鋼琴的使用說明書相同，她以指尖折好來信，藏在胸口，對安芭蘿・莫斯科特報以無限感激的目光，默默答應至死相與。

安芭蘿·莫斯科特和麗貝卡·布恩廸亞忽然熱絡起來，喚醒了奧瑞里亞諾的希望。他始終忘不了小瑞美廸奧絲的形影，却沒有機會見到她。每次他跟密友馬哥尼飛科·威斯霸和吉林奈德·馬魁玆——他們是建村元老的兒子，與父親同名——在城裏漫步，總要焦急地在裁縫店搜尋她，可惜只看到她的幾個姊姊。安芭蘿·莫斯科特在他家露面，等於是一種先兆。奧瑞里亞諾低聲自言自語說：「她一定會陪姊姊來，她一定會來的。」他複述過太多回，信念太強了，有一天下午他在工藝坊中拼裝一條小金魚，突然確信她已應他的呼喚前來。眞的，過不了多久他便聽見孩子們的聲音，他抬頭一看，心臟都嚇得凍住了，小姑娘正站在門口，身穿粉紅色的薄棉紗衣裳，脚穿一雙白靴子。

安芭蘿·莫斯科特在大廳說：「瑞美廸奧絲，妳不能去那邊。他們正在工作。」

但是奧瑞里亞諾不給她答覆的時間。他拉起小金魚嘴裏穿着的鍊子對她說：

「進來吧。」

瑞美廸奧絲走過去，問了幾道和小魚有關的問題，奧瑞里亞諾突然哮喘發作，答不出來。他要永遠伴着她的白皮膚，伴着她的綠眼睛，聽她「先生」長「先生」短，東問西問，像敬重父親一樣敬重他。梅爾魁德斯坐在角落的一張寫字枱前亂塗些難解的符號。奧瑞里亞諾討厭他。他（奧瑞里亞諾）只告訴瑞美廸奧絲他要送她小金魚，小姑娘却嚇慌了，儘快走出工作坊。那天下午奧瑞里亞諾失去了平日找機會見她的耐心。他撇下工作不管。他拚命集中精神，希望她出現，可惜瑞美廸奧絲的心靈未發生感應。他在她姊姊的店鋪、她家的窗簾後方、她父親的辦公室找她，可惜都找不到，只能在獨處的時刻苦思她的倩影。他常常陪麗貝卡在客廳待好幾個鐘頭，聆聽自動鋼琴的音樂。她聽是因爲培特羅・克里斯庇曾放這首曲子教她們跳舞。奧瑞里亞諾聆聽則是因爲每一樣東西，每首曲子都叫他想起瑞美廸奧絲。

家裏充滿戀愛的氣氛。奧瑞里亞諾以無始無終的詩篇來表達。他把詩寫在梅爾魁德斯給他的羊皮硬紙上，寫在浴室的牆上，寫在手臂的表皮，一切詩篇都有瑞美廸奧絲化身出現：下午兩點空氣催人欲睡，空氣中有瑞美廸奧絲；玫瑰芬芳迷人，花香裏有瑞美廸奧絲；研究飛蛾滴漏的秘密，秘密中有瑞美廸奧絲；早晨的麵包熱騰騰，麵包裏有瑞美廸奧絲；瑞美廸奧絲無所不在，永遠在他心坎裏。下午四點，麗貝卡在窗前綉花，等待愛情。她知道郵差的騾子兩星期才來一次，但是她隨時等待，相信某一天郵差會算錯日子，意外前來。正相反：有一次騾子該來的時候沒有來。麗貝卡絕望得發瘋，半夜起來，有一股自殺的衝動，到院子裏吃了好幾撮泥土，痛苦和憤怒得大哭，咀嚼軟綿綿的蚯蚓，用牙齒去咬蝸牛殼。她一直吐到天亮。她發燒倒地，不省人事，芳心陷入昏狂狀態。歐蘇拉很生氣，撬開她的皮箱鎖，發現底下有十六封灑了香水的信函，以粉紅緞帶紮在一起，舊書中還夾有樹葉和花瓣的脈紋，以及一摸就化爲粉末的乾蝴蝶。

唯有奧瑞里亞諾能瞭解那份寂寥。那天下午，歐蘇拉設法救麗貝卡脫離昏迷的泥沼，他則跟馬哥尼飛科・威斯霸和吉林奈德・馬魁兹到卡塔利諾店裏去。該地已加蓋了一排木頭房間，住着體味像死花的單身女人。一個手風琴和小鼓構成的樂隊演奏「男子漢法蘭西斯科」的歌曲——他已多年未在馬康多露面。三個朋友痛飲發酵的甘蔗汁。馬哥尼飛科和吉林奈德雖然跟奧瑞里亞諾同年，却見過比較多世面，他們膝上摟着女人，有條有理慢慢喝。其中一個女人容貌枯萎，滿口金牙，摸了奧瑞里亞諾一下，害他直發抖。他婉拒了她。他發現自己愈喝愈想念瑞美廸奧絲，只是較能忍受記憶的折磨罷了。他不知道自己什麼時候開始飄飄然；只見朋友們和女伴在亮光下飄呀飄的，沒有重量或體積，說話不是用嘴巴，做出的神秘動作也和表情不相符。卡塔利諾把手搭在他肩上說：「快要十一點了。」奧瑞里亞諾回頭，看見那張扭曲的大臉和耳後的絨毛花，接着就失去記憶，跟當年患遺忘症差不多。黎明醒來，四周怪怪的，發現自己在一個陌生的房間裏；碧拉・特奈拉穿套裙站在那兒，打赤脚，披着長髮，拿一盞燈對着他，驚訝極了。

「奧瑞里亞諾！」

奧瑞里亞諾止步抬頭。他不知道自己怎麼會來這兒，但他知道目標何在——打從小時候，他心裏就暗藏着這個目標。

「我來跟妳睡覺，」他說。

他的衣服沾着泥土和嘔吐物。當時碧拉・特奈拉帶着兩個小孩獨居，並未盤問他。她帶他上床，以濕布爲他清洗面孔，脫下他的衣服，自己也卸下衣衫，放下蚊帳，免得孩子們醒來看見。她已等膩了那個肯長留的男子，厭倦了來而復去的人，厭倦了找不到門徑到她家的無數男人，也爲紙牌算命不準而心慌意亂。等待期間，她的皮膚生出皺紋，乳房萎縮，心中的熱情也熄滅了。她摸黑伸手去找奧瑞里亞諾，把手放在他的腹部，懷着母愛輕吻他的脖子。她呢喃道：「可憐的孩子。」奧瑞里亞諾打了個哆嗦。他以冷靜的技巧，一步都不曾弄錯，將滿腹悲哀甩在腦後，發現心中的瑞美廸奧絲化爲無邊的沼澤，有野獸和新燙衣服的氣味。等他醒來，不禁痛哭。先是不自覺、斷斷續續的嗚咽，然後他放聲宣洩心頭的苦悶，覺得內心有一處腫痛裂開了。她靜靜等候，並以指尖刮他的頭，等他驅除那股害他活不去的積鬱。這時候碧拉・特奈拉才問他：「對方是誰？」奧瑞里亞諾老實告訴她。她大笑一聲，若在平時可能會嚇走鴿子，現在小孩並沒有驚醒。她嘲笑說：「你得先把她養大哩。」不過奧瑞里亞諾覺得她的嘲笑中含有瞭解。他踏出房門時，不但解除了自己生殖力的疑惑，也將多月來的心頭重擔拋在一旁。碧拉・特奈拉自動向他提出保證。

她說：「我會去跟小女孩談談，你看我給她獻上什麼好東西。」

她遵守諾言，可惜來得不是時候，因爲家裏已失去往日的安寧。她發現麗貝卡很激動——大喊大叫，當然瞞不了人；阿瑪蘭妲則生病發燒。她也嚐到苦戀的滋味。她常關在浴室裏，寫些狂熱的情書，抒解失戀的痛苦，最後把信藏在皮箱底部。歐蘇拉簡直沒有力氣來照顧兩個生病的女兒。幾經盤問，她硬是查不出阿瑪蘭妲臥病的原因。後來她靈機一動，撬開皮箱鎖，發現那些綑着粉紅絲帶的信，裏面夾有新鮮的百合花，淚痕未乾，寫給培特羅・克里斯庇，却從未寄出去。她氣得流下眼淚，詛咒自己起意買自動鋼琴的那一天，並禁止刺繡課程，無緣無故宣布守喪，等女兒死心。約瑟・阿加底奧・布恩廸亞對培特羅・克里斯庇的印象已經好轉了，佩服他操縱樂器的才能，出面勸歐蘇拉，硬是沒效果。所以，碧拉・特奈拉對奧瑞里亞諾說瑞美廸奧絲決定下嫁時，他知道這個消息只會給父母添麻煩。約瑟・阿加底奧・布恩廸亞和歐蘇拉應兒子之約到客廳去正式會面，呆呆聽他表明心跡。約瑟・阿加底奧・布恩廸亞聽見未婚妻的姓名，氣得滿面通紅。他吼道：「愛情像傳染病。附近有這麼多漂亮又高尙的女孩子，你偏偏要娶敵人的女兒。」可是歐蘇拉同意這個抉擇。她承認很欣賞莫斯科特家的七姊妹，說她們漂亮、能幹、嫻淑、有禮貌，並讚揚兒子有眼光。約瑟・阿加底奧・布恩廸亞拗不過太太的熱誠，就提出一個條件：培特羅・克里斯庇要的是麗貝卡，該讓她嫁給他。歐蘇拉有時間不妨帶阿瑪蘭妲到省城去旅行，讓她跟不同的人接觸，減輕失戀的痛苦。麗貝卡聽說養父母答應，身體馬上復原，她寫了一封報喜的信給未婚夫，請求父母批准，直接寄出，不透過中間人。阿瑪蘭妲假裝接受這項決定，熱病漸漸痊癒了，但是她暗暗發誓要讓麗貝卡踏着她的遺體出嫁。

下一個禮拜六，約瑟・阿加底奧・布恩廸亞穿上宴會時第一次穿的黑西裝、賽璐珞硬領和鹿皮靴，前去向瑞美廸奧絲・莫斯科特提親。官員夫婦不知道他意外來訪的理由，憂喜參半迎接他，後來還以爲他把準新娘的名字搞錯了。爲了糾正錯誤，母親叫醒瑞美廸奧絲，帶她進起居室，她睡眼惺忪。父母問她是不是眞的決定要嫁人，她哭哭啼啼說：她只希望大人讓她睡覺。約瑟・阿加底奧・布恩廸亞明白莫斯科特大人的困擾，回去找奧瑞里亞諾問個明白。他回來的時候，莫斯科特一家人已穿上正式的服裝，重新安排家具，在花瓶裏插上鮮花，跟幾位大女兒一起等待客人。約瑟・阿加底奧・布恩廸亞證實兒子看中的是瑞美廸奧絲，他面對不愉快的場面，又穿着煩人的硬領，難受得要命。阿波里納・莫斯科特大人吃了一驚說：「講不通嘛。我們另外有六個女兒，全部未婚，正値適婚年齡，樂於當令郞這種勤勞君子的賢妻，而奧瑞里亞諾竟看上還在尿床的小女兒。」他太太的外貌不顯老，眼瞼含悲，一臉苦相，她駡丈夫不對。大家吃完水果鷄尾酒，女方欣然接納了奧瑞里亞諾的決定。莫斯科特太太要求和歐蘇拉單獨談談。歐蘇拉很好奇，嘴裏中辯說大家竟叫她插手管男人的事，內心則深受感動，次日她上門拜訪。半個鐘頭後，她帶回一個消息：瑞美廸奧絲還沒有到青春期。奧瑞里亞諾認爲這不算大問題。他旣然等了這麼久，不妨再等些時日，等新娘到達能懷胎的歲數。

家裏剛恢復融洽的氣氛，又因梅爾魁德斯去世而擾亂了。他死是預料中事，細節却叫人意外。他回來幾個月之後，身心急速老化，不久就被看成無用的老祖宗之一——他們像幽靈在臥室間遊蕩，脚步拖拖拉拉，喃喃回憶往事，誰也懶得理他們，誰也想不起他們，直到某一天早晨才發現他們已死在床上。起先約瑟·阿加底奧·布恩廸亞協助他工作，對銀板照相術和諾斯特拉達莫斯的預言很熱心。漸漸的，他開始讓老人獨處，因爲溝通已愈來愈困難了。老人的視力和聽力全失，似乎把交談的對象當做他老早老早認識的人，並用大雜燴語言來回答對方。他以雙手摸索前進，却能順利避開物體，顯然有一種靠見識產生的方向本能。他晚上常把假牙放在床邊的一杯清水中，有一天他忘了裝回去，此後就未曾安裝過。歐蘇拉擴建房屋的時候，曾叫人在奧瑞里亞諾的工藝坊隔壁爲他建一個特別的房間，遠離他們家的紛擾和噪音，有一扇採光甚佳的窗戶和一個書架——她親手把快被塵土和蠹蟲破壞的書本、一堆充滿怪符號的紙片、長着黃花水草的玻璃杯和假牙……一一排列在書架上。梅爾魁德斯似乎很喜歡這個新地方，此後就未在別的地方露面，甚至不上餐廳。他只到奧瑞里亞諾的工作坊，用他帶來的硬紙亂塗些謎樣的文字，連寫幾個鐘頭，硬紙大概是用一種綢如鬆粉膠的乾材料做成的。他在那邊吃維西塔西昂每天送去的兩頓餐點，最後幾天胃口很差，只吃蔬菜。他臉上很快就出現素食者那種可憐的氣色，皮膚長一層薄苔，和他終年穿在身上的舊馬甲差不多，他的呼吸具有睡眠中的動物那種氣息。奧瑞里亞諾專心寫詩，最後竟忘了他，不過有一回他自覺聽得懂梅爾魁德斯的獨白，便用心聽。事實上，顫抖的段落中唯一聽得清的就是「（春秋）分，（春秋）分，（春秋）分。」這個字和「亞歷山大·亨伯爾特爵士」的名字。小阿加底奧開始幫奧瑞里亞諾做銀飾的時候，跟老人比較接近。他盡力溝通，梅爾魁德斯有時候說幾句跟現實無關的西班牙片語作答。不過，有一天下午他突然熱情起來，容光煥發。幾年後，小阿加底奧面對槍斃行刑隊，突然憶起梅爾魁德斯曾用顫抖的嗓音念幾頁深奧的文字給他聽，他當然聽不懂，但是音調像唸佈告似的。接着他露出絕跡已久的笑容，以西班牙話說：「我死後，在我房間燒三天水銀。」小阿加底奧向約瑟·阿加底奧·布恩廸亞報告，後者想打聽更明確的消息，但是老人只回答說：「我已找到了永恒。」梅爾魁德斯的呼吸開始發臭，小阿加底奧每星期四帶他到河裏去洗澡。他的身體似乎漸漸復原。他脫衣陪小伙子們下水，憑神秘的方位感躲避水深危險的地方。有一次他說：「我們來自水中。」除了他試修鋼琴的夜晚，以及腋下夾着水瓢、毛巾、棕櫚油肥皀跟小阿加底奧到河邊的日子，家人很久很久沒見到他。某一個星期四，他們叫他一起去河邊，奧瑞里亞諾聽見他說：「我已發燒死在新加坡的沙丘上了。」那天他由一個不安全的地方下水，大家直到次日才在下游數哩外找到他，被沖到河裏的一個彎處，有隻兀鷹坐在他肚子上。歐蘇拉哭得比喪父更傷心，她拚命抗議，約瑟‧阿加底奧‧布恩廸亞硬是不肯埋葬他。他說：「他是不朽的，他自己透露過復活的公式。」他拿出遺忘已久的水管，在屍體旁放一罐水銀去燒，屍體漸漸充滿藍色泡沫。阿波里納‧莫斯科特大人鼓起勇氣提醒他：淹死的人不下葬會危及公共衞生。約瑟‧阿加底奧‧布恩廸亞答道，「才不會呢，他有生命。」他燒了七十二小時的水銀薰香，屍體已開始迸出青色的磷光，噓噓作響，弄得滿屋子都是難聞的煙霧。他這才准許別人埋葬死者，不是平平凡凡下葬，而是把他尊爲馬康多的大恩人。這是本城的第一件喪事，也是弔喪者最多的一回，直到一百年後「大媽媽」的喪禮盛會才趕過它。家人在指定的基地中央挖一個墳坑，將他埋進去，立一個石碑，寫下他們所知的唯一資料：「梅爾魁德斯」。他們爲他守靈九夜。院子裏亂紛紛，大家喝咖啡、說笑話和玩牌，阿瑪蘭妲趁機向培特羅‧克里斯庇表明心意，培特羅前幾週就正式對麗貝卡立下盟約，而且在阿拉伯人以前用小飾物換金剛鸚鵡的「土耳其街」開了一家樂器和機械玩具店。這位義大利男人頭上佈滿漆皮髮捲，美得叫女人忍不住嘆息，他把阿瑪蘭妲當做不値得認眞的任性小姑娘。

他告訴她：「我有個弟弟。他要來我店裏幫忙。」

阿瑪蘭妲感到屈辱，她氣沖沖告訴培特羅‧克里斯庇說，她準備阻止姊姊行婚禮，甚至不惜以自己的屍體來擋門。義大利人看她語氣激烈，忍不住告訴麗貝卡。阿瑪蘭妲外出旅行的事老是因歐蘇拉太忙而躭擱，如今不到一星期就安排好了。阿瑪蘭妲並未反抗，可是她跟麗貝卡吻別時，曾貼着對方的耳朵說：

「別抱太大的希望。就算他們送我到天涯海角，我也要設法阻止妳結婚，甚至不惜殺掉妳。」

少了歐蘇拉，少了靜悄悄在屋內穿梭的梅爾魁德斯，屋子顯得好大好空洞。麗貝卡負責理家，印第安女人則照料麵包房。傍晚培特羅•克里斯庇來訪，人未到先颳來一陣冷冷的薰衣草香味，他老是帶一件玩具當禮物，未婚妻在大客廳接待他，門窗大開，免得啓人疑竇。這全是多慮，義大利人早就證明自己是君子，一年內就要成親，却連準新娘的纖手都未曾碰過。他經常來訪，家裏漸漸擺滿奇妙的玩具。機械舞女娃娃、音樂盒、表演特技的猴子、慢跑的馬兒、打鼓的小丑：培特羅•克里斯庇帶來的機械動物化解了約瑟•阿加底奧•布恩廸亞爲梅爾魁德斯死亡所感到的悲哀，又勾起他往日煉金的興致。他整天面對開腸破肚的動物和拆開的機械，想用鐘擺原理構成的恆動組織來加以改善。奧瑞里亞諾則撇下工藝坊不管，經常教小瑞美廸奧絲讀書和寫字。起先小女孩寧願玩洋娃娃；不願意接待這位天天下午來訪，害她不得不撇下玩具，沐浴更衣坐在客廳裏會客的男人。可是奧瑞里亞諾的耐心和深情終於打動了她，使她甘願陪他好多個鐘頭，學習文字的意義，以彩色鉛筆在筆記簿中畫些牛欄中有母牛的房子，光芒隱在山背的太陽球等等。

只有麗貝卡爲阿瑪蘭妲的威脅而悶悶不樂。她知道妹妹的性格，知道她高傲的靈性，簡直被她的滿腔怒火嚇慌了。她一連幾個鐘頭在浴室中吸手指，以鋼鐵般的意志忍住不吃泥土。爲了解除心中的疑慮，她叫碧拉•特奈拉爲她算命。彼此胡亂交談一番後，碧拉•特奈拉預言：

「妳的父母未下葬，妳不可能快樂。」

麗貝卡打了個冷顫。她彷彿想起一場夢中的情節，看見自己小時候帶着皮箱、小搖椅和一個內容不明的袋子走進家門。她憶起一位身穿亞麻衣，領子上別有金鈕釦的光頭紳士——此人和撲克牌的「紅心老K」毫無關係。她憶起一位兩手又暖又香的美麗少婦——此人跟撲克牌的「方塊老J」和上面那隻患風濕的手也毫無共通之處，她老愛把鮮花插在她（麗貝卡）頭髮上，下午帶她走過一座街道呈綠色的小城。

她說，「我不懂。」

碧拉・特奈拉似乎驚惶失措：

「我也不懂，撲克牌上這麼說嘛。」

麗貝卡整天思索這個謎團，終於向約瑟・阿加底奧・布恩廸亞報告，養父罵她不該相信紙牌算命術，但是他默默翻箱倒櫃，搬開家具，掀開床舖和地板來找那袋骨頭。他記得擴建房屋以後就沒看見過。他偷偷召集泥水匠，有一個人說那袋東西妨礙他工作，被他糊進某一間臥室的牆壁裏了。他們耳朵貼牆壁聽了好幾天，終於聽見「咔啦——咔啦」的聲音；打穿牆壁，遺骨原封不動放在袋子裏。他們當天就將遺骨埋在梅爾魁德斯旁邊，未立石碑，約瑟・阿加底奧・布恩廸亞回家後，卸下心頭的一個擔子——這件事一度像普魯丹西奧・阿固拉的回憶一樣害他良心不安。他經過廚房，特意吻吻麗貝卡的額頭。

他吩咐她：「別再想那袋遺骨了。妳會幸福的。」

打從小阿加底奧出世，歐蘇拉就閉門不接納碧拉・特奈拉，如今碧拉和麗貝卡交了朋友，家裏的大門又為她開放了。她像一羣山羊，隨時可能來訪，甘於做最辛苦的活兒，發洩滿腔熱力。有時候她會走進工藝坊，幫小阿加底奧曬照片底板，效率高，態度溫柔，弄得他心慌意亂。這個女人害他心煩。她那曬黑的膚色、身上的煙味、她在暗房裏的笑聲……在在分散了他的注意力，害他撞到東西。

有一回，奧瑞里亞諾正在打造銀飾，碧拉・特奈拉倚着桌子，看他耐心工作。預感突然出現了。奧瑞里亞諾先確定小阿加底奧在暗房裏，才抬眼接觸碧拉・特奈拉的眼神，她的思緒很明顯，彷彿暴露在正午的强光下似的。

奧瑞里亞諾說：「好啦，告訴我怎麼回事吧。」

碧拉・特奈拉咬着嘴唇苦笑。

她說：「我想你若打仗一定很棒。百發百中的。」

奧瑞里亞諾為預兆靈驗而鬆了一口氣。他若無其事回去專心幹活兒，聲音顯得平靜又有力。

他說：「我會認下他。他將沿用我的姓名。」

老約瑟・阿加底奧・布恩廸亞終於找到他要追尋的東西：他把時鐘的機械裝置跟機器舞女連在一起，小玩偶隨着音樂旋律不停地跳舞，一連跳了三天。這項發現比其它笨嚐試更叫他興奮。他廢寢忘食。唯有麗貝卡保持機警，細心照顧他，使他不至於因想像過度而落入無法復原的昏狂狀態。他整夜繞着房間走，喃喃自語，想用鐘擺的原理來推動牛車、犂耙，和一切能發動及使用的東西。他失眠發燒，萬分疲倦，有一天清晨，一位姿勢含糊的白髮老人走進他房間，他竟認不出是誰。原來是普魯丹西奧·阿固拉的幽靈。約瑟·阿加底奧最後認出是他，沒想到死人也會衰老，不禁充滿了懷念。他驚嘆說：「普魯丹西奧，你從好遠的地方趕來！」普魯丹西奧·阿固拉去世多年，非常想念活人，需要同伴，害怕接近死亡中的另一種死亡，最後竟愛上自己最大的仇人。他花了好多時間找他。他向里奧哈查城的死人、上幽谷的死人、沼澤各地的死人打聽他的一切，可是馬康多還沒有人死亡，所以沒人說得出他的現況；後來梅爾魁德斯到達地府，在死人的雜色地圖上以小黑點標明馬康多的位置。約瑟·阿加底奧·布恩廸亞跟普魯丹西奧·阿固拉的幽靈交談到破曉時分。幾個鐘頭後，他因熬夜而疲乏不堪，走進次子奧瑞里亞諾的工藝坊問道：「今天是星期幾？」奧瑞里亞諾說是星期二。約瑟·阿加底奧·布恩廸亞說：「我也這麼想。不過我突然覺得今天跟昨天一樣，是星期一。看看天空，看看牆壁，看看秋海棠。今天也是星期一。」奧瑞里亞諾看慣了父親的狂態，沒有理他。次日是星期三，約瑟·阿加底奧·布恩廸亞又回到工藝坊。他說：「慘了！看看空氣，聽聽太陽的嗡嗡聲，跟昨天和前天一模一樣。今天也是禮拜一。」那天晚上，培特羅·克里斯庇發現他在門廊上爲普魯丹西奧·阿固拉流淚，爲梅爾魁德斯流淚，爲麗貝卡的雙親流淚，爲他的母親和父親流淚，爲所有他記得而如今孤零零待在地府的人流淚。培特羅送他一隻能用後腿走鋼索的機器熊，却化不開他執着的心境。培特羅問準岳父說：前幾天他曾跟他說明人類能造一架鐘擺機來幫助飛行，這個建議有沒有結果？準岳父答稱不可能，因爲鐘擺機能把任何東西抬上空中，就是抬不起它自己。星期四他又在工藝坊露面，滿臉苦相，像犂過的地面似的。他差一點哭出來：「時間組織壞掉了，歐蘇拉和阿瑪蘭妲又走得那麼遠！

」奧瑞里亞諾罵父親像小孩似的，他顯得很慚愧。他花了六小時檢查萬物，想看看外表和頭一天有何差別，希望發現一些能證明時間轉移的變化。他睜眼在床上躺了一整夜，呼叫普魯丹西奧·阿固拉，呼叫梅爾魁德斯，呼叫一切死者，要他們分攤他的苦悶。可惜沒有人來。星期五別人還沒有起床，他又觀察大自然的外觀，最後一口咬定那天是星期一。於是他抓起一根門栓，使出不平凡的蠻力，把煉金實驗室、照相室、銀飾工作坊的設備砸得粉碎，中邪般用高亢、流利却無人能懂的語言大喊大叫。他正要把屋裏的其它部分也搗毀，奧瑞里亞諾請鄰居來幫忙。一共出動十個人把他按倒，十四個人捆起他，二十個人將他拖到院子裏的板栗樹下，把他綁在那兒。他用陌生的語言大叫大喊，口吐綠泡沫。歐蘇拉和阿瑪蘭妲回來時，他的雙手和雙脚仍綁在板栗樹幹上，渾身被雨水打濕，臉上一副天眞無邪的表情。她們跟他說話，他望着妻女却認不出是誰，儘說些她們聽不懂的話。歐蘇拉鬆開他被繩子勒傷的手腕和脚踝，只綁住他的腰。後來他們爲他建了一座棕櫚枝的棚子，免得他遭受日曬雨淋。

5

三月的一個禮拜天，奧瑞里亞諾·布恩廸亞和瑞美廸奧絲·莫斯科特面對尼坎諾·雷納神父在客廳搭起的聖壇舉行婚禮。因爲小瑞美廸奧絲還沒有改正童年的習慣，就抵達青春期，四星期來給莫斯科特一家人帶來極大的震撼，至此達到高潮。儘管母親曾跟她談過青春期的變化，但是某一個星期五下午，姊姊們跟奧瑞里亞諾在起居室聊天，她突然大叫大嚷衝進去，拿她的褲子給大家看，上面沾有巧克力色的血汚。雙方講好再過一個月舉行婚禮。時間只够用來教她自己梳洗、穿衣、瞭解家庭的基本事務。家人特地讓她在熱磚上小便，以根治她尿床的惡習。瑞美廸奧絲對婚姻的知識感到迷惑和驚訝，逢人便想談花燭夜的細節，家人費了好大的工夫才說服她，讓她知道婚姻的秘密不可洩露。教起來眞累人，不過到婚禮那天，小女孩已經跟姊姊們一樣懂事了。阿波里納·莫斯科特大人挽着她的手臂，帶她走上綴滿鮮花和花環，炮竹劈啪響，幾個樂隊齊奏的街道；她揮手向窗口祝福她的人微笑致謝。奧瑞里亞諾身穿黑衣，脚穿幾年後他面對槍斃行刑隊所穿的金屬鈕針漆皮靴子，在家門口迎接新娘，牽她到聖壇前面，臉色蒼白，喉嚨彷彿哽着硬塊。她擧止自然又謹愼，始終很沉着，連奧瑞里亞諾爲她戴戒指時把指環掉在地上，她都面不改色。來賓竊竊私語，亂糟糟的，她始終擧着戴花邊手套、沒有戒指的小手，伸着無名指；新郎用腳擋住了戒指，免得它滾到門邊，然後紅着臉回到聖壇前。她的母親和姊姊們唯恐小女孩在婚禮期間出洋相，緊張兮兮，最後她們竟抱起她來親吻，自己犯了禮儀上的錯誤。從那天開始，瑞美廸奧絲面對逆境時的責任感、自然美德、冷靜的自制力都表露無遺。她自動自發把切好的最大一塊結婚蛋糕留起來，擺在盤子上連同餐叉送去給老約瑟・阿加底奧・布恩廸亞吃。高大的老人被綁在板栗樹幹上，坐着棕櫚棚下的小木凳縮成一團，因日曬雨淋而失去血色，他依稀泛出感謝的笑容，用手指抓蛋糕來吃，口裏喃喃唸着沒有人能懂的聖歌。熱鬧的慶祝節目直到星期一凌晨才結束，唯有麗貝卡・布恩廸亞悶悶不樂。這是她自己落空的婚宴。歐蘇拉本來安排同一天為她舉行婚禮，可是星期五培特羅・克里斯庇收到一封信，說他母親快要斷氣了。婚禮往後延。培特羅・克里斯庇接信後一個鐘頭就動身去省城，路上和他母親一來一往錯過了——原來她星期日晚上準時到達，在奧瑞里亞諾的婚宴上大唱她原先要為兒子娶親唱的抒情曲。培特羅・克里斯庇想趕回來成婚，一路上累垮了五匹馬，結果到星期天半夜才抵達，正好來掃婚宴的餘灰。他們查不出那封信是誰寫的。歐蘇拉一再逼問，阿瑪蘭妲憤慨得大哭，對着木匠尚未拆完的聖壇發誓她是無辜的。

尼坎諾・雷納神父——阿波里納・莫斯科特大人特意由沼澤地區請他來主持婚禮——年紀很老，由於教士忘恩負義，他的心腸也變得冷酷得多了。他的皮膚黯淡，骨頭突出，肚子倒圓鼓鼓的，表情像老天使，與其說他是賢良還不如說是單純。他打算行完婚禮就回自己的教區，可是他看馬康多的居民桀驁不馴，做了許多醜事仍照樣發跡，順應自然法則，小孩都不受洗，節慶也不帶一點神聖的氣氛，萬分驚駭。他認爲沒有一片土地比這兒更需要上帝的種子，遂決定多留一星期，讓割過包皮的人（指猶太教徒）和異教徒都信仰基督教，依法確立姨太太的身分，並爲垂死者行聖禮。可惜沒有人理他。鎮民答道：他們已多年沒有神父，直接跟上帝安排靈魂的事宜，而且他們的原罪已經消失。尼坎諾神父露天講道講膩了，決心建一座全世界最大的教堂，兩邊安置和眞人一樣高的聖徒像，以及有色的玻璃窗，好讓民衆由羅馬趕到異教的中心地帶來崇拜上帝。他拿着銅盤到處募捐。鎮民給了他一筆大數目，他還嫌不夠，因爲教堂必須裝置一口能將溺死者喚回水面的大鐘。他大聲疾呼，嗓子都喊啞了；骨頭開始吱吱嘎嘎作聲。某一個星期六，他連造門的錢都募集不到，心情落入絕望驚惶的深淵。他在方場臨時搭一座聖壇，星期天跟失眠症流行期一樣，拿個小鈴在城內到處走，叫大家去望露天彌撒。很多人好奇前往。也有人是爲鄉愁而去的。另外一些人則是怕上帝把衆人蔑視其使者看成是切身的侮辱，於是早上八點鐘，城裏半數的居民都來到方場。尼坎諾神父以募捐喊啞了的嗓門吟唱福音。最後，會衆開始解散，他舉手吸引大家的注意。

他說：「等一下，現在我們來看看上帝無限威力的證明。」

協助他作彌撒的男孩端一杯熱騰騰的濃巧克力給他，他一飲而盡，沒有停下來呼吸。接着他由袖口抽出一條手帕來擦嘴巴，伸伸手臂，閉上眼睛。就這樣，尼坎諾神父的身子往上浮，離地六英寸。這一招頗有說服力。他藉着巧克力的作用，一連幾天挨家挨戶表演升空的場面，助手則用袋子募捐，收到不少錢，不到一個月教堂就動工了。除了約瑟・阿加底奧・布恩地亞，沒有人懷疑這種表演的神聖性——有一天早晨，民衆聚集在板栗樹四周，再次目睹這項神跡，他（老布恩廸亞）聚精會神看着民衆。尼坎諾神父和他坐的椅子開始升空離地時，約瑟·阿加底奥·布恩廸亞只在板凳上挺一挺身子，聳聳肩。

「簡單嘛。那個人發現了第四種自然能。」

尼坎諾神父一抬手，椅子的四隻脚同時落在地上。

他說：「不對。剛才的事情無疑證明了上帝的存在。」

大家這才發現約瑟·阿加底奥·布恩廸亞講的怪話是拉丁語。他是唯一能跟神父溝通的人，尼坎諾神父利用這一點，想將信仰注入他古怪的心靈。神父每天下午坐在板栗樹旁用拉丁文佈道，可是約瑟·阿加底奥·布恩廸亞硬是不相信他口頭的勸解和巧克力帶來的奇蹟，要看上帝的照片來做唯一的證明。於是尼坎諾神父帶來勳章和圖片，甚至拿一張「維龍尼卡手帕」（傳說聖維龍尼卡將手帕或面紗交給基督擦臉，上面留有基督的肖像）的複印品來，約瑟·阿加底奥·布恩廸亞說是沒有科學根據的人造物品，不肯採信。他實在太固執，尼坎諾神父就不再對他傳播福音，只基於人道精神來看他。這一來約瑟·阿加底奥·布恩廸亞採取主動，想以理性主義者的伎倆來摧毁神父的信仰。有時候尼坎諾神父帶棋盤來，放在板栗樹下，邀他下棋。約瑟·阿加底奥·布恩廸亞不接受——照他的說法，他不懂兩個對手講好規則的比賽有什麼意思。尼坎諾神父沒看過棋手那樣玩法，再也無法玩下去。他更爲約瑟·阿加底奥·布恩廸亞神智清醒而吃驚，問他怎麼會被人綁在樹上。

他回答說，「很簡單。因爲我瘋了嘛。」

此後神父爲自己的信仰操心，不再回來看他，全心督促教堂的工程。麗貝卡的希望復甦了。她的前途繫於工程的進度，某一個星期天，尼坎諾神父在他們家吃午餐，全家圍几而坐，大談敎堂完成後宗敎典禮將如何肅穆，如何光采，阿瑪蘭妲說：「最幸運的是麗貝卡。」麗貝卡不懂這句話的意思，對方露出天眞的笑容解釋說：

「妳舉行婚禮，敎堂將首度開張。」

麗貝卡搶先提出評論。敎堂這樣建法，要再過十年才能完工。尼坎諾神父不以爲然：信徒愈來愈慷慨，他的估計比較樂觀。麗貝卡生悶氣，吃不下午餐，歐蘇拉看了，一面在她面前誇獎阿瑪蘭妲的想法，一面捐獻可觀的金錢，讓工程進行得快一點。尼坎諾神父覺得，如果再有人捐這麼多錢，敎堂三年內就可以完工。此後麗貝卡就不跟阿瑪蘭妲講話，認爲她的動機不像表面上那麼純潔。那天晚上，她們大吵一架，阿瑪蘭妲答道：「這麼做算是最客氣的了。那樣我可以三年不必殺妳。」麗貝卡接受了挑戰。

培特羅・克里斯庇發現婚禮又要延期，非常失望，不過麗貝卡斷然證明了自己的忠貞。她對未婚夫說：「只要你開口，我們隨時私奔。」可是培特羅・克里斯庇並非勇於冒險的男人。他缺乏未婚妻那種衝動的個性，認爲守信是一項財寶，不該隨意虛擲。這一來麗貝卡轉而採取更厚顏的方法。一陣神秘的風吹熄了客廳的燈火，歐蘇拉意外逮到暗處相吻的情人。培特羅・克里斯庇尷尬地解釋說，現代的柏油燈品質很差，他甚至幫準岳母裝設了更安全的照明設備。可惜燃料又不靈光，不然就是燈蕊塞住了，歐蘇拉發現麗貝卡坐在未婚夫的大腿上。這回她不聽任何解釋。她把麵包房交給印第安女人負責，客人來訪期間，她坐在搖椅上監視這一對青年，準備擊敗她自己少女時代就已經過時的伎倆。麗貝卡看歐蘇拉面對無聊的待客場面，呵欠連連，不禁憤慨地嘲笑說：「可憐的媽媽。等她死了，她會坐那張搖椅升天領賞。」培特羅·克里斯庇在長輩監督下談情說愛三個月，天天去監工，看工程進度緩慢，很不耐煩，決定捐出教堂完工所需要的錢，交給尼坎諾神父。阿瑪蘭妲一點都不着急。女友們每天下午到門廊上綉花，她一面跟她們談話，一面想些新詭計。她想到一個最有效的方法：麗貝卡曾將除蟲丸放進新娘禮服袋，然後收進臥室的櫃子裏，她不妨取出那些除蟲丸。可是她估計錯誤，把詭計給搞砸了。她在教堂完工前兩個月執行計劃。麗貝卡爲婚禮將屆而着急，比阿瑪蘭妲預料中早一點準備新娘服。她打開樹櫃，先揭開紙包，再掀開罩布，發現衣裳的纖維、面紗的縫線、甚至橘子花冠都被蠹蟲蛀穿了。她雖然確定自己在布包內放了一把除蟲丸，但是這個災禍很自然，她也不敢怪阿瑪蘭妲。現在距離婚禮不到一個月，安芭蘿·莫斯科特保證在一星期內縫好一件新禮服。某一個下雨的中午，安芭蘿抱着一大堆針線活兒到他們家，讓麗貝卡在新娘服完工前試穿一下，阿瑪蘭妲感到頭暈。她的嗓子啞了，一道冷汗流下背脊。多少個月來，她等待這一刻，嚇得發抖——她若想不出方法來阻礙麗貝卡成婚，她相信想像力枯竭的最後一刻，自己一定有勇氣毒死她。那天下午，麗貝卡穿着安芭蘿·莫斯科特用幾千根針耐心別住的針線甲冑，熱得透不過氣來；阿瑪蘭妲用鈎針編衣物，失誤連連，鈎針刺到手指，但是她冷靜極了，決定婚禮前的最後一個星期五要在麗貝卡的咖啡放鴉片。

沒想到一件無法克服的大障礙逼得婚禮再度不定期往後延。婚禮前一個禮拜，小瑞美廸奧絲半夜醒來，體內噴出一股熱泉，渾身都濕透了。三天後她中血毒去世，肚子裏有一對雙胞胎兒交叉排列着。阿瑪蘭妲良心很不安。她曾熱烈懇求上帝安排一點可怕的事情，讓她不必毒死麗貝卡，所以她爲瑞美廸奧絲夭亡而難過。她祈求的可不是這種障礙呀。瑞美廸奧絲已爲他們家帶來愉快的氣氛。她跟丈夫住在靠近工藝坊的一間臥室，屋裏擺滿她童年後期的洋娃娃和玩具，她那愉快的活力流出臥房的四壁，像一道健康的漩渦，沿着有秋海棠的走廊傳遍全家。她從黎明就開始唱歌。麗貝卡和阿瑪蘭妲吵架，只有她敢出面調停。她挑起照顧約瑟·阿加底奧·布恩廸亞的繁重工作，送食物給他，幫他處理生活基本要務，以肥皂和刷子爲他洗浴，驅除他頭髮和鬍鬚的跳蚤及蟲卵，維護棕櫚棚，暴風雨天還加蓋防水帆布。她死前的幾個月，能用初級拉丁語和他交談。奧瑞里亞諾和碧拉·特奈拉的兒子生下來，送到他們家，受洗命名爲奧瑞里亞諾·約瑟，瑞美廸奧絲決定把他當做親生的長子。她的母性本能使歐蘇拉大吃一驚。奧瑞里亞諾則由妻子身上找到了他活下去所需要的正當理由。他整天在工藝坊忙碌，瑞美廸奧絲上午會端一杯不加糖的咖啡給他。小兩口每天晚上去拜望莫斯科特家。奧瑞里亞諾反覆陪岳父玩骨牌，瑞美廸奧絲則跟姊姊們聊天，或者跟母親談點重要的事情。阿波里納·莫斯科特大人和布恩廸亞家聯姻，在城內的權威因此鞏固多了。他經常去省城，說服政府設一間學校，小阿加底奧繼承了祖父的教育熱誠，可以負責管理。他用勸導的方式，說服大多數人家在國家獨立紀念日把房子漆成藍色。他聽從尼坎諾神父的催促，設法將卡塔利諾的店舖移到一條後街，並封掉城中心幾個生意興隆的下流場所。

有一次他帶回六名荷槍的警察，託他們維持秩序，沒有人記得當初城內不准武裝的協定。奧瑞里亞諾欣賞岳父的辦事效能。朋友們跟他說：「你會變得跟他一樣胖。」可是他整天靜坐，顴骨加高了，眼睛的光芒集中了，體重倒沒有增加，儉省的性格也未曾改變，相反的，嘴唇的線條更直更硬，顯示出孤寂的思慮和堅忽的決心。瑞美廸奧絲宣佈懷孕時，兩家人對小兩口愛憐萬分，連麗貝卡和阿瑪蘭妲都宣佈停戰，打算在嫂嫂生男孩的時候用藍色羊毛線合織嬰兒用品，若是生女孩就以粉紅色的毛線來編織。幾年後，小阿加底奧面對槍斃行刑隊，最後一個想到的就是她。

歐蘇拉下令關閉門窗一段日子，爲死者守喪，除非絕對必要，誰也不准進出。一年內她禁止家人大聲講話，並將瑞美廸奧絲的照片放在她原先停屍的位置，以黑絲帶圍着，終年點一盞油燈。後代始終未讓這盞燈熄滅，可是他們看到照片上穿褶裙、白靴，頭部圍一條薄絲帶的姑娘，一定很困惑，絕對無法將她和標準的曾祖母形象連結在一起。阿瑪蘭妲負責照顧奧瑞里亞諾‧約瑟。她把他當做兒子來養，此人將分擔她的寂寞，解除她因瘋狂禱告而害死瑞美廸奧絲的罪惡感。培特羅‧克里斯庇傍晚躡手躡脚來，帽子上別着黑紗，默默探訪麗貝卡；而她穿着袖子長達手腕的黑衣服，身心彷彿要淌血而死。婚禮的新日期想都不該去想，未婚夫妻的情份化爲永恆的友誼，一場沒有人再操心的疲乏戀愛，這一對往日吹燈偷吻的情侶，彷彿已將自己交給死神擺佈。麗貝卡失去了方向，銳氣盡失，又開始吃泥土了。

突然間——守喪已進行了好久，刺繡課又開始了——下午兩點，四處熱得靜悄悄，有人推開臨街的大門，地基的支柱爲之震動，在門廊上綉花的阿瑪蘭妲和朋友們、在臥室吸手指的麗貝卡、廚房裏的歐蘇拉、工藝坊的奧瑞里亞諾、甚至板栗樹下的約瑟・阿加底奧・布恩廸亞都以爲大地震把房屋搖垮了。來的是一個大塊頭的男子。他那方方的肩膀幾乎和門口一樣寬。粗壯的頸子上戴一幅聖母像，手臂和胸膛佈滿神秘的刺花，右腕掛着「十字架上的聖嬰」護符銅手鐲。他的皮膚被露天的鹽分曬黑了，頭髮像馬鬃又短又直，下巴如鋼鐵，臉上掛着悲哀的笑容。他圍着一條腰帶，比馬兒的肚帶厚一倍；皮靴附有綁腿和馬刺，根部裝有鐵塊，他露面給人一種地震般的印象。他提着一些半舊的馬靴袋，穿過客廳和浴室，像雷霆般走上植有秋海棠的門廊，阿瑪蘭妲和朋友們一時楞住了，針線高舉在空中。他用疲憊的嗓音對她們說聲「嘿」，將馬靴袋扔在一張工作枱上，繼續走到房子的後半部。麗貝卡看他經過臥室門口，嚇一大跳，他說了一聲「嘿」。奧瑞里亞諾專心坐在銀工實驗枱邊，他對他說聲「嘿」。他未在任何人身邊逗留；直接走到廚房。走遍天下，這才第一次停下脚步。他說聲「嘿」。歐蘇拉張口站了一秒鐘，凝視他的眼睛，驚叫一聲，伸手去摟他的頸子，高興得又哭又叫。原來是她的長子約瑟・阿加底奧。他回來跟去時一樣赤貧如洗，歐蘇拉不得不給他兩披索的錢去付房租。他說西班牙話；夾着水手的俚語。家人問他到過什麼地方，他回答說：「那邊啊。」他把吊床掛在家人指定的地方，一連睡了三天。他醒來吃下十六枚生蛋，直接走到卡塔利諾店裏，他巨大的體型勾起了女人極大的好奇心。他點音樂，又點甘蔗汁給每一個人喝，全都記在他的帳上。他同時和五個男人比賽印第安摔角，大家相信自己拉不動他的手臂，紛紛說：「不行，他有『十字架上的聖嬰』護符。」卡塔利諾不相信神力，出十二披索賭他搬不動櫃臺。約瑟・阿加底奧把櫃台拉出來，舉到頭頂上，搬到街心。一共出動十一個人才把它搬回來。現場很熱，他在吧台上展示非凡的男性體魄，全身蓋滿紅藍交織的各國語言刺花。對於圍攻他、愛慕他的女人，他問誰肯出最高的代價。最有錢的女人出了二十披索。於是他自願以十披索的價錢讓她們抽籤。身價最高的女人只賺八披索，十披索的價錢算來相當高，不過她們都接受了。她們把名字寫在十四張紙上，放進一個帽子裏，每個女人拿出一張。最後只剩兩張可抽了，字條的主人已經確定。

約瑟‧阿加底奧建議：「各添五披索，我讓兩個人分享。」

他以這種方式謀生。他當過沒有國土的水手，環遊世界六十五次。那天晚上在卡塔利諾店裏跟他同床的女人把他赤裸裸帶進跳舞廳，讓大家看看他全身前後從頸子到脚趾頭沒有一寸地方未刺字。他無法跟家人打成一片。他整天睡覺，晚上則到紅燈區過夜，靠力氣跟人打賭。歐蘇拉偶爾說動他上桌吃飯，他的脾氣好得迷人，尤其是大談遠方的奇遇時更是如此。他曾遭遇船難，在日本海漂流兩星期，吃一位中暑死亡的同伴遺體保住性命，那人的鹹肉在陽光下煮起來有甜甜的顆粒味兒。某一次在孟加拉灣的艷陽下，他那艘船打死了一條海龍，在海龍肚子裏發現一位十字軍戰士的盔甲、鈕釦和武器。他曾在加勒比海看見維多‧雨固斯的海盜船鬼影，風帆被「死亡之風」吹得破破爛爛，桅桿被海蟲啃光，仍在尋找通向瓜德洛普的航道。約瑟‧阿加底奧曾寫信談到他的事蹟和災禍，一封都未曾寄達，歐蘇拉活像看到那些信似的，在餐桌上痛哭。她嗚咽道：「兒子啊，這兒有個家等着你，好多食物都扔去餵豬了！」可是她實在不覺得當年吉普賽人帶走的小伙子就是眼前這位一餐吃半條乳豬、胃氣脹足可噴死玫瑰的粗漢。家裏其它的人也有類似的感覺。他用餐時拚命打嗝，阿瑪蘭妲掩飾不了滿心的厭惡。小阿加底奧不知道他們之間的（父子）關係，對方問話想爭取他的親情，他難得答理。奧瑞里亞諾提起兩兄弟同睡一間寢室的時光，設法喚起童年的交情，可惜約瑟·阿加底奧全忘光了，因爲海上生涯給了他太多太多回憶。只有麗貝卡爲初度的衝擊而陶醉。那天她看他由臥室門口經過，覺得他那火山般的氣息滿屋子都聽得見，培特羅·克里斯庇跟這位原始男性比起來，簡直就是糖果做的花公子嘛。她找各種藉口接近他。有一回約瑟·阿加底奧厚顏盯着她的身材說：「小妹，妳是道地的女人。」麗貝卡失去了自制力。她又像早年一樣，拚命吃泥土和牆上的白粉膠，拚命吸手指，弄得大拇指都生繭了。她吐出一堆綠色的液體，裏面含有死水蛭。晚上她睡不着，發燒發抖，忍着不說昏話，凌晨約瑟·阿加底奧終於回來了，房子咚咚響。有一天下午，人人都在睡午覺，她再也忍不住了，便走進他的臥房。她發現他穿短褲，躺在他用船纜垂在屋樑下的吊鋪中。她看見他斑駁的大裸體，不禁爲之動容，很想退出去。她說：「對不起，我不知道你在這兒。」可是她壓低嗓門，怕吵醒別人。他說，「過來。」麗貝卡乖乖照辦。她站在吊床邊，全身出冷汗，覺得腸子打結；約瑟·阿加底奧用指尖摸她的脚踝，她的小腿，最後更撫摸她的大腿，嘴裏喃喃地說：「噢，小妹，小妹。」一股旋風般的力量將她攔腰提起，兩三下就切入她最隱秘的內部，把她像小鳥般扯裂，她費了好大的勁兒才沒有死亡。她剛剛感謝上帝讓她出生，整個人已陷入劇痛的快感；人在熱騰騰的吊床中翻滾，吊床像吸墨紙一般，吸下了泉湧的鮮血。

三天後，他們參加五點鐘的彌撒，正式結婚。頭一天約瑟·阿加底奧曾到培特羅·克里斯庇的店裏去。他發現培特羅正在教古琴，却不把他拉到一邊來說話。他直接告訴他：「我要娶麗貝卡。」培特羅·克里斯庇臉色轉白，把古琴交給一位學生，叫大家解散。兩個人單獨在擺滿樂器和機器玩具的房間裏，培特羅·克里斯庇說：

「她是你妹妹。」

「我不管。」約瑟·阿加底奧回答說。

培特羅·克里斯庇用浸過薰衣草的手帕擦擦額頭。

他解釋說：「這樣違反天道。何況也不合法。」

約瑟·阿加底奧沉不住氣了，與其說是爲彼此的紛爭着急，不如說是看不慣培特羅·克里斯庇蒼白的面孔。

他說，「去你的天道。我特地來吩咐你，別費心盤問麗貝卡。」

可是他看見培特羅·克里斯庇雙眼潤濕，狂暴的態度霎時瓦解了。

他換一種口氣說：「喏，你如果眞喜歡我們家人，還有阿瑪蘭妲可以嫁你呢。」

星期日佈道的時候，尼坎諾神父說約瑟·阿加底奧和麗貝卡不是親兄妹。歐蘇拉認爲他們的作法不高尚，一輩子不原諒他們，他們由教堂回家，她不准新夫婦踏進家門。他們在她心目中等於死掉了。於是他們在墓地對面租了一間房子，除了約瑟·阿加底奧的吊床，沒有別的家具。新婚那天晚上，一隻蠍子爬進麗貝卡的拖鞋，咬傷了她的脚。她的舌頭從此麻痺，可是他們的蜜月仍是萬般丢人。他們一夜狂喊八次，午睡時狂喊三次，把全區的人都吵醒了，鄰居大爲驚駭，他們祈求這種荒唐的情焰別打擾死者的安寧。

只有奧瑞里亞諾關心他們。他爲他們買些家具，送一點錢給他們，最後約瑟・阿加底奧恢復了現實觀，動手墾殖庭院四周的無主空地。反之，阿瑪蘭妲雖獲得自己不敢夢想的快樂，却始終克服不了她對麗貝卡的怨恨；歐蘇拉不知道要如何洗刷家庭的恥辱，主動提出邀請，於是培特羅・克里斯庇每星期二繼續到他們家吃午餐，沉着又莊重地由挫敗中站起來。他的帽子仍然別着黑紗，對這家人表示敬重。他喜歡向歐蘇拉表現親情，送她各種外國禮物：葡萄牙沙丁魚啦，土耳其玫瑰醬啦，有一回還帶來一條可愛的馬尼拉披肩。阿瑪蘭妲殷殷照顧他。她事先看出他的需要，替他拉出襯衫袖口的線，綉十二條帶有他姓名縮寫字母的手帕爲他慶生。星期二吃完午餐，她在門廊上綉花，他高高興興陪伴她。在培特羅・克里斯庇眼中，這位被他當做小孩子的姑娘叫人喜出望外。她的脾氣雖然不文雅，但是她感性極高，能欣賞世間的一切，而且有一股秘密的柔情。某一個星期二，培特羅・克里斯庇向她求婚，這是人人都料得到的結果。她並未放下工作。她等着耳根的紅潮退去，特意擺出從容和成熟的口吻。

她說：「當然，克里斯庇，不過要等彼此瞭解更深再說。倉促辦事總不好。」

歐蘇拉有點着慌。儘管她敬重培特羅・克里斯庇，但是對方和麗貝卡訂婚這麼久，人人都知道，她實在說不出現在的決定由道德觀點看來是好是壞。可是，沒有人分攤她的疑慮，她終於接受這個不太妥當的事實。奧瑞里亞諾是一家之主，他說了一句謎樣的話，更叫她糊里糊塗：

「現在不是考慮婚姻的時候。」

幾個月之後，歐蘇拉才明白：奧瑞里亞諾對婚姻，對一切和戰爭無關的事情，就只說得出這麼一句眞心話。他自己面對槍斃行刑隊，也不太明白一連串微妙却不能挽回的事件害他走到此地步的前因後果。瑞美廸奧絲去世並未造成他所擔心的絕望心情；倒有一種遲鈍的憤怒，慢慢化爲寂寞和消極的挫折感，有點像他當初認命不要女人時的心境。他又埋首於工作，但是他仍舊天天陪岳父玩骨牌。兩個男人在服喪的家裏夜談，友誼更加鞏固。岳父常對他說：「奧瑞里亞諾，再結婚嘛。我有六個女兒任你選。」有一次選舉前夕，阿波里納・莫斯科特大人例行外出回來，頗爲國內的政治形勢擔憂。自由黨決心打仗。當時奧瑞里亞諾搞不清保守黨和自由黨有什麼差別，岳父就爲他上了一堂戰略課。他說自由黨是互濟會會員，是壞蛋，想吊死敎士，創導俗約婚禮和離婚，承認私生子的權利跟婚生子相同，把國家割裂成聯邦組織，剝奪至高當局的權力。相反的，保守黨的權力直接來自上帝，主張建立公共秩序和家庭倫理。他們是基督信仰、權威主義的維護者，不準備讓國家割裂成自治體。基於博愛的情懷，奧瑞里亞諾同情自由黨有關私生兒的態度，不過，他無論如何想不通大家怎麼會爲了摸不着的事情鬧到宣戰的地步。爲了選舉，岳父叫人派六名荷槍的士兵到一個沒有政治狂熱的小城，由一位士官指揮，他覺得太誇張了。他們不但抵達小城，還挨家挨戶沒收武器、彎刀、甚至菜刀，然後把列有保守黨候選人名單的藍色選票和列有自由黨候選人名單的紅色選票發給二十一歲以上的男子。選舉前一天，阿波里納・莫斯科特大人親自宣讀法令，不准賣含有酒精的飲料；除了同一家人，不准三個人以上聚集在一起。選舉平安進行，沒有出事。星期日早晨八點鐘，方場上架起一個木製的投票箱，由六名士兵看守。投票完全自由，奧瑞里亞諾整天跟岳父在一起監督，只准每個人投一次票，他可以證明這一點。下午四點，方場鼓聲咚咚，宣佈投票結束，阿波里納・莫斯科特大人用一張他簽了名的條子封好票箱。那天晚上，他一面跟奧瑞里亞諾玩骨牌，一面叫士官撕開封條來數票。紅票和藍票的張數差不多，但是士官只留十張紅票，差額用藍票補足。然後他們再用新籤條封好票箱，次日一大早就送到省城。奧瑞里亞諾說，「自由黨會宣戰。」阿波里納先生專心玩骨牌。他說：「如果你是說爲了換票而如此，那倒不至於。我們留了幾張紅票，他們不會發牢騷。」奧瑞里亞諾知道站在反對立場有什麼不利。他說，「我若是自由黨，我會爲那些選票打仗。」岳父隔着眼鏡打量他。

他說，「算了，奧瑞里托（奧瑞里亞諾的暱稱），你若是自由黨；就算你是我的女婿，你也沒機會看見換票的過程。」

城裏人憤慨的倒不是選舉的結果，而是軍士們不歸還武器。有一羣婦人找奧瑞里亞諾談話，希望他能勸岳父把菜刀還給她們。阿波里納・莫斯科特大人十分機密地解釋說，士兵拿走武器，是要做爲自由黨備戰的證明。這句話的嘲諷意味叫他吃驚。他沒說什麼，不過有一天晚上吉林奈德・馬魁兹和馬哥尼飛科・威斯霸跟另外幾個朋友談到菜刀事件，曾問他是自由黨還是保守黨？奧瑞里亞諾毫不猶豫。

「如果非選一樣不可，我願意當自由黨員，因爲保守黨很奸詐。」

第二天，他禁不住朋友們的催促，去找阿利瑞歐・諾瓜拉醫生治療假想的肝痛。他甚至不懂這個藉口有什麼意義。幾年前，阿利瑞歐・諾瓜拉醫生帶着一箱無味的藥丸和一句沒有人相信的醫藥格言「釘子可拔釘子」來到馬康多城。事實上，他是江湖郎中。他表面上是一個沒有威望的醫生，骨子裏却是恐怖分子，以短筒靴蓋住五年足枷在小腿留下的疤痕。第一次聯邦主義者起事的時候，他被捕下獄，穿着今生他最討厭的服裝——袈裟——喬裝逃到古拉梭。他流亡了一段長時間之後，聽見加勒比亞各處派亡人士帶到古拉梭的消息，靜極思動，乘一艘走私船抵達里奧哈查城，隨身帶幾瓶細糖做成的藥丸，和一張他自己僞造的萊比錫大學文憑。他失望得痛哭。流亡人士把聯邦主義者的熱誠描寫成一觸卽發的炸藥，沒想到那股熱誠却化爲一場模糊的選舉夢。假醫生因失敗而難過，渴望有個安全的地方養老，就避到馬康多來。他在方場的一側租了個窄房間，擺滿藥瓶，靠一些久治不癒、甘願吃糖丸的病人過了好幾年的日子。阿波里納・莫斯科特大人只是個傀儡領袖，他（醫生）的煽動家本能一直潛伏未發揮。他靠回憶和對抗哮喘打發時間。選舉一來，他再度加入破壞的行列。他跟城內不懂政治的年輕人接觸，偷偷教唆人家。票箱裏出現大量的紅色選票，阿波里納・莫斯科特大人以爲是年輕人一時好奇的結果，其實這是他計劃的內容之一：他叫信徒去投票，以便證明選舉是鬧劇。他常說：「唯一有效的就是暴力。」奧瑞里亞諾的大部分朋友對於清算保守黨機關的主意十分熱中，不過誰也不敢讓他參加計劃，倒不是因爲他跟官員有親戚關係，而是因爲他孤獨和退縮的性格。而且，大家知道他曾受岳父指揮，投了藍色選票。所以，他透露政治感想純屬偶然，他去找醫生治療他所沒有的病痛，也純粹是好奇心作祟，一時興起罷了。在那個帶有樟腦蛛絲味的小房間裏，他發現自己面對的是一個呼吸會出聲的髒蜥蜴。醫生未提出問題，先帶他到窗口，檢查下眼皮內部。奧瑞里亞諾遵照朋友們的吩咐說，「不是那邊。」他以指尖按按肝臟說：「我這個地方痛，睡不着。」於是諾瓜拉醫生藉口陽光太强，關上窗子，以簡單的措辭向他解釋說：暗殺保守黨員是愛國者的任務。奧瑞里亞諾的襯衫口袋一連幾天裝着一小瓶藥丸。他每隔兩小時就拿出來，把藥丸放在手掌上，快速扔進嘴裏，任其在舌頭上慢慢融化。阿波里納・莫斯科特大人取笑他這麼相信同療法（以健康人吃了會生某種病的藥來醫治那種病的病人），參加密謀的同伴倒把他當做自己人。所有建村元老的子弟幾乎都捲進去了，只是沒有一個人確切知道他們謀劃的是什麼舉動。然而，醫生向奧瑞里亞諾洩露秘密那天，奧瑞里亞諾問出了整個陰謀。當時他雖相信有必要撲滅保守黨政權，但是這個計劃把他給嚇壞了。諾瓜拉醫生有一套個別暗殺的完整概念和計謀；方法就是同時發動一串個別行動，在全國各地一舉消滅此政權的所有官員和家屬，尤其是兒童，以便根絕保守主義。阿波里納・莫斯科特夫妻和六個女兒自然也包括在內。

奧瑞里亞諾冷冷靜靜告訴他：「你不是自由黨員，也不是別的。你根本就是個屠夫。」

醫生也同樣冷靜地說：「那你把藥瓶還給我，你再也用不着了。」

六個月之後，奧瑞里亞諾才知道醫生認爲他多愁善感、沒前途，個性消極，又從事極爲孤單的行業，不是理想的實行家。他們設法包圍他，怕他洩露陰謀。奧瑞里亞諾叫他們安心，說他不會吐露半字，但是他們去謀殺莫斯科特家族的時候，他會在門口把關。他的決心叫人不得不信服，於是計劃無限期延後。此時歐蘇拉問他對培特羅・克里斯庇和阿瑪蘭妲的婚事有何看法，他回答說：現在不是考慮那些事情的時候。他整星期在襯衫裏面藏一枝老式的手槍。他監視朋友們。

其兄約瑟·阿加底奧和麗貝卡已開始整頓家園，下午他常常去陪他們喝咖啡，七點以後就陪岳父玩骨牌。午餐時刻，他跟已長成偉少年的小阿加底奧聊天，發現他愈來愈爲戰爭將臨而興奮。阿加底奧主持一所學校，學生有的年齡比他大，有的還是牙牙學語的小娃兒，自由黨的狂熱頗受歡迎。他說起要槍斃尼坎諾神父，把教堂改爲學校，創導自由戀愛。奧瑞里亞諾想叫他不要衝動，勸他謹愼些。阿加底奧不聽他冷靜推理，不理會他的現實觀，公然指責他個性軟弱。奧瑞里亞諾等待着。十二月初，歐蘇拉心慌意亂闖進工藝坊。

「戰爭爆發了！」

其實戰爭三個月以前就爆發了。全國實施戒嚴法。只有阿波里納·莫斯科特大人馬上知道消息，可是，預定冷不防來佔領城區的一小隊陸軍已經上路，他却連妻子都瞞着。軍隊在黎明前悄悄進城，以騾子拖着兩門輕型砲，把司令部設在學校裏。下午六時開始宵禁。挨家搜查的行動比上回更激烈，這回連農具都拿走了。他們拖出諾瓜拉醫生，綁在方場的一棵樹上，不經過任何法律程序，逕自槍斃他。尼坎諾神父想以升天的場面來打動軍事當局，結果被士兵的槍柄打得腦袋開花。自由黨的氣焰化爲沉默的恐懼。奧瑞里亞諾臉色蒼白，神秘兮兮，繼續陪岳父玩骨牌。他知道阿波里納·莫斯科特大人雖是小城的政治和軍事統領，其實仍是傀儡領袖。一切由陸軍隊長決定，他每天早晨收取保衞公共秩序的特別稅捐。四名士兵照他的吩咐把一位被瘋狗咬傷的婦人拖出家門，用槍柄打死。軍人佔領城區兩星期後，星期天奧瑞里亞諾走進吉林奈德·馬魁兹家，照例用明確的口吻說要喝一杯不加糖的咖啡。兩個人單獨在廚房的時候，奧瑞里亞諾用空前威嚴的口吻說話。他說：「叫小伙子們準備好，我們要打仗。」吉林奈德•馬魁茲不相信他的話。

「用什麼武器?」他問道。

「用對方的，」奧瑞里亞諾回答說。

星期二午夜，二十一名年紀不滿三十歲的男子在奧瑞里亞諾•布恩廸亞指揮下，以餐刀和磨利的工具突襲憲兵，奪下武器，在院子裏處決濫殺婦女的隊長和四名士兵。

那天晚上，行刑隊的槍聲清晰可聞，小阿加底奧奉命擔任該城的民政和軍事領袖。已婚的叛軍匆匆告別妻子，撇下她們自己謀生。他們在破曉時分出城，脫離恐怖陰影的民衆一路爲他們喝采，他們要去加入革命將領維多利奧•麥廸納將軍的軍隊，根據最新的報告，他正要前往曼瑙爾村。奧瑞里亞諾臨行前，把阿波里納•莫斯科特大人由壁櫥裏請出來。他說，「岳父。你放心，新政府立誓保證你個人和家屬的安全。」阿波里納•莫斯科特大人很難相信這位穿高筒靴、肩上扛槍的謀反者就是晚上陪他玩骨牌玩到九點的那個人。

「這簡直是發瘋嘛，奧瑞里托，」他驚呼道。

奧瑞里亞諾說，「不是發瘋，是戰爭。別再叫我奧瑞里托。現在我是奧瑞里亞諾•布恩廸亞上校。」

6

奧瑞里亞諾・布恩廸亞上校發動過三十二次武裝暴動，全都失敗了。他跟十七個女人生過十七個兒子，最大的還不滿三十五歲，他們就在一夜之間全部死亡。他躲過十四次暗殺陰謀，七十三次伏擊，面對一次槍斃行刑隊，僥倖未死。有一次，有人在他的咖啡裏放番木鼈鹼，份量足够毒死一匹馬，他却活着。他拒領共和國總統頒給他的勳章。他升成革命軍的總司令，管轄和指揮兩個邊界之間的廣大地帶，是政府最怕的人，但是他從來不准人爲他照相，戰後他拒收當局給他的終身撫卹金，在馬康多的工藝坊製造小金魚謀生，活到老死。雖然他老是率領士兵打仗，可是他身上唯一的傷痕却是在簽署尼蘭蒂亞和約，結束了二十年左右的內戰以後，他自己打傷的。他開槍擊中胸部，子彈由背後出來，沒有損及重要的器官。這一切事蹟只換來一個結果：馬康多有一條街取了他的名字來紀念他。可是，他年老去世前幾年曾經宣佈：他帶着二十一名同伴加入維多利奧・麥廸納將軍的軍隊時，根本沒料到會有這些結果。

他臨別對阿加底奧說：「我們把馬康多交給你負責。交給你的時候，這兒井井有條；我們回來時，但願這兒比現在更有條理。」

阿加底奧從個人觀點來解釋這個吩咐。他參照梅爾魁德斯書本中的版畫，發明一種有條飾和元帥肩章的制服，腰部插着被處決的政府軍隊長留下的金穗花軍刀。他把那兩門大砲架在城門口，以火辣辣的宣言鼓動以前的學生，叫他們穿上軍服，武裝在街上遊蕩，給予外人一種銳不可當的印象。這是表裏二義的騙人伎倆，政府足足有十個月不敢攻擊該地區，可是後來一舉猛攻，抵抗力半個鐘頭就瓦解了。阿加底奧一開始統治小城，立即顯出他下詔的偏好。有時候他一天宣佈四份詔書，想到什麼就頒布和制定什麼。他強迫十八歲以上的男子當兵，晚上六點以後在街上行走的動物都算公家的財產，年紀過老的人得戴紅臂章。他把尼坎諾神父軟禁在教區住宅內，違則處死，除非慶祝自由黨的勝利，不准他作彌撒或者敲鐘。為了讓每個人相信他執法認眞，他下令在方場組織行刑隊，對着稻草人開槍。起初沒有人把他當一回事。他們畢竟是小學生裝大人罷了。可是有一天晚上，阿加底奧走進卡塔利諾店裏，樂團中的喇叭手特地吹鼓號進行曲向他致意，顧客哄堂大笑，阿加底奧以藐視權威的罪名槍斃他。抗議的人被關進一間教室，脚踝套着足枷，吃清水和麵包度日。每次歐蘇拉聽見新的蠻橫舉動，總要對他大叫說：「你這殺人犯！奧瑞里亞諾知道了會槍斃你，那我最高興了。」可惜沒有效。阿加底奧愈壓愈緊，變成馬康多有史以來最殘酷的統治者。有一回阿波里納•莫斯科特大人說：「現在讓他們嚐嚐不同的滋味吧。這是自由黨的天堂。」阿加底奧發現了。他帶領一個巡邏隊攻擊他們家，搗毀家具，鞭打大人的女兒，把阿波里納•莫斯科特大人拖出來。歐蘇拉走遍全城，大叫「丟臉」，氣沖沖揮舞一條罩着松脂的皮鞭，闖進司令部的院子，阿加底奧正準備下令行刑隊開槍。

「雜種，我看你敢不敢！」歐蘇拉叫道。

阿加底奧還來不及回答，她已揮出第一鞭。她大叫說，「殺人犯，我看你敢不敢！壞母親生的兒子，把我也殺了吧。那樣我就不必為自己養個怪物而羞憤流淚了。」她毫不留情地痛打他，把他趕到院子後面，阿加底奧像個蝸牛捲縮在那兒。阿波里納·莫斯科特大人被他們綁在以前架設稻草人的柱子上——大家試槍，已將稻草人擊得粉碎——昏迷不醒。方場上的小伙子紛紛散開，唯恐歐蘇拉也追擊他們。可是她連看都不看他們一眼。她撇下軍服破破爛爛的阿加底奧，任他又痛又生氣，大吼大叫。她為阿波里納·莫斯科特大人鬆綁，帶他回家；踏出司令部之前，先放了那些戴足枷的犯人。

此後她變成小城的眞正統治者。她恢復週日彌撒，停止使用紅臂章，廢除那些笨頭笨腳的詔令。儘管她十分堅强，仍不免為命運坎坷而流淚。她實在太孤單了，只得去陪板栗樹下被人遺忘的丈夫。六月雨眼看要沖垮席棚，她告訴他說：「看看我們的下場，看看那些空屋，兒孫飄零在世界各地，又只剩我們倆了，跟開始的時候一模一樣。」老約瑟·阿加底奧·布恩廸亞什麼都不知道，自然也聽不懂她的哀嘆。他剛發狂時，曾用迫切的拉丁辭語說出日常的需要。偶爾神智清醒，阿瑪蘭妲端三餐來給他吃，他會說出最大的煩惱，乖乖接下她的吸吮杯和芥茉泥。可是，歐蘇拉到他身旁哀嘆的時候，他已完全和現實脫了節。他坐在凳子上，她一面報告家人的消息，一面慢慢替他洗澡；用抹了肥皂的刷子為他擦背說：「四個多月以前，奧瑞里亞諾去打仗了，我們沒接到他的消息。約瑟·阿加底奧長成大男人回來，個子比你高，全身都是刺花，可是他害我們家丟臉。」不過她覺得丈夫聽了壞消息好像有點悲哀；遂決定對他說謊。她一面撒灰去蓋他的大便，準備用鏟子挖起來，一面說：「你一定不相信我現在要說的話。上帝恩准約瑟·阿加底奧和麗貝卡結婚，現在他們過得很幸福。」她誠心誠意騙他，最後竟以謊言來安慰自己。她說：「阿加底奧現在是認眞的大男人，很勇敢，穿上制服，配上軍刀，可眞好看呢。」她等於跟死人說話，約瑟·阿加底奧·布恩廸亞早就不懂得憂愁了。但是她堅持到底。他看來好安詳，對什麼都不在乎，她決定鬆開他。他甚至沒從凳子上站起來。他待在原地，甘受日曬雨淋，繩索似乎根本不必要，某一種高於有形束縛的疆界把他局限在板栗樹的樹幹邊。八月快到了，漫長的多天開始來臨，歐蘇拉終於告訴他一個看來不假的好消息。

她告訴丈夫：「你相不相信好運仍會降臨在我們身上？阿瑪蘭妲和裝配自動鋼琴的義大利人要結婚了。」

事實上，阿瑪蘭妲和培特羅·克里斯庇的交情在歐蘇拉的保護下一天天加深，這回她覺得沒有必要監督他們。他們在黃昏定情。義大利人傍晚來訪，釦眼裏插一朵梔子花，特地翻譯佩脫拉克的短詩給阿瑪蘭妲聽。兩個人坐在門廊上，被薄荷和玫瑰的香味薰得透不過氣來，他讀書，她繡花邊折袖，對戰爭的震撼和壞消息漠不關心，直到戶外出現蚊子，才躲進客廳。阿瑪蘭妲很懂事，用情小心，一股柔情却是無比浩大，織成無形的密網，包圍着未婚夫，他要在八點離開女友家，還得眞用一雙蒼白不戴戒指的手來推開那張網子哩。他們把培特羅·克里斯庇由義大利收到的明信片訂成一本討人喜歡的專集。全是情侶在冷清清的花園相聚的畫面，加上情箭穿心、鴿子銜着金緞帶的蔓葉圖形。培特羅·克里斯庇翻閱卡片說，「我曾到過翡冷翠的這座公園，遊客伸手，鳥兒會來吃東西。」有時候他面對威尼斯的水色，勾起鄉愁，會把泥土味和運河的貝類臭味說成鮮花的暖香。阿瑪蘭妲經常嘆息，嬌笑，夢見她的第二故鄉——那兒的俊男和美女說着童稚的語言；古城往日的榮華已經消逝，只剩瓦礫中的幾隻小猫。培特羅•克里斯庇度海來找愛情，跟麗貝卡熱烈愛撫、意亂情迷之後，這才找到了眞正的愛情。幸福和成功兩樣兼得。當時他的倉庫幾乎佔了一整排房屋，簡直像幻想的溫室，有用鐘樂報時的翡冷翠鐘樓、梭倫托音樂盒、一打開就唱五音曲的中國粉盒，以及各種能够想像的樂器和機械玩具。培特羅•克里斯庇負責音樂課，沒有多餘的時間，店面由他弟弟布魯諾•克里斯庇照顧。多虧了他，展售各種小飾物的「土耳其街」變成和諧的綠洲，叫人暫時忘記阿加底奧的覇道和遠處可怕的戰爭。歐蘇拉下令恢復週日彌撒，培特羅•克里斯庇曾捐一架德國小風琴給教堂，組織一個兒童合唱團，並準備一個喬治時代的百寶箱，爲尼坎諾神父的安靜教儀增添幾分光采。人人都相信他會娶阿瑪蘭妲。他們不存心推動感情，一切聽其自然發展，終於到達只要選日子就能成親的境界。他們沒遭遇什麼困難。歐蘇拉暗暗怪自己一拖再拖，扭轉了麗貝卡的命運，她不想再造成更多的遺憾。由於戰爭害人，奧瑞里亞諾不在家，阿加底奧作風殘忍，約瑟•阿加底奧和麗貝卡被逐出家門，哀悼瑞美廸奧絲的規矩不再那麼嚴格了，重要性漸漸減低。婚期將屆，培特羅•克里斯庇暗示說：奧瑞里亞諾•約瑟對姑丈感情很深，可以說很孝順，他們不妨把他當做長子。樣樣順利，阿瑪蘭妲自以爲能享受安安穩穩的幸福。可是她不像麗貝卡，她表面上一點都不着急。她懷着染枱布、縫花邊、綉針織孔雀的耐心，等培特羅•克里斯庇自己受不了感情的驅力。十月下雨，她等待的日子終於來了。

培特羅‧克里斯庇拿掉她膝上的針線簍子，對她說：「我們下個月結婚。」阿瑪蘭妲接觸到他冰涼的雙手，並未打哆嗦。她像一隻膽怯的小動物，縮回纖手，繼續幹活兒。

她微笑說：「別傻了，克里斯庇，我死也不嫁給你。」

培特羅‧克里斯庇失去了自制力。他放聲痛哭，不怕難為情，絕望得差一點擰斷手指，却沒有辦法折服她。阿瑪蘭妲說：「別浪費時間了。你如果眞愛我，別再踏進這間屋子。」歐蘇拉簡直羞愧得發瘋。培特羅‧克里斯庇用盡各種辦法哀求她；遭受不可思議的大屈辱。有一天他坐在歐蘇拉腿上哭了一下午，她恨不得賣掉靈魂來安慰他。下雨的晚上，他撐一把傘在房子四周徘徊，等阿瑪蘭妲的臥室開燈。他的衣着比別的時候考究。威風凜凜的腦袋跟受難的皇帝差不多，具有奇異的莊嚴氣勢。他哀求平日跟阿瑪蘭妲在門廊上縫衣的女友勸勸她。他忽略了業務；整天在店舖後面寫些瘋狂的字條，附上花瓣和乾蝴蝶寄給阿瑪蘭妲，她原封不動退回去，他關在屋裏，一連彈好幾個鐘頭的古琴。有一天夜裏他朗聲高歌。馬康多的人醒來，聽見仙境才配有的古琴聲，以及別的凡人不可能唱出的熱情曲調，恍如置身在天使的國度。這時候，培特羅‧克里斯庇看到全城的每一扇窗子都射出燈光，只有阿瑪蘭妲的窗子例外。十一月二日「萬聖節」那天，他弟弟打開店門，發現燈火全部亮着，音樂盒全部打開，所有的時鐘無止盡地敲呀敲的，瘋狂合奏，培特羅‧克里斯庇則坐在後面的寫字枱前，手腕已被剃刀割斷，雙手插在一盆安息香裏面。

歐蘇拉下令在她家守靈，尼坎諾神父反對死者行宗教儀式，安葬在聖土。歐蘇拉勇敢對抗他。她說，「說來你和我都不明白，那個人可以算聖者，所以我要違逆你的意思，把他葬在梅爾魁德斯的墳墓旁邊。」她這樣做，得到全鎭鎭民的支持，喪禮極爲壯觀。阿瑪蘭妲並未走出臥室。她躺在床上，聽見歐蘇拉的哭聲、民衆闖進屋內的脚步聲和耳語言，喪家的哀號，最後是一片寂靜，空氣中有花朶被踩碎的氣息。她每天傍晚依舊聞到培特羅·克里斯庇的薰衣草香味，好久好久不消失，可是她很堅强，未曾昏迷過。歐蘇拉撇下她不管。某一天下午，阿瑪蘭妲走進廚房，把手放進炭火內，嚴重燒傷，連疼痛感都沒有了，只聞到自己的皮肉燒焦的臭味，母親甚至不抬眼看她，表示同情。她以這個辦法來減輕悔恨，未免太蠢了。她一連幾天用蛋白泡着手，在房屋各處走動，傷口痊癒後，心中的傷痛彷彿也被蛋白治好，留下一道疤痕。她在燙燒的那隻手上裹一條黑紗繃帶，至死不拿下來，成爲這場悲劇唯一的外在痕跡。

阿加底奧難得這麼慷慨，他下令爲培特羅·克里斯庇擧行公祭。歐蘇拉以爲浪子回頭了。其實她大錯特錯。她失去阿加底奧，不是在他穿上軍服的時候，而是一開頭就如此。她自以爲把他當兒子來養，與當初撫養麗貝卡差不多，大家一視同仁。可是，阿加底奧見過失眠症蔓延，歐蘇拉一心謀利，老約瑟·阿加底奧·布恩廸亞精神錯亂，奧瑞里亞諾閉門不出，阿瑪蘭妲和麗貝卡成爲死對頭……他變成孤獨和驚慌的孩子。奧瑞里亞諾敎他讀書和寫字，腦子却想些別的事情，跟對待陌生人一樣。他送他衣服，總打算快要丢掉的時候可以由維西塔西昂接收。阿加底奧老穿太大的鞋子，打了補釘的褲子，臀部又像女人，痛苦不堪。除了用印第安話和維西塔西昂及卡陶爾交談，他跟任何人都不太能溝通。唯有梅爾魁德斯眞正關心他，念些難以理解的經文給他聽，敎他銀板照相術。沒有人知道他曾暗暗哭得好兇，拚命研究梅爾魁德斯的文件，想要使他復活。

他主持學校，人人注意他，尊敬他；後來得到權勢，下過無數詔書，穿着光采的制服，這才解除了以往的怨氣。有一天晚上他在卡塔利諾店裏，有人膽敢告訴他：「你不配用你這個姓氏。」出乎大家意料之外，阿加底奧竟沒有下令槍斃他。

他說，「我很榮幸，我不是布恩廸亞家的子孫。」

知道他身世的人以爲他也發現了，才說這種話；其實他根本沒發覺什麼。他的生母碧拉・特奈拉曾在暗房裏害他鮮血沸騰；其父約瑟・阿加底奧和其叔奧瑞里亞諾先後爲她着魔，他也是如此。儘管她已不再動人，笑聲也不燦爛，他還是憑着她的煙味兒追尋她，把她給找到了。戰爭爆發前不久，有一天她比平日晚一點到學校來接小兒子，阿加底奧在他通常午休的房間裏等她——日後他把那個房間改成足枷牢房。小孩在院子裏玩耍，他知道碧拉・特奈拉一定會經過那兒，就躺在吊床上等她，急得渾身發顫。她來了。阿加底奧抓住她的手腕，想要把她拉上吊床。碧拉・特奈拉嚇得半死說：「我不能，我不能。你想像不出我多麼希望能使你快樂，可是蒼天明鑑，我不能。」阿加底奧使出家傳的大力氣，硬摟住她的腰。一接觸她的皮膚，就覺得世界彷彿消逝了。他說：「別裝聖人啦。人人都知道妳是娼婦。」碧拉强忍住命運在她心中挑起的噁心感。

她咕噥道：「孩子們會看見的。你不如今天晚上別閂門。」

那天晚上，阿加底奧躺在吊床上等她，熱情得發抖。他睜眼靜候，傾聽凌晨蟋蟀的叫聲和麻鷸報時的聲音，漸漸相信自己上當了。在焦急已化爲憤怒的一刻，門突然開了。幾個月之後，阿加底奧面對槍斃行刑隊，將會想起教室裏迷離的脚步聲，板凳擦撞的聲音、暗影中出現的人體，以及另一顆心臟卜通卜通吹起的微風。他伸出手，摸到暗處的另一隻纖手，兩枚戒指戴在同一根指頭上，差一點在暗處遺失。他摸摸血管的結構，倒霉的脈搏，又摸摸她潮濕的手掌，發現生命線在大拇指根部被死亡之爪割斷了。他知道她不是他等待的人，因爲她身上沒有煙味，倒有花露水的幽香，而且她的乳房鼓鼓的，沒有眼洞，乳頭像男人；性器像堅果又圓又硬，沒有經驗，激動時有股渾沌的柔情。她是處女，名叫聖塔索菲亞·狄拉佩達。碧拉·特奈拉給她五十披索的代價——等於一生積蓄的半數——叫她來此。阿加底奧曾多次看她在父母的小食品店幹活兒，可是她具有一種罕見的優點，除非在恰當的時刻，不會引人注意，所以他從未好好打量她。從那天以後，他就像小貓捲在她溫暖的腋窩下。碧拉·特奈拉把剩下的另一半積蓄交給她的父母，所以她徵得父母同意，常在午休時間到學校來。後來政府軍把他們趕出平日偷歡的場所，他們就在店舖後面堆豬油罐和玉米袋的地方調情。阿加底奧奉派爲小鎮的行政和軍事領袖時，他們已生下一個女兒。

親戚中只有約瑟·阿加底奧和麗貝卡知道這回事，當時阿加底奧跟他們關係很密切，倒不是基於親情，而是同流合汚。約瑟·阿加底奧已套上婚姻的枷鎖。麗貝卡堅定的性格、貪婪的胃口、頑强的野心吸住了丈夫驚人的活力，他本來懶洋洋，成天追女人，如今變成一頭做工的巨獸。他們的家乾淨又整齊。麗貝卡一早就把門打開，風由墳場吹來，穿牖而入，再從門口吹到後院，白粉牆和家具都被死人的硝氣染黑了。吃土的渴望、父母骨骸的咔啦咔啦聲，爲培特羅·克里斯庇太消極而惴惴不安的血性……如今已退到回憶的高閣。她不理會戰爭的紛擾，整天在窗口繡花，接着碗櫃裏的陶鍋開始震動，她起身溫飯菜，不久幾隻癩痢狗先回來，打綁腿、上着馬刺、手持雙管獵槍的巨人也露面了，他有時候會扛回一隻鹿，帶一串兎子或野鴨回來則是常有的事。阿加底奧剛統治小城的時候，有一天下午意外來訪。打從踏出家門，他們就未曾見過他，不過他似乎很友善很親切，他們就邀他一起吃燉肉。

直到喝咖啡時，阿加底奧才透露來訪的動機；有人控告約瑟・阿加底奧。據說他起先犂自己的院子，後來犂耙竟開入鄰近的土地，以公牛搗毀圍牆和房屋，强佔附近最好的田園。有些農夫的土地他看不上，沒有去霸佔，就要他們捐款，每星期六帶着獵犬和雙管獵槍去收錢。他並不否認這些事。他說建村的時候，他奪回的這些土地原是老約瑟・阿加底奧・布恩廸亞分配出去的，他自認爲能證明其父當時已經發瘋，把家族的世襲財產分給別人，所以他有權收回。這一番申辯根本沒有必要，阿加底奧來此，並不想主持公道。他只是說要設一個註册局，讓約瑟・阿加底奧合法佔有他奪來的土地，不過他得把收捐的權利讓給地方政府。他們立下協定。幾年後，奧瑞里亞諾・布恩廸亞上校檢查地契，發現他哥哥院子旁的那座小山到地平線的土地全部登記在哥哥名下，連墳場也包括在內；他還發現姪兒阿加底奧統治小城十一個月，不僅收下捐款的錢，誰若要把親屬葬在約瑟・阿加底奧的土地上，還得付權利金。

全城早就知道這回事，歐蘇拉過了好幾個月才查出來，因爲大家怕加重她的痛苦，特意瞞着她。起先她只是懷疑。她用湯匙餵丈夫吃瓢瓜汁，假裝引以爲榮對他說：「阿加底奧正在建房子哩。」可是她不自覺嘆道：「不知道爲什麼，我總覺得不大對勁。」後來她發現阿加底奧不只建房子，還訂購了一些維也納家具，這一來便確定他是盜用公款。某一個星期天，彌撒結束後，她看他在新居裏陪軍官們玩牌，就對他大嚷道：「你玷辱了我們的姓氏。」阿加底奧不理她，這時候歐蘇拉才知道他有一位六個月大的女兒，而且跟他姘居的女人聖塔索菲亞・狄拉佩達又懷孕了。她下定決心，無論次子奧瑞里亞諾・布恩廸亞上校在什麼地方，她都要寫信向他報告這種情形。可是那一段日子時局變得太快，她不但未能執行這個計劃，反而後悔曾起過這些念頭。到目前爲止，「戰爭」只是用來說明遠方模糊情況的一個字眼，如今却變成具體又激烈的現實。二月底，一位面帶灰色的女人騎着驢子，載着金雀枝來到馬康多。她看來沒有惡意，所以哨兵不盤問就讓她通行，把她當做沼澤各地前來的許多商販之一。她直接走到軍營去。阿加底奧在教堂改裝的後衞軍營房接見她；屋內的鈎子上掛着捲起的吊床，角落裏堆着臥墊，長槍、卡賓槍和獵槍則零零落落放在地板上。老婦人先行個軍禮，才表明身分：

「我是葛里哥瑞奧・史蒂文生上校。」

他帶來壞消息。依據他的說法，自由黨的最後幾處抗敵中心已被殲滅了。奧瑞里亞諾・布恩廸亞上校在里奧哈查附近打撤退仗，特地叫他送情報給阿加底奧：要他不抵抗，交出小城，並提出條件，請對方尊重自由黨員的生命和財產。阿加底奧以憐憫的眼光看看這位很像祖母難民的陌生使者。

他說，「你自然帶了親筆函之類的囉。」

使者答道：「我自然沒有帶那一類的東西。處於目前的情況，人不能攜帶會危害性命的東西，這不難瞭解嘛。」

他一面說話，一面伸手由胸衣內掏出一個小金魚。他說，「我想這就够了吧。」阿加底奧看得出那是奧瑞里亞諾・布恩廸亞上校做的小金魚之一；不過打仗前誰都可以買到或偷到，不足以做爲安全通行證。使者甚至洩露一個軍事秘密，想叫他們相信他的身分。他透露說：他正奉命去古拉校，希望能徵召加勒比海各地的流亡人士，並取得充足的武器和補給品，在年底試行登陸。奧瑞里亞諾・布恩廸亞上校對這個計劃有信心，不贊成此時無謂犧牲。但是阿加底奧很頑固。他叫人把囚犯關進足枷牢房，等證明身分才放人，而且他誓死保衞小城。

他沒有等多久。自由黨戰敗的消息愈來愈確實了。到了三月底，某一個下雨的凌晨，軍號聲大作，一顆砲彈炸毁了教堂的尖塔，猝然打斷前幾週那種緊張又安靜的氣氛。說眞的，阿加底奧決心抵抗簡直是發瘋。他只有五十名裝備極差的部下，每人限用二十發子彈。可是他們都是他以前的學生，聽了他一番自負的宣言，十分興奮，決心犧牲性命堅守一個已失敗的目標。軍靴嘩嘩響，有的命令自相矛盾，砲彈聲炸得地動天搖，槍聲不絕，軍號盲目亂吹，此時史蒂文生上校設法和阿加底奧談話。他說：「別讓我穿這身女人的衣服，屈屈辱辱死在足枷牢房。如果非死不可，讓我戰死吧。」他終於說服了阿加底奧。阿加底奧命人給他一件武器和二十發子彈，讓他帶五個人防禦司令部，他自己則帶部下前去領導抗敵。他並未抵達沼地那條路。防寨已被攻破，守軍在街上露天作戰，先用步槍，彈盡之後改用手槍對抗步槍，最後則是肉搏。守軍眼看要敗了，有幾個女人帶着棍子和菜刀衝進街心。現場一片混亂，阿加底奧發現阿瑪蘭妲瘋也似的到處找他，身穿睡袍，手持老約瑟·阿加底奧·布恩廸亞的兩枝舊手槍。他把身上的步槍交給一名戰鬥中失去武器的軍官，自己跟阿瑪蘭妲穿過附近的一條街道，送她回家。歐蘇拉等在門口，砲彈在隔壁房屋的正面打穿了一個大洞，她蠻不在乎。雨停了，可是街道像融解的肥皂滑溜溜，平平整整的，暗夜中得猜測距離。阿加底奧撇下阿瑪蘭妲和歐蘇拉，想迎戰兩名由街角一路開火衝上來的士兵。舊手槍擺在寫字枱內許多年，失去了效用。歐蘇拉以身體來保護阿加底奧，想把他拖回家。

她對他大喊：「來吧，拜託。大家都瘋夠了！」

士兵瞄準他們。

其中一個嚷道：「女士，放開那個人，否則我們不負責！」

阿加底奧把歐蘇拉向房子那邊推去，宣佈投降。不久槍聲停了，鐘聲開始響起。不到半個鐘頭，反抗軍就被殲滅了。阿加底奧的手下沒有一位生還，不過他們死前殺了三百名士兵。軍營是最後的據點。未受攻擊以前，葛里哥瑞奧·史蒂文生上校先釋放犯人，然後叫手下到街心去戰鬥。他那二十發子彈打得非常靈活，非常準確，對方還以為軍營的防衞力很強，用大砲把它轟得粉碎。指揮攻擊的隊長看見斷瓦殘坦，又看見一個穿短褲的死人，手上仍握着一枝空步槍，手臂已被炸斷了。他頭上套着一頂女人的頭髮，以髮梳固定在頸部，頸子上掛一條小金魚項鍊。隊長用鞋尖把屍體翻過來，舉燈照他的面孔，不禁感到困惑。他驚叫說：「耶穌基督啊。」別的軍官都走過來。

隊長說：「看看這傢伙翻過來，面孔朝上。是葛里哥瑞奧·史蒂文生哩。」

天亮時分，阿加底奧經過簡略的軍法審判，在墓牆邊被處決。生前的最後兩個鐘頭，他想不通自己童年以來的恐懼爲什麼突然消失了。他聆聽原告冗長的指控，冷冷淡淡，甚至懶得表現自己最近的勇氣。他想起歐蘇拉，此時她一定在板栗樹下陪約瑟・阿加底奧・布恩廸亞喝咖啡吧。他想起八個月大，尚未命名的女兒；也想起八月要出生的孩子。他想起聖塔索菲亞・狄拉佩達——昨晚他要走的時候，她正在醃一隻鹿，準備次日中午吃——他眞想念她那披肩的秀髮，看來像人工製品的眼皮。他想起親人，毫不感傷，嚴格和生命斷交，開始瞭解他多麼熱愛自己最恨的親人。軍事法庭庭長發表最後的演說，阿加底奧知道兩個鐘頭過去了。庭長說：「卽使剛才證明的罪狀還不够重，憑被告不負責任，大膽叫部下白白送死，也該處極刑。」在倒塌的校舍中，阿加底奧發現死亡的手續眞可笑，他曾在這兒初嘗權力的安穩滋味，也曾在相隔幾呎的教室裏得知愛情的無常。死亡在他眼中眞的算不了什麼，生命却很重要，所以法庭判決後他不感到害怕，倒覺得懷念。他一直不講話，最後他們叫他說出最後的要求。

他用不快不慢的聲音說：「叫我太太爲女兒取名叫歐蘇拉。」他停一會又說：「歐蘇拉，跟她祖母一樣。而且要吩咐她，如果以後生的嬰兒是男孩子，就叫他約瑟・阿加底奧，不是照伯父而是照祖父命名。」❶

行刑之前，尼坎諾神父想要來陪他。阿加底奧說：「我沒什麼可懺悔的。」他喝下一杯不加糖的咖啡，乖乖聽行刑隊處置。行刑隊的隊長是處決專家，名字取得可眞不含糊：羅克・卡尼西

❶阿加底奧不知道自己的身世，所以他口中的小孩輩份整個升高了一級。

羅，意思就是屠夫。他們前往墓地的時候，細雨霏霏，阿加底奧看見地平線露出星期三的燦爛曙光，他的懷念隨着農霧消散，代之而起的是一股大好奇心。行刑隊叫他把背貼在牆上，這時候阿加底奧看見麗貝卡頭髮濕淋淋，身穿粉紅的花衣裳，正好打開門。他盡力叫對方認出他。麗貝卡偶然向墓牆看了一眼，楞得迷迷糊糊，忙向阿加底奧揮手告別。阿加底奧也揮手答禮。此時冒煙的槍口已瞄準他，他忽然聽見梅爾魁德斯朗讀通告，一個字一個字清清楚楚；他還聽見聖塔索菲亞・狄拉佩達以處女之身走進教室的迷離足音，鼻腔內有一種冰涼和堅硬的感覺，瑞美廸奧絲屍體的鼻孔就是這樣，當初曾引起他的注意。他思忖道：「噢，天殺的！我忘了說這一胎若是女孩子，該娶名叫瑞美廸奧絲。」剎那間，折磨他一生的恐懼感又浮上來了。隊長下令開槍。阿加底奧連忙挺胸抬頭，搞不清大腿上熱烘烘的液體是什麼地方流出來的。

他喊道：「狗雜種，自由黨萬歲！」

7

戰爭在五月結束。政府發表一篇自大的宣言，說要狠狠懲罰發動叛亂的人；宣言公佈前兩星期，奧瑞里亞諾・布恩廸亞上校喬裝成印第安巫醫，正要抵達西部邊界，就被人逮捕了。跟他去打仗的二十一人，十四名戰死，六名受傷；失敗的最後一刻只有一個人陪在他身邊，就是吉林奈德・馬魁玆上校。馬康多城還用特殊的公告報導他被捕的消息。歐蘇拉對丈夫說：「他還活着。我們祈禱上帝，願敵人對他寬厚些。」她哭了三天，有一天下午她在廚房翻動牛奶糖，耳中忽然聽見兒子的聲音。她跑到板栗樹下向丈夫報告這個消息，嚷道：「是奧瑞里亞諾，我不知道奇蹟是怎麼發生的，反正他還活着，我們不久就會看到他了。」她覺得這是理所當然的。她猛刷洗地板，把家具換了個位置。一星期後，公告上沒提到的傳聞證明了她的預感。奧瑞里亞諾・布恩廸亞上校被處死。死刑要在馬康多執行，給鎮民一個教訓。某星期一早上十點三十分，阿瑪蘭妲正爲奧瑞里亞諾・約瑟更衣，聽到遠處軍隊開來，軍號大作，歐蘇拉衝進房間大叫說：「他們現在帶他來了！」軍隊拚命用槍托鎮壓湧上來的人潮。歐蘇拉和阿瑪蘭妲跑到街角，硬往前擠，終於看到他了。他外表像乞丐；衣服破破爛爛，頭髮和鬍子亂糟糟，打赤脚。他無視於滾燙的塵煙，一直往前走，雙手反綁在後面，繩子由一位騎馬的軍官套在馬頭上。軍隊把吉林奈德・馬魁玆上校也押來了，同樣衣衫襤褸，同樣遭到挫敗。他們並不悲哀，他們看到民衆以各種措辭辱罵軍隊，反而覺得困擾。

歐蘇拉在喧嚷的人潮中叫道，「兒子啊！」有個士兵要攔阻她，她打了那人一巴掌。軍官的馬兒往後退。這時候奧瑞里亞諾・布恩廸亞上校停下來，激動得發抖，避開母親的擁抱，正色盯着她的眼睛。

他說：「回家吧，媽媽，向當局要求到監獄來看我。」

他看看歐蘇拉背後兩步躊躇呆立的阿瑪蘭妲，微笑問她：「妳的手怎麼啦？」阿瑪蘭妲舉起那隻纏黑繃帶的手。她說，「燙傷，」然後把歐蘇拉帶開，免得被馬兒撞倒。軍隊開走了。一隊特別衞士圍着犯人，小跑步押他們到監獄。

傍晚歐蘇拉到監獄去看奧瑞里亞諾・布恩廸亞上校。她曾透過阿波里納・莫斯科特大人提出申請，可是他面對軍事萬能的局面，早已失去一切權威。尼坎諾神父患肝炎，躺在床上。吉林奈德・馬魁玆上校沒有被判死刑，他的父母想去看他，被當局用槍托趕出來。歐蘇拉找不到說情的人，又認定其子黎明會被槍斃，就包起她要送給他的東西，獨自去探監。

她宣佈：「我是奧瑞里亞諾・布恩廸亞上校的母親。」

衞兵擋住她的去路。歐蘇拉警告他們：「我無論如何要去。你們如果奉命開槍，現在就開吧。」她把其中一位推開，逕自走進以前的教室，有一羣衣冠不整的士兵在那兒擦武器。一位穿野戰服的軍官在那兒，面色紅潤，戴一付厚眼鏡，舉止拘泥，他示意衞兵們退開。

「我是奧瑞里亞諾·布恩廸亞上校的母親，」歐蘇拉再說一遍。

軍官客客氣氣微笑糾正她：「妳意思大概是，妳是奧瑞里亞諾·布恩廸亞『先生』的母親吧。」

歐蘇拉聽他說話很不自然，認出是傲慢的高地人所特有的緩慢腔調。

她應允道：「照你的意思，『先生』就『先生』，只要我能見到他就好了。」

上面吩咐不准人來探望死刑犯，可是軍官負責讓她待十五分鐘。歐蘇拉把包袱裏的東西拿給他看——包括一套換洗的衣服、她兒子結婚穿的短筒靴，打從她預感兒子要回來就爲他留的牛奶糖。她在權充牢房的斗室裏找到奧瑞里亞諾·布恩廸亞上校，他的腋窩生瘡，雙臂攤開躺在一張病床上。當局准許他刮鬍子。末尾捲曲的濃密鬍鬚使顴骨的稜角更加醒目。歐蘇拉覺得他臉色比離家時蒼白，個子高了一點，神色更孤單。家裏的事情他都知道：培特羅·克里斯庇自殺；阿加底奧蠻橫專制，最後被處決；老約瑟·阿加底奧·布恩廸亞在板栗樹下不屈不撓。他知道阿瑪蘭妲以處女之身守寡，專心養育奧瑞里亞諾·約瑟，而小傢伙已表現出極佳的判斷力，一學講話就學習讀書和寫字。打從進門開始，歐蘇拉便被其子成熟的風度、主宰的氣勢、皮膚射出的威嚴光采給震懾住了。她奇怪兒子的消息竟這麼靈通。他開玩笑說：「妳知道我是巫師嘛。」然後以認眞的口吻加上一句：「今天早晨，他們押我進來，我總覺得這一切從前已經歷過了。」事實上，民衆在旁邊大吼大叫時，他集中思緒，看出小城的老態，非常吃驚。杏樹的葉子裂開了。房子先漆成藍色，後來又改漆紅色，結果顏色渾濁不清。

歐蘇拉嘆口氣說：「你指望什麼？時間過得很快呀。」

奧瑞里亞諾承認說：「確實如此，可是變化不該這麼大。」母子早就等着見面，本來準備了問題，甚至預先想好答案，想要在探監時說，見了面倒聊起家常來了。衛兵宣佈會客時間已結束，奧瑞里亞諾由床下拿出一捲汗淋淋的紙張。那是他寫的詩——早年爲瑞美廸奧絲寫的，離家時帶在身邊，戰時偶爾有空又寫了一些。他說：「答應我，別讓人看。今天晚上就用這些紙來生火爐。」歐蘇拉答應了，起立跟他吻別。

「我帶了一把左輪槍給你，」她喃喃說道。

奧瑞里亞諾・布恩廸亞上校發現衛兵看不見。他低聲說：「對我沒有好處。不過，妳交給我吧，以防妳出去的時候，他們搜身。」歐蘇拉由胸衣內取出左輪槍，放在床墊底下。他特別冷靜地說：「不要告別，不要向任何人乞求或低頭。只當他們早就把我射死了。」歐蘇拉咬咬嘴唇，忍住不哭出聲。

「用熱石頭去敷膿瘡，」她說。

她半轉身，踏出牢房。奧瑞里亞諾・布恩廸亞上校心事重重站着，等房門關上了，他又攤開手臂躺下來。自從青春期他知道自己有預感的能力以後，他總認爲死前會出現肯定、明顯、不能改變的預兆，可是現在離死期只剩幾個鐘頭了，預兆還沒有出現。有一回，一個非常漂亮的女人走進杜庫林卡地區的營房，要求衛兵放她進去見他。他們知道有些母親盲目信仰（優生論），愛派女兒到戰鬥名家的臥房，據說是爲了改良血統；所以衛兵放她進去。那天晚上，奧瑞里亞諾・

布恩廸亞上校正寫詩描述一個在雨中迷路的人，少女走進他房間。他背對着她，把紙張收進他放詩篇的抽屜。這時候他感覺到了。他由抽屜中抓起手槍，沒有回頭。

「請別開槍，」他說。

他拿着手槍轉身，少女已垂下手中的武器，不知道如何是好。他碰過十一次陷阱，其中四次是這樣躲過的。反之，有一天晚上在曼瑙爾，他把床鋪讓給好朋友馬哥尼飛科・威斯覇睡，讓他出汗退燒，有人闖進革命軍總部，刺死威斯覇，兇手始終沒抓到。他睡在同房間的一張吊床上，相隔只有數碼，却沒有發現什麼。他試着分類整理他的預測能力，可惜沒效果。預感總是來得很突然，神秘又清晰，像一種絕對的信心，却無法捉摸。有時候顯得好自然，等應驗之後他才知道是預感。通常只是普通的小迷信。當局判他死刑，請他說出最後的願望時，一股預感教他答道：

「我要求在馬康多行刑。」

軍事法庭庭長有些氣惱。

他說：「布恩廸亞，別自作聰明。這只是拖延時間的伎倆。」

上校說：「你如果不履行，你會有煩惱。反正這就是我最後的心願。」

此後預感就沒再出現過。歐蘇拉來探監那天，他苦思良久，斷定這次死亡不是取決於運氣，而是取決於行刑者的意志，也許不會出現預感吧。膿瘡痛得要命，他整夜睡不着，天亮前，他聽見門廳的脚步聲，自言自語說：「他們來了，」忽然無緣無故想起父親約瑟・阿加底奧・布恩廸亞——他正在天亮前的板栗樹下想起他呢。他並不害怕，也不懷念什麼，只是一想到人為的死亡害他看不見許多未完成的事情如何收場，不免感到憤怒。門開了，衛兵端一杯咖啡進來。次日同一個時間，他一定還在做同樣的事情，爲腋窩的痛苦而氣憤，而相同的情況又發生了。星期四他跟衛兵們分吃牛奶糖，穿上稍嫌太緊的乾淨衣裳和漆皮靴子。星期五他們仍未槍斃他。

說眞的，他們不敢行刑。小城的反叛氣氛太强，軍方人士認爲處決奧瑞里亞諾•布恩廸亞上校不但會在馬康多引起嚴重的政治後果，在沼澤各地也會如此，於是他們請教省城當局。星期六晚上，他們正在等回音，羅克•卡尼西羅上尉跟另外幾名軍官走進卡塔利諾店裏。幾經威嚇，只有一個女人敢帶他進房間。她坦白告訴他：「她們不想跟一個死到臨頭的人同床。沒有人知道怎麼回事，反正人人都傳說槍斃奧瑞里亞諾•布恩廸亞上校的軍官和行刑隊的士兵會一一被殺，就算他們躲在天涯海角也逃不掉，遲早會死。」羅克•卡尼西羅上尉向別的軍官提起這回事，他們向上級報告。到了星期天，雖然沒有人公開透露，雖然軍方未擾亂那幾天的寧靜，可是全城的人都知道軍官們準備找各種藉口推掉行刑的重任。正式的命令在星期一寄達：死刑必須在二十四小時內執行。那天晚上軍官們把七張紙條放在帽子裏，羅克•卡尼西羅隊長中籤，已注定了坎坷的命運。他用苦澀的口吻說：「惡運逃也逃不掉，我生爲娼婦的兒子，死了也是娼婦的兒子。」早晨五點鐘，他以抽籤方式選出行刑隊隊員，在院子裏排隊，以預知命運的口吻叫醒死刑犯。

他說，「布恩廸亞，我們走吧。我們的時候到了。」

上校答道，「原來如此，我作夢說膿瘡裂開了。」

麗貝卡•布恩廸亞獲悉奧瑞里亞諾卽將槍斃的消息，凌晨三點起來。她坐在黑漆漆的臥室裏，由半開的窗戶打量墓牆，約瑟・阿加底奧打鼾，她坐的床鋪不停地震動。她暗暗耐心等待，足足等了一星期，就跟以前等培特羅・克里斯庇的信件差不多。約瑟・阿加底奧告訴她：「他們不會在這兒槍斃他。他們會半夜在軍營行刑，免得人家知道行刑隊有哪些人，而且他們會把他葬在那邊。」麗貝卡繼續等待。她說：「他們一定會笨頭笨腦在這兒槍斃他。」她十分肯定，甚至預測了她開門揮別的樣子。約瑟・阿加底奧堅持說：「他們知道民衆什麼事都做得出來，不會派六名嚇慌了的士兵押他走過街道。」麗貝卡對丈夫的邏輯不感興趣，仍舊守在窗口。

「你看好了，他們就是這麼蠢，」她說。

星期二早晨五點，約瑟・阿加底奧喝了咖啡，把狗放出去，麗貝卡關上窗子，扶着床頭，免得倒在地上。她嘆口氣說：「喏，他們帶他來了。他眞英俊。」約瑟・阿加底奧看看窗外，發現弟弟在曙光下悸動。他已將背脊貼在牆上，由於腋窩的膿瘡熱辣辣的，雙手垂不下來，便擱在臀部。奧瑞里亞諾・布恩廸亞上校說，「人這樣糟蹋自己，這樣糟蹋自己，結果六個娘娘腔的孬種就能弄死他，而他居然一點辦法都沒有。」他反覆說這句話，憤怒得幾近熱情，羅克・卡尼西羅上尉很感動，以爲他是在祈禱。行刑隊瞄準時，他的怒火化爲苦澀的粘液，害他舌頭麻痺，忙閉上眼睛。此時黎明的鋁光消失了，他腦中出現自己穿短褲、頸子圍一條領帶的鏡頭，記得某一個光輝的下午，父親帶他進帳篷，他見到了冰塊。此時他聽見喊叫聲，以爲是行刑的最後一道命令。他好奇地睜開眼，預料會看見子彈白灼灼射出來，結果只看見羅克・卡尼西羅上尉手臂高舉在空中，約瑟・阿加底奧穿過街心，手上的汽槍正要開火。

上尉對約瑟・阿加底奧說：「別開槍，你是上帝派來的。」

另一場戰爭當場開始。羅克・卡尼西羅上尉和六名士兵跟奧瑞里亞諾・布恩廸亞上校一起出城，去搭救在里奧哈查城被判死刑的革命軍將領維多利奧・麥廸納將軍。他們以爲走老約瑟・阿加底奧・布恩廸亞建立馬康多之前所走的那條路，翻山越嶺，可以節省時間，結果不出一星期就知道不可能成功。於是他們只得走危險的露岩山徑，除了行刑隊隊員身上帶的軍需品，什麼配備都沒有。他們常在城鎮附近紮營，由某一個人拿着小金魚，大白天喬裝進城去跟潛伏的自由黨員聯絡，次日那些黨員出城打獵，就不再回去了。等他們由山脊上望見里奧哈查城的時候，維多利奧・麥廸納將軍已經被槍決了。奧瑞里亞諾・布恩廸亞上校的手下公推他爲加勒比海沿岸的革命軍總司令，授予將軍的軍階。他接下職位，但是不願意升官，堅稱保守黨政府得勢期間絕不接受。三個月後，他們募集到一千多人，可惜被殲滅了，倖存者抵達東邊的疆界。後來聽說他們由安蒂勒斯羣島抵達「風帆角」，此時政府以電報在全國發佈消息，得意洋洋報導奧瑞里亞諾・布恩廸亞上校的死訊。可是兩天後，另一封電報幾乎同時到達，宣佈南部平原有人暴動。無所不在的奧瑞里亞諾・布恩廸亞上校的傳奇就此開始。有人說他在維蘭紐瓦打勝仗，有人說他瓜卡馬亞戰敗，有人說他被蒙蒂龍印第安人吃掉了，有人說他死在沼澤，有人說他又在烏魯密塔起義，消息同時傳來，自相矛盾。自由黨領袖當時正在談判加入國會的細節，說他是冒險家，不能代表該黨。國民政府把他列爲强盜，出五千披索的代價懸賞他的首級。奧瑞里亞諾・布恩廸亞上校打了十六次敗仗之後，帶兩千名裝備精良的印第安人離開瓜吉拉，憲兵在睡夢中遭到突擊，拋棄里奧哈查城。他把總部設在那兒，對政府全面宣戰。政府拍來第一封電報，威脅說他若不帶兵馬撤到東邊的疆界，就在四十八小時內槍斃吉林奈德・馬魁玆上校。羅克・卡尼西羅上尉當時擔任他的幕僚長，慌慌張張拿電報給他看，但是他看了以後高興得叫人吃驚。

他驚叫說：「好極了！現在馬康多有電報局了。」

他的答覆十分肯定。他預料三個月之後會把總部設在馬康多。如果到時候吉林奈德・馬魁玆上校不在人間，他會射殺當時俘擄的一切軍官，由將軍們殺起，而且他會下令部屬在以後的戰局中都這麼做。三個月後，他乘勝進入馬康多，在沼澤那條路上第一個擁抱他的人就是吉林奈德・馬魁玆上校。

家裏有好多小孩。歐蘇拉收容了聖塔索菲亞・狄拉佩達和她的大女兒，以及阿加底奧被處決之後五個月才出生的一對雙胞胎。歐蘇拉沒有遵照死者的遺言，她爲女孩子取名叫瑞美廸奧絲。她推斷說：「我相信阿加底奧是這個意思。我們不叫她歐蘇拉，因爲取這個名字的人太受罪了。」雙胞胎名叫約瑟・阿加底奧・席岡多和奧瑞里亞諾・席岡多；全部由阿瑪蘭妲照顧。她在起居室放些小木椅，又設了一間育嬰堂，兼收鄰近人家的孩子。奧瑞里亞諾・布恩廸亞上校返鄉時，鞭炮和鐘聲齊鳴，有個兒童合唱團歡迎他返家。其子奧瑞里亞諾・約瑟個子跟祖父一樣高，打扮成革命軍軍官，向他行軍禮。

他聽到的不全是好消息。奧瑞里亞諾・布恩廸亞上校逃脫一年後，約瑟・阿加底奧和麗貝卡搬到阿加底奧新建的房子去住。沒有人知道他曾出面阻止行刑。新房子位在市場最好的角落，有杏樹遮涼，樹上還築有三個知更鳥的鳥巢；廳門很大，便於待客，四扇窗子採光甚佳，他們在那兒佈置了一個好客的家園。麗貝卡的老朋友——包括莫斯科特家尚未嫁人的四姊妹——幾年前在秋海棠門廊上綉花，後來中斷了，現在又恢復綉花的課程。約瑟・阿加底奧繼續靠奪來的土地賺取利潤，保守黨政府已承認他的產權。他每天下午騎馬回來，帶着獵犬和雙筒槍，馬鞍上掛一串兔子。九月的某一個下午，暴風雨眼看要來了，他比平常早一點回家。他到餐廳和麗貝卡打招呼，將狗綁在院子裏，兔子掛在廚房，準備醃起來，然後走到臥室去換衣服。後來麗貝卡說：丈夫進臥房的時候，她關在浴室，沒聽到什麼聲音。這個說法很難採信，但是沒有其它更合理的解釋，誰都想像不出麗貝卡有什麼動機殺害給她幸福的男人。這大概是馬康多唯一解不開的謎團吧。約瑟・阿加底奧剛剛關上臥室門，一陣槍聲就在屋內廻響。一股鮮血由門縫往外流，橫越起居室，流到街上，呈直線流過凹凸不平的胡同，下臺階，上路欄，沿著「土耳其」街道前進，向右轉再向左轉，到布恩廸亞家呈直角轉彎，由密閉的門縫流進去，貼牆穿過客廳，沒弄髒地毯，繼續流到另一間起居室，轉個大圓弧繞過餐廳的大桌子，順着植有秋海棠的門廊流，由阿瑪蘭妲椅子下面流過——她正在教奧瑞里亞諾・約瑟作算術，沒有看見——再穿過食品餐具室到廚房，歐蘇拉正打算敲三十六個蛋來做麵包。

「聖母啊！」歐蘇拉大叫一聲。

她順着血跡往回走，尋找源頭，穿過食品餐具室，順着秋海棠門廊前進——奧瑞里亞諾・約瑟正在念着「三加三等於六」「六加三等於九」——她穿過餐廳和起居室，走下街道，先向右拐再向左拐，來到「土耳其街」，忘了自己仍穿着烤東西的圍裙和室內拖鞋，到了方場，踏進一間她從未涉足的房子，推開臥室門，差一點被燒過的彈藥味嗆死。她發現約瑟・阿加底奧俯臥在地面他脫下的一堆綁脚布上，血跡的起點就是他的右耳朵，現在已不再流血了。大家發現他身上沒有傷痕，也無法判定武器攻擊的位置。屍體的彈藥味始終無法消除。他們先用肥皂和刷子洗三遍，然後用鹽和醋來搓，再用灰和檸檬，最後把他放在一桶鹹水中泡六個鐘頭。他們刷得很用力，他身上的刺花漸漸褪掉了。大家想起一個絕望中的辦法，想在他身上抹辣椒、小茴香子和月桂樹的葉子，以溫火煮一整天，可是屍體已漸漸腐爛，他們只得匆匆埋葬他。他們將他裝進七呎半長、四呎寬的特製棺材，裏面以鐵片加强，用鋼釘連接，即或如此，葬禮行列經過時，街上仍聞得到那股彈藥味。尼坎諾神父的肝臟擴大了，而且緊得像小鼓，他在床上祝福死者。儘管後來幾個月他們在墳墓四周加築牆壁，中間灑了壓縮灰、鋸屑和生石灰，墓地仍有彈藥味，多年後香蕉公司的工程師用水泥蓋住墳墓，那種氣味才消失。他們扛走遺體，麗貝卡立即關上家門，活生生把自己埋在裏面，身心罩上一層倨傲的硬殼，塵世的任何誘惑都打動不了她。她很老的時候，有一次「流浪的猶太人」穿過城區；帶來一股熱浪，害得鳥兒穿透窗簾，死在人家的臥室裏；她上過一回街，穿着舊銀色的鞋子，戴着小花做成的禮帽。她曾一槍打死闖進她家的小偷，那是她生前最後一次露面。此後除了她的心腹女佣亞金妮妲，沒有人跟她接觸過。有一回大家發現她寫信給主教，說那人是她表親，不過沒有人說明她到底收到回信沒有。鎮民完全忘了她。

奧瑞里亞諾・布恩廸亞上校雖然勝利歸來，對事態却不怎麼樂觀。政府軍不抵抗就棄守，自由黨人民不免產生勝利的幻覺，他自然不該打破他們的幻想，可是革命軍知道實情，奧瑞里亞諾·布恩廸亞上校更比誰都清楚。此時他麾下有五千多人，佔據臨海的兩州，但是他總覺得自己被困在海邊，陷入十分尷尬的處境，他下令修復政府軍大砲炸毀的教堂尖塔時，尼坎諾神父躺在病牀上說：「眞傻氣；保衞基督信仰的人炸毀教堂，共濟會會員却下令重建。」他爲了尋找逃脫的路徑，一連在電報局和其它城鎮的司令官商議好幾個鐘頭，每次他出來，更認定戰局已經僵住了。他們收到自由黨勝利的新消息，總要發表喜洋洋的公告，可是他常在地圖上衡量勝利的眞正範圍，發現他的兵力正深入叢林，對抗痢疾和蚊子，往現實世界的反方向走。他對軍官們發牢騷：「我們是浪費時間。黨裏的那些狗雜種正在爭取國會的席次，我們却浪費時間。」晚上他睡不着，在他當初等死的房間裏搭一張吊床躺着，面對華氏九十五度的高溫，一面趕蚊子，一面想像律師們在冰冷的清晨穿黑衣離開總統官邸，外套領子翻到耳朶旁邊，一面搓手一面說悄悄話，躲進淒涼的早點咖啡屋去猜總統說「然」代表什麼意思，說「否」代表什麼意思，甚至想像總統說某一種話時心中其實想些什麼。他總覺得自己下令部屬跳海的日子已經快要到了。

某一個疑慮重重的夜晚，碧拉·特奈拉正在院子裏陪士兵唱歌，他叫她用紙牌算命。碧拉·特奈拉攤牌和撿牌三次，只說：「當心你的嘴巴。我不知道是什麼意思，不過徵兆很明顯。當心你的嘴巴。」兩天後，有人叫一杯不加糖的咖啡，傳令兵遞給某人，那人又遞給另一個人，最後傳到奧瑞里亞諾·布恩廸亞上校的辦公室。他沒有叫咖啡，不過既然來了，他也就喝了下去。裏面含有番木鼈，份量足够毒死一四馬兒。他們把他送回家，他全身僵硬彎曲，舌頭由上下牙之間往外吐。歐蘇拉看護他，和死神搏鬥。她用催吐劑爲他洗胃，然後用熱毯子裹住全身，餵他吃蛋白，兩天後他空空的身體才恢復正常的溫度。第四天他脫離險境。歐蘇拉和軍官們硬逼他躺在床上，他勉强再躺了一星期。這時候他才知道母親沒有把他的詩燒掉。歐蘇拉向他解釋說：「我不想太匆忙。那天晚上我去點爐子，覺得最好等他們把屍體送回來再說。」療養期間，奧瑞里亞諾・布恩廸亞上校面對瑞美廸奧絲的滿屋子髒娃娃，讀讀舊詩，又憶起生命中那段決定性的日子。他又開始寫詩。他花許多時間衡量過這一場沒有前途的戰爭，幾乎感到驚訝，遂以押韻詩來分析死亡邊緣的經驗。後來思緒變得十分淸楚，他前前後後檢討了一遍。有一天晚上他問吉林奈德・馬魁玆上校：

「老朋友，告訴我：你爲什麼打仗？」

吉林奈德・馬魁玆上校說：「還有什麼別的理由？當然是爲偉大的自由黨嘛。」

他答道，「你知道原因，眞幸運。至於我嘛，我剛剛才發現我是爲自尊心而戰。」

「那眞糟糕，」吉林奈德・馬魁玆上校說。

奧瑞里亞諾・布恩廸亞上校覺得他着慌很好玩。他說：「當然。但是總比不知道自己打仗的原因好一點。」他盯着對方的眼睛，微笑說：

「或者像你，爲一個對任何人都沒有意義的目標戰鬥。」

官方宣佈他是盜匪，在政黨的領袖們未公開矯正此宣言以前，自尊心不容許他和國家內部的武裝團體聯絡。不過，他知道自己只要將這些顧慮拋開，就可打破戰爭的惡性循環。療養期間，他有閒暇反省。後來他說動其母歐蘇拉把埋在地下的剩餘遺產及平生的積蓄交給他。他任命吉林奈德・馬魁玆上校擔任馬康多的民政和軍事領袖，自己動身去跟內陸的叛軍團體聯絡。

吉林奈德・馬魁玆上校不只是奧瑞里亞諾・布恩廸亞上校最親密的朋友，歐蘇拉還把他當做自家人。他軟弱，膽小，天生有禮貌，但他適宜打仗，不適宜統治人民。政治顧問們很容易將他捲進理論的迷宮。不過，奧瑞里亞諾・布恩廸亞上校希望馬康多能有田園的寧靜氣氛，好讓他做小金魚活到老死，馬魁玆上校倒是辦到了。他住在父母家，每星期到歐蘇拉家吃兩三次午飯。他教奧瑞廸亞諾・約瑟使用鎗砲，提早讓他受軍訓，還徵得歐蘇拉同意，帶他到軍營住了好幾個月，使他能當男子漢。多年前，吉林奈德・馬魁玆還算大孩子，曾宣佈愛阿瑪蘭妲。當時她單戀培特羅・克里斯庇，心存妄想，所以嘲笑他。吉林奈德・馬魁玆靜靜等。有一回他從監獄寄一張紙條給阿瑪蘭妲，請她繡一打細洋布手帕，並繡上他父親的姓名縮寫字母。他把錢寄給她。一星期後，阿瑪蘭妲帶着十二條手帕和那筆錢去探監，他們談往事談了好幾個鐘頭。她臨走前，吉林奈德・馬魁玆告訴她：「我出獄要娶妳。」阿瑪蘭妲笑一笑，不過她教小孩子念書的時候一直想他，試圖重溫年輕時對培特羅・克里斯庇的那種熱情。星期六是探監日，她常順路到吉林奈德・馬魁玆的父母家，陪他們去監獄。某一個星期六，歐蘇拉意外看她在廚房裏等餅乾出爐，以便挑選最好的幾塊，用她特意繡的餐巾包起來。

她對女兒說：「嫁給他吧，妳要再找一個這樣的男人，可不簡單哦。」

阿瑪蘭妲假裝不高興。

她回答說：「我用不著四處找男人。我拿這些餅乾給吉林奈德，是因爲他遲早會被槍斃，我覺得遺憾。」

她說這句話未經思考，不過當時政府正宣佈叛軍若不交出里奧哈查城，他們就要槍斃吉林奈德·馬魁茲上校。探監停止了，阿瑪蘭妲關在房裏哭，內心有一種罪惡感，跟當年瑞美廸奧絲去世時一樣，總覺得她無心的話又造成了一次死亡。母親安慰她，保證奧瑞里亞諾·布恩廸亞上校會想辦法阻止行刑，還保證戰爭結束後要負責吸住吉林奈德·馬魁茲。她比想像中更早實踐諾言。吉林奈德·馬魁茲帶着民政和軍事首領的新威嚴回家，歐蘇拉把他當兒子看待，想些怡人的好話來留他，並衷心禱告,但願他想起當初娶阿瑪蘭妲的計劃。上帝似乎答應了她的請求，吉林奈德·馬魁茲來吃午餐的日子，總會在秋海棠門廊上陪阿瑪蘭妲下中國象棋。歐蘇拉爲他們端上咖啡、牛奶和餅乾，負責管孩子，免得小傢伙打擾他們。阿瑪蘭妲眞的努力點燃少年時代的情焰。她焦慮不堪，期待他來吃午餐的日子，期待下午的象棋節目，時光在戰士的陪伴下過得很快，他的名字能勾起鄉愁，他下棋手指微微發顫。可是有一天吉林奈德·馬魁茲向她求婚，她却拒絕了。

她告訴對方：「我不嫁人，更不會嫁給你。你太愛奧瑞里亞諾，因爲你不可能娶他，才想要娶我。」

吉林奈德·馬魁茲上校很有耐心。他說：「我會繼續求婚，遲早會說服妳。」他依舊常常到她們家。阿瑪蘭妲關在臥室裏，淚水暗暗往回吞，她用手堵住耳朵，免得聽見他向歐蘇拉報告最新戰情的聲音，儘管她非常非常想見他，却有力量忍著不出去會客。

當時奧瑞里亞諾・布恩廸亞上校每隔兩週就抽空寄一份詳細的報告到馬康多城，可是，他走了將近八個月才第一次寫信給歐蘇拉。一位特使帶一個封了口的信封到他們家，裏面的一張紙上出現上校秀麗的字跡：「好好照顧爸爸，他快要死了。」歐蘇拉十分驚惶。她說，「奧瑞里亞諾一定知道，才這麼說。」於是她叫大家幫忙把老約瑟・阿加底奧・布恩廸亞帶進臥房。他不但跟以前一樣重，而且長期待在板栗樹下，培養出一種隨意增加體重的功能，七個人都抬不動他，只得拖他上床。飽經日曬雨淋的老巨人在室內呼吸，臥房的空氣充滿磨菇味、木花菇味，以及集中在戶外某處的古老氣味。第二天他不在床上。約瑟・阿加底奧・布恩廸亞雖然力大無比，但是他沒有抗拒的資格。對他來說，在哪兒都是一樣。他若回板栗樹下，不是因為想去，而是基於身體的習慣。歐蘇拉照顧他、餵他，告訴他奧瑞里亞諾的消息。其實，眞正能跟他接觸久一點的只有普魯丹西奧・阿固拉的幽靈，當時普魯丹西奧・阿固拉在死人世界衰老不堪，每天來跟他閒聊兩次。他們談起鬥鷄。彼此答應以後要建一座鬥鷄農場，與其說是享受他們不需要的勝利，不如說是要打發死人界無聊的禮拜天。普魯丹西奧・阿固拉的幽靈替他梳洗，餵他吃東西，還告訴他一位陌生人的精采消息——那人名叫奧瑞里亞諾，是戰時的一位上校。身邊沒有人的時候，老約瑟・阿加底奧・布恩廸亞就以無數房間的夢境來安慰自己。他夢見自己下床開門，來到一個房間，室內的鑄鐵床舖、柳條椅子、後牆掛的小聖母像每次都一模一樣。他由那個房間走到另一間，仍是一模一樣；那兒的房門通向另一個房間，依舊相同；它的房門又通向另一間，還是相同；然後再進另一間，仍是一模一樣……就這樣永無止盡。他喜歡逐室走動，宛如置身在平行鏡面的畫廊裏，最後普魯丹西奥·阿固拉會過來拍拍他的肩膀。然後他再逐室走回來，踩着原來的足跡倒退走，發現普魯丹西奥·阿固拉就在現實的房間裏。不過，家人扶他上床兩星期後的某一個晚上，普魯丹西奥·阿固拉在中間的房間拍他的肩膀，他便永遠留在那兒，以爲是眞實的房間。次日早晨，歐蘇拉端早點給他吃，看到一個人沿大廳走來。那個人矮矮胖胖，穿一身黑衣，戴一頂大黑帽，拉下來遮住沉默的雙眼。歐蘇拉暗想：「老天，我敢發誓是梅爾魁德斯。」其實是維西塔西昂的兄弟卡陶爾，他在失眠症流行期間離開這家人，此後就沒有音訊。維西塔西昂問他爲什麼要回來，他以莊重的母語答道：

「我來參加國王的喪禮。」

於是他們走進約瑟·阿加底奥·布恩廸亞的房間，用力搖他，對着他的耳朵大叫，在他鼻孔前面放一面鏡子，硬是叫不醒他。稍頃，木匠正在量棺材的尺寸，他們看見窗外有小黃花像煙雨般飃落。默默在城區灑了一整夜，蓋滿屋頂，堵住門口，悶死了在戶外睡覺的動物。天上掉下來的小花實在太多了，早晨街上舖蓋着厚厚的一層墊子，他們得用鏟子和草耙淸路，葬禮行列才能順利通行。

8

阿瑪蘭妲腿上放着中斷的針線活兒，坐在柳條搖椅上打量奧瑞里亞諾・約瑟，他下巴塗滿泡沫，正在磨剃刀，準備刮第一次鬍子。他想整修出一副金色的絨毛髭鬚，結果面皰出血，還刮破上唇，等一切完成後，他看來跟以前沒有什麼兩樣，倒是阿瑪蘭妲看他不厭其煩刮了半天，覺得自己漸漸老了。

她說：「你看來跟（你爹）奧瑞里亞諾這個年紀的時候一模一樣。你現在是大男人了。」

自從碧拉・特奈拉把他交給阿瑪蘭妲撫養，阿瑪蘭妲就習慣在浴室裏當着他的面脫衣服，前幾年仍舊把他當小孩，繼續如此，那時候他已經算男人了。第一次看見她身體的時候，他只注意到她雙乳間的深溝。他天眞無邪，問她怎麼回事，阿瑪蘭妲假裝用指尖挖乳房說：「有人狠狠割了我幾刀。」過了一段時間，她克服了培特羅・克里斯庇自殺帶來的震撼，又跟奧瑞里亞諾・約瑟一起洗澡，此時他不再注意她的乳溝，看了那一對褐色乳頭的大胸脯，却感到一陣顫慄。他一直打量她，一吋一吋發掘她身體隱密的奇蹟，想起她皮膚碰水打寒噤的樣子，自己的皮膚也打了個寒噤。他從小就習慣爬下自己的吊床，醒來時已在阿瑪蘭妲床上，因爲他怕黑，跟她接觸能克服恐懼。可是，自從他注意自己的裸體以後，他爬進她的蚊帳已不是怕黑，而是想在黎明時分感受阿瑪蘭妲溫暖的氣息。她推拒吉林奈德·馬魁玆上校的那一段日子，某一天清晨奧瑞里亞諾·約瑟醒來，自覺呼吸快要停止了。他感覺阿瑪蘭妲的手指滑過他的腹部，像溫暖又焦慮的小毛蟲。他假裝睡着，換個姿態，又感覺一隻沒纏黑綳帶的手像盲目的貝類潛入海藻一般，洞悉了他的焦慮。雖然他們不知道對方曉得什麼，彼此又曉得對方知道多少，但是那夜以後，他們就有一種串通的感覺，彼此牢牢套在一起。奧瑞里亞諾·約瑟不等客廳的時鐘奏出十二點的圓舞曲，一定睡不着；而皮膚日漸黯淡的成年處女不等她一手帶大的夢遊客溜進她的蚊帳，也片刻不得安寧——他倒沒想到自己可減輕她的寂寞。後來他們不但打赤膊同眠，彼此愛撫，白天還隨時在房屋的各角落追逐，關在臥房裏，永遠處於亢奮狀態。有一天下午，歐蘇拉走進穀倉，他們正要親吻，差一點被發現。她用天眞無邪的口吻問奧瑞里亞諾·約瑟說：「你愛姑姑嗎？」他說是的。歐蘇拉說：「你眞好，」說完就繼續量麵粉準備做麵包，回廚房去了。這個小插曲喚醒了阿瑪蘭妲的迷夢。她知道自己太過分，不但跟小孩子玩接吻遊戲，而且盛年已過，還掙扎着陷入一場危險又沒有前途的情焰，遂一舉斬斷了情絲。當時奧瑞里亞諾·約瑟已受完軍訓，終於看清現實，到軍營去住。星期六他和士兵到卡塔利諾店裏去。他爲突來的寂寞、過早的青春尋找慰藉，跟體味像死花的女人爲伍，在黑暗中把她們理想化，儘量運用想像力，只當她們就是阿瑪蘭妲。

不久之後，自相矛盾的戰況開始傳來。政府承認叛亂加劇，馬康多的軍官則得到即將和談的機密消息。四月一日，一位特使向吉林奈德·馬魁玆上校表明身分。他證實該黨領袖跟內陸的叛軍首領連絡過，即將安排休戰，爲自由黨換取三個內閣職位、國會的少數黨議席，並全面特赦繳械的叛軍。那位特使帶來奧瑞里亞諾·布恩廸亞上校的一份機密函——上校不贊成休戰的條件，請吉林奈德·馬魁兹上校挑五個最精良的部下，準備帶他們離開這個地區。命令要暗中執行。協約宣佈的前一個禮拜，流言四起，自相矛盾，奧瑞里亞諾·布恩廸亞上校和十名親信軍官——包括羅克·卡尼西羅上尉——在午夜悄悄抵達馬康多，解散憲兵，掩埋武器，毁掉他們的記錄卡。天亮時他們跟吉林奈德·馬魁兹上校和他手下的五名軍官出城。行動迅速又保密，歐蘇拉直到最後一刻才知道，當時有人敲她的臥室窗戶說：「妳若想見奧瑞里亞諾·布恩廸亞上校，到門口來。」歐蘇拉跳下床，穿着睡衣走到門口，只看見一隊騎兵在滾滾塵泥中飛奔出城。第二天她才發現奧瑞里亞諾·約瑟跟父親走了。

政府和反對黨發出聯合公報，宣佈戰爭結束，十天後城裏却收到奧瑞里亞諾·布恩廸亞上校在西部邊界第一次武裝起義的消息。他那一支裝備奇差的兵力不到一星期就潰敗了。可是那年自由黨和保守黨想讓國民相信雙方已和解，他却另外策動了七次叛變。有一天晚上，他由一艘三桅船砲轟里奧哈查城，憲兵把十四位該地最有名的自由黨員拖下床槍斃，藉此報仇。他佔據邊界的一個海關據點兩個多禮拜；由那邊呼籲國民發動全面戰爭。還有一次，他企圖橫越一千哩以上的蠻荒地區，由京城外圍宣戰，結果在叢林中迷路三個月。他曾來到距馬康多不足十五哩的地方，被政府的巡邏隊逼得躲進山區，與父親多年前發現西班牙帆船化石的地方非常接近。

大約此時，維西塔西昂去世了。她因逃避失眠症而放棄公主的寶座，最後自自然然死亡；遺言吩咐大家挖出她床下秘藏了二十多年的薪水，寄給奧瑞里亞諾·布恩廸亞上校，讓他繼續打下去。不過當時傳言奧瑞里亞諾·布恩廸亞上校已在省城附近的一處碼頭被殺，所以歐蘇拉並未挖出那些錢。大家足足有六個月沒再聽見他的消息，認爲官方的宣言——不到兩年的時間，已發佈了第四份——大概是眞的。歐蘇拉和阿瑪蘭妲舊孝未除，又戴上新孝，突然間，意外的消息來了。奧瑞里亞諾·布恩廸亞上校還活着，但他不再襲擾本國政府，倒加入加勒比海其它各國獲勝的聯邦組織。他換了許多不同的名字，離自己的家鄉愈來愈遠。日後大家才知道，他當時的想法是要統一中美洲聯邦主義者的兵力，殲滅阿拉斯加到巴達哥尼亞的保守黨政權。他離家幾年後，歐蘇拉才首度得到他直接寄來的消息，那封信由古巴的聖地牙哥輾轉送達，皺皺的，光澤盡失。

歐蘇拉一面看信一面驚呼：「我們永遠失去他了，他若順着那條路走下去，會在天涯海角過聖誕節。」

她說話的對象，亦卽頭一個看她出示這封信的人就是戰爭結束後的馬康多市長——保守黨的約瑟·拉魁爾·蒙卡達將軍。蒙卡達將軍說，「這位奧瑞里亞諾啊，可惜他不是保守黨。」他眞的佩服他。約瑟·拉魁爾·蒙卡達將軍跟許多保守黨的平民一樣，揮兵保衞政黨，在戰場上贏得將軍的頭銜，其實他並不是職業軍人。相反的，他跟許多黨內同志一樣，反對軍國主義。他認爲軍閥是沒有原則的混混，野心勃勃的陰謀家，擅於威嚇老百姓，以便在混亂時期發跡。他這個人聰明，快活，臉色紅潤，喜歡吃東西，看鬥雞，一度是奧瑞里亞諾·布恩廸亞上校最害怕的敵手。他在沿海的一個扇形大戰區對職業軍官們發揮了他的權威。有一次基於戰略形勢，他不得不放棄一個據點，讓奧瑞里亞諾·布恩廸亞上校的軍隊接收，他特地留了兩封信給他。一封很長，邀他參加一個運動，使戰爭更合乎人道。另一封是寫給他太太的——她住在自由黨的勢力範圍，他懇求奧瑞里亞諾・布恩廸亞上校負責把信送達目的地。從此以後，無論戰爭打得多麼慘烈，兩個司令官總會安排休戰換俘。短暫的休戰帶有喜慶氣氛，蒙卡達將軍趁機教奧瑞里亞諾・布恩廸亞上校下棋。兩個人成了好朋友。他們甚至覺得不妨結合兩個政黨中最受歡迎的因素，擺脫軍閥和職業政客的影響力，建立一個人道的政府，接受各種主義的優點。戰爭結束後，奧瑞里亞諾・布恩廸亞上校偷偷穿行各窄徑，永遠從事破壞。蒙卡達將軍則奉派爲馬康多的地方官。他穿平民服裝，以不武裝的警察取代士兵，施行特赦法，並幫助幾位戰死的自由黨的家屬。他把馬康多提升爲自治市；自己成了第一任市長，他創造出信賴的氣氛，使民衆認爲戰爭是過去的一場荒唐惡夢。尼坎諾神父患肝炎，憔悴不堪，如今換上俗稱爲「小狗」的康羅奈神父，是第一次聯邦主義戰爭的退伍軍人。布魯諾・克里斯庇跟安芭羅・莫斯科特結婚，玩具和樂器生意照樣興隆，他建了一家戲院，被西院牙公司排進他們的院線裏。戲院是一個通風的大廳堂，設有木頭長椅、畫着希臘劇臉譜的天鵝絨簾幕，以及三個獅頭狀的票房——戲票由獅口賣出去。大約此時，學校也改建了，由一位沼澤地區來的梅科爾・愛斯卡羅納先生負責管理，他罰懶惰的學生在院子的石灰地上跪着走，罰上課講話的學生吃辣椒，頗得家長贊許。聖塔索菲亞・狄拉佩達的雙胞胎兒子奧瑞里亞諾・席岡多和約瑟・阿加底奧・席岡多帶着石板、粉筆和刻了名字的鋁製水壺，最早進教室。小瑞美廸奧絲繼承了母親那種純純的美，被人稱做「美人兒瑞美廸奧絲」。儘管時光飛逝，連連守喪，又遭到各種不幸，歐蘇拉仍舊不衰老。在聖塔索菲亞・狄拉佩達協助下，她的糕餅業務更加發達，幾年間不但賺回兒子打仗耗盡的財產，而且裝了幾葫蘆的黃金，埋在臥室裏。她說：「只要上帝讓我活下去，這間瘋人院永遠不缺錢。」奧瑞里亞諾·約瑟脫離尼加拉瓜的聯邦軍隊，到一艘德國船上當水手，突然出現在廚房，像印第安人一樣留長髮，皮膚黑黑的，暗自決定要娶阿瑪蘭妲，當時故鄉的情況大致如此。

阿瑪蘭妲看他進來，就算他不說話，她也知道他回來的原因。用餐時他們不敢正視對方的面孔。不過他回來兩星期後，曾當着歐蘇拉的面盯着她（阿瑪蘭妲）的眼睛對她說，「我經常想起妳。」阿瑪蘭妲躲着他。她預防偶然的邂逅，儘量不跟「美人兒瑞美廸奧絲」分開。有一天姪兒問她手上纏黑繃帶打算纏多久，她認爲對方是暗指她的貞操，不禁兩頰緋紅，自己也覺得慚愧。他回來後，她閂上臥室門，後來聽見他每夜在隔壁房間平平靜靜打鼾，過了好多夜，她竟忘了採取預防措施。他回來大約兩個月之後，有一天清晨，她聽見他走進臥室；本以爲自己會逃走，會大叫，但是她並未如此，反而有一種軟綿綿的鬆弛感。她感覺姪兒像小時候一樣爬進蚊帳，等她發現他全身赤裸，不禁直冒冷汗，牙齒咔達咔達響。她好奇得透不過氣來，低聲說：「走開。走開，否則我要叫了。」但是奧瑞里亞諾·約瑟知道他必須如何——他已不是小孩，而是一頭軍營的野獸。從那天晚上開始，呆滯而不連貫的戰役又開始了，一直進行到天明。阿瑪蘭妲筋疲力盡呢喃道：「我是你的姑姑，情同母子，不但年紀差一大截，而且我一手把你養大，只差沒餵奶而已。」奧瑞里亞諾·約瑟黎明逃走，次日清晨又回來，每次看她不閂門，愈來愈興奮。他無時無刻不想她。他到達攻陷的城鎮，曾在黑濛濛的臥室裏——尤其是最下流的地方——想起她，他面對傷兵繃帶上的乾血跡和死亡的恐懼，心中曾出現她的影子；他隨時隨地想念她。他離開她，本來是想靠距離和迷迷糊糊的憤怒——袍澤弟兄還以爲是勇氣呢——來抹掉她的形影，可是她的影像愈是在戰爭的糞堆中翻滾，戰爭就愈像阿瑪蘭妲。他亡命異鄉，非常痛苦，曾想殺她再自殺，後來聽一個老頭子說起某人娶他的姑姑兼表姊，結果他兒子成了自己的祖父……的故事。

「人能娶自己的姑姑嗎？」他駭然問道。

一位士兵答道：「可以，而且我們打這一仗，對抗神父，就是要人連親娘都能娶。」

兩星期後，他棄軍私逃。他發現阿瑪蘭妲比記憶中更衰老；更憂鬱，更害羞，如今眞正轉入成熟的最後一處彎角，在黑暗的臥室比以前更熱情，積極的抵抗也比以往更富挑戰性。阿瑪蘭妲被他追得萬分苦惱，曾對他說：「你是野獸。除非能得到教皇特免，否則你不能對姑姑這樣。」奧瑞里亞諾·約瑟保證去羅馬，保證跪着橫越歐洲去吻教皇的涼鞋，希望她放下吊橋接納他。

阿瑪蘭妲反駁說：「不只是這樣，小孩可能天生會有豬尾巴。」

奧瑞里亞諾·約瑟對一切論據充耳不聞。

「他們生成犰狳我都不在乎，」他哀求道。

有一天清晨，他的精力壓抑過久，痛苦不堪，就到卡塔利諾店裏去。他找了一個乳房鬆弛、態度輕暱、價錢便宜的女人，暫時滿足他的欲望。他儘量對阿瑪蘭妲表現出不屑的樣子；看她在門廊上踩縫衣機，操作得十分靈巧，他連話都不跟她說。阿瑪蘭妲自覺躲過了一處暗礁，不懂自己這時候爲什麼又想起吉林奈德·馬魁玆上校，爲什麼一直懷念玩象棋的下午，爲什麼希望他就是她臥室裏的男人。有一天晚上奧瑞里亞諾·約瑟受不了故作冷漠的鬧劇，再回阿瑪蘭妲的房間，他不知道自己失去了多少據點。她斷然拒絕他，以後就永遠閂着門。

奧瑞里亞諾·約瑟回來幾個月後，有一個體味像茉莉花的婦人帶個五歲的男孩來到他們家。她說小傢伙是奧瑞里亞諾·布恩廸亞上校的兒子，她特意帶他來找歐蘇拉施洗命名。沒有人懷疑這個未命名的小孩是誰家骨肉：他長得跟上校第一次去看冰塊時一模一樣。婦人說他是張着眼睛出生的，以成人的判斷力觀察衆人，而且看東西不眨眼睛，把她給嚇壞了。歐蘇拉說：「很像。唯一的差別是他不會光靠視線就使椅子搖動。」他們爲他取名叫奧瑞里亞諾，冠上母親的姓氏——法律規定父親承認孩子以前，孩子不能冠父姓。蒙卡達將軍擔任教父。阿瑪蘭妲硬要孩子留下來，由她撫養，孩子的母親不答應。

當時歐蘇拉還不知道有些人家習慣送處女到戰士臥房去配種，像母鷄配優種公鷄一樣，但是那一年她總算發現了：後來又有九個奧瑞里亞諾·布恩廸亞上校的兒子到家裏來受洗命名。最大的皮膚很黑，眼珠子呈綠色，一點都不像父系的親人，年齡已超過十歲。他們帶來的孩子年齡和膚色各不相同，但全都是男性，而且都有一種落寞的表情，叫人一看就知道彼此的關係。只有兩位比較突出。一個看來比實際年齡大，雙手似乎摸什麼就打破什麼，花盆和磁器都被他砸得粉碎。另外一個金髮碧眼，眼睛像母親，頭髮學女孩子留得很長，捲捲的。他進門很隨便，彷彿從小在這兒長大似的，直接走到歐蘇拉臥房的一個矮櫃子前面說：「我要那個機械舞女。」歐蘇拉嚇一大跳。她打開矮櫃，在梅爾魁德斯時代留下的舊物堆中搜尋，發現培特羅·克里斯庇以前帶來的機械舞女，裹在一雙長襪中，大家早就忘掉了。十二年間，上校在戰區播種的兒子全部受了洗，命名爲奧瑞里亞諾，冠上母親的姓氏：一共有十七位。起先歐蘇拉塞了滿口袋的錢給他們，阿瑪蘭妲則慫恿他們留下；可是後來她們母女只送些禮物，當當教母而已。歐蘇拉一面記下母親的姓名地址和小孩的出生地點及日期，一面說：「我們爲他們施洗，已經盡了責任。奧瑞里亞諾需要詳實的記錄，等他回來，才決定一切。」吃午餐的時候，她跟蒙卡達將軍談到這種令人心慌的分芽繁殖法，她希望奧瑞里亞諾・布恩廸亞上校某一天能夠回來，把兒子們全部聚集在家裏。

蒙卡達將軍以曖昧的口吻說：「別擔心，朋友，他一定比妳預料中來得快。」

蒙卡達將軍知道奧瑞里亞諾・布恩廸亞上校已經上路，正要發起他有生之年最長、最激烈、最血淋淋的叛變，却不想透露。

局勢又跟第一次內戰前幾個月一樣緊張。市長本人創導的鬥鷄停止了。憲兵司令阿魁勒斯・里卡多上尉接掌了內政權。自由黨員認爲他是煽動分子。歐蘇拉對奧瑞里亞諾・約瑟說：「可怕的事情快要發生了。六點以後別上街。」她的哀求根本無效。奧瑞里亞諾・約瑟跟以前的阿加底奧一樣，早就不屬於她了。他回家，不用操心日常的需要，似乎養成了當年伯父約瑟・阿加底奧那種懶惰和荒淫的癖性。他對阿瑪蘭妲的熱情已經熄滅，未留下任何傷疤。他四處遊蕩，玩枱球，臨時找女人來排遣寂寞，搜掠歐蘇拉放錢的地方，看她有沒有遺下鈔票。最後只回家換換衣服而已。歐蘇拉悲嘆道：「他們都差不多。開頭乖乖的，聽話、敏捷，連蒼蠅都不敢打，等他們的鬍子一出現，他們就完蛋了。」阿加底奧始終不知道他的身世，他（奧瑞里亞諾・約瑟）則發現自己是碧拉·特奈拉的兒子——她在家裏搭一個吊床，讓他去睡午覺。他們不僅是母子，也是寂寞中的共犯。碧拉·特奈拉已失去一切希望。她的笑聲漸漸有了風琴的調調，她的乳房接受過無數愛撫，已經扁塌塌了，她的肚子和大腿成了蕩婦命運的犧牲品，但是她的一顆心只逐漸老化，並不尖酸。她肥胖、健談、像一個失寵的主婦，宣佈放棄紙牌的空夢，由別人的愛情中尋找安寧和慰藉。附近的女孩子曾在奧瑞里亞諾·約瑟午休的那棟房子裏接待露水情郎。她們踏進房門才說：「碧拉，房間借我吧。」碧拉答道，「沒問題。」若有人在場，她會解釋說：

「我知道別人高高興興上床，我就覺得快樂。」

她從來不收費。她從不拒絕幫忙，正如這一生有無數男人找過她，不給錢，不付出愛情，只偶爾給她快感，她也從未拒絕過人家，直到暮年仍是如此。五個女兒承襲了她熱情的天性，打從青春期就迷失在人生的偏道上。她撫養過兩個兒子，一個投入奧瑞里亞諾·布恩廸亞上校的軍隊戰死了；另外一個十四歲那年在沼澤的某城鎮偷一籠鷄，受傷被捕。奧瑞里亞諾·約瑟可以算是五十年來「紅心老K」保證她會遇見的高個子黑膚男士。他跟紙牌派給她的所有男性一樣，跑到她的「紅心」上時，身上已帶着死亡的印記。她由紙牌上看出來了。

她告訴兒子，「今晚別出去，睡在這邊，卡美莉塔·蒙蒂兒老叫我把她安頓在你的房間，等都等膩了。」

奧瑞里亞諾·約瑟沒聽出話裏深深的哀求意味。

「叫她半夜等我，」他說。

他去看戲，一家西班牙公司正在上演「狐狸的利刄」，其實那是左瑞拉的劇本，因爲自由黨說保守黨是野蠻人，阿魁勒斯·里卡多上尉就下令更改片名。奧瑞里亞諾·約瑟在門口交出戲票，才發現阿魁勒斯·里卡多上尉和兩名荷槍的士兵正在搜查觀衆。

奧瑞里亞諾·約瑟警告他說：「當心，上尉。抓得住我的人還沒出生呢。」上尉想要搜他的身，奧瑞里亞諾·約瑟並未帶武器，却拔腿就跑。士兵不肯聽命開槍。其中一個解釋說：「他是布恩廸亞家的人。」上尉氣瘋了，一把奪下步槍，跨入街心瞄準。

他喊道：「懦夫！我巴不得他是奧瑞里亞諾·布恩廸亞上校。」

槍聲響時，二十一歲的處女卡美莉塔·蒙蒂兒剛剛用橘子花泡水洗過澡，正在碧拉·特奈拉床上撒些迷迭香的葉子。奧瑞里亞諾·約瑟本來注定要從她身上取得阿瑪蘭妲未曾給他的幸福，生七個兒子，老死在她懷中，沒想到紙牌詮釋錯誤，一顆子彈由背後打進他體內，震裂了胸膛。那天晚上注定要死的是阿魁勒斯·里卡多上尉，他確實死了，而且比奧瑞里亞諾·約瑟早死四個鐘頭。槍聲一響，他就被兩顆同時發出的子彈擊倒在地，子彈的來源一直查不出來，而許多許多人的叫聲震撼了夜空。

「自由黨萬歲！奧瑞里亞諾·布恩廸亞上校萬歲！」

十二點，奧瑞里亞諾·約瑟失血而死；卡美莉塔·蒙蒂兒發現紙牌上她的前途一片空白。四百多個人排隊經過戲院，用左輪槍打阿魁勒斯·里卡多上尉那荒棄的屍體。屍體裝滿鉛彈，重得要命，又像浸過水的麵包，分成好幾塊，只得由巡邏隊用手推車來載走。

約瑟•拉魁爾•蒙卡達將軍看正規軍無法無天，相當氣惱，自己運用政治影響力，又穿上軍服，取得馬康多的民政和軍事領導地位。然而，他並不指望自己的懷柔作風能阻止必然的結果。九月的消息互相矛盾。政府宣佈控制了全國，自由黨却收到內地武裝起事的秘密消息。起先政府不承認有戰爭，後來組織軍事法庭，以缺席審判的方式判奧瑞里亞諾•布恩廸亞上校死刑，才下詔宣佈打仗。哪一個單位先抓到他，就得立刻執行。歐蘇拉喜洋洋對蒙卡達將軍說，「可見他回來了。」他自己倒完全不知道。

其實奧瑞里亞諾•布恩廸亞上校已回國一個多月了。人未到，先傳來各種相反的消息，同時說他在幾個相隔很遠的地方。連蒙卡達將軍都不相信他回國，後來官方宣佈他攻佔了臨海的兩州。將軍拿電報給歐蘇拉看，對她說：「恭喜，朋友，他馬上就要回來了。」歐蘇拉第一次感到憂慮。她問道：「你要怎麼辦？」蒙卡達將軍也自問過好多回。

他答道：「朋友，跟他一樣啊。我要盡我的職責。」

十月一日，奧瑞里亞諾•布恩廸亞上校帶一千名武裝人員攻擊馬康多，憲兵隊奉命抵抗到底。中午蒙卡達將軍正跟歐蘇拉一起吃午飯，叛軍的大砲聲在全城廻響，把市府財務局的前廂炸得粉碎。蒙卡達將軍嘆了一口氣說：「他們的裝備跟我們一樣好，而且他們是想要打仗才打的。」下午兩點，大地被兩側的砲火攻得搖搖晃晃，他向歐蘇拉告別，自認會打輸。

他說，「我祈求上帝，但願今晚奧瑞里亞諾不在這間屋子裏。事局若發展成那樣，替我擁抱他吧，我今生不指望再看到他。」

那天晚上他寫了一封長信給奧瑞里亞諾・布恩廸亞上校，提起戰爭人道化的共同目標，但願他到頭來能戰勝兩個戰黨中貪黷的軍閥和野心的政客；將軍寫完信，正要逃出馬康多，就被人逮住了。次日奧瑞里亞諾・布恩廸亞上校在烏蘇拉家陪他吃午餐；他暫時關在那兒，等革命軍事法庭來裁決他的命運。彼此碰面很友善。兩個對手忘了戰爭，提起往事，歐蘇拉總覺得她兒子才是不速之客。打從她看兒子由一堆吵吵鬧鬧的軍人保護進屋，把臥室搞得天翻地覆，確信沒有危險才肯罷休，她就有那種感覺。奧瑞里亞諾・布恩廸亞上校不但容許部下如此，還嚴禁任何人走近他身邊十呎以內的範圍，連歐蘇拉也不例外；隨員們則在房屋各處安置了衞兵。他穿着普通的斜紋粗布軍服，沒有戴徽章，脚上的高筒靴上了馬刺，上面沾滿泥土塊和乾血塊；腰間掛一個槍套，袋口打開，一隻手隨時搭着槍柄，跟他的眼神一樣緊張。現在他頭上的髮線有幾處深深的凹口，腦袋活像在溫火爐中烤過似的。加勒比海的鹽分薰黑了他的面孔，他的表情顯得很嚴苛。他眼看要變成老頭子了，但是他以一股活力預防衰老，這似乎跟他的胃寒症有關係。他比離家時高大、蒼白、瘦削，開始表現出抵制鄉愁的徵兆。歐蘇拉自言自語說：「老天爺，現在他好像什麼事都做得出來。」確實如此。他送阿瑪蘭妲一條亞妶特克族的披肩，吃午餐時談談過去的回憶，說些滑稽故事……這只是往日心向的遺跡罷了。等大家遵照命令把死者埋在公塚以後，他立即指派羅克・卡尼西羅上尉組織軍事法庭，自己帶頭從事激進的改革，徹底去除保守黨復建政權留下的一木一石。他對助手說：「我們要搶在政黨政客們前面。等他們睜眼看清現實，他們會發現生米已成熟飯了。」此時他決定修正一百年來的土地產權，發現哥哥約瑟・阿加底奧胡來却得到法律認可。他一筆勾消那些地籍表册。基於禮貌，他撇下職務一個鐘頭，去拜望麗貝卡，把自己的決定告訴她。

這位孤獨的寡婦當年曾分享他愛情的秘密，後來堅持要看他行刑，竟救了他一命；如今她在屋裏屋外有如一具幽靈。她身穿長到指節的黑衣服，心如死灰，對戰爭幾乎一無所知。奧瑞里亞諾·布恩廸亞上校覺得她骨頭的磷光好像穿透皮膚射出來，身體四周有一圈聖艾莫的靈火❶，室內的死空氣隱含着彈藥的氣味。他勸她別再嚴格守喪，讓房子通通風，別再爲約瑟·阿加底奧死亡而責怪世人。可是麗貝卡已看透了世間的榮華。她曾經吃泥土，曾經等待培特羅·克里斯庇那灑了香水的情書，曾跟丈夫在床上瘋狂貪歡，到處尋找寧靜而不可得，最後却在這間屋子裏找到了——透過召魂的力量，回憶具體出現，像活人般走遍她隱居的空間。麗貝卡仰靠着柳條搖椅的椅背，眼睛盯着奧瑞里亞諾·布恩廸亞上校，把他當做遠古的幽靈，聽說約瑟·阿加底奧霸佔的土地要歸還原主，她一點都不難過。

她嘆口氣說：「你決定怎麼做就怎麼做吧，奧瑞里亞諾。我一向認爲你是叛徒，現在已證明了。」

修正地契和軍法大審同時進行，簡易軍事法庭庭長由吉林奈德·馬魁玆上校擔任，結果法庭將革命軍逮到的正規軍軍官全部處死。最後審判約瑟·拉魁爾·蒙卡達。歐蘇拉出面干涉。她告

❶聖艾莫的靈火，是雷雨天由桅桿、尖頂等突出物放出的閃光，因地中海水手的守護神聖艾莫而得名，據說此火光是他保佑的徵兆。

訴奧瑞里亞諾・布恩迪亞上校說：「他的政府是馬康多有史以來最好的。我用不着描述他多好心，對我們多有感情，你自己比誰都清楚。」奧瑞里亞諾・布恩迪亞上校用不以爲然的目光看看她。

他答道：「我不能接收司法工作。妳如果有話要說，去跟軍事法庭說吧。」

歐蘇拉不但去了，還帶着所有住在馬康多的革命軍官的母親去作證。這些老婦人都是建村的元老，其中幾位還參加過翻山的行列，她們逐一稱贊蒙卡達將軍的優點。歐蘇拉最後一個作證。她那陰鬱的威嚴、顯赫的名聲、說服力甚强的聲明……曾使法庭猶豫了一陣子。她對法庭的各分子說：「你們認眞玩這種可怕的遊戲，玩得很好，因爲你們是克盡職責。但是請你們不要忘記：上帝讓我們活一天，我們就要當一天母親，無論你們的革命性有多强，你們不乖，我們仍有權脫下你們的褲子來打一頓。」法官們退庭斟酌，這番話仍在校舍改成的營房中廻響。到了午夜，約瑟・拉魁爾・蒙卡達將軍被判死刑。無論歐蘇拉怎麼責備，奧瑞里亞諾・布恩迪亞上校硬是不肯減刑。天亮前一會兒，他到權充牢房的斗室去看死刑犯。

他告訴對方：「記住，老朋友，不是我要槍斃你，而是革命要槍斃你。」

蒙卡達將軍躺在床上，看他進門，連站都不站起來。

「該死，朋友，」他回答說。

奧瑞里亞諾・布恩迪亞上校返鄉後，直到此刻才有機會眞心看看他。他看對方變得好老，兩手發顫，拘泥又溫順地等待死亡，嚇了一大跳，接着就對自己感到噁心，夾着初步的憐憫。

他說，「你比我更清楚，一切軍事審判都是鬧劇，你其實是爲別人贖罪，因爲這回我們無論如何要打贏。換了你，你不是也會這麼做嗎？」

蒙卡達將軍站起來，用衣襬去擦他那角質鏡框的厚眼鏡。他說：「也許吧。不過我擔心的倒不是你要槍斃我——對我們這種人來說，槍斃等於是自然死亡。」他把眼鏡放在床上，脫下手錶和鍊子，繼續說：「我擔心的是，你這麼討厭軍方，拚命對抗他們，整天想起他們，到頭來你已變成跟他們一樣糟糕了。人生的任何理想都不值得這樣卑鄙去追尋。」他脫下結婚戒指和聖母紀念章，跟眼鏡和手錶放在一起。

他下結論說：「照這樣下去，你不但會變成有史以來最暴虐最殘忍的獨裁者，而且你爲了使良心得到安寧，還會槍斃我的好朋友歐蘇拉。」

奧瑞里亞諾·布恩廸亞上校無動於衷站在那兒。於是蒙卡達將軍把眼鏡、紀念章、手錶和戒指交給他——換一種口氣說話。

他說：「我請你來，不是要駡你。我請你幫忙，把這些東西寄給我太太。」

奧瑞里亞諾·布恩廸亞上校把東西收進口袋裏。

「她是不是還在曼瑙爾？」

蒙卡達將軍說：「她還在曼瑙爾，住在教堂後面你上次送信去的那間屋子裏。」

「我樂意幫忙，約瑟·拉魁爾，」奧瑞里亞諾·布恩廸亞上校說。

他走到戶外的藍霧中，臉上濕濕的，跟過去的某一個清晨一樣；他這才發現自己曾下令在院子裏而不在墓牆邊行刑。行刑隊排在房門對面，向他行最敬禮。

他下令說：「現在可以把他押出來了。」

9

吉林奈德・馬魁茲上校是第一個發現戰爭無意義的人。他身爲馬康多的民政兼軍事領袖，每星期總要跟奧瑞里亞諾・布恩廸亞上校通兩次電報。起初他們通電報可決定一場血肉戰爭的路線，把概況說得清清楚楚，隨時讓雙方知道戰爭的確切地點和未來的方向。奧瑞里亞諾・布恩廸亞上校從來不向人吐露衷曲，連最親密的朋友也不例外，但他當時在電報線另一頭還很親切，叫人認得出是他。他多次延長談話的時間，聊些家務事。可是，戰局日漸緊張，日漸擴大，他的形象也就愈來愈不眞實了。他說話的特點一天比一天模糊，湊在一起，就變成一些日漸失去意義的口號。於是吉林奈德・馬魁茲上校只聽不說，總覺得跟他通電報的是另一個世界的陌生人。

他常常在鍵盤上總結說：「我懂了，奧瑞里亞諾，自由黨萬歲！」

他終於跟戰爭完全脫節。以前戰爭是眞實的活動，年輕時代無法抗拒的熱情，如今變成一個遙遠的旁註：「虛空」。他只能到阿瑪蘭妲的縫衣室去避難。他每天下午去看她，「美人兒瑞美廸奧絲」轉動縫衣機，她則捲機器裡的泡沫裙料，他喜歡看她的纖手。他們共度許多許多時間，彼此不交談，只默默相伴，阿瑪蘭妲爲他舊情不改而欣慰，他却不知道那顆叫人猜不透的芳心暗想些什麼。他返鄉的消息傳來，阿瑪蘭妲等得好心焦；可是她看見對方跟奧瑞里亞諾・布恩廸亞上校那些吵吵鬧鬧的隨員一起進屋，發現他因流浪吃苦而憔悴，又老又健忘，滿身髒兮兮的汗水和塵土，體味像牧人，外貌醜陋，左臂懸著吊帶，她有一種幻滅的感覺，腦袋發暈。她暗想：「上帝啊，這不是我等待的人。」可是第二天他刮了臉，全身乾乾淨淨，鬍子灑了薰衣草香水，取下血淋淋的吊帶，又來到他們家。他送她一本用珍珠母作封面的祈禱書。

她想不起別的話，就說；「男人眞奇怪。他們犧牲性命來對抗敎士，却送人祈禱書當禮物。」

此後他天天下午來看她，戰況最激烈的日子也從不間斷。「美人兒瑞美廸奧絲」不在的時候，往往由他來推動縫衣機的輪子。阿瑪蘭妲看到此人具有這麼大的權威，爲了不武裝進入縫衣室，却肯在起居室脫下佩劍；看他如此堅毅、忠貞、謙和；不免心煩意亂。可是四年間他一再重申愛意，她總是在不傷害對方的情況下拒絕；她雖未愛上他，沒有他却活不下去了。「美人兒瑞美廸奧絲」對什麼都漠不關心，被視爲智能不足，但是她感覺到這份深情，曾爲吉林奈德·馬魁玆上校說話。阿瑪蘭妲突然發現，她一手帶大的這個姪孫女剛剛進入青春期，已是馬康多有史以來最漂亮的姑娘。當年她對麗貝卡的怨恨又在心頭滋生，她祈求上帝別害她希望姪孫女死掉，同時把姪孫女趕出縫衣室。大約此時，吉林奈德·馬魁玆上校開始厭戰。他發揮說服力和飽受壓抑的柔情，打算爲阿瑪蘭妲放棄他犧牲多少好年華才換來的榮耀。可惜他沒辦法說服她。八月的某一個下午，阿瑪蘭妲對不屈不撓的追求者說出最後的答案，受不了自己的固執，鎖在臥室裡，爲自己將寂寞至死而痛哭。

她曾對他說：「我們永遠忘記對方吧。我們太老，現在不適宜辦這種事了。」

那天下午吉林奈德•馬魁玆上校收到奧瑞里亞諾•布恩廸亞的電報。只是例行通話，不會給停滯的戰局帶來任何突破。最後吉林奈德•馬魁玆看看荒涼的街道，杏樹上的水珠，發現自己寂寞得出神。

他凄然在鍵盤上按道：「奧瑞里亞諾，馬康多正在下雨。」

電報線沉默良久。突然間，儀器跳起來，打出奧瑞里亞諾•布恩廸亞上校的無情字句。符號說：「別驢了，吉林奈德，八月下雨很自然嘛。」

他們很久沒見面，吉林奈德•馬魁玆上校看對方的反應這麼失禮，有點生氣。兩個月之後，奧瑞里亞諾•布恩廸亞上校回到馬康多，馬魁玆的氣憤轉成驚訝。連歐蘇拉都爲他的改變而大吃一驚。他來得無聲無息，沒有人護送，大熱天還穿一件斗篷，帶回三個姘婦，安頓在同一間屋子裡，自己整天躺在吊床上。報告例行公事的電報文他很少看。有一次吉林奈德•馬魁玆上校向他請示要如何撤出邊境上一個有可能引發國際衝突的地點。

他吩咐說：「別拿瑣事來煩我，請教上帝吧。」

當時可能是戰爭最重要的一刻。自由黨的地主原先支持革命，後來却偷偷和保守黨的地主結盟，阻止修訂產權。流亡各地出錢打仗的政客們公開摒棄奧瑞里亞諾•布恩廸亞上校的激進目標，可是人家不再認可他，他好像並不煩惱。他沒有再讀皮箱底被他遺忘的五大餘册詩篇。晚上或午休時間他常叫某一個姘婦到吊床去，由她們身上求取基本的滿足，然後就睡得死沉沉，好像一點憂慮都沒有。當時唯有他知道自己慌亂的心靈注定要猶豫一輩子。起先他看自己同來這麼光榮，勝仗打得這麼漂亮，陶醉萬分，曾覬覦偉人的世界。他喜歡在右手邊放一本（十七世紀英國軍事家）馬孛羅公爵的實錄——此人是他的戰術教師，一身皮衣和虎爪曾使大人敬佩，小孩畏服。此時他決定不准任何人走近他十呎以內的範圍，連歐蘇拉也不例外。無論他站在哪裡，副官都會畫個粉筆圓圈，只有他能進去，他站在圈子中央，以簡短的吩咐決定世界的命運。他槍斃蒙卡達將軍以後，第一次到曼瑙爾，連忙去執行死者的遺囑，寡婦收下眼鏡、紀念章、手錶和戒指，却不讓他進門。

她對他說，「上校，你不能進來，你不妨指揮戰爭，我却主宰自己的房子。」

奧瑞里亞諾・布恩廸亞上校沒顯出怒容，但是侍衞們刼掠寡婦家，把房子燒成灰燼，他的心靈才平靜下來。當時吉林奈德・馬魁茲上校對他說：「奧瑞里亞諾，注意你的心胸。你活生生腐爛了。」此時他召開第二次叛軍司令會議。他發現什麼樣的人都有：理想家、野心家、冒險家、對社會不滿的人和一般罪犯。甚至有一個前任保守黨官員，爲逃避私吞公款的審判而躲進叛軍的陣營。很多人甚至不知道自己爲什麼打仗。各色各樣的人價值觀不同，幾乎造成內鬨，其中有一個陰森森的大人物相當突出；就是泰菲羅・瓦戛斯將軍。他是純種的印第安人，桀驁不馴，不識字，天生冷靜多謀，賦有救世軍的才幹，能勾起部下瘋狂的熱誠。奧瑞里亞諾・布恩廸亞上校召集會議，志在統一叛軍的指揮權，對抗政客的伎倆。泰菲羅・瓦戛斯將軍來開會是有企圖的：他幾個鐘頭就瓦解了優秀指揮官的聯盟，擔任總指揮。奧瑞里亞諾・布恩廸亞上校告訴手下的軍官，「他是一頭值得當心的野獸。對我們來說，此人比戰爭部長更危險。」這時候一個以膽怯聞名的青年上尉小心翼翼伸出一根食指。

他建議說，「簡單嘛，上校。這個人得殺掉。」

奧瑞里亞諾·布恩廸亞上校驚駭的倒不是這個建議太冷酷，而是自己的想法一瞬間就被人預先看出來了。

他說：「別指望我下這種命令。」

事實上，他並沒有下命令。可是兩星期後，泰菲羅·瓦戛斯將軍遭到伏擊，被彎刀砍成碎片，奧瑞里亞諾·布恩廸亞上校取得總指揮權。叛軍司令承認他權威的那天晚上，他嚇醒了，叫人送毯子來。他內部發涼，骨頭受損，艷陽下也如此，害他好幾個月睡不著覺，後來就變成習慣了。苦悶漸漸沖垮了權力的醉意。為了治療體寒症，他槍斃了那名建議殺泰菲羅·瓦戛斯將軍的青年軍官。他的命令往往還沒說出口，甚至還沒有想好，就有人執行，而且很徹底——他可不敢叫人執行到那種程度。他大權在握，萬分孤獨，開始迷失方向。附近的村子老有民眾對他歡呼，他心煩，總覺得他們對敵人也是這麼歡呼法。他到處碰見青春期的少年以他這種眼神望著他，以他這種聲音對他說話；以他打招呼時的不信任表情來問候他，他們自稱是他兒子。他自覺分散在各地，增殖成好多倍，却比以前更孤獨。他相信手下的軍官對他撒謊。他跟「馬孛羅公爵」並肩作戰。當時他常說：「我們最好的朋友就是剛死掉的那一位。」他厭倦了戰爭的無常，戰爭的惡性循環——而他自己總在同一個地方，却愈來愈老，愈來愈厭倦，愈來愈不知道理由、情況或時間。粉筆圈外經常有人。某人缺錢用；某人的兒子患百日咳；某人受不了戰爭的滋味，想溜去永遠安眠；可是他們却立正向他報告說：「一切正常，上校。」無止盡的戰爭中最可怕的就是正常：什麼事都沒發生過。他孤孤單單，沒有預兆出現，想逃避至死伴著他的體寒症，終於躲到馬康多來重溫最古老的回憶。他實在太懶散了，手下宣佈政黨派來一個委員會，要跟他討論戰爭的僵局，他半睡半醒在吊床上翻個身。

他說：「帶他們去找婊子好了。」

來的是六名律師，穿大禮服，戴高禮帽，泰然忍受十一月的驕陽，歐蘇拉請他們住在家裡。他們關在臥房內密商，傍晚找一隊衞兵和幾架手風琴，接收卡塔利諾的店舖。奧瑞里亞諾·布恩廸亞上校吩咐說：「別理他們，我知道他們要什麼。」十二月初，大家等待已久的會談——許多人預料會爭論不休——不到一個鐘頭就有了結論。

在炎熱的客廳裡，在蓋了白布的老自動鋼琴旁邊，奧瑞里亞諾·布恩廸亞上校這回倒沒有坐進副官劃的粉筆圈。他坐在自己的政治顧問中間，身上裹一件羊毛斗篷，默默聽使者發表短促的建議。首先，他們要他別修正產權，重獲自由黨地主的支持。第二，他們要他別跟教會勢力作對，爭取天主教民衆的支持。最後，他們要他放棄婚生子和私生子平等的目標，以保住家庭的完整。

對方讀完，奧瑞里亞諾·布恩廸亞上校微笑說：「那就表示我們只爲奪權而打仗囉。」

某一位代表答道：「這是戰術上的改變。現在最重要的是擴大戰爭的羣衆基礎。以後我們會另有一番面貌。」

奧瑞里亞諾·布恩廸亞上校的一位政治顧問出面干涉。

他說：「太矛盾了。如果這些改變是好的，那就表示保守黨政權是好的。如果我們遵行諸位的建議，以此來擴大戰爭的羣衆基礎，那就表示該政權已有廣大的羣衆基礎。總之，那就表示我們將近二十年來專跟民族情感作對。」

他正要往下說，奧瑞里亞諾·布恩廸亞上校以手勢阻止。他說：「博士，別浪費時間了。最重要的是，從今天起我們只爲奪權而打仗。」他仍舊笑瞇瞇的，接過代表們給他的文件，準備簽字。

他下結論說：「既然如此，我們不反對接受。」

手下驚惶失措，面面相覷。

吉林奈德·馬魁玆上校柔聲說：「對不起，上校，這是背信嘛。」

奧瑞里亞諾·布恩廸亞上校把沾過墨水的鋼筆高舉在空中，將整個權威發揮在他身上。

「交出武器，」他命令說。

吉林奈德·馬魁玆上校站起來，把佩劍放在桌上。

奧瑞里亞諾·布恩廸亞上校說：「向軍營報告，讓革命法庭來處置你。」

接著他簽署那份聲明，把紙張交給特使團說：

「諸位，你們的文件在這裡。但願你們能從中得到一點好處。」

兩天後，吉林奈德・馬魁玆上校被控叛國，處了死刑。奧瑞里亞諾・布恩廸亞上校躺在吊床上，不聽任何人求情。行刑的頭一天晚上，他叫大家不得打擾，歐蘇拉硬闖進他的臥室去找他。她穿著黑衣服，肅穆得出奇，站著跟兒子會談三分鐘。她冷冷靜靜說：「我知道你要槍斃吉林奈德，也知道我沒有辦法阻止。不過我警告你：只要我一看見他的屍體，我藉父母的骨灰和老約瑟・阿加底奧・布恩廸亞的骨灰向你發誓，我在上帝面前向你發誓，無論你躲在什麼地方，我都會把你拖出來，親手殺了你。」她走出房間，不等兒子答覆，臨走又說：

「這跟你天生帶根豬尾巴沒有兩樣。」

漫漫長夜，吉林奈德・馬魁玆上校想起他在阿瑪蘭妲縫衣室所度過的寂靜的下午；奧瑞里亞諾・布恩廸亞上校則亂塗亂寫好幾個鐘頭，想打破孤寂的硬殼。自從某一個遙遠的下午，父親帶他去看冰塊後，他唯有在銀飾工藝坊拼製小金魚時感到快樂。他曾被迫發動三十二次戰爭，違背他與死亡的一切協約，像豬玀在榮譽的糞堆中打滾，才追尋到遲來將近四十年的單純樂趣。

黎明時分，他因熬夜而疲憊不堪，行刑前一個鐘頭來到牢房。他對吉林奈德・馬魁玆上校說：「鬧劇結束了，老朋友。我們離開這兒，免得這邊的蚊子把你咬死。」吉林奈德・馬魁玆上校看到對方這種態度，實在壓不住滿心的鄙夷。

他回答說：「不，奧瑞里亞諾，我寧願死，也不願看你變成殘酷的暴君。」

奧瑞里亞諾・布恩廸亞上校說：「你不會看我那樣的。穿上鞋子，幫我收拾這場臭戰爭吧。」

他說這句話的時候，並不知道發動戰爭容易，終止戰爭却很難。他花了將近一年兇狠而不近人情的心血，才逼政府提出對叛軍有利的和平條件，又花一年的時間，黨人才相信接受有好處。他以極爲殘酷的手段來鎭壓麾下抗命爭取勝利的軍官，最後竟仰仗敵人的兵力來懾服他們。

他當軍人，就以那段時間最了不起。他確定自己終於爲自由而戰，不是爲抽象的理想，不是爲政客們可以根據情況左右曲解的口號而戰，這一來他充滿熱誠。吉林奈德・馬魁兹上校以前爭取勝利，堅信不移，忠貞不移，如今爭取失敗也是如此，他責備奧瑞里亞諾・布恩廸亞上校蠻勇。他笑著說：「別擔心，死亡比我們想像中困難多了。」對他而言倒是眞的。他相信自己的死期是注定好的，這給予他一種神秘的免疫力，定期的不朽，所以戰爭的危險傷不到他，最後他求得了比勝利更艱難、更殘忍、代價更高的挫敗。

打了將近二十年的仗，奧瑞里亞諾・布恩廸亞上校回過許多次家，可是每次都來得很急迫，又有軍事隨員到處跟着，而他四周總帶着傳奇的氣氛，連歐蘇拉都感覺到了，所以他最後竟變成家裏的陌生人。上回他到馬康多，爲三個姘婦找了一間房子，在自己家只露面過兩三次，抽空應邀回來吃晚餐。「美人兒瑞美廸奥絲」和雙胞胎是戰時出生的，幾乎不認識他。阿瑪蘭妲實在無法將少年時代整天做小金魚的哥哥和現在這一位不准人走近他周圍十呎以內的傳奇戰士想成同一個人。休戰在卽的消息傳開後，家人以爲他返家會恢復凡人的面目，因親情而獲救，於是潛伏已久的家族情感重新滋生，比往日更强烈。

歐蘇拉說：「我們家終於又有個大男人了。」

阿瑪蘭妲最先覺得家人已永遠失去他了。休戰前一個禮拜，他未帶隨從，由兩個赤足的傳令兵引導進屋，他們把騾子身上的鞍座和一皮箱詩集放在門廊上，這是他僅存的行李。她看見哥哥經過縫衣室，就出聲叫他。奧瑞里亞諾・布恩廸亞上校一時認不出她是誰。

她爲哥哥返家而興奮，和和氣氣說：「是阿瑪蘭妲，」又把纏了黑繃帶的手伸給他看。「看哪。」

奧瑞里亞諾・布恩廸亞上校對她笑一笑，神態和多年前那個早晨他被判死刑回到馬康多鎭，初次看她手上纏着黑繃帶的時候差不多。

他說：「眞可怕，時間過得眞快！」

正規軍不得不保護他們家。他回來飽受辱罵，被人吐了一身口水，鄉親們說他推進戰局是爲了討個更好的價錢。他忽冷忽熱，一直發抖，腋下又長出膿瘡。六個月前，歐蘇拉聽到休戰的傳聞，把新娘房打開來淸掃，又在角落裏燒些沒藥，以爲他要回來陪瑞美廸奧絲留下的一堆髒娃娃終老一生。其實最近兩年他已對生命付出應付的最後一筆代價——衰老也是其中之一。他經過歐蘇拉特別整理出來的銀飾舖，甚至沒發現鑰匙插在鎖孔裏。他沒注意到光陰給家園帶來微小却激烈的改變——走了這麼多年，凡是有記憶的人都該覺得像一場大刼難才對。牆上的白粉膠剝落了，屋角有髒兮兮像棉絮的蜘蛛網，秋海棠沾了灰塵，白蟻在屋樑上蛀出一道道脈紋，鉸鏈生了青苔……他面對鄉愁給他安排的陷阱，完全不感到心痛。他裹着斗篷，仍穿着皮靴，坐在門廊上，似乎只想等雨停，一下午都盯着秋海棠上面的雨滴。歐蘇拉知道家人留他留不久的。她暗想道：

「如果不是戰爭，就是死亡。」這個假設很簡潔，很有力，她以為是預感。

晚餐席上，奧瑞里亞諾•席岡多用右手剝麵包，左手喝湯。他的雙胞胎兄弟約瑟•阿加底奧•席岡多則用左手剝麵包，右手喝湯。他們百分之百對應，看來不像對面坐的兩兄弟，倒像鏡子的把戲。雙胞胎知道他們一模一樣，就發明了這種奇觀，一再表演給新客看。可是奧瑞里亞諾•布恩廸亞上校根本沒發覺。每一樣東西他似乎都覺得格格不入，「美人兒瑞美廸奧絲」赤裸裸前往她的臥室，經過那兒，他也沒注意。他想心事想得出神，只有歐蘇拉敢打擾他。

吃飯吃到一半，她說：「你如果需要再離家，至少想一想我們今晚相聚的情景。」

這時候奧瑞里亞諾•布恩廸亞上校才發現，歐蘇拉是世上唯一能洞悉他苦難的人，但他並不驚訝；多年來他第一次打量她的面孔。她的皮膚皺得像皮革，牙齒蛀光，頭髮失去光澤，沒有顏色；眼神很驚慌。他拿現在的她跟最早最早他預言一鍋滾湯要墜地時的記憶相比，發現她已殘缺不全了。他剎那間看出半世紀以上日常生活在她身上所造成的刮傷、贅疣、膿瘡和潰瘍；發現這些災害竟激不起他的一絲憐憫。於是他最後一次在心中尋找腐蝕一空的親情，根本找不到。以前他在自己皮膚上聞到其母歐蘇拉的體味，至少會有尷尬的羞愧感，而且他不只一次覺得她的思緒和他自己衝突。可是這一切都被戰爭掃光了。此時連亡妻瑞美廸奧絲的影像也模糊不清，他只記得她的年紀足可當他的女兒。他在愛情的荒漠上認識數不清的女人，她們將他的種子灑在海岸各地，而她們在他的感情中未留下半點刻痕。她們大多摸黑來到他房間，天不亮就走了，第二天只剩一抹疲乏的回憶。唯有小時候他對哥哥約瑟•阿加底奧的親情未被時間和戰爭抹殺，但那不是以愛爲基礎，而是串通做壞事培養出來的。

他藉口規避歐蘇拉的請求：「抱歉，戰爭把什麼都荒廢掉了。」

後來幾天，他忙着毀滅自己在人世的一切痕跡。他剷除銀飾工藝坊的擺設，只留下跟個人無關的物品；把衣服送給傳令兵，將武器埋在院子裏，跟父親當年埋掉殺死普魯丹西奧・阿固拉的長矛一樣，心懷悔恨。他只留下一把槍，裏面只裝一發子彈。歐蘇拉沒有干涉他。他要毀掉客廳裏供着長明燈的瑞美廸奧絲遺像時，她才勸阻他。她說：「那張照片早就不屬於你了；它是家族的遺寶。」休戰前夕，屋裏已找不到他的任何紀念品，他將一皮箱的詩集拿到廚房，聖塔索菲亞・狄拉佩達正準備生火。

他遞上第一捲發黃的紙張說：「用這個來生火吧，紙張很舊很舊，比較容易燒着。」

聖塔索菲亞・狄拉佩達向來文靜，向來謙虛，從不反駁任何人，甚至不反駁自己的孩子，但她覺得這件事做不得。

「這是重要的文件，」她說。

上校說：「不是的，是寫給自己看的東西。」

她說，「既然這樣，你來燒吧，上校。」

他不但照辦，還用一根手斧劈開皮箱，將碎片投進火裏。數小時以前，碧拉・特奈拉來看他。多年不見，奧瑞里亞諾・布恩廸亞上校看她變得這麼老，這麼胖，笑聲也不再燦爛，大吃一驚；但是他更爲她的紙牌算命術深奧難懂而驚訝。她對他說：「當心你的嘴巴。」記得上回她曾在他最光榮的時候說這句話，不知道當時是否已預測出他的命運。不久之後，他的個人醫生替他除掉膿瘡，他裝出不特別感興趣的表情，隨口問醫生心臟的正確位置在哪裏。醫生用聽筒聽一下，然後用一塊棉花沾碘酒在他胸部畫個圈圈。

禮拜二休戰日，天氣暖和有雨。奧瑞里亞諾・布恩廸亞上校未到五點就進廚房，照例喝一杯不加糖的咖啡。歐蘇拉對他說：「你就是在這種天氣出生的。睁着眼睛，人人稱奇。」他沒注意聽，因爲他正在聽軍隊整編的聲音、軍號聲和口令聲，那些聲音劃破了黎明的寂靜。儘管他征戰多年，對這種聲音應該很熟悉，但這回他却跟年輕時面對裸女一樣，雙膝發軟，皮膚刺痛。他的思緒亂紛紛，後來竟陷入懷念中，總覺得他當初若娶了那名裸女，可能會成爲一個跟戰爭無緣、跟榮耀無緣的人，一個沒沒無聞的工匠，一頭快樂的野獸。他事先沒想到會有這陣遲來的顫慄感，早餐也吃得不是滋味。早上七點鐘，吉林奈德・馬魁玆上校跟一羣叛軍軍官來接他，發現他比以前更沉默，更憂愁，更孤單。歐蘇拉想爲他披上一件新大衣。她對兒子說：「政府會怎麼想呢，他們會以爲你窮得連買斗篷的錢都沒有，才投降的。」可是他不接受。他走到門口，讓母親爲他戴上老約瑟・阿加底奧・布恩廸亞的一頂舊毛氈帽。

這時候歐蘇拉對他說：「奧瑞里亞諾，答應我，你在那邊若覺得難受，就想想你娘。」

他對母親淡然笑一笑，五指攤開舉起手，一言不發踏出家門，承受鎭民的喊叫、辱罵和髒話——大家會一路駡到他出城才罷休。歐蘇拉閂上門，決定一輩子不拉下門條。她暗想，「我們會爛死在裏面。我們會在這間沒有男人的房子裏化成灰，可是我們不讓喪心病狂的鎭民看我們流眼淚。」她整個早上在各個隱秘的角落裏找尋兒子的紀念品，卻連一件都找不到。

簽約儀式在馬康多城外十五哩的一棵木棉樹下舉行，以後尼蘭蒂亞城將要建在木棉樹四周。政府和政黨的代表以及放下武器的叛軍代表團由一羣見習修士招待，他們身穿白袈裟，吵吵鬧鬧，活像一羣被雨水嚇壞了的鴿子。奧瑞里亞諾・布恩廸亞上校騎一匹泥濘的騾子趕來。他沒刮鬍鬚，膿瘡痛得要命，倒不爲夢想破滅而難過，反正他已抵達一切希望的終點，不貪圖榮耀也不懷念榮耀了。大家順應他的安排，沒有音樂，沒有鞭砲，沒有鐘聲，沒有勝利的歡呼，也不發表談話，免得改變休戰的可悲特質。有個巡廻照相師拍了他唯一的照片，本可長期保存，卻被迫將底片毁掉，沒有洗出來。

典禮歷時很短，簽好文件就結束了。官方代表坐在一個打了補釘的馬戲帳篷裏，帳篷中央放一張天然木餐桌，最後幾名忠於奧瑞里亞諾・布恩廸亞上校的軍官圍在桌子旁邊。簽約前，共和國總統的私人代表想宣讀投降狀，但是奧瑞里亞諾・布恩廸亞上校表示反對。「我們別在手續方面浪費時間。」說完連看都不看文件，就打算簽名。此時他手下的一名軍官打破了帳篷中那催眠式的寂靜。

他說，「上校，拜託不要先簽。」

奧瑞里亞諾・布恩廸亞上校答應了。文件繞桌子一周，現場好靜好靜，聽筆尖刮紙的聲音就能猜出簽的是什麼名字，第一行還空着。奧瑞里亞諾・布恩廸亞上校準備簽名。

另一位軍官說，「上校，一切還來得及挽回。」

奧瑞里亞諾・布恩廸亞上校面不改色簽下第一份文件。最後一份還沒有簽完，有個叛軍上校牽著騾子出現在門口，騾子載來兩個錢箱。那人很年輕，表情却冷冷淡淡，很有耐心。他是馬康多城區的革命軍財務長。他拖着餓得半死的騾子，千辛萬苦走了六天，以便及時趕到休戰的會場。他小里小氣取下錢箱，打開來，把七十二塊金磚逐一放在桌上。人人都忘了有這筆財產。去年亂紛紛，總指揮權瓦解，革命變成首領互相作對，簡直不可能判定責任問題。革命軍的黃金融成一大塊一大塊，再覆上乾泥，誰也掌握不到。奧瑞里亞諾・布恩廸亞上校把那七十二塊金磚列在投降清單上，不讓任何人發言，就結束了休戰儀式。渾身髒兮兮的年輕人站在他對面，以一雙糖漿色的眼睛冷冷靜靜望着他。

「還有事嗎？」奧瑞里亞・布恩廸亞上校問他。

年輕的上校抿一抿嘴唇。

「收據，」他說。

奧瑞里亞諾上校把收據抓在手上寫好，然後喝了一杯見習修士遞過來的檸檬水，吃了一片餅乾，轉往人家爲他休憩而準備的野戰帳篷。他脫下襯衫，坐在床邊，下午三點十五分拿出手槍，射擊私人醫生在他胸部畫的碘酒圓圈。當時歐蘇拉正在馬康多煮一鍋牛奶，掀開蓋子來看，想不通爲什麼這麼久還不沸騰，結果發現裏面全是蛆蟲。

「他們害死了奧瑞里亞諾，」她驚叫說。

她寂寞時習慣看看院子，現在照例往那邊瞧，竟在雨中看到約瑟・阿加底奧・布恩廸亞的幽靈，濕漉漉，慘兮兮，比他去世時老多了。歐蘇拉說得更明確，「他們一定是由背後開槍打他，沒有人好心爲他闔上眼皮。」傍晚她淚眼模糊，看到光亮的圓盤迅速橫越天空，像一團蒸氣似的，她以爲這是死亡的訊號。大家把奧瑞里亞諾·布恩廸亞上校扶進來，他裹着一條血跡已乾的毛毯，氣沖沖睜着眼睛；當時她還在板栗樹下亡夫的膝前痛哭呢。

上校已脫離險境。子彈穿行的路線很勻整，醫生用一條繩子沾上碘酒，由前胸通進去，從背後拉出來。他得意洋洋說：「這是我的傑作。子彈唯有經過那個部位，才不會傷到重要的器官。」奧瑞里亞諾·布恩廸亞上校看到身邊圍了一羣好心的見習修士，拚命唱聖歌祝他靈魂安息，這時候他覺得好遺憾——他本來考慮對着上顎開槍，就算嘲弄嘲弄碧拉·特奈拉的預言也好，如今眞後悔沒那麼做。

他告訴醫生：「我若還有權威，我會立刻槍斃你。不是怪你救我一命，而是怪你耍弄我。」

他自殺不成，短短幾個鐘頭就贏回失去的威望。原先造謠說他以休戰換得一間金磚屋的人，立即改口說他自殺是光榮的舉動，把他尊爲烈士。後來他拒領共和國總統給他的勳章，連他的死敵都排隊到房間來，叫他別承認休戰，再發起新戰爭。家裏擺滿補償性的禮物。奧瑞里亞諾·布恩廸亞上校看以前的袍澤弟兄大力支持他，深受感動，不排除順應軍心起事的可能。某一段時間他對重新開戰的想法十分熱中，吉林奈德·馬魁茲上校認爲他只要找到藉口就會宣戰。事實上，藉口眞的來了——共和國總統不肯發軍事撫卹金給以前的自由黨和保守黨戰士，要等一個特殊的委員會審核過，國會也答應了才能頒發。奧瑞里亞諾·布恩廸亞上校吼道，「簡直無法無天嘛；

他們等郵件，會等到老死。」他第一次走下歐蘇拉買給他療傷用的搖椅，在臥房走來走去，口述一封措辭强烈的電報給共和國總統。在那封從未公開的電報中，他指斥對方違背尼蘭蒂亞和約，聲明撫卹金若不在兩週內解決，他就要宣戰至死。他的立場很公正，連以前的保守黨戰士都有可能支持他。但是政府唯一的答覆就是在他家門口加派衞兵來「保護」他，並禁止一切訪客上門。全國値得監視的領袖也都以這種方法來對付。這一套正合時宜，激烈又有效，休戰兩個月後，奧瑞里亞諾·布恩廸亞上校恢復了健康，可是他那些最熱心的同謀死的死，流亡的流亡，有些則被同化，永遠融入公共行政體系中。

奧瑞里亞諾·布恩廸亞上校十二月走出房間，他只想看看門廊，免得再想戰爭的事情。歐蘇拉以這個年齡不可能有的精力，把房子弄得煥然一新。她發現兒子能活下去，曾說：「現在他們會看清我是誰。全世界沒有一棟房子比這間瘋人院更好，更開闊。」她淸掃和粉刷房屋，換上新家具，重整花園，種上新的花，打開門窗，讓燦爛的夏日光線射進屋裏，甚至深入臥房。她宣佈守喪期結束，自己脫下嚴密的舊袍子，換上青春氣較濃的衣裳。自動鋼琴的音樂又響徹他們家。阿瑪蘭妲聽了，想起培特羅·克里斯庇，想起他黃昏戴的梔子花和他身上的薰衣草香味，枯萎的芳心洋溢着一股健全的遺怨，早就被時間淨化了。有一天歐蘇拉想要整理客廳，叫房子四周的衞兵來幫忙。年輕的指揮官批准了。漸漸的，歐蘇拉開始派他們做點新的雜差。她請他們吃飯，送他們衣服和鞋子，敎他們讀書和寫字。政府撤回衞兵後，有一個人繼續住在布恩廸亞家，替她服務好多年。某一年元旦，年輕的衞兵指揮官追求「美人兒瑞美廸奧絲」受挫，失望得發瘋，死在她窗前。

10

多年後，奧瑞里亞諾・席岡多即將斷氣，將會想起六月某一個降雨的下午他曾走進臥室去迎接第一個兒子。雖然小孩愛哭，沒精神，毫無布恩廸亞家的特徵，他却想都不想就決定了小傢伙的名字。

「我們叫他約瑟・阿加底奧吧，」他說。

一年前跟他結婚的美人兒菲南妲・戴・卡庇奧表示贊成。反之，歐蘇拉掩飾不了一股模糊的疑慮。家族史中名字一再重複，她漸漸獲得相當肯定的結論。取名叫「奧瑞里亞諾」的都比較畏縮，頭腦却很清楚，取名叫「約瑟・阿加底奧」的則比較衝動和進取，却帶有悲劇色彩。只有約瑟・阿加底奧・席岡多和奧瑞里亞諾・席岡多的情形難以分類。他們小時候長得太像了，又非常頑皮，連生母聖塔索菲亞・狄拉佩達都分辨不清他們倆。他們受洗那天，阿瑪蘭妲將刻有名字的手鐲套在他們手上，又給他們穿上不同顏色、帶有姓名縮寫字母的衣裳。可是他們上學後，兩個人決定交換衣服和手鐲，並以相反的名字互相稱呼。老師梅科爾・愛斯卡羅納一向憑綠襯衫來認識約瑟・阿加底奧・席岡多，他發現小傢伙戴的竟是「奧瑞里亞諾・席岡多」的手鐲，另外一位雖然穿白襯衫，戴「約瑟・阿加底奧・席岡多」的名牌手鐲，却說他名叫奧瑞里亞諾・席岡多，老師簡直急瘋了。從此以後他一直搞不清誰是誰。後來他們長大，因經歷不同而有了顯着的差別，歐蘇拉仍舊懷疑他們是不是某一次玩複雜的混同遊戲時自己弄錯，此後就永遠換過來了。青春期以前，他們活像兩架校準過的機器。他們同時醒來，同時想要去浴室，生同樣的病，甚至夢見同樣的事情。家裏的人都以爲他們做對應動作是存心讓人搞不清，有一天，聖塔索菲亞·狄拉菲達端一杯檬檬水給其中一位喝，他剛嚐一口，另一個就說沒加糖，聖塔索菲亞·狄拉佩達眞的忘了加糖，她把這件事告訴歐蘇拉，此後大家才知道事情的眞相。歐蘇拉毫不驚訝說：「他們全都一樣，天生瘋瘋癲癲的。」後來事情漸漸不那麼亂了。玩够了混淆把戲，自稱爲「奧瑞里亞諾·席岡多」的孩子長得像祖父一般魁偉，名叫「約瑟·阿加底奧·席岡多」的則像上校叔公，骨瘦如柴，只有家傳的寂寞神采相同。也許正因爲身材、姓名和性格交錯，歐蘇拉才懷疑他們像一副紙牌，從小就攪混了。

戰爭打到一半，約瑟·阿加底奧·席岡多要求吉林奈德·馬魁玆上校讓他看行刑的場面，兩兄弟這才顯露出決定性的差別。歐蘇拉的看法比較正確，不准他去，可是他的願望還是實現了。相反的，奧瑞里亞諾·席岡多一想到行刑的場面就發抖。他寧願留在家。十二歲那年，他問歐蘇拉鎖着的房間裏有些什麼。她答道：「紙張——梅爾魁德斯的書和他生前最後幾年寫的怪東西。」這個答案並未讓他靜下來，反而更勾起他的好奇心。他一再要求，又保證不亂動東西，歐蘇拉才把鑰匙交給他。自從家人扛出梅爾魁德斯的屍體以後，沒有人進過那個房間，他們在門上裝了一個掛鎖，鎖釦的各部分早就銹成一堆了。可是奧瑞里亞諾·席岡多打開窗子，一道熟悉的光線射進來，跟每天照亮這間屋子的光線沒有兩樣，屋裏找不到一點灰塵或蜘蛛網，樣樣乾乾淨淨，比葬禮那天還要整潔，墨水池的墨水並未乾掉，金屬未因氧化而失去光澤，以前老約瑟・阿加底奧・布恩廸亞燒水銀的管子底下餘燼未熄。書架上的書以硬紙般的材料裝訂，顏色很淺，像曬黑的人皮，手稿完好如初。房間雖封閉多年，空氣似乎比其它的房間新鮮。樣樣都很新，幾星期後歐蘇拉帶水桶和刷子進來，準備洗地板，發現沒事可做。奧瑞里亞諾・席岡多看書看得入神。那本書沒有封面，全書也找不到標題，有一個故事描寫某婦人坐在桌前，只吃米粒，用針一粒粒挑起來吃；有一則描述某漁夫向鄰居借秤錘來壓漁網，日後送他一條魚當代價，魚肚裏有鑽石；另一則描寫神燈和飛毯；小伙子看得津津有味。他感到驚奇，問歐蘇拉那些事情是不是眞的，她說是的，多年前吉普賽人曾帶神燈和飛毯到馬康多。

她嘆口氣說：「世界慢慢走向終點，這些事情不會再來了。」

那本書缺了幾頁，很多故事都沒有結局，奧瑞里亞諾・席岡多看完書，就着手研讀稿件。不可能。字體跟曬衣繩上的衣服差不多，不像文字，倒比較像樂譜。某一個炎熱的中午，他苦讀稿件，覺得屋內不止他一個人。梅爾魁德斯的幽靈坐在那兒，頂着窗口射進來的陽光，雙手擱在膝上。他看來不到四十歲；穿着那件老式的馬甲，戴着那頂像烏鴉展翅般的帽子，頭髮裏的油汚遇熱融解，流過蒼白的太陽穴，跟奧瑞里亞諾和約瑟・阿加底奧小時候看到的形影差不多。由於那段家傳的回憶一代一代留傳，經由祖父傳給他，奧瑞里亞諾・席岡多一眼就認出此人是誰。

「嘿，」奧瑞里亞諾・席岡多說。

「嘿，小伙子，」梅爾魁德斯說。

此後幾年間，他們幾乎每天下午見面。梅爾魁德斯跟他談起世事，想將古老的智慧灌輸給他，却不肯翻譯手稿。他解釋說：「不到一百歲，誰都不准知道那些稿件的意思。」奧瑞里亞諾從未將他們會面的經過說給別人聽。有一回梅爾魁德斯在房間裏，歐蘇拉正好走進來，小伙子以爲他的隱秘世界要瓦解了。但她並未看見梅爾魁德斯。

她問曾孫：「你跟誰說話？」

「沒有啊，」奧瑞里亞諾・席岡多說。

歐蘇拉說：「你的曾祖父就是這樣。以前他常自言自語。」

此時約瑟・阿加底奧・席岡多實現了看人槍決的願望。他一輩子記得六彈齊發，射出土青色的幽光；槍聲撞到丘陵，囘音咻咻響；更記得死刑犯臉上浮出悲哀的笑容，雙眼帶着困惑，直挺挺站着，襯衫漸漸被鮮血染紅，人家把他的身體由柱子上解下來，放在一個灑滿生石灰的箱子裏，他臉上的笑容依舊存在。小伙子暗想：「他還活着，他們要活埋他。」這件事給他的印象太深了，此後他就討厭軍事演習和戰爭，倒不是懾於死刑，而是懾於活埋的慣例。沒有人知道他什麼時候開始到教堂的鐘塔去敲鐘，協助「小狗」的繼任人安東尼奧・伊撒貝神父作彌撒，並照顧教區公館庭院中的鬥鷄。吉林奈德・馬魁玆上校發現了，痛駡他竟學習自由黨摒棄的事務。他囘答說：「事實上，我認爲自己已變成保守黨了。」他相信如此，以爲是命中注定的。吉林奈德・馬魁玆上校很生氣，特地告訴歐蘇拉。

她贊許道，「那樣更好。我們來寄望他當神父吧，那上帝也許會降臨我們家。」

不久大家發現安東尼奧·伊撒貝神父正準備爲他行第一次的聖餐拜受禮。神父一面刮公鷄頸子上的羽毛，一面教他教義問答的內容；一面把孵蛋的母鷄放進窩裏，一面舉簡單的例子向他說明：上帝創造萬物的第二天，突然起意讓鷄仔在蛋壳中成形。此後，教區神父就漸漸顯出老邁的徵兆，過了幾年竟說魔鬼反叛上帝大概成功了，如今坐上天堂的寶座，隱藏眞實身份，以便逮住疏忽的人。約瑟·阿加底奧·岡席多在師傅不屈不撓的教導下，短短幾個月就對鬥鷄的把戲十分精通，對於專用來套住魔鬼的神學伎倆也十分在行。阿瑪蘭妲爲他做了一套有硬領和領帶的衣服，買了一雙白鞋，把他的姓名用鍍金字母刻在蠟燭的絲帶上。領第一次聖餐之前的兩個晚上，安東尼奧·伊撒貝神父跟他一起悶在聖器室裏，聽他查閱一本罪名辭典來作告解。罪名有一大串，老神父平常六點就上床，那天告解未完就在椅子上睡着了。問答的內容約瑟·阿加底奧·席岡多覺得很新鮮。神父問他有沒有跟女人做過壞事，他並不吃驚，老實回答說沒有；可是神父問他有沒有跟動物做過壞事，他可就心煩意亂了。五月的第一個星期五，他接受聖餐，好奇得要命。教堂職員培特羅尼奧住在鐘塔裏，體弱多病，據說吃蝙蝠度日，小伙子向他打聽鷄姦的問題，培特羅尼奧回答說：「有些頹廢的基督徒跟母驢幹那種事。」約瑟·阿加底奧·席岡多依舊顯得很好奇，問了好多話，最後培特羅尼奧失去了耐心。

他坦白承認：「我每星期二晚上去。你若答應不告訴別人，我下星期二帶你去。」

下一個禮拜二，培特羅尼奧眞的帶一張小木凳走下鐘塔——以前沒有人知道那張凳子的用途。他帶約瑟·阿加底奧·席岡多到附近的一處牧場。小伙子迷上這種夜遊節目，過了好久好久才在卡塔利諾店裏出現。他變成喜愛鬥雞的男人。歐蘇拉第一次看他帶鬥雞進門，吩咐他說：「把那玩意兒帶到別的地方去。公雞已經爲這家人帶來太多辛酸，不容你再添幾筆。」約瑟·阿加底奧·席岡多沒有分辯，立刻將鬥雞帶走，但是他改放在祖母碧拉·特奈拉家繼續養；碧拉爲了留他，他要什麼就給他什麼。他很快就在鬥雞場上表現安東尼奧·伊撒貝神父敎給他的本領，贏的錢不但可以多養幾隻鬥雞，還可以用來尋找男人的樂趣。歐蘇拉拿他和孿生兄弟相比，實在想不通這兩個雙胞胎小時候活像同一個人，長大了居然相差這麼大。她的困惑倒沒維持多久，奧瑞里亞諾·席岡多不久也顯出懶惰和放蕩的徵兆。他關在梅爾魁德斯房間裏的時候，孤獨自處，和奧瑞里亞諾·布恩廸亞上校年輕時一樣。可是尼蘭蒂亞和約簽過後不久，一個偶然的機緣使他走出自己的天地，面對世界的現實。有個賣手風琴摸彩券的女人親親切切跟他打招呼。人家常常把他誤認爲他的孿生兄弟，所以他並不吃驚。但他並未澄清這項誤解，女孩子哭哭啼啼想打動他的心，最後還帶他進閨房，他甚至到那時候還不吭氣。打從第一次見面，她就深深喜歡他，於是她特意安排，讓他抽到手風琴。兩星期後，奧瑞里亞諾才發現女人輪流跟他們兩兄弟同床，還以爲是同一個人呢。他不澄清誤會，反而設法延長這種局面。他不再回梅爾魁德斯的房間；下午常在院子裏憑聽覺練習手風琴，當時家裏正在守喪，歐蘇拉不准家裏有音樂；而且她一向瞧不起手風琴，認爲只配給「男子漢法蘭西斯科」的後繼遊民使用，所以她一再抗議。然而，奧瑞里亞諾·席岡多竟變成手風琴的行家，後來他結婚生子，成了馬康多最有威望的人物之一，他還是如此。

他跟孿生兄弟分享同一個女人，歷時兩個月左右。他注意他，調整好計劃，確定某一晚約瑟•阿加底奧•席岡多不去找他們共同的姘婦，他就去跟她同眠。有一天他發現自己有病。兩天後，他看到孿生兄弟抓着浴室裏的橫樑，汗水和淚水齊流，他立刻明白了。孿生兄弟坦白承認：那女人嫌他把所謂的「下流病」傳給她，所以趕他走。他還說祖母碧拉•特奈拉已設法爲他治療。奧瑞里亞諾•席岡多偷偷用滾燙的高猛酸鉀液洗澡，喝利尿劑，兩兄弟暗暗受了三個月的苦，才分別復原。約瑟•阿加底奧•席岡多不再跟那女人見面。奧瑞里亞諾•席岡多則求得她的諒解，至死留在她身邊。

她名叫佩特拉•科蒂斯，戰時跟一個賣彩票的姘夫來到馬康多，姘夫死後，她繼續做這種生意。她是黑白混血的姑娘，年紀輕，乾乾淨淨的，有一對杏仁狀的黃眼睛，所以臉蛋兒看來像美洲豹一般兇猛，但是她宅心仁厚又善於調情。歐蘇拉發現約瑟•阿加底奧•席岡多喜歡鬥雞，奧瑞里亞諾•席岡多則在姘婦家熱熱鬧鬧請客，大彈手風琴，兩下加起來，她簡直要氣瘋了。兩兄弟似乎只承襲家族的缺陷，沒有承襲到任何優點。於是她決定後代子孫不再取名叫「奧瑞里亞諾」或者「約瑟•阿加底奧」。不過，奧瑞里亞諾•席岡多生第一個孩子的時候，她不敢反對他（爲孩子命名）的決定。

歐蘇拉說：「好吧，不過有一個條件；要由我來撫養。」

雖然她年屆一百歲，患白內障，眼睛都快瞎了，但是她的體力依舊充沛，個性依舊剛直，心智也依然平衡無缺。沒有人比她更能塑造出一個恢復家族威望的賢德人士——他應該永遠不談戰爭、鬥鷄、壞女人、瘋狂的冒險等四大災禍——歐蘇拉認為，他們家道中落就是這四大災禍造成的。她鄭重許諾說：「這個孩子以後要當神父，如果上帝讓我多活幾年，他總有一天會當上教皇。」大家聽了她的話，哈哈大笑，不但在臥室中如此，奧瑞里亞諾・席岡多的無賴朋友在他們家聚會，笑聲更響徹整間房子。戰爭被推入回憶的高閣，不過他們時時開幾瓶香檳來喚起戰爭的回憶。

奧瑞里亞諾・席岡多舉杯說：「祝教皇健康。」

客人齊聲敬酒。接着一家之主彈手風琴，全城放鞭炮、打鼓慶祝這件事。天亮時分，客人喝香檳喝得爛醉，獻出六頭母牛，擺在街上任民衆處置。沒有人感到憤慨。自從奧瑞里亞諾・席岡多當家後，這種喜宴太平常了，就算沒有教皇出世這一類的正當理由，他也常常請客。多虧他養的動物繁殖力超强，短短幾年間他毫不費力，全憑運氣就成為沼澤地區最有錢的人。他的母馬老是生三胞胎，母鷄一天生兩次蛋，猪隻肥得好快，除了說他用妖術，簡直沒有人能解釋這種反常的現象。歐蘇拉常對任性的曾孫說：「現在存一點錢吧。好運不會維持一輩子。」可是奧瑞里亞諾・席岡多不理她。他愈是開香檳來請朋友，家畜生的幼仔愈多，他也就愈相信自己的幸運不取決於他的行為，而是受姘婦佩特拉・科蒂斯的影響，她的愛情具有激怒大自然的特性。他深信這是他財富的泉源，所以從來不讓她遠離他的牲禽養殖場，甚至結婚生子以後，還徵得其妻菲南妲的同意，繼續跟此女同居。奧瑞里亞諾・席岡多像祖父和曾祖父長得高大結實，却具有他們所缺乏的生活情趣和迷人的好脾氣，他幾乎沒有時間照顧牲口。他只要帶佩特拉・科蒂斯到他的牲禽養殖場，騎馬繞一圈，讓每一頭帶有他烙印的動物染上繁殖病就行了。

他的壽命很長，一生的好事都是靠運氣碰上的，那筆大財富也是如此。戰爭結束前，佩特拉•科蒂斯一直賣彩票維生，奧瑞里亞諾•席岡多則不時刮一點曾祖母歐蘇拉的積蓄。他們是一對輕浮的男女，無憂無慮，只知道夜夜上床嬉戲到天明，連禁日也不例外。歐蘇拉看曾孫像夢遊症患者走進家門，常常對他大喊道：「那個女人把你害慘了。她害你中了邪，總有一天你會患疝氣，痛得直打滾；肚子長蟾蜍。」約瑟•阿加底奧•席岡多過了很久才發現孿生兄弟攘奪他的地位，却想不通對方怎麼會這麼熱情。他記得佩特拉•科蒂斯普普通通，在床上很懶惰，完全缺乏歡愛的技巧。奧瑞里亞諾•席岡多不管歐蘇拉叫嚷，不管兄弟嘲笑，當時只想找個職業，好跟佩特拉•科蒂斯同居，狂歡至死，跟她死在一塊兒。此時奧瑞里亞諾•布恩廸亞上校嚮往老年的平靜，重新打開工藝坊，奧瑞里亞諾•席岡多認爲製造小金魚也是一門好生意。他在悶熱的房間裏待過好多個鐘頭，看上校以失意者的耐心，慢慢將硬硬的金屬板打造成金色的鱗片。他覺得這種工作太辛苦了，又一直想念佩特拉•科蒂斯，所以三星期後就不再去工藝坊了。此時佩特拉•科蒂斯忽然想要賣彩票讓人抽兎子。兎子繁殖得很快，長得也很快，他們幾乎來不及賣彩票。起初奧瑞里亞諾•席岡多沒注意到兎子繁殖的比率。有一天晚上，城裏的人都對兎子彩票失去興趣，他聽見院門邊鬧嚷嚷的。佩特拉•科蒂斯說：「別擔心，只不過是兎子罷了。」兩個人被動物的聲音吵得睡不着覺。黎明時分，奧瑞里亞諾•席岡多打開門，看到院子裏滿是白兎，在曙光下泛着藍光。佩特拉•科蒂斯笑得半死，忍不住想逗逗他。

「這些是昨天晚上生的，」她說。

他說：「噢，我的天哪！妳何不賣母牛彩票呢？」

幾天後，佩特拉・科蒂斯想清清庭院，就把兎子拿去換了一隻母牛，兩個月後母牛生下三胞胎。事情就是這樣開始的。奧瑞里亞諾・席岡多一夜之間變成地主和畜牧業主，幾乎來不及擴建穀倉和猪欄。他迷迷糊糊發跡，自己都想笑，忍不住做些瘋事兒來發洩喜悅的心情。他常常大喊：「母牛，停一停，生命短暫哩。」歐蘇拉懷疑他涉及什麼壞勾當，懷疑她是否偸東西，是否偸牲口，每次她看他打開香檳，只是想把泡沫往頭上倒，享受那種樂趣，就忍不住對他大叫大嚷，罵他浪費。奧瑞里亞諾・席岡多對此十分氣惱，有一天醒來心情甚佳，就帶着滿滿一箱錢、一罐漿糊和一支刷子露面，放聲高唱「男子漢法蘭西斯科」的老歌，並用一披索的鈔票把房子裏裏外外、上上下下全部糊起來。老舊的大宅從自動鋼琴買來的時候就漆白色至今，現在看來像回教寺廟，怪怪的。家屬興奮異常，歐蘇拉非常憤慨，別人都擠到街上來看這場揮霍大典，奧瑞里亞諾・席岡多由房子前廂一路貼到廚房，連浴室和臥房都貼好了，把剩餘的鈔票扔到院子裏。

他用絕決的口吻說：「現在我希望家裏的人別再跟我談鈔票。」

情形大致如此。歐蘇拉叫人取下黏着粉膠塊的鈔票，重新把房子塗成白色。她哀求說：「親愛的天主，讓我們再變窮人，跟初建本城的時候一樣吧，免得來生祢要討回我們揮霍掉的一切。」她的祈求得到相反的結果。某一個工人取下鈔票的時候，撞倒一尊打仗最後幾年別人寄放在他們家的聖約瑟大石膏像，空心的巨像在地板上摔得粉碎，原來裏面塞了好多金幣。誰也想不起這尊跟眞人一樣大的聖徒像是誰寄放的。阿瑪蘭妲解釋說，「是三個人扛來的。他們請我們保管，等雨停再來拿，我叫他們放在那個角落，免得被人撞倒，他們小心翼翼放在那兒，一直沒有回來拿，東西便始終放着。」後來歐蘇拉曾在上面點蠟燭，對着它跪拜，根本沒想到她拜的不是聖徒像，而是四百鎊左右的金幣。如今證明她當初不自覺成了異教徒，她更爲生氣。她對着一大堆金幣吐口水，然後將它裝入三個帆布袋，埋在一個秘密的地方，指望那三個陌生人以後會回來認領。又過幾年後，歐蘇拉老態龍鍾，行動不便，常插嘴跟路過他們家的旅人談話，問他們戰時有沒有寄放一尊聖約瑟石膏像，等候雨停。

這一類的事情害歐蘇拉驚恐萬分，其實在那個時代相當普遍。馬康多像奇跡般繁榮起來。建村元老的泥磚屋漸漸被新式磚房所取代，新屋設有木簾，鋪有水泥地，悶熱的下午兩點鐘不像以前那麼難熬。老約瑟・阿加底奧・布恩廸亞建村時的景觀完全變了，只剩泥濘的老杏樹注定要撐過最艱苦的環境；還有清水河依舊存在，約瑟・阿加底奧・席岡多着手開鑿河床，想建立船運事業，河裏的史前巨石被錘子敲得粉碎。這是瘋狂的夢想，可比美曾祖父當年的奇夢，那條河有岩石河基和無數急流，根本不可能由馬康多航行入海。可是約瑟・阿加底奧・席岡多憑一股始料未及的蠻勇，硬要執行計劃。以前他從未表現過一絲想像力。除了跟佩特拉・科蒂斯來往過一陣子，他也不認識別的女人。歐蘇拉認爲他是家族史上最安靜的男子，連玩鬥鷄都玩得不出衆。此時奧瑞里亞諾・布恩廸亞上校告訴他離海八哩的地方有一艘西班牙三桅船——戰時上校曾親眼看到碳化的船骸。多年來，許多人覺得這個說法不可思議，約瑟・阿加底奧・席岡多却認爲是一大啓示。他拍賣鬥鷄，召集人手，買工具，着手敲碎石頭，挖運河，清湍流，甚至利用瀑布做動力。歐蘇拉大嚷說：「我全都記得清清楚楚。時間彷彿掉回頭，我們又回到起點了。」約瑟・阿加底奧・席岡多認爲那條河可以行船，就仔細向孿生兄弟說明他的計劃，後者提供他所需的資金。他失踪了好久。有人說他計劃買船是一種詭計，想拐走孿生兄弟的錢；就在這個時候，傳言有一艘怪船抵達城區。馬康多的居民早就忘了老約瑟・阿加底奧・布恩廸亞當年的壯擧，跑到河岸邊，看到第一艘也是最後一艘船在城內停泊，他們驚訝得兩眼發直。那只是一個木筏罷了，由二十個男人在岸上以粗繩拖着走。約瑟・阿加底奧・席岡多坐在船頭，滿眼得意的光輝，正在指揮這場艱難的演習。有一大羣艷麗的女人跟他前來，打着炫麗的陽傘遮蔽火辣辣的陽光，肩上披着細綢方巾，臉上抹油彩，髮際插鮮花，手臂戴金蛇釧，牙齒鑲了鑽石。木筏是約瑟・阿加底奧・席岡多唯一能開到馬康多的船舶，而且只開過一回，但他不承認失敗，宣稱此擧是意志力的一大勝利。他向孿生弟兄仔細報帳，很快又玩起例行的鬥鷄把戲來。他冒險失敗，沒留下什麼，倒是那批華麗的法國女人帶來一點革新的氣息，她們頂刮刮的技藝改變了傳統的調情技巧；她們的社會福利觀更使卡塔利諾的舊店關門，整條街變成日本燈籠和手搖風琴的陳列所。她們發起狂歡節，鬧出血案，害馬康多精神錯亂三天，唯一的結果就是讓奧瑞里亞諾・席岡多有機會認識菲南妲・戴・卡庇奧。

「美人兒瑞美廸奧絲」當選爲女王。歐蘇拉爲曾孫女的美色擔憂，却不能阻止人家選她。以前她一直不准曾孫女上街，只讓她跟阿瑪蘭妲去作彌撒，還叫她用黑圍巾遮住面孔。有些不信敎的人平日在卡塔利諾店裏裝扮神父，作些褻瀆神明的彌撒，却特意上教堂，想一睹「美人兒瑞美廸奧絲」的嬌顏——沼澤各地的人都驚傳她的絕代美色。他們等了好久好久才見到她，而且不見還好，大多數人一見就寢食難安了。有個外地人見到她，從此失去安寧，整天失魂落魄，非常痛苦，幾年後在鐵軌上睡着，被火車輾得血肉模糊。打從他穿着天鵝絨衣裳和繡花馬甲在教堂露面，人人都確定他來自遠方，可能來自國外某一個遙遠的城市，是被「美人兒瑞美廸奧絲」的神奇魔力吸引來的。他看來好英俊，好文雅，好莊重，風度翩翩，培特羅・克里斯庇跟他比起來只不過是紈袴子弟罷了。很多女人含着惡毒的微笑低語說，他才眞該披圍巾（遮臉）哩。他在馬康多沒跟任何人說話；星期日黎明像童話中的王子般出現，騎一匹帶有銀馬鐙、天鵝絨蓋毯的馬兒，作完彌撒就走了。

他的風采十分迷人，打從第一次在教堂露面，人人都認定他和「美人兒瑞美廸奧絲」之間正默默決鬥，暗暗結盟，非挑戰一場不可，最後不僅會以相愛而且也會以死亡收場。第六個星期天，那位紳士手拿一朵黃玫瑰露面。他照例站着聽彌撒，聽完後走到「美人兒瑞美廸奧絲」面前，把那朵玫瑰送給她。她似乎早就準備接受禮讚，自自然然收下，然後掀開面紗，微笑致謝。她只是這樣而已。對於那位紳士，對於所有不幸看到她的人，那眞是永恆的一刻。

此後那位紳士請一隊音樂師在「美人兒瑞美廸奧絲」窗前奏樂，有時候演奏到天明。只有奧瑞里亞諾・席岡多眞心同情他，勸他別堅持到底。有一天晚上他說：「別浪費時間了。這家的女人比騾子更糟糕。」他獻出友誼，邀對方洗香檳澡，說明自己家的女性都是鐵石心腸，可惜削弱不了對方固執的決心。奧瑞里亞諾・布恩廸亞上校夜夜聽到音樂，氣得要命，恐嚇說要用槍彈治療那人的痛苦。任何外力都無法叫他死心，倒是他自己竟失去了銳氣，看來眞可憐。他本是衣着講究又整潔的人，如今變得髒兮兮，衣衫襤褸。沒有人知道他的出身，不過大家謠傳他已拋棄遙遠故國的權力和財產。他變得喜歡吵架，整天在酒吧鬧事，醒來時躺在卡塔利諾店裏，墊着自己吐出的穢物打滾。最可悲的是，「美人兒瑞美廸奧絲」根本不注意他，卽使他打扮得像王子，在教堂露面，她也是如此。她收下黃玫瑰不含半點惡意，倒覺得這誇張的舉動很好玩，她掀開圍巾是要看清他的臉，不是要展示自己的姿容。

說眞的，「美人兒瑞美廸奧絲」不屬於這個世界。聖塔索菲亞・狄拉佩達替她洗澡和穿衣，一直照顧到青春期；她會照顧自己以後，還要人看着，否則她會用棍子沾自己的糞便在牆上畫小動物。她長到二十歲還不會讀書和寫字，不會用銀質餐具，天生討厭各種習俗，赤裸裸在屋內遊蕩。年輕的衞兵司令向她表明心跡，她被對方的無聊舉動嚇一跳，拒絕了他。她告訴阿瑪蘭妲：「妳看他好傻。他以爲我是疝痛病毒，說他會因爲我而死掉。」大家發現他眞的死在她窗前，「美人兒瑞美廸奧絲」更堅信原先的想法。

她評論說，「你們看，他簡直是白痴。」

她似乎有一種銳利清晰的直覺，能超越形式，看出事情的眞相。至少奧瑞里亞諾・布恩廸亞上校認爲如此，他覺得「美人兒瑞美廸奧絲」並不是大家心目中的那種低能兒，而且正相反。他曾說：「她彷彿打了二十年仗回來似的。」歐蘇拉感謝上帝讓他們家有一個純得出奇的子孫，但她也爲曾孫女的美貌擔心，總覺得這個優點很矛盾，對於天眞無邪的人是個兇惡的陷阱。基於這個理由，她決定不讓她見世面，不讓她接觸一切塵世的誘惑，其實她不知道「美人兒瑞美廸奧絲」未出娘胎就注定永遠不受汚染。她從來沒想到人家會選她當狂歡節羣魔會的女王。但是奧瑞里亞諾·席岡多起意要扮老虎，非常興奮，特地帶安東尼奧·伊撒貝神父到家裏來，叫歐蘇拉相信狂歡節不是異敎的慶典，而是一種天主敎的傳統。她最後勉强相信，同意讓曾孫女兒加冕。

「美人兒瑞美廸奧絲」要當狂歡節女王的消息短短幾小時就傳遍沼澤各地，甚至傳到沒聽過她艷名的遙遠地區，有些人依舊把她的姓氏當做顚覆的象徵，不免感到憂慮。這份憂慮純屬無稽。當時如果說有誰一點傷害力都沒有，那就是年老失意的奧瑞里亞諾·布恩廸亞上校了。他已漸漸跟國家的現勢脫節；整天關在工藝坊，和外界只靠小金魚的生意維持關係。和平初期守衞他家的某一位衞兵不時帶小金魚到沼澤各村鎭去賣，再帶回一堆金幣和新聞。他報導說，保守黨政府在自由黨支持下，正在改革曆法，使每位總統當權一百年。政府和羅馬敎廷的協約終於簽訂了，一位紅衣主敎由羅馬帶來鑽石皇冠和純金寶座，自由黨的部長們跪地吻他的戒指，攝影留念。某西班牙影業公司的當家女明星通過京城，被一羣蒙面盜綁架，下一個星期天竟在共和國總統的夏宮內裸體跳舞。上校告訴他：「別跟我談政治。我們只管賣小金魚。」有人傳說他開工藝坊賺了錢，所以對國家的局勢沒有興趣，歐蘇拉聽了哈哈大笑。由她的實際觀點看來，她想不通上校以小金魚換金幣，又把金幣打造成小金魚算是什麼生意，結果他賣得愈多，就幹得愈辛苦，惡性循環，愈來愈厲害。其實他感興趣的不是生意而是工作。他需要專心串鱗片，安裝紅寶石小眼睛，錘打魚鰓，裝上魚鱗，才不會有片刻的閒暇去感受戰場的失意。這種巧藝需要極高的注意力，所以短短一段日子他就老得比打仗那些年還要快，坐姿壓彎了背脊骨，精密的工作弄壞了眼睛，可是專心幹活兒却使他獲得心靈的平靜。有一次，兩黨的退伍軍人請他支持，催政府批准它允諾多年、老說要實現的終身撫卹金，那是他最後一次對戰爭有關的問題表現出興趣。他告訴那些人：「算了吧。你們看我拒領撫卹金，就是不願乾等難受，直等到老死。」起先吉林奈德·馬魁玆上校傍晚常來看他，兩個人坐在臨街的家門內，談談往事。可是阿瑪蘭妲看吉林奈德·馬魁玆禿頭，未老先衰，受不了他所勾起的回憶，老是說些難聽的話來折磨他，漸漸的，他只在特殊的場合過來，最後患了中風，根本不來了。奧瑞里亞諾·布恩廸亞上校沉默寡言，無視於屋裏鬧翻了天的新活力，只知道金色晚年的秘訣就是老老實實跟孤獨結盟。他睡得不深，早上五點就起床，固定在廚房喝一杯苦咖啡，整天關在工藝坊內，下午四點拉一張板凳走過長廊，不注意火紅的玫瑰和燦爛的陽光，阿瑪蘭妲的憂鬱症在傍晚特別明顯，總會發出沸水般的聲音，他毫無感覺，他坐在臨街的門口，等蚊子叮得人受不了才進屋。有一次，某人鼓起勇氣打破他的寂寥。

「你好嗎，上校?」那人走過說。

他答道，「在這邊等我的葬禮儀隊通過。」

所以，「美人兒瑞美廸奧絲」加冕，當局為上校的姓氏再公開露面而擔心，根本沒有理由。只是很多人並不這麼想。鎮民不知道會出悲劇，熱熱鬧鬧湧進方場。狂歡節達到高潮，奧瑞里亞諾·席岡多終於實現了假扮老虎的願望，跟瘋狂的民衆一起往前走，聲音都吼啞了，這時候沼澤那條路有幾個人用鍍金擔架抬着世界上最迷人的女性出現。馬康多的居民暫時脫下面具，想好好看一看這位戴翡翠皇冠和貂皮斗篷的佳人——她似乎具有法定的權威，不只是手環、脚環和皺紋紙造就出來的女王。很多有見識的人懷疑他們是存心挑釁。但是奧瑞里亞諾・席岡多霎時壓下滿心的疑惑，宣佈請新來的人當主客，他以所羅門王的智慧，讓「美人兒瑞美廸奧絲」和外來的女王坐上同一座高壇。陌生人打扮成阿拉伯游牧民族，參加城裏的狂歡，甚至大放鞭炮，表演雜耍，使人想起吉普賽人的藝術，讓節目生色不少。歡慶期間，突然有人打破了微妙的均勢。

他喊道：「自由黨萬歲！奧瑞里亞諾・布恩廸亞上校萬歲！」

槍彈淹沒了鞭炮的光采，恐怖的尖叫淹沒了音樂聲，歡樂霎時轉成驚慌。多年後還有人堅持那位外來女王的衞士是一羣正規軍，把政府發的步槍藏在富麗的摩爾罩袍下。政府發佈特別的聲明，加以否認，還保證要徹查這次流血事件。但是眞相始終未弄清，民間老是傳說那些衞兵看了指揮官的手勢，無緣無故攻擊，狠狠射擊羣衆。小城恢復平靜後，那些假游牧民族沒有半個留在城裏，方場上躺着好多死人和傷患：包括九個小丑、四個默劇男角、十七個「紙牌老K」、一個魔鬼、三個吟遊詩人，兩個法國貴族和三位日本皇后。混亂中，約瑟・阿加底奧・席岡多救下姊姊「美人兒瑞美廸奧絲」，奧瑞里亞諾・席岡多則抱着那位外地來的女王回家——她的衣服破破爛爛，貂皮斗篷沾了血跡。她名叫菲南妲・戴・卡庇奧。她是由國內五千名美人中選出的大美人，人家帶她來馬康多，保證要提名她當「馬達加斯嘉女王」。歐蘇拉把她當自己的兒孫來照顧。鎭民相信她是無辜的，深深憐恤她這麼坦白。大屠殺後六個月，傷者復原了，集體墳墓上的最後一朵花也枯萎了，奧瑞里亞諾・席岡多到她和父親居住的遠方大城去接她，在馬康多跟她舉行婚禮，熱熱鬧鬧慶祝了二十天。

11

兩個月後，他們的婚姻差一點破裂，因爲奧瑞里亞諾•席岡多爲了安撫佩特拉•科蒂斯，爲她照了一張打扮成「馬達加斯加女王」的相片。菲南妲發現後，立刻收拾新娘皮箱，不告別就離開了馬康多。奧瑞里亞諾•席岡多在沼澤那條路追上她。他千求萬求，答應改過，總算把她勸回家，他遂遺棄了他的姘婦。

佩特拉•科蒂斯知道自己的威力，一點都不擔憂。她曾把他塑造成男子漢。當年他還算大孩子，她將他拖出梅爾魁德斯的房間，他滿腦子狂熱的思想，跟現實脫節，是她給了他人世間的一席之地。他天生保守又退縮，傾向於孤獨靜思，她爲他塑造出相反的性格——一種活躍、曠達、開朗的性格，將生活的樂趣、花錢和喜慶的快感灌注給他，讓他裏裏外外都變成她青春期以來夢寐以求的男人。後來他結婚了，天下的兒子遲早總要結婚的。他不敢告訴她這個消息，倒擺出這種情況下最孩子氣的態度，假裝生氣，故作憤慨，好讓佩特拉•科蒂斯先開口決裂。有一天，奧瑞里亞諾•席岡多冤枉責備她，她避開這個陷阱，把東西放回恰當的位置。

她說：「你這樣只表示你想娶那位女王罷了。」

奧瑞里亞諾•席岡多很慚愧，假裝生氣說對方誤會他，亂罵他，就不再去找她了。佩特拉•

科蒂斯片刻都不失去休憩中的野獸那種沉着感，她聽見婚禮的音樂和鞭炮，瘋狂的慶祝鬧聲，只當是奧瑞里亞諾・席岡多又來個新惡作劇罷了。對於同情她命運的人，她只是笑一笑。她告訴大家：「別擔心，好些女王替我跑過腿呢。」有位鄰居婦人帶一套蠟燭給她，讓她點在負心郎的照片前面，她篤定得叫人不解說：

「唯有經常點燃的蠟燭能吸引他來。」

不出所料，蜜月一過完，奧瑞里亞諾・席岡多就回到她家。他帶來以前的老朋友、一位旅行照相師，以及狂歡節那天菲南妲穿的長袍和帶血的貂皮斗篷。傍晚大家熱熱鬧鬧，他叫佩特拉・科蒂斯打扮成女王，封她爲永恆的馬達加斯加統治者，並將照片洗出來分送給朋友。她不但好好玩這個把戲，內心還爲他難過，覺得他一定嚇慌了，才想出這種誇張的和解辦法。傍晚七點，她仍穿着女王的行頭，在床上接納他。他結婚還不滿兩個月，但是她一眼就看出小兩口在閨房不太融洽，她嘗到一種報復的快感。可是兩天後，他不敢回來，却派人來談分手的條件，她看男方似乎準備爲面子犧牲個人的快樂，明白自己需要更大的耐心。這回她也不慌亂。她再度柔柔順順，證實自己是可憐兒，不刁難對方，只保存奧瑞里亞諾・席岡多的一雙漆皮靴子當紀念品——他親口說過要穿這雙皮靴進棺材的。她把皮靴用布包起來，放在皮箱底，準備靠回憶度日，以不絕望的心情靜靜等待。

她自言自語說：「他遲早會來的，就算來穿這雙皮靴也好。」

她等待的時間遠比想像中短多了。事實上，奧瑞里亞諾・席岡多從洞房花燭夜就知道：他還不必穿那雙漆皮靴子就會回佩特拉·科蒂斯家。菲南妲是一個在世間迷失方向的人。她生長在六百哩外的一個陰森森的都市——鬼影幢幢的晚上，總督的馬車仍隆隆穿過那兒的鵝卵石街道。下午六點，三十二座鐘樓同時奏出一首輓歌。鋪着墓碑狀石板的莊園房舍從來看不見太陽。庭院的絲柏樹葉間，臥房的蒼白佈置裏，常綠樹花園淌着雨的拱道上，空氣死沉沉的。青春期以來，菲南妲從來沒聽過世間的消息，只到鄰居家上些憂鬱的鋼琴課，教琴的人有股衝勁兒，一年又一年從來不睡午覺。她母親生病，窗板射進來粉粒狀的陽光，病房呈綠色和黃色，她常在裏面聽着有條不紊、持續、無情的音階，暗想音樂屬於人世，她却編織葬禮花環，一天天憔悴。母親患「五點鐘熱病」，燒得流汗，跟她大談過去的榮華。菲南妲小時候曾在月夜看見一個白衣美女穿過花園，往禮拜堂走去。她覺得那個飛逝的幻影很像她，宛如看見自己二十年後的姿容，這一點頗令她煩惱。母親趁咳嗽的空檔告訴她：「那是妳當女王的曾祖母，她切一串球根時感染瘴氣死去。」多年後，菲南妲開始覺得自己和曾祖母平等，她懷疑童年的幻象，母親怪她不該懷疑。

母親告訴她：「我們有錢有勢。有一天妳會當女王。」

她相信了，其實他們的長几雖然鋪亞麻枱布，擺着銀質餐具，却只喝一杯稀釋的巧克力，吃一塊甜麵包。婚前她常夢到一個傳奇的王國，其實她父親菲南度大人爲了給她買嫁粧，還把房子抵押出去哩。這不是天眞，也不是榮華夢，他們就是這樣把她養大的。打從她有智能，她記得自己就用一個刻有家庭紋章的金夜壺大小便。十二歲那年，她第一次踏出屋外，乘馬車走兩排房子的距離，到修道院去。同學們看她遠遠坐在一張高背椅上，休息時間也不跟她們來往，覺得很驚訝。修女解釋說：「她不一樣。她以後要當女王的。」由於她是同學們所見最漂亮、最出衆、最謹愼的姑娘，大家都相信這一點。八年下來，她學會寫拉丁詩，彈翼琴，跟紳士們談養鷹術，跟大主教們談護教論，跟外國統治者談國事，跟教皇談上帝的事情，却回父母家去編織葬禮的花圈。她發現家裏空空的，只剩些必要的傢俱、銀質大燭臺和餐具，日常用品都一一變賣以支付她的教育經費去了。她母親死於「五點鐘熱病」。父親菲南度大人穿着硬領的黑衣服，掛一個金鍊，每星期一給她一枚銀角子做家用，頭一星期做好的花圈自有人來拿走。他大部分時間關在書房裏，偶爾出去，總會回來陪她念玫瑰經。她未跟任何人結下親密的友誼。她沒聽人提過全國慘烈的戰爭。星期三下午她繼續學鋼琴。她甚至漸漸失去當女王的幻想，某一天外面傳來兩陣緊急的敲門聲，她打開來一看，門外有一位修飾頗考究、舉止很客氣的軍官，他的面頰有一道疤痕，胸口戴一個金質勳章。此人跟她父親在書房密談。過了兩個鐘頭，父親到縫衣室來找她，吩咐道：「收拾妳的東西，妳要遠行。」這就是人家帶她來馬康多的經過。短短一天內，她一舉認清了父母隱瞞多年的現實。她回家以後，關在房裏痛哭，菲南度大人拚命哀求和解釋，想抹去這個怪玩笑帶來的傷疤，她根本不理。她發誓至死不走出臥房，這時候奧瑞里亞諾・席岡多來找她。簡直不可能嘛——她當時憤慨又尷尬，羞慚又生氣，曾對他撒謊，存心不讓他知道她眞實的身分。奧瑞里亞諾・席岡多動身找她的時候，只抓住一兩條眞線索，就是她那一聽就知道的高地口音，以及她編葬禮花圈爲業的事實。他不眠不休尋找她。奧瑞里亞諾・席岡多懷着曾祖父老約瑟・阿加底奧・布恩廸亞翻山找「馬康多」的蠻勇，叔公奧瑞里亞諾・布恩廸亞上校徒勞爭戰的盲目自尊心，曾祖母歐蘇拉守護家系存亡的瘋狂執着，一心尋找菲南妲，片刻不曾休息。他打聽什麼地方賣葬禮花圈，人家帶他挨家挨戶去看，讓他挑最好的。他打聽世界上最美的女人，所有的婦女都帶自己的女兒來了。他在霧濛濛的偏道上迷了路，墜入被人遺忘的時代，墜入失望的迷宮。他穿過一處黃色的平原，那兒連思緒都發出回音，焦慮造成預言似的幻景。他白白走了好多星期，來到一個不知名的城市，所有的大鐘同時奏出輓歌。雖然他沒見過這兒，也沒有人跟他描述過，但是他一眼就認出被屍鹽腐蝕的牆壁，長着菌類的傾頹木陽台，以及外門上釘着的一塊世界上最悲哀的紙板招牌：「銷售葬禮花圈」——字跡快被雨水沖掉了。從那一刻開始，修女們匆匆爲她縫製嫁粧，以六個皮箱裝載大燭台、銀餐具、金夜壺和兩百年來家道中落所留下的無數沒有用處的遺跡，最後菲南妲在一個冰冷的清晨由修道院院長照顧着走出家門。菲南度大人不肯應邀一起去。他答應等事務辦清再走，他祝福過女兒之後，又關在書房寫通告，附上悲哀的草圖和家庭紋章，這是菲南妲和她父親一生第一次與人類接觸。對她而言是眞正出生的日子，對奧瑞里亞諾・席岡多來說，則幾乎是幸福的起點和終點。

菲南妲帶來一個精美的小金鎖日曆，她的靈性顧問曾以紫墨水在上面標出禁絕房事的日子。除了復活節前一週、星期天、義務神聖日、節日的第一個星期五、默想日、獻祭日和月經的日子，她一年能行房的日子只剩四十二天，分佈在紅「×」的密網間。奧瑞里亞諾・席岡多相信時間會打破敵對的密網，特地將婚禮慶祝會延長些時日。歐蘇拉整天丟白蘭地空瓶和香檳空瓶，免得塞了滿屋子，丟都丟膩了；同時她看家裏一直奏樂，放鞭炮，殺牛，新夫婦却不同時間睡覺，又分房而眠，感到很好奇，她想起自己的經驗，懷疑菲南妲大概也穿着貞操帶，遲早會在城裏變成笑柄，引發一場悲劇。不過菲南妲向她承認自己只是要過兩星期才能跟丈夫接觸。眞的，期限過了以後，她乖乖打開臥室門，奧瑞里亞諾見到世間最美的女人，明亮的眼睛有如受驚的動物，長長的古銅色頭髮披散在枕頭上。他看得神魂顚倒，過了一會兒才注意到菲南妲穿一件長達脚踝的長袖白袍，下腹部有個整齊的圓形大釦眼。奧瑞里亞諾·席岡多忍不住大笑。

他大吼大叫，笑得滿屋子隆隆響。「我一輩子沒見過這麼淫猥的東西。我竟娶了一個修女。」

一個月之後，他無法勸妻子脫下睡袍，竟爲佩特拉·科蒂斯拍了那張打扮成女王的照片。後來他接菲南妲回家，兩人和好，她順從了丈夫的要求。可是他當初到那個有三十二座鐘塔的城市去接她，夢想能找到安寧，她却未能給他。奧瑞里亞諾·席岡多在她身上只找到一種荒蕪感。第一個孩子出生前的某一個晚上，菲南妲發現丈夫曾偸偸回去和佩特拉·科蒂斯同眠。

他承認說：「有這麼一回事。」他以聽天由命的口吻說：「我必須這麼做，讓動物繼續繁殖。」

他需要一點時間來說服太太，使她相信這個古怪的法寶。最後他以無可辯駁的證據說服了她，菲南妲只叫他保證一件事：不能死在姘婦床上。就這樣，他們三個人繼續生活，彼此相安無事。奧瑞里亞諾·席岡多對兩個女人同樣準時，同樣親愛，佩特拉·科蒂斯爲和解而得意，菲南妲則假裝不知道眞相。

不過，這個和約並未使菲南妲和家人打成一片。她和丈夫燕好起床，總要戴上羊毛大皺紗領❶，引得鄰居竊竊私語，歐蘇拉要她脫掉，始終勸不動她。她勸她用浴室或者夜間廁所，把金夜壺賣給奧瑞里亞諾・布恩廸亞上校打造小金魚，也勸不動她。阿瑪蘭妲聽了她那不完整的句法，以及凡事都婉轉陳述的習慣，覺得很不舒服，故意在她面前說些莫名其妙的怪話。

她曾說：「嘰哩咕嚕……嘰哩咕嚕……」

有一天菲南妲被她嘲笑得發火了，問阿瑪蘭妲說些什麼，對方倒不用婉轉的話來答覆她。

她說：「我說妳就是那種說話纏夾不清的人。」

此後她們倆就不講話了；必要的時候只送張字條。儘管家人明顯敵視她，菲南妲仍起勁地施行她祖先傳下來的習俗。她改掉家人在廚房吃飯以及餓了就吃的習慣，規定要定時在餐廳的大桌畔吃，桌上鋪亞麻枱布，擺上銀燭台和全套的餐具。歐蘇拉把吃飯看成日常生活中最簡單的動作，如今這麼鄭重，造成一種緊張的氣氛，沉默的約瑟・阿加底奧・席岡多最先反抗。不過這個習慣總算養成了，飯前念玫瑰經的習慣也是如此，結果引起鄰居的注意，他們傳言布恩廸亞家不像別人上桌吃飯，倒把吃喝的動作改成一種大彌撒。歐蘇拉的迷信源自一時的靈感，很少源自傳統，菲南妲的迷信却是由父母那邊承襲過來的，每一種場合都詳細界定，而且編列得清清楚楚，所以兩者互相衝突。在歐蘇拉還能充分使用智能時，部分舊習俗依舊存在，家庭生活保持她的部分衝動特質，等她失去視力，老得偏居一角，菲南妲進門那一刻就開始推行的嚴峻規矩遂整個完成

❶大皺紗領是十六世紀流行的貴族服飾配件。

，家族的命運完全操在她手上。聖塔索菲亞・狄拉佩達照歐蘇拉的意思，繼續做點心和糖果小動物的生意，菲南妲認爲這是不高尚的活動，迅速予以遏止。本來屋裏的各扇門從黎明開到晚上睡覺的時間，她藉口太陽會照熱臥室，在午休時間關起來，最後乾脆永遠不打開。打從建村，門上就掛着沉香枝和大塊的麵包，被她換上一個「耶穌聖心」的神龕。奧瑞里亞諾・布恩廸亞上校多多少少察覺到這種改變，並預測出結果。他抗議說：「我們漸漸變成上等人了。這樣下去，我們又要和保守黨政權打仗，只不過這次要設一個國王來取代它。」菲南妲儘量以圓滑的手腕避免跟他碰頭。他具有獨立的精神，不接受各種社會規矩，他內心深覺煩惱。他早上五點喝咖啡，工藝坊亂七八糟，毯子磨損得很厲害，傍晚習慣坐在臨街的門口，她看了就生氣。但是她不得不忍受家庭機體中唯一鬆脫的零件，因爲她相信老上校是一頭野獸，因年老和失望而變乖，萬一反性發起來，會把家庭的基礎連根拔掉。丈夫要爲長子取曾祖父的名字，她才嫁過來一年，不敢反對。可是長女出生的時候，她表示一定要取名叫蕾娜塔，紀念女方的母親。歐蘇拉則決定要取「瑞美廸奧絲」這個名字。雙方激辯一場，奧瑞里亞諾・席岡多笑哈哈居中調停，最後小女嬰取名叫「蕾娜塔・瑞美廸奧絲」，不過菲南妲始終只叫她蕾娜塔，夫家和全城的人則叫她「美美」——這是瑞美廸奧絲的簡稱。

　　起先菲南妲不談娘家，後來漸漸將父親理想化。她在餐席上談起他，把他說成摒棄一切榮華、即將變成聖者的非凡人物。奧瑞里亞諾・席岡多看岳父飽受推崇，忍不住背着妻子開些小玩笑。家裏的人也學他。歐蘇拉小心翼翼保持家庭的和諧，暗暗爲家庭紛爭而痛苦，可是連她也放膽說她的小玄孫是「聖者的外孫，女王和牲口大盜的兒子」，將來鐵定會當主教。儘管家人暗暗竊笑，孩子們却把外公想成傳奇的人物——他在信上寫些虔敬的詩篇給他們看，每年聖誕節寄一箱禮物給他們，箱子幾乎和外門一樣寬一樣長。其實那是他僅存的貴族遺產。他們用那些東西在孩子們的臥室裏建一座聖徒神龕，聖徒跟眞人一樣高大，眼珠子是玻璃做的，非常像活人，身上穿的繡花衣比馬康多任何居民穿的還要好。漸漸的，冰冷古宅的喪儀排場變成「布恩廸亞公館」的奇觀。有一天奧瑞里亞諾•席岡多評論道：「他們已經把整個家庭墳場寄給我們。現在我們只需要垂柳和墓碑就行了。」雖然箱子裏從未出現孩子們能玩的東西，他們却整年等待十二月，畢竟那些古老又不能預測的禮物對家人而言顯得很新奇。到了第十年的聖誕節，小約瑟•阿加底奧準備上神學預校了，外公的箱子比往年早一點到達，釘得很緊，塗了松脂，照例用歌德式的字體寫着「傑出的菲南妲•戴•卡庇奧•布恩廸亞夫人收。」她在房間裏看信，小孩連忙打開箱子。奧瑞里亞諾•席岡多照例來幫忙，他們弄破封蠟，打開蓋子，拿出保護用的鋸屑，發現裏面有個用銅螺栓封好的長形鉛櫃。奧瑞里亞諾•席岡多取出八個螺栓，孩子們等得很不耐煩，他及時尖叫一聲，把孩子們推開，揭起鉛蓋，看見菲南度大人的屍體穿着黑衣，胸口放一個十字架基督像，皮膚生瘡，在起泡的濃液中慢慢爆開，那些泡沫像活珍珠似的。

他們的女兒出生後不久，政府居然下令歡度奧瑞里亞諾•布恩廸亞上校的佳辰，以慶祝尼蘭蒂亞和約的另一次周年紀念。這跟官方的政策太不相符了，上校猛烈抨擊，拒絕接受禮讚。他說：「我頭一次聽到『佳辰』這個名辭。無論代表什麼，一定是詭計。」小金魚店擠滿了特使。當年曾像烏鴉般在上校四周拍翅膀的黑衣律師們又來了，年齡比當年老得多，神色也肅穆得多。他看這些人露面，跟上次來安排休戰時差不多，實在受不了他們讚美中的諷笑意味。他叫大家別打擾他，堅持自己不是他們所謂的民族英雄，而是一個沒有回憶的工匠，只希望沒沒無聞，做小金魚疲勞而死。聽說共和國總統計劃親自到馬康多來參加典禮，頒勳章給他，他聽了最憤慨。奧瑞里亞諾·布恩廸亞上校叫人逐字轉告總統：他一心等待這個遲來却應有的機會，準備射擊他，與其說是懲罰他霸道的行爲，怪政權來得不是時候，還不如說是怪他不尊重一個對任何人都不妨事的老頭子。他猛烈地威脅，共和國總統遂在最後一刻取消此行，由一個私人代表送來勳章。吉林奈德·馬魁玆上校受到各種壓力，雖然中風却走下病床，想說服以前的戰友。後者看到四個人扛輪椅出現，上面坐着年輕時代就一直分享他勝利與挫敗的朋友，身子下面還墊着一些大枕頭，他百分之百認定對方費這番工夫是要來表達團結的心意。等他發現對方來訪的眞正動機，立刻叫人把他扛出工藝坊。

他告訴對方：「我現在相信當初若讓他們槍斃你，等於幫你一個大忙，可惜太遲了。」

於是所謂的佳辰沒有半個家人參加。那一週剛好是狂歡節，奧瑞里亞諾·布恩廸亞上校一口咬定政府早就看出這個巧合，存心加深諷刺的意味，誰也打消不了他這個念頭。他由寂寞的工藝坊聽見軍樂、禮砲、「讚美頌」的鐘聲，和人家以他的名字做街名的幾句演講。他憤恨得兩眼潤濕，有一種無能的感覺，戰敗以後他第一次氣自己不像年輕時有力量再引發一場血淋淋的戰爭，把保守黨政權完全撲滅。禮讚的回音尙未消失，歐蘇拉就來敲工藝坊的門。

他說：「別煩我，我很忙。」

歐蘇拉以正常的嗓音說：「開門。這件事跟慶祝會沒有關係。」

奧瑞里亞諾·布恩廸亞上校放下門條，看見門口有十七個各種各樣的男人，什麼膚色什麼典型都有，却都有一種孤寂的神色，無論他們在世上的什麼地方，一眼就能認得出來。他們都是他的兒子，聽見佳辰紀念會的傳言，事先未曾商量，彼此也不認識，由海岸最遠的各角落趕來。他們都冠母姓，傲然使用「奧瑞里亞諾」這個名字。他們在家裏住了三天，歐蘇拉很高興，菲南妲却十分憤慨，那幾天家裏簡直像戰場。阿瑪蘭妲在舊紙堆中搜出歐蘇拉記錄他們姓名、出生年月日、受洗年月日的登錄簿，在每一個人旁邊的空白欄內添上他的現在地址。這份名單可以做爲二十年戰爭的摘要。打從上校帶二十一個人大清早離開馬康多去參加叛亂，直到他最後一次裹着血跡已乾的毯子回來……整個夜間的路線都可以憑這本小册子重新找出來。奧瑞里亞諾·席岡多不放過良機，爲堂叔們開了一個香檳和手風琴大宴。狂歡節因佳辰慶祝會而變質，現在等於是補過狂歡節。他們打破半數的碗碟；他們追一隻公羊，想把牠綁在三角凳上，結果踩壞了玫瑰樹；他們射殺母鷄；他們叫阿瑪蘭妲跳培特羅·克里斯庇的悲哀圓舞曲；他們叫「美人兒瑞美廸奧絲」穿上男人的褲子，爬一根抹了油的長竿；他們在餐廳放出一隻沾滿猪油的猪仔，撞倒菲南妲。雖然家裏像遭到一場衞生地震，沒有人爲這些損害而後悔。奧瑞里亞諾·布恩廸亞上校起先以不信任的態度接納他們，甚至懷疑某些人是不是他的孩子，後來看他們這麼瘋，覺得很好玩，在他們臨走前各送了一條小金魚。連沉默畏縮的約瑟·阿加底奧·席岡多也邀他們玩了一下午的鬥鷄，其中有幾位對門鷄場的情況很在行，立卽識破安東尼奧·伊撒貝神父的詭計，差一點以悲劇收場。奧瑞里亞諾·席岡多看到這些瘋親戚能提供無數荒唐的節目，決定叫他們通通留下來替他做事。只有一個人接受，他名叫奧瑞里亞諾·屈斯蒂，是個高大的黑白混血兒，具有祖父那種衝力和探險精神。他已跑遍半個世界，瞎碰運氣，待在哪兒都無所謂。另外幾個雖然沒結婚，却自認爲命數已經定了。他們都是嫻巧的工匠，一家之主，都愛好和平。他們要回海岸各地之前的「灰星期三」❶。阿瑪蘭妲叫他們穿上星期日的服裝，陪她上教堂。他們不怎麼虔誠，倒覺得好玩，乖乖走到聖壇的欄杆邊，安東尼奧·伊撒貝神父以火灰在他們額上畫個十字。他們回到家，最小的一個擦洗額頭，發現那個火灰印子抹不掉，哥哥們額上的印記也是如此。他們用肥皀水、泥土和刷子來洗，最後更使用浮石和石灰，硬是抹不掉那個十字。反之，阿瑪蘭妲和其它望彌撒的人輕輕鬆鬆就洗掉了。歐蘇拉跟他們道別的時候說：「這樣更好，此後人人都知道你們是誰。」他們排隊離去，由樂隊和鞭炮前導，城裏的人都認爲布恩廸亞家的種苗甚豐，足够綿延許多許多世紀。奧瑞里亞諾·屈斯蒂帶着額上的灰十字印痕，在城市邊緣開了一家老約瑟·阿加底奧·布恩廸亞當年狂熱夢想的製冰廠。

奧瑞里亞諾·屈斯蒂來了幾個月之後，鎭民都認識他也喜歡他，他四處找房子，想要接母親和未婚的妹妹(不是上校的女兒)來住，他對方塊一角的無人廢宅很感興趣，曾打聽屋主是誰。有人告訴他房子不屬於任何人，以前有個寡婦住在那兒，吃泥土和牆上的白粉膠度日，晚年只上過

❶四旬節第一日，須在懺悔者身上撒灰，因以得名。

兩囘街，戴一頂人造小花做成的女帽，穿着舊銀色的鞋子，走到方場對面的郵局去寄信給主教。大家告訴他：只有一個女佣陪伴那個女人，女佣心腸狠，看到猫狗和其它動物進屋，一概弄死丢在街心，存心以屍臭來激怒鄰人。不過，太陽曬乾最後一頭動物的皮肉，至今已相隔好久好久了，所以人人都認定那家的女主人和女佣遠在戰爭結束前就已去世，房子不倒，是因爲最近幾年沒有嚴冬或可怕的大風。鉸鏈生銹壞掉，門上封着一層層蜘蛛網，窗戶被濕氣封死打不開，地板長出青草和野花，變得破破爛爛，裂縫中有蜥蜴和各種毒蟲棲息，這一切的一切似乎都證明此地至少已半世紀沒有人居住。奧瑞里亞諾・屈斯蒂生性衝動，不等看完這些證據，立卽採取行動。他用肩膀推一推大門，被蟲蛀空了的木框無聲無息倒地，掉出好多灰塵和白蟻窩。奧瑞里亞諾・屈斯蒂站在門檻上等灰塵飛乾淨，竟看到房間中央有個邋遢的女人，仍穿着上一世紀的服裝，光禿的頭上只有幾根黄髮，兩個大眼睛依然美麗，只是最後一絲希望的光芒已經熄滅了，皮膚佈滿孤寂的皺紋。奧瑞里亞諾・屈斯蒂看到另一世界才有的畫面，非常驚訝，幾乎沒發現女人正用一根古老的手槍瞄準他。

「請妳原諒，」他咕噥道。

她在擺滿瑣物的房間中央一動也不動，一吋吋打量這位方肩、額上有火灰圖案的巨人，隔着塵霧，她彷彿看到當年那個肩扛雙管槍、手提一串兎子的壯漢。

她低聲說：「看在上帝份上，他們眞不該再來勾起我那段囘憶。」

「我要租房子，」奧瑞里亞諾・屈斯蒂說。

女人舉起手槍，穩住手腕，瞄準那個火灰畫的十字，下定決心握着扳機，毫不容情。

「出去，」她下令說。

那天晚上吃飯的時候，奧瑞里亞諾·屈斯蒂把這段插曲告訴家人，歐蘇拉驚惶得流下眼淚。她雙手抱頭驚呼道：「上帝啊！她還活着！」時間、戰爭、無數日常的災禍使她忘了麗貝卡。只有蒼老又不寬容的阿瑪蘭妲片刻不曾忘記她還活着，在蟲窟中慢慢腐爛。破曉時分，心頭的涼冰把她由孤零零的床上喚醒，她想起麗貝卡；她用肥皂洗枯萎的乳房和瘦脊的腹部時，她穿上漿硬的白裙和老婦的胸衣時，她更換手上贖罪的黑繃帶時，總會想起她。無論睡着或清醒，無論情緒高揚或低落，阿瑪蘭妲無時無刻不想起麗貝卡，因爲孤獨已在她的記憶中作過選擇，把人生在她心頭堆積的懷舊的垃圾燒光，使最辛酸的一部分淨化了，擴大了，變成不朽了。「美人兒瑞美廸奧絲」由她口中知道麗貝卡的存在。每次她們經過那棟廢宅，她總會告訴姪孫女一件不愉快的往事，一個恨的故事，想以這個辦法讓姪孫女分擔她的怨恨，讓怨氣在她死後依舊長存，可惜「美人兒瑞美廸奧絲」對任何激烈的情感都有免疫力，對別人的激情更是如此，所以阿瑪蘭妲的計劃行不通。反之，歐蘇拉的心路歷程跟阿瑪蘭妲相反，她對麗貝卡的回憶已去除了不潔的成分，只記得麗貝卡小時候可憐兮兮帶着父母的屍骨袋前來，後來她犯錯被逐出家系圖的記憶則慢慢淡了。奧瑞里亞諾·席岡多決定叫家人接她回來奉養，可是麗貝卡吃了好多年的苦才求得孤獨的權利，不想放棄孤寂，換取晚年的一些虛浮的慈善品，她硬是不妥協，小伙子的好心遭到挫敗。

二月奧瑞里亞諾·布恩廸亞上校的十六個兒子回來了，額上仍有火灰畫的十字痕跡。熱鬧的當兒，奧瑞里亞諾・屈斯蒂跟他們談起麗貝卡，於是大家一起出動，半天內就把房子的外觀修好了，門窗換過，前面漆上艷麗的色彩，牆壁撐牢，地面倒上新鮮的水泥，可是主人不准他們進去整修。麗貝卡甚至不走到門口。她隨便這些人胡搞，然後算出價錢，派依然跟着她的女佣亞金妮妲送一把硬幣給他們——那些錢戰後已不再流通，麗貝卡以爲還有價值。此時他們才看出她跟世界隔絶到什麼程度，知道她只要有一口氣在，絶不可能走出她固執的小天地。

奧瑞里亞諾・布恩廸亞上校的兒子們第二次到馬康多，又有一個名叫奧瑞里亞諾・山坦諾的小伙子留下來，爲奧瑞里亞諾・屈斯蒂工作。他是最早到家裏來受洗的男童之一，歐蘇拉和阿瑪蘭妲記得很清楚，因爲他短短幾個鐘頭就把過手的每一樣東西弄壞。時間已緩和了他最初的生長衝力，如今他身高中等，臉上有天花疤，但是他雙手的破壞力不減當年。他打破好多盤子，有些連碰都沒碰到就打碎了，菲南妲決定買一套錫蠟製品給他用，免得此人把她的昂貴磁器砸光；連耐用的金屬盤也很快就凹陷或扭曲。爲了補償這種連他自己都討厭的破壞力，他態度誠懇，很容易得到別人的信任，而且工作力驚人。不久工廠的製冰量大增，當地市場賣不完，奧瑞里亞諾・屈斯蒂只得構思把生意擴展到沼澤的各城鎮。此時他想起一個決定性的步驟，不但能使生意現代化，更能將該城和世界其它的地方連接起來。

「我們得引進鐵路，」他說。

這是馬康多居民第一次聽見「鐵路」一辭。歐蘇拉看看奧瑞里亞諾・屈斯蒂畫在桌上的草圖，可以說直接源自老約瑟・阿加底奧・布恩廸亞爲太陽戰術所畫的圖表，她更加相信時間是循環的。不過奧瑞里亞諾·屈斯蒂不像老祖父，他既未失眠，也未失去胃口，更不對別人亂發脾氣，他覺得這個怪念頭可立即實現，就合理計算開支和日期，不要中間人礙事，直接交出去。而奧瑞里亞諾·席岡多具備了曾祖父的一種特質，缺乏叔公奧瑞里亞諾·布恩廸亞上校的另一種特質，他完全無視於人家的嘲諷。當年他高高興興出資贊助孿生兄弟荒唐的航海計劃，現在也欣然拿錢出來建鐵路。奧瑞里亞諾·屈斯蒂看看日曆，次星期三離家，計劃等雨季過了再回來。他一去就杳無音訊。奧瑞里亞諾·山坦諾看工廠的產量甚豐，不知道怎麼辦才好，開始實驗用果汁來製冰，未加思考也不知道緣由，竟想出創製冰果子露的原理。雨季過去，他的兄弟沒有回來，整個夏天過去了，他仍舊沒有音訊，奧瑞里亞諾·山坦諾將企業視成己有，打算用上述方法來增加產品的種類。又一年冬天開始了，有個女人在一天最熱的時間到河邊洗衣服，她惶然尖叫着跑上大街。

最後她解釋說：「來了，一個可怕的東西，活像一間廚房後面拖着一個小村子。」此時城市被一陣可怕的汽笛回音和響亮的呼吸聲震得搖搖晃晃。前幾週他們曾看見一羣人安放枕木和鐵軌，沒有人理他們，大家都以爲又是吉普賽人的新把戲——以爲他們要帶着哨子、小鼓回來，唱跳一些由耶路撒冷才子編集的虛構歌謠和舞蹈。可是，等大家克服了笛聲和噴氣聲帶來的震撼，所有居民都跑到街上，看見奧瑞里亞諾·屈斯蒂在火車頭上揮手，接着又看見綴滿鮮花，遲了八個月才初次光臨的火車。這輛無辜的黃色火車將要帶給馬康多許多曖昧與肯定，許多愉快和不愉快的時光，許多改變，許多災禍，許多懷舊的情感。

12

馬康多的居民看到這麼多奇妙的發明，眼花撩亂，不知道該由哪兒驚嘆起。火車第二次來的時候，奧瑞里亞諾·屈斯蒂運回一個電力廠，他們整夜不睡覺，盯着一個個靠電力廠發光的白色電燈球；他們過了好久，費了好些工夫才聽慣火車的隆隆聲。大商人布魯諾·克里斯庇的獅頭票房戲院改映電影，某個人物在一部影片中死掉下葬，觀衆爲他大灑傷心淚，結果他在下一部影片中又復活了，改扮成阿拉伯人，他們非常憤慨。觀衆花兩文錢來分攤演員的苦難，受不了這種外國騙局，氣得砸壞椅子。市長在布魯諾·克里斯庇慫恿下發佈一篇宣言，說明電影院是幻象的組織，不値得觀衆表露眞感情。聽了這番叫人洩氣的解釋，很多人覺得他們上了新吉普賽把戲的大當，決定再也不來看電影了，想想自己的煩惱那麼多，實在沒心情爲虛構人物的假苦難虛擲淚水。風流的法國艷婦帶來幾架留聲機，取代古老的手搖風琴，害音樂師的生計大受影響；不過留聲機也遭到跟電影相同的命運。起初好奇心使那條街的顧客增加不少，甚至傳說有高尙的婦女喬裝工人，以便直接觀察留聲機，不過大家經常密切觀察，斷定這玩意兒不像他們所想的，也不像艷婦們所說的那麼迷人，只是一個機械把戲罷了，遠不如樂師團來得感人，有人情味，充滿家常的眞理。大家實在太失望了，後來留聲機很普遍，每家都有一架，他們不拿來供成人消遣，倒給孩子們拆着玩。反之，火車站裝了一架電話，因爲有曲柄，大家以爲是原始的留聲機，城區來的人有機會試試電話眞不眞，結果連最不相信的人都心慌意亂。上帝彷彿決心試驗大家的驚嘆能力，害馬康多的居民時而興奮，時而失望，時而懷疑，時而驚喜……永無止盡，搞得誰也不確知現實的疆界在哪裏。眞相和幻相繁複交織，使得板栗樹下的老約瑟·阿加底奥·布恩廸亞的幽靈失去耐心，大白天也在屋裏屋外遊蕩。自從鐵路正式通車，每星期三固定在十一點到站，只有一張寫字枱、一架電話、一個售票窗口的原始木屋車站也建好之後，馬康多街上就出現一些男女，他們遵循正常的習俗和生活方式，看起來却像馬戲班出來的人。此小城曾爲吉普賽人的詭計而發火，那些流動的商業特技家厚着臉皮推銷汽鍋，推銷第七天能解救靈魂的日常養生法，在此地不可能有前途；不過某些人看久就相信了，某些人則一向疏忽，所以巡廻商人依舊賺到了可驚的利潤。這些戲劇化的人物紛紛抵達，某一個星期三，馬康多來了一位圓滾滾、笑瞇瞇的赫伯先生，他穿馬褲和綁腿，戴木髓做的頭盔和鋼邊眼鏡，眼睛像黃玉，皮膚像瘦鷄皮，在布恩廸亞家吃飯。

在他吃下第一串香蕉以前，餐席上沒有人注意他。奥瑞里亞諾·席岡多碰巧遇見他用殘缺不全的西班牙語抗議雅各旅館沒房間，就一本他招待外客的熱誠，帶他回家。他賣「拴放汽球」，跑遍世界，賺了不少錢，在馬康多却引不起居民的注意——他們看過也坐過吉普賽人的飛毯，認爲這項發明落伍了。因此他要搭下一班火車離開。午餐時間，家人習慣在餐廳掛一串虎紋香蕉，他們把香蕉拿到餐桌上，他拾起頭一根香蕉，似乎不怎麼熱中。可是他一面說話一面吃，試驗，咀嚼，不像美食家享受食物，倒像智者消遣一般，吃完第一串又叫人再拿一串給他。接着他由隨身帶的工具箱裏取出光學儀器；像鑽石商一樣專心檢查香蕉，再以特殊的小手術刀分解，用藥劑師的天平來秤，用槍砲工人的彎脚規估量寬度。然後他由箱子裏取出一套儀器，量溫度、大氣的濕度和光線的强度。這個儀式太有趣了，大家無法安心用餐，人人都等待赫伯先生下最後的評語，可是他什麼話也沒說，誰都猜不透他的意圖。

此後幾天，他帶着網子和小籃子到市郊去抓蝴蝶。星期三來了一羣工程師、農學家、水文學家、地形學家和測量人員，在赫伯先生抓蝴蝶的地方探險了好幾週。後來傑克・布朗先生乘一輛特製的座車抵達，座車串接在黃色的火車後面，上上下下都鍍了銀，座位是特等天鵝絨做的，車頂則用藍玻璃當材料，當年到處追踪奧瑞里亞諾・布恩廸亞上校的那批黑衣律師也乘特製的座車抵達，圍着布朗先生打轉，叫人以爲那些農學家、水文學家、地形學家、測量人員，帶着汽球和彩色蝴蝶的赫伯先生，帶着靈車和德國牧羊犬的布朗先生……全跟戰爭有關係。不過大家沒有時間細想，多疑的馬康多居民剛開始懷疑怎麼回事，小城已變成鋅板屋頂的木屋營區了，外國人從世界各地乘火車趕來，不只座位坐了人，平臺站了人，連車廂頂都擠滿了人，他們住進鋅板屋頂的木屋。後來美國佬把懶洋洋、身穿細洋布衣裳、頭戴面紗大帽子的太太接來，在鐵路那一邊另外建一個城鎮，街道兩旁種棕櫚樹，房子的窗戶有遮簾，陽臺上有白色小茶几，天花板上裝電扇，廣濶的藍色草坪養了孔雀和鵪鶉。那個區域圍着金屬籬牆，頂上有一圈帶電的小鐵絲網，涼爽的夏日清晨黑鴉鴉掛滿電死的燕子。沒有人知道他們來追尋什麼，他們是否眞是博愛家，可是他們造成極大的不安，比古老的吉普賽人更厲害，只是不像吉普賽人那麼變幻無常，難以理解罷了。他們使出以前上帝才能用的手法，改變降雨的模式，加速收穫的週期，把白石頭和冰凉的河水引到小城另一端的墓地後面，使河流改道。此時他們在約瑟・阿加底奧的荒塚上建築水泥城砦，免得屍體的火藥味污染了河流。他們把多情的法國艷婦那條街擴建成較寬廣的村子，供那些沒有愛情的外國工人使用，某一個星期三更載來一車異國妓女——各色各樣的女人，擅長古老的技法，擁有各種油膏和機關，可以挑逗冷靜的人，鼓舞膽怯的人，滿足貪漢，使害羞的男子得意洋洋，教熟客新的技巧，矯正孤寂的男客。「土耳其街」開了好多燈火輝煌的店舖，賣些海外來的產品，色彩鮮艷，取代了舊市集，星期六晚上擠滿一羣羣探險客，他們在賭桌、射靶場、算命和解夢廊、油炸食物和飲料枱等地擠來擠去，星期日早晨地上零零落落躺着酒鬼，以及喧鬧中被槍枝、拳頭、刀子、酒瓶擊倒的旁觀者。外人亂糟糟闖進來，毫無節制，頭一段日子街上簡直無法通行，他們找到空地就建房子，根本不爭取任何人同意，街上堆滿傢俱和皮箱，做木工的聲音吵得要命，有些男女把吊床掛在兩棵杏樹間，大白天掛着蚊帳媾合，也不怕人看，無恥極了。唯一比較安靜的角落是西印度黑人建造的，他們在邊緣築起一列木樁屋，傍晚常坐在門口，以急促失調的嗓音唱些憂鬱的聖歌。短短的一段日子變化好大，赫伯先生來訪八個月後，老居民已經認不出自己的城市了。

當時奧瑞里亞諾・布恩廸亞上校曾說：「就因爲我們請一個美國佬吃香蕉，看我們惹來多大的煩惱。」

反之，奧瑞里亞諾・席岡多看到這麼多外國人，高興極了。屋內突然擠滿陌生的客人，庸俗的大酒仙，他們不得不在院子裏加蓋臥室，擴建餐廳，把舊餐桌換成十六席的大桌子，擺上新磁器和新銀器，就是這樣還得輪班吃呢。菲南妲吞下滿腔的嫌忌，把最差勁的客人奉爲上賓，而他們穿皮靴弄髒門廊，在花園小便，到處舖墊子午睡，說話毫不考慮太太小姐的心情，以及紳士應有的教養。阿瑪蘭妲氣這些下流人物闖進來，又像往日回廚房去吃飯。奧瑞里亞諾・布恩廸亞上校相信大多數人到他的工藝坊來問候他，不是基於同情或敬重，而是好奇，想接觸一下歷史的遺跡，博物館的化石，遂決定閂起門來，把自己關在室內，除了偶爾坐在臨街的門口，他很少露面。反之，歐蘇拉到後來走路已拖拖拉拉，得扶着牆壁，但是火車一來她仍然很興奮。她吩咐四名廚師；「我們得準備一點肉和魚！」他們連忙在聖塔索菲亞・狄拉佩達沉着的指揮下把東西準備好。她堅持說：「我們不知道陌生人喜歡吃什麼，所以樣樣都得準備。」火車在一天最熱的時候抵達。午餐時分，屋裏像市場一樣忙亂，汗涔涔的客人——他們甚至不知道東道主是誰——排隊進來搶最好的位子，廚師端着大罐大罐的湯、一鍋鍋的肉，一大瓢一大瓢的青菜、一鉢鉢的米飯轉來轉去，並以杓子分送一桶一桶的檸檬汁。現場實在太亂了，菲南妲懷疑很多人吃兩次，相當困擾，亂紛紛的餐桌上不只一次有人向她要號碼牌，她差一點罵起街來。赫伯先生來訪，至今已過了一年多，鎮民只知道美國佬打算在老約瑟・阿加底奧・布恩廸亞當年帶人找尋新發明時所經過的地區種植香蕉樹。此時又有兩個額上印着十字架的奧瑞里亞諾・布恩廸亞上校的兒子抵達，是被大浪潮引來的，他們說出決定來此的理由，也許能道盡每個人的動機吧。

他們說：「大家都來，所以我們也來啦。」

唯有「美人兒瑞美廸奧絲」不受香蕉疫病影響。她到妙齡更加安靜，更不理會表面的儀節，對惡意和懷疑更加無動於衷，幸幸福福活在自己的單純世界裏。她不懂女人爲什麼要穿胸衣和裙子，把生活弄得那麼複雜，於是她爲自己縫了一件粗粗的袈裟，套在身上，輕輕鬆鬆解決了衣著的問題，感受却跟裸體差不多——依照她的看法，裸體是家居唯一的正經打扮。家人爲她剪那一頭長及大腿的秀髮，以梳子弄成髮捲，以紅絲帶綁成髮辮，她覺得心煩，乾脆剃光頭，把頭髮拿來做聖徒像的假髮。她這種單純的本能說來頗叫人吃驚，她愈是不顧風尙，只求舒服，愈是不顧禮規，順應自然，她就愈是美得叫人不安，對男人愈具挑逗力。奧瑞里亞諾・布恩廸亞上校的兒子們第一次到馬康多，歐蘇拉想起他們跟曾孫女有血緣關係，勾起了遺忘已久的恐懼，嚇得發抖。她警告說：「眼睛睜大一點，妳要是跟他們之中的任何一個人生孩子，孩子會有豬尾巴。」大姑娘根本不理會她的警告，打扮成男人，在沙地上打滾，想爬上抹了油的長竿，十七位堂叔看到這個迷死人的畫面，簡直要發瘋了，差一點釀成悲劇。所以他們進城探親的時候，沒有一位睡在家裡，留下來的四個人也因爲歐蘇拉堅持而另租房子住。不過，「美人兒瑞美廸奧絲」若知道曾祖母的預防措施，她會笑死的。直到她在世的最後一分鐘，她始終不知道自己是紅顏禍水。每次她不聽歐蘇拉的吩咐，出現在餐廳，總會在外鄉人之間引起一陣激昂的情緒。大家看出她的粗罩袍下沒有別的衣服，可是誰都不瞭解她剃光頭不是一種挑戰，她掀開大腿來吹風不是存心誘惑人，她飯後愛吸手指也是如此。陌生人很快就發現「美人兒瑞美廸奧絲」會吐出一種擾人的氣息，一陣磨人的微風，她走過幾小時依然存在，但是家人都不曉得這回事。某些男人對於愛的騷擾十分在行，曾跑遍世界，有過許多經驗，他們自稱從未感受「美人兒瑞美廸奧絲」的天然氣息所引起的這一類焦慮。無論是在秋海棠門廊、客廳或家裏的任何地方，外人可以指出她待過的確切地點以及她離開的大略時刻。這種形跡十分肯定，絕不會弄錯，由於早就和日常的氣味融合，家裡沒有一個人能够分辨，外人却立刻聞得出來。所以，只有他們能瞭解以前的衞兵司令是如何失戀而死，異國來的紳士又如何陷入絕望。「美人兒瑞美廸奧絲」對於自己活動的騷亂圈一無所覺，對於她經過時帶來的隱密災難也一無所覺，她對男人沒有一絲惡意，結果她純眞謙虛的態度反而叫人心亂。歐蘇拉硬要叫她和阿瑪蘭妲在廚房裏吃飯，免得外人看見她，這一來她覺得更舒服，因爲她受不了各種紀律。其實，她在哪裏吃飯都沒有差別，她不按時吃，喜歡順應一時的胃口。有時候她凌晨三點起來吃午餐，睡一整天，好幾個月時間表都亂糟糟的，後來碰巧有事，她又恢復了正常。情況好一點的時候，她早上十一點起床，睡飽了出來，赤裸裸在浴室關到兩點鐘，慢慢殺蠍子。然後她才用水瓢舀貯水池裏的水來冲涼。洗澡的過程很長，很仔細，很像一種典禮，跟她不熟的人還以爲她正在觀賞自己的玉體呢。其實對她而言，這種孤獨的儀式並沒有肉慾的成分，只是打發時間等肚子餓罷了。有一天，她剛開始洗澡，有個陌生人掀開一塊屋瓦，屏息觀看她裸體的景觀，她由破瓦間看到他淒苦的眼神，不覺得羞恥，只感到驚慌。

她叫道：「當心，你會掉下來。」

外國人呢喃道：「我只是想看看妳。」

她說：「噢，好吧，不過要小心，那些瓦片都不牢。」

陌生人臉上浮出失神的苦相，似乎正默默對抗自己的本能，免得破壞這個幻影。「美人兒瑞美勉奧絲」以為他是怕屋瓦破裂，就比平日洗得快一點，以免那人受危。她一面由貯水池舀水來冲，一面告訴他：屋頂會那樣，大概是因爲底層的葉子受雨水腐蝕了，浴室爬滿蠍子也是這個原因。陌生人以爲她說這些話是掩飾她柔順的態度，所以她開始用肥皂洗身體的時候，他忍不住推進一步。

「我來替妳抹肥皂，」他喃喃地說。

她說：「多謝你的好意，我的兩隻手够用了。」

外國人哀求道：「只替妳抹背後也好。」

她說：「那未免太傻氣。大家從來不用肥皂抹背後的。」

她擦乾身體的時候，陌生人含淚要求她嫁給他。她誠誠懇懇答道：她才不嫁一個連午飯都不吃，花了將近一小時來看女性洗澡的傻瓜呢。最後，她穿上袈裟，那人證明大家猜得不錯，她底下眞的什麼都不穿，實在忍不住了，自覺永遠甩不掉這個烙鐵般的秘密。於是他又掀開兩片屋瓦，想跳進浴室。

她嚇得警告他：「很高，你會跌死的！」

腐壞的屋瓦砰然碎裂，那人驚叫一聲，跌在水泥地上，頭壳破碎，當場死亡。餐廳裏的陌生人聽見聲音，跑過來搬開屍體，發現他皮膚上有「美人兒瑞美勉奧絲」那種窒人的香味。那種味道深入他的屍體，他的腦壳裂縫沒流血，倒流出一種瑪瑙色的香油，含着那股子秘密的幽香，他們這才知道「美人兒瑞美廸奧絲」的體香在男人死後還繼續折磨他們，直到他們化爲骨灰還是如此。然而，他們並未將這件可怕的意外和另外兩個爲「美人兒瑞美廸奧絲」死亡的男士連想在一起。後來又有一個犧牲者，外客和馬康多的許多老居民才相信「美人兒瑞美廸奧絲」身上發出的不是愛情的氣味，而是死亡的氣息。幾個月之後的某一天下午，「美人兒瑞美廸奧絲」跟一羣女孩子去看新墾植區，證明的機會來了。對於馬康多的少女而言，這種新奇的娛樂可以叫人笑，叫人稱奇，叫人驚恐，拿來當笑話題材，晚上她們談起散步的經過，活像是夢中的經驗似的。沉默的威力實在太强了，歐蘇拉不忍心剝奪「美人兒瑞美廸奧絲」的樂趣，有一天下午要她戴上帽子，穿上體面的衣服，容許她出門。一羣朋友走進新墾植區，空氣竟蘊含着一股致命的香味。列隊工作的男性被一種奇怪的魅力迷住了，遭受某種看不見的危險，很多人忍不住想哭。「美人兒瑞美廸奧絲」和驚慌的朋友們險些被一羣兇巴巴的男性攻擊，設法躲到附近的一棟房子去避難。不久四位「奧瑞里亞諾」趕來，他們額上的十字架像階級的標幟，刀槍不入的印痕，引起大家的敬畏，他們遂救出一羣少女。有一個人趁亂抓了「美人兒瑞美廸奧絲」的肚子一把，那隻魔手像鷹爪攀在懸崖邊似的，但是她沒有告訴任何人。她曾和那人相對片刻，看到一雙悶悶不樂的眼睛，像悲憫的熱炭深深烙在她心口。晚上那人在「土耳其街」誇耀自己的膽力和好運，幾分鐘之後就被一匹馬踩碎了胸膛，一羣外鄉人眼看着他在街心吐血而死。

至此已有四件不可辯駁的事實證明「美人兒瑞美廸奧絲」具有死亡威力的信念。雖然有些說話不經過大腦的人誇言道：若能跟這麼迷人的女子風流一夜，捨命也値得，不過却沒有人試過。

也許只要有一種跟愛情同樣原始和單純的情感，就能接近她，而且能驅除她的危險性，可惜誰也沒想到這一點。歐蘇拉不再爲她操心。以前她尚未放棄拯救曾孫女的念頭，曾想勾起她對基本家務的興趣。她含含糊糊說：「男人的要求遠比妳想像中來得高，烹飪工作、打掃工作和各種小麻煩都比妳想像中來得繁雜。」她暗暗騙自己，想訓練曾孫女爭取家庭的幸福，她相信世上的任何一個男人在情慾得逞之後，絕對受不了這種費解的邋遢勁兒。後來玄孫小約瑟·阿加底奧出世，她一心想把他培養成教皇，也就不再爲曾孫女操心。她順其自然，相信遲早會有奇蹟出現，世上說不定有個懶散的男人能够容忍她。阿瑪蘭妲早就不教她任何技能了。打從好久以前那被人遺忘的下午，姪孫女剛剛有興趣轉動縫衣機的曲柄，她就認定姪孫女智能不足。她想不通男人的話怎麼會打不進對方心裏去，曾經告訴她：「我們得賣彩票來推銷妳。」後來歐蘇拉堅持「美人兒瑞美廸奧絲」用圍巾遮着臉去作彌撒，阿瑪蘭妲認爲這種神秘的方法一定頗具挑激力，馬上有男人好奇來搜索她心靈的弱點。可是她看見姪孫女竟蠢兮兮拒絕一位條件比王子更迷人的追求者，她完全放棄了希望。菲南妲根本不想瞭解她。當年她（菲南妲）在喋血的狂歡節大宴上看到「美人兒瑞美廸奧絲」，認爲她是非凡的人物。可是後來看她用手抓東西吃，說出的話沒有一句不天眞，她只遺憾家裏的白痴活得這麼久。儘管奧瑞里亞諾·布恩廸亞上校始終相信「美人兒瑞美廸奧絲」是他所見心智最清明的人，隨時以驚人的能力向每個人展現眞相，雖然他一再這麼說，家人依舊隨她去。「美人兒瑞美廸奧絲」徘徊在孤寂的荒漠，背上未扛十字架，夢境中沒有惡夢，整天洗澡，三餐不定時，老半天不說話……就這樣慢慢成長，直到三月的某一個下午，菲南妲在花園折她那些布拉本亞麻做的床單，叫家裏的女人去幫忙。她剛開始折，阿瑪蘭妲忽然發現「美人兒瑞美廸奧絲」渾身泛出白光。

她問道：「妳是不是不舒服？」

「美人兒瑞美廸奧絲」抓着床單的另一頭，露出憐憫的微笑。

她說：「正相反，我眞是再舒服不過了。」

她剛說完，菲南妲覺得一陣光亮的微風把她手上的床單吹走，完全張開。阿瑪蘭妲覺得裙子的花邊神秘兮兮顫動，想抓住床單，免得跌倒，剎那間「美人兒瑞美廸奧絲」開始升空。當時歐蘇拉眼睛快要瞎了，唯有她十分鎭定，認出那陣風的性質，任由亮光擺佈那些床單，望着「美人兒瑞美廸奧絲」跟床單一起飄揚升空，揮手告別，離棄甲蟲和大理花的環境，穿過空氣層，當時下午四點的鐘樂剛剛奏完，床單和她永遠消失在大氣上層，連回憶的鳥兒都飛不到她身邊。

當然啦，外地人以爲「美人兒瑞美廸奧絲」走上女王蜂不可挽回的命運，家人編出升天的說法，以保全她的名節。菲南妲羨慕得要命，終於接受了這個奇蹟，好久好久還祈求上帝把她的床單送回來。大多數居民相信此奇蹟，甚至點蠟燭，連續禱告九天。若非十幾位「奧瑞里亞諾」全部被殺，鎭民的讚嘆被恐懼所取代，鎭民也許很久不會談別的話題。奧瑞里亞諾·布恩廸亞上校並不覺得這是一種惡兆，但是他多多少少預測出兒子們的悲慘結局。亂局中抵達的奧瑞里亞諾·西拉德和奧瑞里亞諾·阿卡雅表示要留在馬康多，父親曾勸他們打消原意。小城一夜之間變成危險的地方，他想不通他們要在這邊幹什麼。可是奧瑞里亞諾·山坦諾和奧瑞里亞諾·屈斯蒂得到奧瑞里亞諾·席岡多的支持，雇他們在自己的商行做事。奧瑞里亞諾·布恩廸亞上校懷着當時還沒弄清的理由，不贊成這個決定。老軍官看布朗先生乘着馬康多的第一輛汽車——橙色，有喇叭，可嚇住狂吠的家犬——又看大衆卑卑屈屈，激動不已，他非常氣憤，知道人心已變了，現在的人不可能像當年抛妻別子，扛一管槍去打仗。尼蘭蒂亞和約簽定後，當地有過幾名缺乏創意的市長，和馬康多保守黨員中選出來的裝飾性法官。奧瑞里亞諾·布恩廸亞上校看見赤足持木棍的警察走過，總要評論說：「這是無恥小人的政權。我們打了那麼多仗，結果只是房屋不必漆藍色而已。」不過，香蕉公司來了以後，當地官員下台，換上獨裁的外國人。布朗先生帶他們去住在電線鐵絲網圍籬內，照他的說法，這樣他們可以享受官員該有的尊嚴，不必忍受暑氣、蚊子和小城的無數不便與貧困生活。舊警察下台，換上雇來的彎刀殺手。奧瑞里亞諾·布恩廸亞上校關在工藝坊內，想起這些改變，孤寂多年後第一次確信他當初不把仗打完是一大錯誤，為此十分痛苦。大約此時，已故馬哥尼飛科·威斯覇上校的弟兄帶七歲的孫子到方場的一輛手推車旁喝飲料，由於幼童偶爾撞到警察班長，把飲料灑在他的制服上，那個野蠻人竟用彎刀將小孩砍成好幾截，祖父想阻止，也被砍掉腦袋。全城的人看到無頭男屍由一羣人扛回家，腦袋由一個婦人拎着，還看到血淋淋的一袋童屍。

奧瑞里亞諾·布恩廸亞上校覺得這件事已到達無法補償的限度。他的心情突然像年輕時看到婦人被瘋狗咬傷，反遭軍人打死時一般憤慨。他望着屋前的一羣羣旁觀者，對自己深覺不滿，用宏亮的老嗓音道出他心底無法忍受的憎恨。

他大喊道：「總有一天我要武裝我的兒子，除掉這些狗屎美國佬。」

一週之內，他的十七個兒子在沿海各地像兔子般被隱形的兇手追殺，人家都瞄準他們額上的火灰十字印痕。奧瑞里亞諾．屈斯蒂傍晚七點跟母親走出家門，暗處射來一發子彈，打穿了他的額頭。奧瑞里亞諾．山坦諾死在工廠他平日掛的吊床上，一根夾冰棍插在雙眉間，連把手都插進去了。奧瑞里亞諾．西拉德帶女朋友看完電影，送她回家，自己穿過燈火通明的「土耳其街」回來，人羣中有人開左輪槍，把他打倒，跌入一鍋滾燙的豬油裏，兇手始終沒指認出來。幾分鐘後，奧瑞里亞諾．阿卡雅正和一個女人在房間裏，有人敲門嚷道：「快點，有人正在殺你的兄弟。」事後跟他在一起的女人說，奧瑞里亞諾．阿卡雅下床開門，立刻被一管毛瑟槍擊中，腦袋都裂開了。死亡之夜，家裏準備爲四具屍體守靈，菲南妲瘋也似的到處找奧瑞里亞諾．席岡多——他被佩特拉．科蒂斯鎖在壁橱裏——以爲撲殺令涵蓋所有跟上校同名的人。她一連幾天不讓他出門，到了第四天，海岸各地拍來電報，她才知道那位隱形的敵人只對額上有十字架印痕的兄弟下手。阿瑪蘭妲拿出她記載姪兒資料的簿子，電報一到，她就在名字下面畫線，最後只剩年紀最長的一位倖存。由於他的黑皮膚和綠眼睛對比很强烈，家人還記得他。他名叫奧瑞里亞諾．阿瑪多，是個木匠，住在山脚的一處僻靜小村莊。奧瑞里亞諾．席岡多等了兩星期沒接到他的報喪電文，就派一位信差去示警，免得他不知道自己受危。信差帶回奧瑞里亞諾．阿瑪多平安的消息。死亡之夜，有兩個人到他家去找他，以左輪槍射擊，結果沒射中他額上的火灰十字印記。奧瑞里亞諾．阿瑪多跳過院子的圍牆，消失在山裏，幸虧他跟印第安人頗有交情，常向他們買木頭，對山區簡直像自己的手背一樣熟悉。此後就沒有人再聽見他的音訊。

那是奧瑞里亞諾・布恩廸亞上校的黑暗時光。共和國總統拍一張慰問電報給他，保證徹查，而且要向死者致敬。市長遵照總統的命令，帶四個葬禮花圈參加哀弔儀式，想把花圈放在棺材上，上校把他趕到街心。兒子下葬後，他（上校）草擬一份措辭强烈的電文，親自寄給共和國總統，電報員拒絕拍發。於是他加些失禮的話，放在信封中寄出去。與當年其妻夭亡時一樣，與戰時他的好友們先後死亡時一樣，他感受的不是悲哀，而是一股盲目又沒有方向的憤怒，一種浩大的無力感。他甚至說安東尼奧・伊撒貝神父是同謀，故意在他兒子頭上抹些擦不掉的灰，好讓敵人認出來。老邁的神父頭腦已迷迷糊糊，在講壇上漸漸說些瘋話，嚇壞了教區的民衆；有一天下午他拿着那個星期三裝火灰的杯子到布恩廸亞家，想爲全家人抹灰，證明用水洗得掉。可是慘禍的恐怖感已深入每個人心中，連菲南妲都不肯他實驗，此後「灰星期三」沒有一個布恩廸亞家的人跪在聖壇前。

奧瑞里亞諾・布恩廸亞上校好久好久未恢復平靜。他不再打造小金魚，吃不下東西，夢遊般滿屋子亂逛，拖着一條毯子，默默咀嚼滿腔的憤怒。三個月下來，他的頭髮轉白，以前上過蠟的老鬍鬚垂在失去血色的嘴唇邊。反之，兩隻眼睛却像燒旺的煤炭，使當年看他出生，看來他只憑視線就使椅子搖晃的人大爲驚駭。他痛苦極了，想起年輕時預兆曾引導他由險路步上光榮的荒野，他想再喚起那些先兆，却未能成功。他迷路了，迷失在一間陌生的房子裏，裏面沒有一樣東西，沒有一個人激得起他的半絲情感。有一次他打開梅爾魁德斯的房間，尋找戰前的往事遺跡，結果只發現沙礫、垃圾、多年荒蕪所堆積的廢物。在無人閱讀的書本中，舊紙被濕氣損壞，竟開着一朵土青色的花兒；室內空氣是全家最清純最舒服的，裏面却飄着難以忍受的舊回憶臭味。有一天他看見其母歐蘇拉在板栗樹下亡夫膝前痛哭。全家只有奧瑞里亞諾・布恩迪亞上校一個人沒見過戶外飽經半世紀風霜的亡父的幽靈。歐蘇拉說：「跟你爹打聲招呼吧。」他站在板栗樹下，再度覺得眼前的空間未激起一絲親情。

「他說什麼？」他問道。

歐蘇拉答道：「他很傷心，以爲你快要死了。」

上校微笑說：「告訴他，人不是在該死的時候死，而是到了能死的時候才死。」亡父的預言挑起了他心中僅存的自尊，不過他把自尊和一股突起的力量搞混了。他追着歐蘇拉打轉，要她說出聖約瑟石膏像裏的金幣埋在庭院的什麼地方。她以前受過教訓，堅定地說：「你永遠不會知道。」又說：「有一天物主會露面，只有他能去挖。」誰也不知道一向慷慨的人怎麼會突然這麼貪財，而且不是救救急的小數目，而是一筆提起來就叫奧瑞里亞諾・席岡多咋舌的大財產。他去向老黨友求助，他們紛紛躲起來不見他。大約此時，有人聽見他說：「今天自由黨和保守黨唯一的差別就是自由黨五點望彌撒，保守黨八點望彌撒。」可是他堅持到底，拚命哀求，大大違反尊嚴的慣例，這兒募集一點，那兒募集一點，偷偷摸摸到處跑，狡猾又勤奮，毅力驚人，八個月下來他募到的款子比歐蘇拉埋藏的還要多。於是他去看生病的吉林奈德・馬魁兹上校，要對方協助他發起全面戰爭。

某一段時間，吉林奈德·馬魁竑上校雖然坐在輪椅上，却是唯一能牽動叛軍舊線的人。尼蘭蒂亞休戰和約後，奧瑞里亞諾·布恩廸亞上校躲進小金魚的世界，他則跟投降前忠於他的叛軍軍官保持連絡。他們發起了屈辱、哀求和請願的可悲戰法，整天面對「明天再來」、「隨時可以」和「我們會恰當研究你的案子」等托辭；他們對抗許多該簽署終身撫卹金法案却不簽署的「敬愛你的×××」，敗得慘兮兮。二十年血淋淋的戰爭還不如永遠拖延的腐蝕性戰爭這麼傷人呢。吉林奈德·馬魁竑上校躲過三次暗殺，五次受傷未死，經歷無數戰役而膚髮無損，可是他却敵不過萬惡的等待戰術，墜入可悲的晚年，躲在一間借來的屋子裏，對着一方方鑽石形的光影想念阿瑪蘭妲。有一批退伍軍人的照片登在報紙上，共和國總統送他們幾粒和自己相同的鈕釦，讓他們別在衣領，又將一面沾了鮮血和彈藥的國旗還給他們，讓他們將來覆在棺材上，這是他最後一次聽到退伍軍人的消息。其它較高尚的榮民仍在等信，靠公共救濟生活，餓得半死，氣沖沖活下去，面對精美的光榮紀念廢物慢慢衰老。所以奧瑞里亞諾·布恩廸亞上校邀他發起致命的戰火，消滅腐敗的政權和外國侵略者所支持的醜行時，吉林奈德·馬魁竑上校忍不住同情得打個冷顫。

他嘆氣說：「噢，奧瑞里亞諾，我知道你老了，可沒想到你比表面上看來老多了。」

13

歐蘇拉晚年迷迷糊糊，很少有閒暇管玄孫約瑟・阿加底奧的天主教教育，他眼看就要離家到神學預校去了。他妹妹「美美」夾在嚴苛的菲南妲和尖酸的阿瑪蘭妲之間，此時也差不多到了該上修女學校的年齡——修女學校能使她變成翼琴專家。歐蘇拉懷疑她塑造小見習教皇的方法沒有效，但她不怪自己衰老，不怪眼睛的烏雲使她看不清東西的形狀，倒怪一些她無法說清的因素，認爲時間組織加速破損了。她覺得日常的事務一一由手邊溜走，常說：「如今歲月的過法和往日不同。」她覺得過去孩子要很久很久才長大。她只需記住長子約瑟・阿加底奧長到多久才跟吉普賽人離家；他渾身畫得像蛇、說話像占星家一般重返故鄉之前家裏發生過什麼事；阿瑪蘭妲和阿加底奧忘掉印第安話，學會西班牙語之前家裏又發生過什麼事……她只需記得這些就夠了。她只需看清可憐的約瑟・阿加底奧・布恩廸亞在板栗樹下經歷多少天的太陽和露水；他死後家族守喪多久，人家才把奄奄一息的奧瑞里亞諾・布恩廸亞上校扛進來——而他打了那麼多仗，吃了那麼多苦頭，當時還未滿五十歲呢。以前她整天做糖果小動物，還有時間照顧孩子，看他們的眼白就知道他們需要吃一帖海狸油。可是現在她沒多少事可做，從早到晚背着玄孫約瑟・阿加底奧走來走去，時間却過得那麼急，害她留下好些工作未完成。其實歐蘇拉已經算不清歲數了，仍舊不服老，到處惹人心煩，什麼事都要管，老是問陌生人戰時有沒有寄放一尊聖約瑟的石膏像等候雨停，搞得陌生人發火。誰也不確知她什麼時候開始失去視力。即使後來她無法下床了，人家還以爲她只是衰老，沒有人發現她失明。在玄孫約瑟・阿加底奧出生前她自己就發現了。起先她以爲是一時虛弱，就偷偷服滋養糖漿，用蜂蜜敷眼睛，不久她漸漸察覺自己陷入黑暗，家裏改裝燈泡，她看不清電燈的樣子，只依稀知道光源在何處。她沒告訴任何人，因爲那樣等於公開承認自己不中用。她專心默記東西的距離和人們的聲音，所以能憑記憶看出白內障不容許她看見的景觀。後來她意外發現氣味有幫助，在暗處可劃分得比體積和顏色更清楚，她就這樣免去了認輸的恥辱。室內黑漆漆，她可以穿針縫鈕釦，還知道牛奶什麼時候會沸騰。她確知每樣東西的位置，有時候連她自己都忘了失明的事實。有一次菲南妲找不到結婚戒指，把家裏搞得天翻地覆，歐蘇拉却在兒童臥室的一個架子上找到了。很簡單，別人漫不經心走來走去，她曾憑四種感官觀察他們，怕人家逮到她的弱點，一段日子下來，她發現家裏的每一個人每天不知不覺重複同一條路線，在相同的時間做同樣的動作，幾乎說同樣的話。他們唯有脫離常軌時才有可能掉東西。所以，歐蘇拉聽菲南妲掉了戒指，心慌意亂，立卽想起她那天只做了一件跟平常不同的事情；由於「美美」頭一天晚上發現臭蟲，她曾將墊子拿出去曬。既然孩子們也參加消毒的行列，歐蘇拉猜想菲南妲一定把戒指放在小孩唯一拿不到的地方；就是架子上。反之，菲南妲沿着日常活動的路線瞎找，不知道日常的習慣會妨礙她尋找失物，難怪找不着。

歐蘇拉撫養玄孫約瑟・阿加底奧，對於她發掘家裏的小變化頗有幫助。她知道阿瑪蘭妲為臥室裏的聖徒像穿上衣服，就假裝教小孩色彩的差異。

她對他說：「我們來看看，告訴我大天使拉斐爾穿什麼顏色的衣服呀。」

就這樣，孩子給了她眼睛看不見的資料，遠在他去上神學預校以前，歐蘇拉已經能憑織品的質地分辨出聖徒衣服的各種色彩。偶爾也會有出乎意料之外的事情發生。某一天下午，阿瑪蘭妲在秋海棠門廊上繡花，歐蘇拉跟她相撞。

阿瑪蘭妲抗議說：「拜託，走路要當心。」

歐蘇拉說：「都怪妳。妳不坐在該坐的地方。」

這一點她十分肯定，可是那天她漸漸體會出一個別人都未曾留意的現象；隨着季節的移轉，陽光的位置一直微微改變着，坐在門廊上的人也不知不覺一點一點地變換位置。此後歐蘇拉只要記得日期，就知道阿瑪蘭妲坐在什麼地方。雖然她雙手的顫動愈來愈明顯，雙腿愈來愈沉重，但她小小的身子却空前活躍。她幾乎和當年肩挑全家重任時一樣勤勉。然而，她老來寂寞，檢討家庭中最微不足道的事情，眼光竟銳利得出奇，第一次看淸以前忙碌時未曾發現的眞相。家人準備讓小約瑟・阿加底奧去念神學預校時，她已將馬康多建村以來家裏的生活詳細列出重點，對兒孫的看法完全變了。她體會出奧瑞里亞諾・布恩廸亞上校跟她想像的不一樣，他不是打仗打狠了心才失去親情，而是從來就沒有愛過任何人，包括亡妻瑞美廸奧絲和他一生碰過的無數一夜情人在內，對兒子們更是如此。她發現他打了許多仗，不是像大家想像中出於理想，他摒棄勝利也不像大家想像中出於倦怠，其實他輸贏都是基於同一理由，就是純粹而邪門的自尊。她下結論說：她甘於犧牲性命來成全的兒子只是一個無法付出愛心的人。當年她懷他的時候，有一天晚上曾聽見他哭。哭聲好清楚，約瑟·阿加底奧·布恩廸亞在她身邊醒來，非常高興，認爲兒子以後會成腹語家。別人則預言孩子會成先知。反之，她確定那陣哭吼是豬尾巴的第一個徵兆，嚇得發抖，懇求上帝讓孩子死在她子宮內。不過她晚年神智清明，曾說過許多次；孩子在母親腹內哭，不代表腹語術或者預言能力，只表示此兒無法付出愛心。兒子的形象降格，她對他突然產生前所未有的同情。反之，阿瑪蘭妲的狠心曾害她驚恐，濃縮的怨氣曾害她心酸，如今她最後分析，突然覺得女兒是世上最溫柔的女性，她看清女兒折磨培特羅·克里斯庇並不像大家想像中是基於報復心，她忍痛使吉林奈德·馬魁茲一生落空也不像大家想像中是基於怨毒，兩件事都是審愼的愛情和天生的膽怯……互相衝突的結果，最後阿瑪蘭妲對自己芳心的莫名恐懼感佔了上風。此時歐蘇拉開始談到麗貝卡的名字，想起她來滿懷舊愛，夾着遲來的悔恨和突來的敬佩，她漸漸瞭解到：唯有麗貝卡——從未吃她的奶，却吃過泥土和牆上白粉膠的人，未承襲她的血，却承襲墓地中陌生人血統的人——唯有心思焦躁，子宮銳利的麗貝卡具有歐蘇拉希望子孫擁有的無邊勇氣。

她摸着牆壁，邊走邊說：「麗貝卡，我們對妳太不公平了！」

家人以爲她神智不清，尤其是她開始像大天使加伯瑞爾一樣舉起右手走路後，大家更這麼想。不過，非南妲知道歐蘇拉儘管迷糊，有時候眼光却銳利得很，她能乾乾脆脆說出去年全家花了多少錢。阿瑪蘭妲也有類似的想法：有一天，歐蘇拉在廚房攪一鍋湯，不知道有人聽見，突然說他們向第一代吉普賽人買來，其長子約瑟•阿加底奧環遊世界六十五圈之前就失踪的碾穀機仍在碧拉•特奈拉家裏。碧拉•特奈拉也年近百歲，雖然其胖無比，却仍然健壯敏捷，當年她的笑聲能嚇走鴿子，如今她的肥軀也能嚇壞孩子們，她看歐蘇拉說中了實情，一點都不吃驚，經驗告訴她：人老來機敏比紙牌算命更厲害。

可是，歐蘇拉發現她沒有充分的時間鞏固玄孫約瑟•阿加底奧的神職天賦，却十分驚慌。她開始犯錯誤，想用眼睛去看她憑直覺更能看得清的東西。有一天早上，她把一瓶墨水倒在玄孫頭上，以爲是玫瑰香水。她堅持樣樣都要插手，跌了很多跤，自覺受惡體液影響，而且想擺脫漸漸包圍她的蛛網狀鬼魅。此時她突然覺得，她笨手笨脚不是衰老和失眠的結果，而是時間所做的審判。她暗想道：以前上帝量歲月，不像土耳其人量密織棉布那樣偷減尺碼，當時一切都跟現在不同。如今不但小孩長得比較快，感情的發展也跟往日不一樣。「美人兒瑞美廸奧絲」的身體和靈魂才升天不久，不體貼的菲南妲就嘀嘀咕咕痛惜她的床單被人帶走。幾位「奧瑞里亞諾」在墓中屍骨初寒，奧瑞里亞諾•席岡多就打開滿室的燈光，找來一堆酒鬼大彈手風琴，痛飲香檳，活像死的不是基督徒，而是幾條狗似的；活像她頭痛多時，賣了許多糖果小動物才築起的房舍注定要變成地獄的垃圾堆似的。歐蘇拉一面爲玄孫約瑟•阿加底奧收拾皮箱，一面想到她乾脆躺進棺材，讓人埋掉還好些。她勇敢問上帝說：祂是不是眞相信人是鐵做的，才能承受這麼多煩惱和屈辱？她反覆詢問，連自己都心慌了，好想放鬆自己，學外國人亂跑，晚年來反叛一下，享受她渴望多次又延擱多次的時光，把聽天由命的心情棄置一旁，乾脆唾棄一切，吐出她百餘年來基於禮教硬往回吞的髒話。

「臭屎！」她大叫說。

阿瑪蘭妲正要把衣服放進皮箱，以爲母親被蠍子咬到了。

「在哪裏？」她惶然問道。

「什麼？」

「蟲啊！」阿瑪蘭妲說。

歐蘇拉把一根指頭放在心口。

「在這裏，」她說。

星期四下午兩點鐘，約瑟・阿加底奧動身去神學預校。歐蘇拉永遠記得自己跟他道別時他的那副樣子，倦怠無力，一本正經，照她的吩咐沒掉半滴眼淚，穿一套銅鈕釦的綠色直條衣裳，頸子上戴一個漿過的蝴蝶結。她曾在他頭上灑玫瑰香水，以便追踪他在屋裏的行跡，他離開餐室，空氣中滿是玫瑰香水的氣味。吃送別午餐的時候，家人强作歡笑，掩飾緊張的心情，誇張地褒獎安東尼奧・伊撒貝神父說的話。可是他們拿出天鵝絨滾邊、四角鑲銀的皮箱時，心情就像抬出一具棺材似的。只有奧瑞里亞諾・布恩廸亞上校不肯參加告別儀式。

他咕噥道：「我們竟需要這玩意兒——教皇！」

三個月後，奧瑞里亞諾・席岡多和菲南妲帶「美美」去上學，運回一架翼琴，擺在原先放自動鋼琴的地方。大約此時，阿瑪蘭妲開始縫自己的壽衣。香蕉的狂熱已平靜下來了。馬康多的老居民發現四周圍滿了新來的人，他們拚命固守岌岌可危的往日資源，倒有一種遭遇船難生還的感覺，頗覺欣慰。家裏還請客人吃午飯，直到幾年後香蕉公司撤走了，舊常規才又建立起來。不過，此時也有一些改變，因爲是菲南妲規定的，照傳統的待客觀念看來未免激進了一些。歐蘇拉已退居隱秘的角落，阿瑪蘭妲專心做裹屍布，以前的見習女王（菲南妲）可隨意選擇客人，硬要大家遵守她父母教她的嚴酷規矩。外來客在這座小城以下流的方式虛擲他們輕易賺來的錢，小城飽受震撼，她的嚴格作風使布恩廸亞家成了舊習俗的堡壘。在她心目中，正經人就是和香蕉公司沾不上邊的人，連問都不必再問。她丈夫的孿生兄弟約瑟・阿加底奥・席岡多感染了初期的狂熱，再度捨棄鬥鷄，到香蕉公司當工頭，不免也在她的差別戒心下受到排斥。

菲南妲說，「只要他身上仍帶着那些外國人的痧子，他永遠不會踏入這個家。」

家裏的限制太嚴了，奥瑞里亞諾・席岡多覺得佩特拉・科蒂斯家比較舒服。起先，他藉口要減輕妻子的負擔，改在那邊宴客；然後藉口說動物的生殖力降低了，把穀倉和馬厩移過去；最後更藉口說姘婦家比較涼爽，把他處理業務的小辦公廳也移過去。等菲南妲發現自己守了活寡，事情已來不及恢復舊觀了。奥瑞里亞諾・席岡多只在家吃吃飯，裝裝樣子和妻室同眠，根本騙不了人。有一天晚上他一時疏忽，天亮還睡在佩特拉・科蒂斯床上。出乎意料之外，菲南妲根本不責備他，也沒表現出一絲憤慨，却在那天派人把他的兩皮箱衣服送到姘婦家去。她特別選大白天運送，吩咐要走街道中央，讓每個人看見，以爲失足的丈夫一定受不了這種恥辱，會低着頭回老窩。這種英雄姿態恰好證明菲南妲不但對丈夫的性格缺乏瞭解，也不瞭解這個跟她父母無關的社會有什麼特質。每一個看到皮箱的人都說這個秘密人人都知道，如今達到自然的頂點，奧瑞里亞諾·席岡多喜獲自由，連請了三天客。有一點對他太太很不利，她漸入中年，整天穿着陰鬱的長衫，戴着老式的紀念章，傲氣太重，姘婦則好像恢復了青春，穿戴華麗的天然絲衣飾，眼睛周圍有一條條光輝的細紋。奧瑞里亞諾·席岡多又像青春期一樣迷上她了——當時佩特拉·科蒂斯不是愛他本人，而是將他和孿生兄弟搞混了，她同時跟兩個人睡覺，以爲上帝賜她好運，讓她得到一個精力抵得上兩個人的男子。他們舊情復發，十分懇切，不止一次正準備吃飲，彼此對望一眼，連話都不說就蓋起餐盤，進臥室去餓得半死也愛得半死。奧瑞里亞諾·席岡多偸偸摸摸去找過法國艷婦，看到一些東西，勾起了靈感，就給佩特拉·科蒂斯買一張有大天篷的床舖；並在窗口掛上天鵝絨窗簾，在臥室的天花板和牆壁上裝些大型的水晶石鏡子。他比以前更會大喝大鬧，胡亂花錢。現在火車每天十一點到站，他收下一箱又一箱的香檳和白蘭地。他由車站回來，總會當着路人的面拖些臨時的吃客回家，無分本地人或外地人，熟人或新認識的人，什麼樣的人都可以。連只會說外國話的老滑頭布朗先生也被奧瑞里亞諾·席岡多的誘人手勢引來，在佩特拉·科蒂斯家爛醉過好幾次，甚至在手風琴伴奏下哼些德州歌謠，教他帶來的德國牧羊犬跳舞。

宴會開到高潮，奧瑞里亞諾·席岡多大叫說：「別生了，母牛，別生了，生命短暫哩。」

他的氣色再好不過了，人緣再好不過了，動物育子也比以前更瘋狂。爲了無止盡的宴會，他們殺過好多牛、猪、鷄，院子的地面被血污弄得黑鴉鴉，泥濁濁的。那是永恆的屠場，充滿骨頭和內臟，一大坑剩肉剩菜，他們得隨時準備炸彈，免得禿鷹來挖客人的眼睛。奧瑞里亞諾·席岡多長胖了，臉色紅潤，體型像烏龜，他的胃口只有祖父約瑟·阿加底奧環遊世界回來時差可比擬。他貪吃，特別愛花錢，空前好客……的盛名溢出沼澤的邊界，吸引了海岸各地一流的老饕。大吃客由各地趕來，參加佩特拉·科蒂斯家舉辦的容量和耐力競賽。奧瑞里亞諾·席岡多一直是無敵的吃家，直到某一個倒楣的禮拜六，有位名滿天下、俗稱爲「大象」的女性卡蜜拉·沙夏斯屯來了。決賽一直進行到星期二黎明。頭二十四小時奧瑞里亞諾·席岡多解決掉一頓小牛肉、葛根、山藥、炸香蕉大餐，又喝掉一箱半的香檳，自以爲穩操勝算。他似乎比沉着的對手更熱誠，更有活力，對方的作風則比較職業化，對滿屋子羣衆比較不動感情。奧瑞里亞諾·席岡多一心想贏，大口大口吃，「大象」則像外科醫生，把肉切得勻勻整整，不慌不忙地吃，甚至吃得頗有樂趣。她塊頭很大很壯，却有一般女性的溫柔勁兒，面孔美極了，雙手保養得很好，整個人有一種難以抗拒的風情，奧瑞里亞諾·席岡多看她進門，曾低聲說他寧願在床上比賽，不想在餐桌上比。後來他看她吃下半邊小牛肉，絲毫未違犯餐桌禮儀，他一本正經評論說：這個優美、迷人、貪吃的「大象」可以說是理想的女人。他說得沒有錯。「大象」未來之前，有人傳說她是壓骨頭專家，其實沒有根據。她不是傳言中希臘馬戲團出來的啃牛大王或鬍鬚女士，而是一所聲樂學校的校長。她當了母親，才學習吃的技術，想爲孩子們找出更妥當的吃法，不是人爲刺激他們的胃口，而是要他們精神平靜，達到此目標。她曾實習她的理論，認爲一個良心百分之百平安的人可以吃到疲倦爲止。基於道德的理由和比賽的興趣，她離開學校和家園，跟一位全國着名的無恥大吃客比賽。打從她看見奧瑞里亞諾·席岡多，她就斷定他不會輸在胃腸，却會輸在品格。頭一晚快結束時，「大象」勇敢繼續吃，奧瑞里亞諾·席岡多則有說有笑，虛耗體力。他們睡了四小時。醒來後，每人喝四十個橘子擠出來的汁、八夸特咖啡，吃三十粒生蛋。第二天早晨，他們已很多小時沒睡覺，吃掉兩隻豬、一串香蕉，喝掉四箱香檳，「大象」疑心奧瑞里亞諾·席岡多不知不覺發現了她這種方法，是以完全不負責任的路子發現的。那麼，他就比她想像中危險囉。可是，佩特拉·科蒂斯端兩隻烤火雞上桌的時候，奧瑞里亞諾·席岡多的胃腸已快要撐滿了。

「大象」對他說：「吃不下就別再吃了。我們算和局吧。」

她說的是眞心話，自知怕對手死亡，一口也吃不下去。可是奧瑞里亞諾·席岡多以爲這是另一次挑戰，就猛吃火鷄，吃得超越了容量。他昏迷不醒；俯跌在裝滿骨頭的盤子上，嘴角像狗直吐泡沫，難受得不住呻吟。眼前漆黑一片，依稀覺得有人把他由一座塔頂扔入深坑，昏迷前他發現死神在坑底等他。

他勉力說出口：「帶我到菲南妲身邊。」

朋友們把他擱在家裏，自行離去，以爲他們已助他實踐了不死在姘婦床上的諾言。佩特拉·科蒂斯刷亮他要穿進棺材的漆皮靴子，正想找個人送過去，這時候有人來告訴她奧瑞里亞諾·席岡多已脫險了。他不到一星期就恢復健康，兩星期後開了一個史無前例的大宴，慶祝自己生還。他繼續住在佩特拉·科蒂斯家，卻每天去探訪菲南妲，偶爾跟家人一起吃飯，情勢彷彿倒過來了，他變成姘婦的丈夫，妻子的情郎。

菲南妲樂得享清福。她變成棄婦，煩悶中唯一的消遣就是在午休時間學琴；偶爾看看孩子們寄來的信。她兩星期詳細寫一封信給他們，裏面沒有半句眞話。她不讓孩子們知道她的煩惱；不讓孩子們知道家裏的秋海棠雖然亮麗，下午兩點雖然昏沉沉，街上雖時時傳來喜宴的聲浪，他們家却愈來愈像她父母的殖民地官邸了。菲南妲孤單單徘徊在三具活幽靈和老約瑟·阿加底奧·布恩廸亞的死幽靈之間——她彈翼琴的時候，老頭的魂魄不時坐在客廳的幽光下，顯得好奇又專心。奧瑞里亞諾·布恩廸亞上校像一團鬼影。自從他最後一回上街，建議吉林奈德·馬魁玆上校發動戰爭未果後，他整天關在工藝坊，只出來到板栗樹下小便。除了三星期剃一次頭，他從不接見訪客。歐蘇拉每天端一次東西給他吃，雖然他仍熱心製造小金魚，可是他發現人家不是買去當首飾，而是當做歷史的遺寶，他就不再賣出了。他把亡妻瑞美廸奧絲婚後放在臥室裏的洋娃娃拿到院子裏燒掉。細心的歐蘇拉發現兒子要幹什麼，却無法阻止。

「你眞是鐵石心腸，」她對兒子說。

他說：「這不是心腸的問題。房間裏蠹蟲好多。」

阿瑪蘭妲正在織壽衣。菲南妲不懂她爲什麼偶爾寫信給「美美」，甚至寄禮物給她，却不願聽約瑟·阿加底奧的消息。菲南妲透過歐蘇拉問阿瑪蘭妲，阿瑪蘭妲說：「他們死也不知道理由。」這個答案在菲南妲心中造成一個謎，她永遠解不開。阿瑪蘭妲個子高，肩膀寬，爲人驕傲，老是穿一大堆有花邊的裙子，風采醒目，能抵制年華和慘痛的回憶，額頭上彷佛帶有童貞的十字架印痕。事實上，她手上纏的黑綳帶就代表貞操，她連睡覺都不脫下來，總是親自洗親自燙。她織壽衣，日子就這樣一天天過去。也許有人會說她是白天織，晚上拆，不指望用這個法子解除寂寞，反而想培養孤寂感。

菲南妲成了棄婦的那幾年，最擔心「美美」回來度假會發現奧瑞里亞諾·席岡多不在家。他患腦充血，正好解除了她的恐懼。「美美」回來後，雙親講好要讓女兒以爲奧瑞里亞諾·席岡多仍是顧家的丈夫，而且不讓她發現家庭的悲劇。奧瑞里亞諾·席岡多每年扮演兩個月的模範丈夫，以冰淇淋和小點心宴客，活潑的女生則彈翼琴來助興。從那時候開始，大家都看得出她很少承襲母親的性格。她跟阿瑪蘭妲十三、四歲時一模一樣——當時後者未知人世的辛酸，常以舞步鼓舞家人，後來暗戀培特羅·克里斯庇，心靈的方向才整個扭曲。不過「美美」有一點跟阿瑪蘭妲不同，跟全家人也不同，她未曾顯露家庭的孤獨天命，似乎和世俗整個合而爲一，連下午兩點關在客廳苦練翼琴時也是如此。她顯然很喜歡這個家，整年夢想自己返家能引起年輕人的興奮，她具有父親那種歡慶的才能和好客的脾氣。「美美」第三次回來度假，帶回四位修女和六十八位同學，主動邀人家來住一個禮拜，事先並未通知家人，這才顯露出可悲的遺傳習性。

菲南妲哀嘆說：「多可怕！這孩子跟她父親一樣野蠻！」

家裏不得不向鄰居借床舖和吊床，輪九班吃飯，排定洗澡的時間，借四十張小矮凳，免得穿藍制服、佩戴男性鈕釦的女學生整天東跑西跑。這次來訪不太愉快，吵吵鬧鬧的女生剛吃完早點，又要開始輪班吃午餐了，然後輪班吃晚餐，整星期只到新墾植區去散步過一次。天黑時修女筋疲力盡，動都不能動，命令也發不出去了，那一班不知疲乏的少女仍在院子裏唱些走了音的校園歌曲。有一天，歐蘇拉想要幫忙，反而礙手礙腳，那羣學生差一點踩到她。另外一天，奧瑞里亞諾・布恩廸亞上校不考慮院子裏有女生，跑到板栗樹下小便，害修女們激動得不得了。阿瑪蘭妲煮湯加鹽巴，有一位修女走進廚房，居然問她那一把白粉是什麼，阿瑪蘭妲的答覆差一點造成大恐慌。

「砒霜，」阿瑪蘭妲答道。

女學生剛來的那一晚，想先上厠所再睡覺，結果最後幾名直到凌晨一點才進去。於是菲南妲買了七十二個夜壺，但她只是把夜裏的問題拖到早晨罷了。黎明開始那兒又排了一大串女生，個個手提夜壺，輪班進去洗。雖然有幾位發燒，幾位被蚊子咬得生病，但是大多數人面對最麻煩的困境仍表現出堅强的抵抗力；天氣再熱，她們還是在花園裏亂跑。她們走了以後，花樹全毀，傢俱損壞，牆上塗滿字畫，可是菲南妲看她們離開，鬆了一口氣，也就原諒了她們帶來的損害。她把借來的床鋪和小木櫈還給人家，七十二個夜壺則放在梅爾魁德斯的房間裏。以前家裏的靈性生活曾繞着那個深鎖的房間打轉，此後那兒就改稱爲「夜壺室」了。奧瑞里亞諾・布恩廸亞上校覺得這個名稱很恰當，儘管家裏其他的人看梅爾魁德斯的房間依舊不沾灰塵，不損壞，覺得很驚奇，他却認爲那兒已變成糞堆了。總之，誰對誰錯他根本不在乎，他發現此屋的命運，是因爲菲南妲收夜壺收了一下午，老是由外面經過，打擾他幹活兒。

那幾天約瑟・阿加底奧・席岡多重新在家裏露面。他走過長廊，不跟任何人打招呼，默默關在工藝坊和上校說話。歐蘇拉看不見他，但她分析工頭靴的劈啪聲，想不通他跟家人怎麼會相隔那麼遠，小時候他曾和孿生兄弟玩巧妙的混淆把戲，如今却沒有半點相像的地方，兩兄弟也很疏遠。他體態直直的，表情肅穆，臉色像秋天，有一種沉思的表情，宛如回教阿拉伯人，神采含悲。他最像其母聖塔索菲亞・狄拉佩達。歐蘇拉怪自己提到家人時老是忘了她，可是她得知他回家，發現上校在工作時間放他進工藝坊以後，重新檢討往日的回憶，更相信小時候他一定和孿生兄弟換錯了，名叫「奧瑞里亞諾」的該是他，而不是另外一位。沒有人知道他生活的細節。有一段時間，家人發現他居無定所，在碧拉・特奈拉家養鬥鷄，偶爾睡在那兒，不過大抵都在法國艷婦的房間裏過夜。他到處飄泊，沒有親情，沒有野心，在歐蘇拉的行星系統中像一顆游離的星星。

某一個遙遠的黎明，吉林奈德・馬魁玆上校曾帶他到軍營去，不是存心要他看行刑，而是要他一輩子不忘記死刑犯臉上那悲哀而幾近嘲諷的笑容，事實上，從那天以後約瑟・阿加底奧・席岡多就不屬於這個家，也永遠不能屬於別的家庭了。那不僅是他最老的回憶，也是童年唯一的回憶。至於有個老頭穿一身舊馬甲，戴一頂烏鴉展翅般的帽子，框在雨濛濛的窗戶間，告訴他許多奇事……的回憶，他無法將它擺進生命的任何一個時段。那個回憶含含糊糊，不含教訓或懷念，跟死刑犯的回憶正好相反——後者已確立了他一生的方向，他年齡愈大，記憶愈清晰，時間彷彿載着他愈走離回憶愈近似的。歐蘇拉想利用約瑟・阿加底奧・席岡多把奧瑞里亞諾・布恩廸亞上校拖出自設的牢房。她叫曾孫：「帶他去看電影嘛，就算他不喜歡那部片子，至少可以吸點新鮮的空氣。」可是她很快就發現，他和上校一樣，對她的哀求根本無動於衷，親情無法滲透到他們心裏去。雖然她不知道兩個人關在工藝坊長期討論些什麼，家裏也沒有一個人知道，可是她瞭解全家大概就只有這兩個人志趣相投。

其實連約瑟・阿加底奥・席岡多也不可能把上校拖出他自設的牢房。女學生入侵降低了他的忍耐限度。他藉口說瑞美廸奥絲留下的洋娃娃雖然已毀掉，臥室仍有很多蟲子，遂在工藝坊掛個吊床，除了到院子去處理必要事項，他從不踏出房間。歐蘇拉想跟他談一句話都不可能。她知道兒子做一條小金魚的時候，看都不看餐碟一眼，任它擺在工作枱上，也不在乎湯是否凝固，肉是否冷了。自從吉林奈德・馬魁玆上校不肯支持他打一場老伕後，他就愈來愈冷酷。他把自己深鎖在軀殼內，最後家人只當他已經死了。某一年十月十一日，他曾走到臨街的門口去看馬戲遊行，在此之前，他從未有過人性的反應。對奥瑞里亞諾・布恩廸亞上校來說，那天跟他晚年的每一個日子並無不同。早上五點，他被牆外蟾蜍和蟋蟀的聲音吵醒。星期六開始，毛毛雨連綿不斷，他用不着聽雨絲打在花園葉片上的聲音，反正他憑骨頭的寒意就知道下雨了。他照例裹着毛毯，穿着粗棉布長襯褲——儘管襯褲的型式落伍，他稱之爲「野蠻人的襯褲」，但是他爲了舒服，仍舊穿在身上。他打算洗澡，所以只套上緊身外褲，不扣鈕子，也不像平時把金鈕釦裝進襯衫領子內。接着他拿毯子當頭巾，罩在頭上，用手指梳梳濕淋淋的鬍子，走到庭院中去小便。太陽還要好久才出來，老約瑟・阿加底奥・布恩廸亞的幽靈仍在雨水腐蝕的棕櫚葉下打盹兒。上校照例沒看見父親，也聽不見父親的幽靈被灑在鞋子上的熱尿驚醒，用費解的辭彙呼喚他。他延後洗澡的時間，倒不是怕冷怕濕，而是十月的濃霧太逼人。他走回工藝坊的時候，聞到聖塔索菲亞・狄拉佩達生火用的燭蕊氣味，就在厨房等咖啡沸騰，以便不加糖就帶過去。聖塔索菲亞・狄拉佩達照例問他是星期幾，他說是十月十一日星期二。他看火光照見這個從未在他心目中完全存在的婦人，突然想起戰時的某一年十月十一日，他一覺醒來，預感同眠的婦人死掉了。那人眞的死了，由於她一個鐘頭前還問他是幾月幾日，所以他忘不了這個日期。儘管有這段回憶，此時他並未察覺預兆已捨棄他，不再在他心中出現了。煮咖啡的時候，他一直想起那位半夜撞進他吊床，既不知姓名也不知長相的女人，不過他只是好奇，沒有半絲懷念。太多女人以這種方式闖進他的生命，根本沒什麼意義，他竟沒想起她精神恍惚，淚流滿面，死前一個鐘頭還發誓要愛他至死。等他端着熱騰騰的咖啡走進工藝坊，他就不再想她，也不想任何一個女人了。他開燈來計算錫桶中的小金魚。一共有十七條。既然決定不賣，他每天照舊做兩條，完成二十五條就融掉，重新做起。他專心做了一早上，什麼都不想，也沒注意十點鐘雨勢轉强，有人經過工藝坊，大叫「關門！免得房子淹水」，他甚至沒想到自己，後來歐蘇拉端午餐進來，熄了燈。

「好大的雨！」歐蘇拉說。

「十月嘛，」他說。

他說這句話，眼睛仍望着他那天做的第一條小金魚，因爲他正在鑲紅寶石眼睛。他做完以後，把小金魚放進桶裏，才開始喝湯；然後慢慢吃同一個盤子上的洋葱烤肉、白飯和炸香蕉片。無論情況再好或再壞，他的胃口始終不改。午餐後他覺得昏昏欲睡。基於一種科學的迷信，他一定要等消化兩小時才工作、看書、沐浴或跟女人燕好；這個信念太深了，以前他多次攔阻軍事行動，免得軍隊成員消化不良。他躺在吊床上，用小刀挖出耳垢，幾分鐘就睡着了。他夢見自己走入一個四面白牆的空屋，自知是第一個進去的人，不免感到心亂。他在夢中想起自己頭一夜和過去數年的許多夜晚都做過同樣的夢；也知道一醒就會忘了夢的內容，因爲這個循環夢有一個特點，除了夢境中是不可能記得的。果然，過了一會理髮師來敲工藝坊的門，奧瑞里亞諾·布恩廸亞上校醒來，自以爲只無意間睡着片刻，沒時間夢到什麼。

他告訴理髮師：「今天不剃。我們星期五再說吧。」

他臉上有一點花白的鬍子，只長出三天，可是他星期五要理髮，可以同時處理，覺得現在沒必要先剃鬚。他意外睡了一覺，汗水黏黏的，腋下的膿瘡疤痕又痛起來。雨停了，可是太陽沒露面。奧瑞里亞諾·布恩廸亞上校打了一個響嗝，羹湯的酸味又回到上腭，像身體組織的一道命令，使他拿起毛毯，往肩上一甩，跑到盥洗室去。他逗留很久，蹲在木箱子湧出的濃酵素上空，最後基於習慣，覺得該開始再幹活兒了。流連期間，他想起今天是禮拜二，香蕉公司各農場發薪水，約瑟·阿加底奧·席岡多還沒到工藝坊來。這個念頭跟過去幾年的回憶一樣，使他不知不覺又想起戰爭。他記得吉林奈德·馬魁玆上校曾答應要找一匹臉上帶白星的馬兒給他，後來却一直沒再說起。他繼續想些零零碎碎的往事，不帶評判意味，既然他不可能想別的事情，乾脆學着冷冷靜靜思考，免得回憶觸動感情。走回工藝坊途中，他看空氣漸漸乾爽，認爲正宜洗澡，可惜阿瑪蘭妲比他先去了。於是他着手做那天的第二條小魚。他正要在魚尾裝上小鈎鈎，太陽出來了，威力好猛，光線像漁船般晃動。連下了三天的小雨，空中飛蟻很多。此時他想小便，硬拖到小金魚做完才去。四點十分他來到院子裏，聽見遠處有銅樂器、低音鼓和兒童喊叫的聲音，少年時代以來他第一次墜入懷舊的陷阱，彷彿又回到吉普賽人前來、父親帶他去看冰塊的那個下午。聖塔索菲亞·狄拉佩達撇下廚房的工作，跑到門口。

「是馬戲團，」她嚷道。

奧瑞里亞諾·布恩廸亞上校沒走向板栗樹，他也趕到臨街的門口，跟別的觀衆一起看遊行。他看見一個穿金色衣裳的女人坐在大象頭上。他看見一隻悲哀的單峯駱駝。他看到一隻穿荷蘭少女裝的大熊用湯匙和平鍋打拍子。他看見小丑在行列末端騎大車輪。等樣樣都過去以後，眼前只剩一條大街和滿天的飛蟻，唯有幾名觀衆正窺探無常的深淵，他再度看出自己孤寂的面貌。於是他一面想着馬戲團，一面走向板栗樹，小便時儘量回想馬戲團的事情，却再也想不起來了。他學小鷄，把腦袋縮在兩個肩膀中間，前額頂着板栗樹幹一動也不動。家人一直找不到他。第二天早晨十一點，聖塔索菲亞·狄拉佩達到後面丟垃圾，發現有幾隻兀鷹飛下來，這才看見他的屍體。

14

「美美」的最後幾次假期剛好趕上奧瑞里亞諾·布恩廸亞上校的喪期。百葉窗緊閉的房子不適宜宴客。他們小聲說話，默默吃東西，一天念三遍玫瑰經，連午休時間練翼琴都像弔悼似的。儘管菲南妲偷偷仇視上校，但是她看政府鄭重紀念已故的敵人，便規定家裏嚴格守喪。奧瑞里亞諾·席岡多照例在女兒的假期回家睡覺，菲南妲大概想了一些辦法來奪回髮妻的權利吧，反正次年「美美」發現家裏有個新生的小妹妹——取名叫阿瑪蘭妲·歐蘇拉，大大違反其母的心願。

「美美」的學業已經完成了。在慶祝她結業並宣佈喪期結束的聚會上，她表演十七世紀的流行曲調，技巧精湛，她的翼琴演奏證書遂得到了認可。來賓不見得欣賞她的藝術，倒佩服她的二元性。看她那輕浮甚至有點幼稚的個性，好像不適宜任何嚴肅的活動，可是她坐在翼琴邊的時候，完全變了一個人，成熟得叫人意外，完全像個成年女子。她一向如此。其實她並無明顯的天賦，却不屈不撓苦練，得到最高分，免得母親生氣。他們可以逼她學任何一種技藝，成果一定也差不多。打從很小很小的時候，她就爲母親太嚴、習慣走極端而煩惱，慢說是翼琴課，更艱難的犧牲她也能辦到，只求別牴觸母親缺乏彈性的作風。她平日妥協不是溫順，只是貪圖便利，畢業典禮上，她覺得印着哥德字體和亮麗的大寫字母的證書可以使她不必再妥協了，相信從此以後其母非南妲不會再爲一架連修女都視爲博物館化石的樂器瞎操心。頭幾年，雖然她在客廳，在馬康多的慈善機構、學校典禮和愛國慶典上演奏時，半數的鎮民都打瞌睡，母親依舊請些新客到家裏來，以爲人家會欣賞她女兒的優點，「美美」看出自己的算盤打錯了。直到阿瑪蘭妲死後，家人再度關門守喪，「美美」才有機會鎖上翼琴，把鑰匙遺忘在某一個抽屜裏，不怕非南妲生氣，調查鑰匙什麼時候遺失，是誰搞丟的。「美美」忍受守喪的禁令，跟學琴一樣堅忍。這是她自由的代價。非南妲看她這麼乖，非常滿意，又爲她彈琴受讚美而驕傲，就不反對家裏請一大堆女孩子來玩，不反對她下午到樹叢中走走，如果安東尼奧・伊撒貝神父在講壇上讚許某一部影片，她也不反對女兒跟奧瑞里亞諾・席岡多或某一位可靠的淑女去看電影。消遣時，「美美」的眞正喜好表露無遺，她引以爲樂的不是苦修，而是另一極端：熱熱鬧鬧的宴會，戀愛的閒話，歷時很長的少女聚會——她們學抽煙，談男人的事情，有一次大喝甘蔗酒，結果脫得精光，測量和比較身材的每一部分。「美美」永遠忘不了她那天晚上口嚼甘草片劑回家的情景——非南妲和阿瑪蘭妲正在吃晚餐，彼此不說一句話，「美美」沒發現她們驚惶失措，逕自在桌畔坐下來。她曾在一位女友的臥室裏待過兩個鐘頭，又哭又笑又害怕，儘管有種種危機，她却找到了罕見的勇氣，想逃學，告訴母親她恨不得拿翼琴來當灌腸器。「美美」坐在桌首，喝一碗鷄湯，流進胃裏像復活的仙藥似的，這時候她看見非南妲和阿瑪妲渾身帶有一種現實的問罪色彩。她拚命忍耐，才沒有罵她們無事忙、缺乏靈性，滿懷虛華的夢想。打從第二次回來度假，她就知道父親只爲了面子才回家住住，她對菲南妲很瞭解，後來有機會認識佩特拉•科蒂斯，更認爲父親沒有錯。她也寧願當姘婦的女兒哩。「美美」喝酒喝得迷迷糊糊，暗想她若當場說出心裏的念頭，一定會引起憤慨，想來滿有趣的，她暗暗爲自己的淘氣勁兒得意，菲南妲發現了。

「怎麼回事？」她問道。

「美美」答道：「沒什麼，我現在才發現我多麼愛妳們兩個。」

這句話顯然含有很深的憎恨意味，阿瑪蘭妲大吃一驚，菲南妲却十分感動。「美美」半夜起來，頭痛得要命，吐出一大堆膽汁，她簡直嚇瘋了。她餵她吃一瓶海狸油，在她肚子上貼壓縮繃帶，在她頭上放冰角，要她在床上躺五天，照新來的法國醫生所開的食譜吃東西——醫生仔細爲她檢查兩個多鐘頭，含含糊糊說她生了一種女人病。「美美」失去了勇氣，精神頹喪，除了忍耐也沒有別的辦法。歐蘇拉當時已完全瞎了，却仍然很活躍，神智淸明，只有她猜到確實的病徵。她暗想：「依我看，跟酒醉的情形很相似。」但她摒棄這個念頭，怪自己胡思亂想。奧瑞里亞諾•席岡多看「美美」臥病，良心不安，暗自決定以後要好好照顧她。父女同笑同鬧的情誼就這樣產生了，他暫時擺脫了鬧飲的寂寞，她也脫離母親菲南妲的監視，無需引發當時很難避免的家庭危機。那段時間，奧瑞里亞諾•席岡多暫停一切約會，專心陪「美美」，帶她去看電影或看馬戲，大部分閒暇的時間都跟女兒一起度過。最近他胖得出奇，連鞋帶都沒有辦法綁，各種慾望又滿足過度，性格漸漸彆扭起來。他因注意到女兒而恢復了往日的歡笑；因爲喜歡跟她在一起，遂慢慢改正了放蕩的惡習。「美美」正要進入開花結子的年紀。她跟阿瑪蘭妲當年一樣，長得並不美，但是她生性快活、單純，能叫人一見就心生好感。她具有現代精神，使嚴謹有古風、掩不住吝嗇氣息的菲南妲十分傷心，反之，奧瑞里亞諾·席岡多却喜歡培養她這種精神。她從小住的臥房擺着許多聖像，聖徒的雙眼至今仍害她驚懼，他決定讓女兒換個房間，給她買了豪華的床舖、大梳粧枱和天鵝絨窗簾，不知不覺模仿佩特拉·科蒂斯閨房的佈置。他對「美美」很大方，任由她從父親口袋中掏錢，根本搞不清他到底給了她多少；而且香蕉公司糧貨站購進的每一種美容新品，他都趕着買回來。「美美」的房間擺滿磨指甲的浮石墊、捲髮器、牙刷、滴眼露和許多許多新化粧品及美容用品，每次菲南妲走進房間，想到女兒的梳粧枱大概跟那些法國艷婦差不多，總覺得丟臉。不過，當時菲南妲一方面要照顧頑皮多病的小阿瑪蘭妲·歐蘇拉，一方面要跟某些見不着形影的醫生通信，沒什麼時間。她發現父女同流合汚，只要求奧瑞里亞諾·席岡多答應一件事：絕不帶「美美」到佩特拉·科蒂斯家。這個要求其實沒什麼意義，姘婦看他們父女這麼好，很不高興，才不想理「美美」呢。佩特拉懷有不知名的恐懼，她憑直覺認定「美美」如果願意，可以達成菲南妲求不到的目標：剝奪她「佩特拉」以爲能至死保住的愛情。奧瑞里亞諾·席岡多第一次遭姘婦冷眼相向，猛烈攻擊，他甚至怕那幾個皮箱得帶回妻子家哩。事情倒沒有到那步田地。佩特拉·科蒂斯比任何人瞭解她的情夫，她知道奧瑞里亞諾·席岡多最討厭更新和變化，把生活搞得太複雜，所以那些皮箱一定會留在原地。於是皮箱留着，佩特拉·科蒂斯設法磨利姘夫的女兒無法運用的唯一武器，想要重新征服他。其實根本不必要，「美美」無心干涉父親的事情，就算她插手也一定是幫着父親的姘婦。她沒時間打擾任何人。她保持修女教她的習性，自己打掃房間，自己鋪床。早上她打點衣裳，在門廊上用手縫，或者用阿瑪蘭妲的舊縫衣機來製作。別人午休時間，她練兩個鐘頭翼琴，自知每天這樣犧牲，菲南妲就不會挑剔了。基於同一個理由，她繼續到教堂博覽會和學校的宴會中演奏，不過邀請的人愈來愈少。傍晚她打扮起來，穿上一套簡單的衣裳和硬硬的高鞋子，如果沒跟父親安排好節目，就到女友家去，一直待到吃晚餐的時間。飯後奧瑞里亞諾·席岡多幾乎天天帶她去看電影。

「美美」的朋友中有三位美國少女，她們衝破帶電的鐵絲網圍籬，跟馬康多的女孩子來往。派翠西亞·布朗就是其中之一。布朗先生感謝奧瑞里亞諾·席岡多待客的熱誠，容許「美美」到他家，還邀她參加星期六的舞會，那是美國佬和當地人交際的少數場合之一。菲南妲發現了，暫時把幼女阿瑪蘭妲·歐蘇拉和那些不見人影的醫生拋到腦後，一心勸女兒向善。她對「美美」說：「想一想上校在墳墓中將作何感想。」她當然懇求歐蘇拉支持她。沒想到瞎眼的老太婆居然認爲：只要「美美」嚴守好習慣，不改信基督新教，去跳跳舞，跟同年齡的美國女孩子交朋友沒什麼不對嘛。「美美」熟知高祖母的想法，跳完舞的第二天總會比平時早一點起床望彌撒。菲南妲始終反對，有一天「美美」說美國人想聽她彈翼琴，母親才不再堅持了。樂器搬出屋外，運到布朗先生家，少女演奏家在那兒得到誠摯的掌聲和熱誠的道賀。此後她不但應邀去跳舞，還參加星期天的游泳池聚會，一星期去吃一次午餐。「美美」學會了游泳，技術甚佳，還學會打網球，吃鳳梨片夾維吉尼亞火腿。她又是跳舞，又是游泳，又是打網球，很快就說起英語來了。奧瑞里亞諾·席岡多看女兒進步神速，十分熱心，特地向巡廻推銷員買了一套六册的英語百科全書，裏面有不少彩色圖片，「美美」有空就研讀。以前她整天跟女友們聊些情郎之類的閒話，或者沉思默想，如今閱讀佔住了她的整個注意力，她不是受逼苦讀，而是不再有興趣談公有地上的奧秘。她把醉酒事件當做幼稚的冒險，覺得很好玩，就說給奧瑞里亞諾·席岡多聽，他更覺得有趣。他笑彎了腰說：「妳娘知道了可不得了。」每次他向女兒吐露衷曲，總會說這句話。他叫女兒立誓將初戀的秘密說給他聽，「美美」說她喜歡一位跟父母來度假的美國紅髮青年。奧瑞里亞諾·席岡多笑着說：「妳可知道，妳娘知道了不得了。」不過「美美」還告訴他，那個男孩子已經回國，不在眼前了。她的智能成熟，一家人得以平平靜靜。此時奧瑞里亞諾·席岡多花更多時間陪佩特拉·科蒂斯，雖然身心狀況不容許他像往日那麼放蕩，但是他一有機會就善加安排，拿出手風琴——有幾個琴鍵是用鞋帶拴住的。阿瑪蘭妲在家織那件永無止盡的壽衣，歐蘇拉老態龍鍾，在黑暗中拖拖拉拉走來走去，只看得見板栗樹下的老約瑟·阿加底奧·布恩廸亞的幽靈，菲南妲的權威更加鞏固。此時她每月寫信給兒子約瑟·阿加底奧，不再經常說謊了，只瞞着沒說她和幾個未謀面的醫生通信，他們診斷她的大腸有良性腫瘤，正準備爲她做感應手術。

若非阿瑪蘭妲突然死亡，引起新的騷亂，那麼疲憊的布恩廸亞公館可以說平靜和快樂了好一段時間。事情來得很意外。雖然她年紀老了，孤獨不愛理人，可是她看來結實、挺拔，身體一向好得像磐石。自從某一天她最後拒絕了吉林奈德·馬魁玆上校，一個人關在房裏痛哭後，沒有人知道她的想法。「美人兒瑞美廸奧絲」升天，十幾位「奧瑞里亞諾」被殺，奧瑞里亞諾·布恩廸亞上校死亡，大家都沒看她哭過——上校是她此生最敬愛的人，直到家人在板栗樹下發現他的屍體，她才表現出來。她幫忙抬屍體，爲他穿上軍裝，刮鬍子，梳頭，把他的鬍子用蠟抹得比他得志時更漂亮。阿瑪蘭妲對死亡的儀式一向熟悉，家人早就習慣了，誰也不覺得這個動作含有親情。菲南妲看她不懂天主教信條和人生的關係，只知道它和死亡的關係，活像它不是宗教，而是一套葬禮習俗似的，覺得很丟臉。阿瑪蘭妲沉迷於零星的回憶，才不懂這些微妙的教理呢。她到達老年期，一切懷念依舊完完整整。她聆聽培特羅·克里斯庇的華爾茲舞曲，仍像青春期一樣有股想哭的感覺，彷彿時間和嚴厲的教訓沒有任何意義似的。她曾藉口說那些樂譜潮濕損壞，把它丟到垃圾堆，可是樂聲却在記憶中旋轉着，廻響着。她容許自己跟姪兒奧瑞里亞諾·約瑟動感情，試圖抹掉那些聲音；也曾尋求吉林奈德·馬魁茲上校那安詳有力的保護；晚年姪曾孫小約瑟·阿加底奧去念神學預校前三年，她甚至不顧死活爲姪兒曾孫小約瑟·阿加底奧洗澡，不像曾姑婆愛撫姪曾孫，倒像女人愛撫男人——據說法國艷婦就是那樣做法，她自己十三、四歲時看見培特羅·克里斯庇穿緊身舞衣，手拿魔杖打拍子，也曾想這麼做——但她硬是沒辦法克服回憶。她任由慘痛的奔流隨意傾瀉，有時候覺得痛苦，有時候甚至氣憤得用針刺手指頭，可是最令她痛苦、氣憤、辛酸的却是一股拖着她走向死亡的愛情遺怨。正如奧瑞里亞諾·布恩廸亞上校想起戰爭，逃也逃不掉，阿瑪蘭妲想起麗貝卡也是如此。不過她哥哥設法使回憶枯竭，她的回憶却變得更灼人。多年來她對上帝只有一個請求：別讓她比麗貝卡先死。每次她經過麗貝卡家，發現那兒急速毀滅，她就覺得上帝聽了她的話，頗感安慰。有一天下午，她在門廊上縫衣服，突然確信她會坐在門廊上的同一位置，在同樣的光線下接獲麗貝卡的死訊。她坐着等，像人家等信似的，有一次還拔掉鈕釦重縫，免得沒事做，等得更不耐更心焦。當時家裏沒有一個人知道阿瑪蘭妲正爲麗貝卡縫一件精美的壽衣。後來奧瑞里亞諾・屈斯蒂說他看見麗貝卡，皮膚像皮革，頭上只有幾根金髮，整個人化爲一具幽靈，阿瑪蘭妲並不吃驚，她想像中的麗貝卡就是這副德性。她決定爲麗貝卡整修屍體，以石蠟遮掩她臉上破損的地方，拿些聖徒像的頭髮來爲她做一具假髮。她要製造一具美麗的屍骸，穿着亞麻壽衣，睡進罩有紫布、鑲有絲絨的棺材，她要以壯觀的喪禮送對方去給蛆蟲處置。她懷着深仇大恨，一心訂出計劃，想起內容不禁發抖——若是出於愛心，她也會一模一樣搞法，但是她不容許自己混淆不清，繼續詳詳實實推展細節，後來竟比專門人士更在行，成爲死亡儀式的大行家。可惜她執行恐怖的計劃時，忘了一件事：儘管她向上帝一再懇求，她還是很可能比麗貝卡先死。事實正是如此。不過，臨終的一刻阿瑪蘭妲並沒有挫折感，反而消除了一切怨氣，因爲死神曾在好幾年前向她提出通告。「美美」離家上學後不久，某一個熱烘烘的下午，她看見死神在門廊上跟她一起縫衣服。她看得見，是因爲死神化身爲一個穿藍衣的長髮女子，外貌頗爲古雅，有點像當年碧拉・特奈拉在他們家廚房打雜時的樣子。菲南妲來了好幾遍，沒看見她，可是她明明很眞實，人模人樣的，有一次還叫阿瑪蘭妲替她穿針呢。死神並未說她什麼時候會死，大限是否比麗貝卡早來臨，只吩咐她明年四月六日開始縫自己的壽衣。那人叫她愛做多複雜多精美都可以，必須跟麗貝卡的壽衣一樣老老實實完成，等她做完的那天傍晚，她會平平安安去世，毫無痛苦、恐懼或辛酸。阿瑪蘭妲儘量虛耗時間，訂購了一些粗麻，親自紡麻線。她紡得很仔細，單單這項工作就花了四年的工夫。然後她開始縫。等她離死期更近時，她漸漸瞭解只有奇蹟才能讓這件工作拖到麗貝卡死後再完成。不過她專心工作，愈來愈平靜，也就能接受挫折的念頭了。此時她才瞭解奧瑞里亞諾·布恩廸亞上校做小金魚的惡性循環圈。世界降到她的皮膚表層，她的內在不受一切辛酸影響。她遺憾多年前未得到這個啓示，當時若想通，還可以淨化回憶，以新觀點重建宇宙，傍晚平平靜靜想念培特羅·克里斯庇的薰衣草香味，不至於發抖，也不必害麗貝卡陷入苦難的泥沼，她這樣不是爲了愛也不是爲了恨，只是對孤寂的無限瞭解。有一天晚上她發現「美美」語氣含恨，她並不因爲目標指向她而難過·只覺得另一個跟她同樣清潔的青春生命似乎已經被怨恨汚染了。可是當時她已完全接受命運，看到事情沒有矯正的可能，竟一點也不心慌。她唯一的目標就是把壽衣做好。她不像開頭徒然注重細節，拖延進度，反而加速進行。她估計二月四日晚上可完成最後一針，一個禮拜前就建議「美美」把她死期次日的翼琴演奏會往前挪，却沒說出動機，少女根本不理她。於是阿瑪蘭妲設法拖延四十八小時，到了二月四日那天，暴風雨打壞了電力廠，她認爲死神順了她的意思。次日早上八點鐘，她完成有史以來最美的作品，縫好最後一針，便毫不做作地宣佈她要在傍晚歸天。阿瑪蘭妲認爲她可以幫世人最後一個忙，彌補一生的劣跡，而且自認爲最適合替人帶信給死者，於是她不但告訴家人，還告訴了全鎭的鎭民。

阿瑪蘭妲·布恩廸亞傍晚要帶死人郵件升天的消息。中午以前就傳遍了馬康多，下午三點客廳已擺滿一大盒信件。不想寫信的人以口頭向阿瑪蘭妲報告他們要傳的消息，她寫在筆記簿上，並列出收件人的姓名和去世的日子。她告訴發信人說：「別擔心，我一到那兒就找他，替你傳口信。」簡直像鬧劇嘛。阿瑪蘭妲沒顯出慌亂或悲哀的樣子，她甚至因任務達成而充滿新活力哩。她的體態依舊挺拔，依舊苗條。若非她顴骨的線條變硬，牙齒也掉了幾顆，她看來會比實際年輕很多。她親自安排，叫大家把信放在一個抹了松脂的盒子裏，擺在墳墓中，儘量別受潮。早上她叫來一個木匠，自己站在客廳裏，讓他量棺材的尺寸，活像要量製新衣服似的。她臨終的幾個鐘頭精力充沛，非南妲以爲她是戲弄大家。歐蘇拉見過布恩廸亞家的好幾個人無病身亡，相信阿瑪蘭妲已接獲死亡的預兆，可是她怕有了送信這回事，發信人急着要讓郵件快一點抵達，可能會慌慌張張把阿瑪蘭妲活埋掉。於是她清理門戶，跟闖進來的人吵架，對他們大叫大嚷，到了下午四點總算把人羣趕光了。當時阿瑪蘭妲已將遺物分給窮人，未琢磨的棺材板面只留下死後要穿的乾淨衣服和簡單的布拖鞋。她記得奧瑞里亞諾·布恩廸亞上校去世時，只剩一些工藝坊中穿的臥室拖鞋，家人只得買一雙新鞋給他，所以她防範於未然。五點前幾分，奧瑞里亞諾·席岡多來接「美美」去演奏，看到家人準備葬禮的事宜，非常吃驚。當時最活躍的莫過於阿瑪蘭妲了，她甚至有時間切玉蜀黍哩。奧瑞里亞諾·席岡多以開玩笑的口吻向她道別，保證下星期六要開個復活大宴會。安東尼奧·伊撒貝神父聽大家傳言阿瑪蘭妲要送信給死者，就在五點鐘來行最後的儀式，他等受禮人洗澡出來，足足等了十五分鐘以上。老神父看她穿着印度馬達波倫棉布睡衣露面，長髮披肩，以爲有詐，就把聖壇助手打發走了。不過，他心想阿瑪蘭妲緘默了二十年，正好趁機叫她懺悔。阿瑪蘭妲說：她良心平安，不需要任何一種靈性的服務。非南妲相當憤慨。她不在乎別人聽見，自言自語說阿瑪蘭妲不知犯了什麼可怕的大罪，寧願死得不誠不敬，不願懺悔。這一來阿瑪蘭妲躺下來，叫歐蘇拉當衆證明她是處女。

她存心讓菲南妲聽見，大喊說：「任誰都不要胡思亂想，阿瑪蘭妲·布恩廸亞要像出生時一樣，淸淸白白離開人間。」

她沒有再起身，躺在墊子上，彷彿眞的生了重病。她把長髮編成辮子，捲在耳朶四週——當年死神曾吩咐她頭髮要這樣擺在棺架上。接着她向歐蘇拉要一面鏡子，四十年來第一次照照那張因歲月和犧牲而憔悴的老臉，想不通她的容貌怎麼跟想像中的自己如此相符。歐蘇拉聽臥室靜悄悄，知道天色漸漸暗了。

她哀求女兒：「跟菲南妲說聲再見吧。一分鐘的和解强過一生的友誼。」

「現在沒有用了，」阿瑪蘭妲答道。

臨時舞臺的燈光打開，「美美」演奏第二部分的節目，忍不住想起阿瑪蘭妲。彈到一半，有人在她身邊輕輕說出這個消息，聚會就此打斷了。奧瑞里亞諾·席岡多回到家，不得不擠過人潮去看老處女那醜惡變形的軀體——她手纏黑繃帶，身穿豪華的壽衣，停屍在客廳那一盒信件旁邊。

歐蘇拉爲阿瑪蘭妲守喪九夜後，一病不起，由聖塔索菲亞·狄拉佩達照顧她。聖塔索菲亞端餐點到臥室給她吃。端亞納脫水（譯註）給她洗身體，向她報告馬康多的最新見聞。奧瑞里亞諾·席岡多經常來看她，爲她拿來衣物，跟日常生活最必要的東西一起擺在床邊，所以她短期間內便建立起一個伸手可及的世界。小玄孫女阿瑪蘭妲·歐蘇拉很像她，對她十分敬愛，她遂教小玄孫女讀書。她神智清明，能够自處，人人都以爲她是年過百歲，自自然然臥床的，儘管她看東西很困難，却沒有人知道她完全瞎了。此時她的空閒時間很多，默默監守一家的生活，最先發現「美美」不愛說話，有煩惱。

她叫玄孫女：「來，現在只有我們倆，向我這可憐的老太婆說說妳的煩惱吧。」

「美美」笑了幾聲，避免和她談話。歐蘇拉並未堅持，可是「美美」不再回來看她，她更確定了自己的疑慮。她知道「美美」比平日起得早，一心等出門的時間，片刻不得安寧，整夜在隔壁臥室走來走去，一聽蝴蝶飛舞就心緒不安。有一回「美美」說要去看奧瑞里亞諾・席岡多，後者却到家裏來找女兒，歐蘇拉不免爲非南妲缺乏想像力而大吃一驚。遠在非南妲到電影院逮住女兒跟男人接吻，搞得全家不安以前，「美美」顯然早就扯上了秘密又迫人的問題，壓抑着滿腔的焦慮。

當時「美美」整天想心事，怪歐蘇拉告她的狀。其實是她本人不自覺洩露了秘密。她早就留下一條線索，最昏瞶的人也該看得出來，可惜非南妲只顧和那些見不着面的醫生通信，自己迷迷糊糊，所以過這麼久才發現。最後她終於看出女兒整天不說話，喜歡突然發脾氣，心境也改變了，言行很矛盾。她不露聲色，狠狠保持警戒心。她照例讓她跟女友出去，幫她打扮去參加星期六的宴會，從不問一句引起戒心的尷尬問題。她已多次證明「美美」言行不符，可是她不表現出自己的疑慮，希望能找個恰當的時機。某一天晚上，「美美」要跟父親去看電影。過了一會兒，非南妲聽見佩特拉・科蒂斯家那個方向傳來鞭炮聲和奧瑞里亞諾・席岡多彈手風琴的聲音。於是她穿好衣服，到電影院去，在黑濛濛的座位間認出她的女兒。她確定了這件事，心煩意亂，沒有看清跟女兒相吻的男子，不過她在觀衆震耳欲聾的喊叫和笑聲中聽見那人顫慄的嗓音。她聽見他說：「抱歉，情人，」她一言不發就把「美美」帶走，一路拖過熱鬧的「土耳其街」，害她飽受恥辱，最後更將她鎖在臥房裏。

次日下午六點鐘，有人來找「美美」，菲南妲認出那個人的聲音。他年輕，臉色黃黃的，一雙黑眼睛顯得很憂鬱，如果菲南妲認識吉普賽人，就不會那麼驚駭；而她的心腸如果不那麼嚴酷，也就能瞭解他那副作夢般的樣子爲什麼叫女兒著迷了。他穿一套破破爛爛的亞麻衣裳，腳上的鞋子打了白鋅板的補釘，手拿一頂上星期六買的草帽。他一輩子就以此時最爲驚慌，可是他有一種免於羞辱的尊嚴和風采，只是雙手變色，指甲做粗工破裂，才破壞了天生的文雅儀容。不過菲南妲一眼就看出他是技工。她看出他穿着唯一的星期日休假服，襯衫底下帶有香蕉公司的疹子。她不讓他開口說話，甚至不讓他進門——過了一會兒，屋裏飛滿黃蝴蝶，她不得不把門關上。

她告訴那人：「走開，你沒有理由來找正經人。」

他名叫摩里西奧•巴比龍尼卡，生在馬康多，長在馬康多，是香蕉公司車庫的見習技工。有一天下午，「美美」陪派翠西西•布朗去找輛車子到樹林兜風，偶然認識他。司機生病了，公司派他載她們，「美美」終於能坐在駕駛人旁邊，看他操作，滿足了長久以來的心願。摩里西奧•巴比龍尼卡不像正規的司機，他讓她實際練習。「美美」經常到布朗先生家。當時社會仍覺得太太小姐不宜開車，她得到這些技術上的資料就心滿意足了，此後一連幾個月沒再看到摩里西奧•

巴比龍尼卡。後來她才想起駕車時她發現對方頗有男性美，只是雙手粗糙，事後她曾跟派翠西亞・布朗說那人一副自負又篤定的樣子，惱煞人。星期六她第一次跟父親去看電影，又碰見摩里西奧・巴比龍尼卡，穿着亞麻套裝，跟他們相隔幾個座位，不專心看電影，一直回頭看她。「美美」看他這麼粗鄙，有些懊惱。後來摩里西奧・巴比龍尼卡走過來跟奧瑞里亞諾・席岡多打招呼，「美美」才發現他們彼此認識，他曾在奧瑞里亞諾・屈斯蒂的早期電力廠工作，對她父親的態度有如雇員對待雇主。這個事實消除了他的傲氣在她心中勾起的不滿。他們從未單獨見面，除了打招呼也沒說過話，某一天晚上她夢見自己身遭船難，他救了她，而她不感激反覺得氣憤，活像自己給了他期待已久的機會似的。實際上「美美」的渴望正好相反，不但對摩里西奧・巴比龍尼卡是如此，對任何一個注意她的人都是這樣。所以她作了那場夢後，忿忿不平，醒後不但不恨他，反而一心想見他。那星期她焦慮不安，到了星期六簡直受不了，所以摩里西奧・巴比龍尼卡在電影院跟她打招呼的時候，她費了好大的勁兒才沒讓對方看出她的心臟已跳到喉嚨了。她喜怒交集，第一次向他伸出纖手，此時摩里西奧・巴比龍尼卡才跟她握手。「美美」一瞬間就後悔自己太衝動，不過她看對方的手也涼冰冰直冒汗，悔恨霎時化爲殘酷的快感。那天晚上，她發現自己心緒不寧，一心想叫摩里西奧・巴比龍尼卡不要妄想，整星期都在想這個心焦的問題。她用各種辦法叫派翠西亞・布朗跟她一起去取車，硬是沒效果。最後她利用當時到馬康多度假的美國紅髮青年，藉口要研究新車種，叫人家帶她到車房去。「美美」一看到摩里西奧・巴比龍尼卡就想歪了，相信自己很想單獨跟他在一起。而他一看她來，也自信瞭解其動機，害她十分憤慨。

「美美」說：「我來看新車種。」

「這是很好的藉口，」他說。

「美美」發現他自負得要命，好想好想設法羞辱他。不過他不給她時間。他低聲說：「別生氣，這不是女人頭一次爲男人瘋狂。」她自覺戰敗，不看新車種就走了，夜裏躺在床上翻來覆去，憤慨痛哭。那個美國紅髮兒其實已漸漸引起她的興趣，如今倒像包尿布的娃兒似的。此時她才發現摩里西奥•巴比龍尼卡出現之前一定有黃蝴蝶飛來。她以前見過，尤其車房上空特別多，她以爲是被油漆味吸引來的。有一次她進電影院之前，曾看到蝴蝶在她腦袋四周飛舞。可是，後來摩里西奥•巴比龍尼卡開始像鬼影般追着她，只有她能在人羣中認得出來，她知道蝴蝶跟他一定有關係。摩里西奥•巴比龍尼卡老是在音樂會、電影院，大彌撒的觀衆席上，因爲老有蝴蝶在場，她不用看見他就知道他在那兒。有一次奥瑞里亞諾•席岡多對窒人的蝴蝶鼓翼聲很不耐煩，她恨不得遵守諾言，把秘密告訴父親。可是她依據本能，知道父親一定會照常笑着說：「妳娘知道了會怎麼說呢？」有一天早上，她在花園修剪玫瑰花，菲南妲驚叫一聲，把「美美」拖開她站立的地點——「美人兒瑞美妯奥絲」就是在那兒升天的。菲南妲聽到突來的鼓翼聲，霎時以爲奇蹟又要在她女兒身上重演了。原來是蝴蝶。「美美」似乎把蝴蝶當做突然由日光孕育出來的產物，心情完全變了。此時摩里西奥•巴比龍尼卡拿着一個包裹進來，說是派翠西亞•布朗送的。「美美」壓住臉上的紅潮，强忍住心靈的悸動，甚至裝出自然的笑容，自稱雙手在花園弄髒，請他放在欄杆上。幾個月後，菲南妲曾驅趕這個男人，却想不起在什麼地方見過他；初見時，她只注意到這個人的皮膚肌理彷彿含着膽汁。

菲南妲說：「他是個奇怪的人。妳看他的臉就知道他快要死了。」

「美美」以爲母親是受了蝴蝶的影響。母女剪完玫瑰花，她洗洗手，把包裹拿到臥室去拆。原來是一種中國玩具，由五個同心盒組成，最後一個盒子裏面有一張卡片，字體一看就知道是不太會寫字的人費力寫成的：「我們星期六一起看電影。」「美美」一想，盒子在欄杆上擺了好久，菲南妲若是好奇，很容易拿到，未免心有餘悸。她爲摩里西奧・巴比龍尼卡大膽機靈而興奮，却也爲他天眞期望她赴約而感動不已。「美美」知道奧瑞里亞諾・席岡多星期六晚上有約會。然而，她整星期焦慮不安，星期六就說服父親讓她一個人待在戲院，散場再回來接她。電燈扭亮時，一隻夜蝴蝶在她腦袋四周飛舞。韻事發生了熄燈後，摩里西奧・巴比龍尼卡坐在她旁邊。「美美」自覺在遲疑的泥沼中翻滾，只有這個身帶機油味、暗影中她幾乎看不見的男人可以救她，和她夢中的情景一樣。

他說：「妳如果不來，就再也看不到我了。」

「美美」感覺他的手重重壓在她膝蓋上，知道此刻兩個人都已熬過了放棄的念頭。

她笑着說：「你最叫我吃驚的一點，就是老說些你不該說的話。」

她爲他失魂落魄，睡不着，沒胃口吃東西，個性變得很孤獨，連父親都惹她惱火。她設計出一套假約會表來敷衍菲南妲，她不和女友們見面，違反習俗，只求能隨時隨地跟摩里西奧・巴比龍尼卡在一起。起先他的粗魯惹她傷心。他們第一次在車房後面的荒地上獨處時，他狠狠把她拖入野獸般的狀態，害她筋疲力竭。她過了一段時間才發現那也是柔情的一種形態；於是她失去了平靜，只爲他活，好想好想陷在他那一身被石灰洗過的機油味中。阿瑪蘭妲去世前不久，她突然由痴狂中清醒，想到前途茫茫，忍不住害怕。此時她聽說有個女人會用紙牌算命，就偷偷去找她。那人原來是碧拉·特奈拉。碧拉一看「美美」進來，馬上察覺她內心的秘密。她吩咐道：「坐吧，我用不著紙牌就能算出布恩廸亞家人的命數。」「美美」不知道這個百歲女巫就是她的曾祖母，以後也不可能知道。老太婆告訴她愛情的焦慮只能在床上求得安寧，說得直率又眞實，但是她不相信。此觀點和摩里西奧·巴比龍尼卡差不多，但是「美美」以爲老太婆受了技工觀點的影響，不肯採信。她覺得某一方面的愛情會打垮另一方面的愛情，男人一旦胃口滿足了，就會否認飢餓。碧拉·特奈拉不僅澄清這個誤解，還把以前孕育「美美」的祖父阿加底奧，後來又懷奧瑞里亞諾·約瑟的華蓋床借給他們。她教她以芥茉糊蒸氣來避孕，還另外給她幾帖秘方，萬一懷孕時可驅除「良心的悔恨」。這個會面使「美美」又有了酒醉那晚的豪勇心情。不過，阿瑪蘭妲去世使她不得不慢一點作決定。九夜連禱期間，摩里西奧·巴比龍尼卡混在人羣裏闖進屋內，「美美」片刻不離他左右，後來長期守喪，非退避不可，他們分開了一段時間。那些日子「美美」心情實在太激動，壓不住滿腔的焦慮，到了她能出門的第一個傍晚，她立刻到碧拉·特奈拉家。她獻身給摩里西奧·巴比龍尼卡，絲毫不抵抗，不羞怯，不顧禮法，手法好流利，直覺好靈巧，多疑的人一定以爲她有經驗哩。他們每星期偷歡兩次，歷時三個多月，奧瑞里亞諾·席岡多深信女兒安排不實的證明只是想掙脫母親嚴厲的管教，遂天眞地掩護她。

菲南妲在戲院逮到他們的那天晚上，奧瑞里亞諾·席岡多良心受到重責，就到菲南妲監禁女兒的房間去看「美美」，自信她會向父親吐露該說的秘密。但是「美美」一口否認。她自信極了，寧願孤獨自處，奧瑞里亞諾·席岡多總覺得父女之間已沒有任何連繫，以前的交情和默契只是過往的幻夢罷了。他想跟摩里西奧談談，認爲自己曾是對方的上司，也許能勸他取消原計劃，可是佩特拉·科蒂斯告訴他那種事該由女人來管，於是他舉棋不定，希望女兒關幾天就能消除一切麻煩。

「美美」一點都不難過。相反的，歐蘇拉由隔壁房間發現她睡得很安詳，做事很沉靜，三餐定時，胃口很好。「美美」受罰將近兩個月之後，只有一件事勾起歐蘇拉的好奇心：她不像別人在早晨洗澡，卻在傍晚七點洗。有一次她想提醒玄孫女有蠍子，可是「美美」遠遠躲着她，相信她曾經告密，於是歐蘇拉寧可不打擾她，別當個討人嫌的高祖母。傍晚黃蝴蝶闖進屋內。「美美」每天晚上洗澡回來，總會發現菲南妲拚命用殺蟲劑來殺蝴蝶。她常說：「眞恐怖。我一輩子常聽人說晚上的蝴蝶會帶來惡運。」有一天晚上，「美美」在浴室裏，菲南妲偶然走進她房間，屋裏蝴蝶多得叫她喘不過氣來。她抓起手邊最近的一塊布來趕蝴蝶，芥茉糊滾在地上，她把女兒晚上洗澡和這件事連起來一想，嚇得心臟都凍住了。她不像上回等待恰當的時機。第二天她請新市長來吃午飯——他跟菲南妲同是高地人。她說母鷄好像被偷了，請他派一名衞兵駐紮在後院。那天「美美」跟最近幾個月的每一天晚上一樣，熱情得發抖，赤裸裸在浴室跟蠍子和蝴蝶爲伍，等摩里西奧·巴比龍尼卡來，他正要掀開屋瓦爬進去，衞兵就打下了他。子彈擊中他的脊椎骨，使他終身殘廢，在床上躺一輩子。他從不呻吟，從不抗議，片刻都不曾出賣女方，黃蝴蝶始終困擾着他，他飽受記憶和黃蝴蝶折磨，又被人當做偷鷄賊，飽受排斥，晚年死得很孤單。

（譯註）亞納脫樹是南美熱帶植物，其種子四周的果肉可製成黃色染料，大抵用來染奶油、乳酪和油脂。

15

「美美」・布恩廸亞的兒子送回家時，給馬康多帶來致命打擊的事端才剛剛出現。當時公共情勢不穩，誰也沒精神管私人的醜事，所以菲南妲能利用此氣氛把小孩藏起來，只當沒有他這個人存在。人家送他來的情況很特別，她不得不收。發覺眞相的一刻，她曾暗暗決定要把他放在浴室的貯水槽中淹死，却沒有勇氣執行，於是她只得容忍他一輩子。她把他鎖在奧瑞里亞諾・布恩廸亞上校的舊工藝坊裏；騙聖塔索菲亞・狄拉佩達說小孩是躺在竹籃中飄來，被她撿到的，聖塔索菲亞相信了。歐蘇拉至死不會知道他的來源。有一次菲南妲正在餵嬰兒，小阿瑪蘭妲・歐蘇拉走進工藝坊，也相信竹籃飄流的說法。奧瑞里亞諾・席岡多看妻子用荒唐的手段處理「美美」的悲劇，終於和她完全決裂。他始終不知道有個小外孫，直到娃兒返家三年後，菲南妲一時疏忽，小傢伙由牢房逃出來，赤裸裸在門廊出現片刻，頭髮亂糟糟，性器官像烏龜的垂肉，非常醒目，彷彿不是人類的小孩，而是百科全書上的怪獸解釋圖似的，外公才知道他的存在。

非南妲沒想到命運會對她玩這麼下流的把戲。她以爲恥辱已永遠被她逐出家門了，如今孩子就像醜事帶來的利潤似的。人家一抬走背椎骨碎裂的摩里西奧・巴比龍尼卡，非南妲立刻訂出最詳實的計劃，想消除此事的一切痕跡。她不和丈夫商量，逕自整理包袱，把女兒需要的三套換洗衣物收進一個小提箱，在火車進站前半個鐘頭到女兒臥室去接她。

「我們走吧，雷娜塔，」她吩咐女兒。

她不解釋。「美美」也不等待或要求解釋。她（美美）不知道人家要帶她去哪裏，就算人家帶她去屠場也沒什麼差別。打從她聽見後院的槍聲，同時聽見摩里西奧・巴比龍尼卡疼痛的哭號，她就沒再開口說話，下半輩子也不會再開口了。母親叫她走出房間，她不梳頭，不洗臉，像夢遊般上了火車，甚至沒注意到黃蝴蝶仍圍在她身邊。菲南妲始終不知道女兒沉默是意志的決定，還是受悲劇衝擊而成了啞子，反正她也懶得費心查清楚。她們穿過以前的魔境，「美美」沒什麼知覺。她看不見鐵路兩側無止盡的香蕉林。她看不見美國人的白房子，被塵土和暑氣薰乾的花園、穿短褲和藍條子襯衫在露臺上玩牌的婦女。她看不見泥塵路上載滿香蕉的牛車。她看不見一羣少女像鱒白魚潛入透明的水底，惹得車上的旅客爲她們壯觀的乳房而難受，也看不見工人的破房子擠成一堆，摩里西奧・巴比龍尼卡的黃蝴蝶在那兒飛舞，門口有臉色發青、渾身邋遢的小孩坐在便盆上，懷孕的女人大聲辱罵火車。以前「美美」由學校回家，這個飛逝的景觀曾叫她興奮，如今在她心中已激不起一點悸動了。她沒有向窗外看，後來溼漉漉的香蕉林過去了，火車開上一個植滿罌粟花的平原，碳化的西班牙船骸仍在那兒擺着；然後火車又走上灰濁濁起泡的大海邊——將近一百年前，約瑟・阿加底奧・布恩廸亞就在這兒嘗到幻滅的滋味——她仍舊未看一眼。

下午五點鐘，她們來到沼澤的最後一站，菲南妲要她下車，她就下了車。母女登上一輛有如大蝙蝠的小馬車，由氣喘吁吁的馬兒拉着，穿過荒城那無數被鹽分蝕裂的街道，附近傳來鋼琴聲，跟菲南妲當年午休時刻聽到的差不多。她們上了一條船，木輪子發出失火般的聲音，生銹的金屬板像爐嘴隆隆作響。「美美」整天關在船艙內。菲南妲每天送兩次飯菜，擺在她床邊，又每天兩次原封不動拿走；「美美」倒不是決心絕食自殺，而是她一聞到吃的東西就受不了，胃腸連水都容不下。她不知道自己的生殖力壓倒了芥茉蒸氣的避孕良方，菲南妲也是將近一年後看人送小娃娃來才知道的。船艙悶熱極了，金屬板不停地震動，蹼輪攪起一大堆泥漿，臭氣薰人，「美美」在船上根本忘了年月日。過了好久好久，她看到最後一隻黃蝴蝶死在扇葉中，才承認摩里西奧·巴比龍尼卡眞的死了。然而，她不肯聽天由命。她們騎驢穿過當年奧瑞里亞諾·席岡多找尋天下第一美女時迷路的奇幻高原，她們沿着印第安小徑翻山越嶺，走進三十二個教堂銅鐘齊奏輓歌的淒涼古城，她一直想念他。那天晚上她們住進一間荒廢的殖民地官邸，菲南妲在一間長了雜草的房間鋪上木板，母女就睡在上面，扯下窗簾來包裹身體，每次翻身，窗簾的破布就裂成一片一片。「美美」知道她們置身在什麼地方，因爲她睡不着，看到一具幽靈走過，恐怖兮兮；認出就是某一年聖誕前夕裝在鉛櫃中寄到他們家的男屍。次日彌撒後，菲南妲帶她到一處暗濛濛的建築，「美美」馬上認出這就是母親提過的那間教導她（母親）當女王的修道院，於是她知道旅程已到達終點了。菲南妲在隔壁的辦公廳跟人講話，「美美」留在一間掛有殖民地主教油畫像的客廳裏，身上還穿着小黑花的輕棉布衣服和硬硬的高鞋子，高地苦寒，鞋子腫腫的。她站在客廳中央毛玻璃窗射進來的黃色光線下，正在想念摩里西奧·巴比龍尼卡，有一位很美的見習修女由辦公室出來，手上提着裝有三套換洗衣物的小提箱，經過「美美」身邊，拉起她的手，未曾停留。

「來，蕾娜塔，」她說。

「美美」牽着修女的手，任由人家引導她。菲南妲最後一次看到她的時候，她正設法追上見習修女的脚步，修道院的鐵格子門正好關上了。「美美」仍在想念摩里西奧·巴比龍尼卡，想他身上的機油味，他頭上的蝴蝶；她下半輩子一直想念他，直到多年後某一個秋天的早晨，她死在克拉考的一間醫院中，名字改了，頭髮剃光，始終未說過一句話，衰老而死。

菲南妲乘一輛武裝警察保護的火車回到馬康多。她發現旅客很緊張，沿線各城都做了軍事準備，氣氛不尋常，一定有嚴重的事情卽將發生，不過她沒聽到什麼消息，直到她抵達馬康多，人家才告訴她約瑟·阿加底奧·席岡多正在鼓動香蕉公司的工人罷工。菲南妲自言自語說：「我們家竟需要這玩意兒——一個無政府主義者。」兩星期後，罷工發生了，倒沒產生大家擔心的劇烈後果。工人要求星期天不砍香蕉，不搬香蕉，立場公正，連安東尼奧·伊撒貝神父都予以支持，他覺得這樣符合上帝的法則。此事獲得勝利，加上後來幾個月又發起一些活動；沒有特色的約瑟·阿加底奧·席岡多漸漸出名了——以前人家老說他什麼都不會，只會把大批法國妓女帶進城。他當年拍賣鬥鷄，一時衝動，決定搞船運事業，如今他也衝動地放棄香蕉公司的工頭職位，跟工人站在同一邊。人家很快就指稱他是一個國際反公共秩序陰謀的間諜。就在謠言四起的那星期，有一天晚上他參加秘密會議回來，某個陌生的黨派用左輪槍打了他四槍，他像奇蹟般躲過了。後來幾個月的氣氛非常緊張，連偏居一角的歐蘇拉都感覺到了，她總覺得自己又經歷了當年次子奧瑞里亞諾口袋放着假醫生的顛覆藥丸時那種危險的時局。她想跟約瑟·阿加底奧·席岡多談話，叫他知道此先例，可是奧瑞里亞諾·席岡多說：打從那夜有人謀刺未成，就沒有人知道他的下落。

歐蘇拉驚嘆說：「跟奧瑞里亞諾一模一樣。世局彷彿重演了。」

菲南妲不受那些日子的動盪影響。自從丈夫怪她未得其同意就決定了「美美」的命運，彼此大吵一架後，她跟外在世界就完全脫了脫。奧瑞里亞諾·席岡多打算必要時請警察幫忙救出女兒，可是菲南妲拿出一些文件給他看，證明「美美」進修道院是自願的。「美美」關入鐵格子門以後，確實簽過一次名，她簽得漫不經心，和開頭跟母親走的時候一樣，漠然得很。奧瑞里亞諾·席岡多不相信這份文件合法，也從來不相信摩里西奧·巴比龍尼卡是進院子來偷鷄，可是妻子這兩種作法正好安撫了他的良心，使他毫無悔恨地回到佩特拉·科蒂斯身邊，再次鬧哄哄宴飲，大吃大喝。菲南妲無視於城內的不安，不肯聽歐蘇拉平靜的預言，將她預先想好的計劃執行到底。當時她的兒子約瑟·阿加底奧正要當初級教士，她寫了一封長信給他，告訴他其妹蕾娜塔已經生黃熱病歸天了。然後她把么女阿瑪蘭妲·歐蘇拉交給聖索菲塔亞·狄拉佩達照顧，自己重拾因「美美」出事而中斷的活動，全心跟那些見不着形影的醫生通信。她先訂出感應手術的日期。可是那些不見形影的醫生答覆說：馬康多的局勢仍擾攘不安，不適於如此。她非常性急，消息又不靈通，竟回信說沒有什麼紛擾，全是她那位神經失常的小叔子瞎搞什麼勞工聯盟造成的，以前他也搞過鬥鷄和船運活動。他們尚未同意在炎熱的星期三動手術，一位老修女突然提一個小籃子來敲門。聖塔索菲亞·狄拉佩達開門，以爲是禮物，伸手去接那個蓋了花邊布包的小籃子。可是修女不讓她拿，說是奉命親自密交給「菲南妲·戴·卡庇奥·布恩廸亞夫人」。籃內就是「美美」的兒子。菲南妲以前的靈性導師寫了一封信，說明嬰兒是兩個月前出生的。由於小母親不肯說出她的願望，他們就自行爲他施洗，學其外公取名爲「奥瑞里亞諾」。菲南妲暗自對命運不滿，可是她沒在修女面前表現出來。

她微笑說：「我們會告訴人。他是裝在籃子裏飄來，被我們撿到的。」

「沒有人會相信這種話，」修女說。

菲南妲答道：「聖經這麼說，人家相信；我看不出我這麼說，人家又怎會不相信呢。」

修女在布恩廸亞家吃午飯，等回程車，他們曾要求她謹愼，所以她不再提小孩，但是菲南妲把她當做不受歡迎的醜事證人，哀嘆現在人已放棄中古時代吊死惡耗信差的風俗。此時她決定修女一走就把娃兒擺在貯水槽中淹死，可惜她心腸不够硬，寧願耐心等上帝發慈悲，解除她的困擾。

新來的小奥瑞里亞諾年滿一歲時，緊張的情勢毫無先兆就突然爆發了。一直潛伏在地下的約瑟·阿加底奥·席岡多和其它工會領袖突然在某個週末出現，到香蕉區的各城鎮發動示威。警察只管維持秩序。可是星期一晚上，領袖們在家一一被捕，送到省城監獄，腿上繫着兩磅重的脚鐐。犯人包括約瑟·阿加底奥·席岡多和一位流亡到馬康多的墨西哥革命上校羅倫佐·賈維蘭——他自稱曾目睹其同僚阿提米奥·克魯玆的英勇行爲。不過，政府和香蕉公司談不攏該由誰負擔他們坐牢的伙食，不滿三個月就把他們給釋放了。這囘工人抗議住宅區缺乏衞生設備，沒有醫療服務，工作環境太差。而且他們說公司不發眞錢，改發臨時股票，只能在公司的糧食部購買維吉尼亞火腿。約瑟·阿加底奧·席岡多透露說：臨時股票制度是爲了資助公司的水果船，要是不運糧食站的商品，船隻就得空着由紐奧良開到香蕉港埠，他因此而坐牢。其它的牢騷人人都知道。公司的醫生根本不爲病患檢查，只叫他們到藥局排隊，無論他們患的是痢疾、淋病或便秘，護士一律在他們舌頭上放一顆顏色像亞硫酸銅的藥丸。每個人的治療法一模一樣，孩子們往往排好幾次隊，不吃藥丸，倒拿囘家去當賓果的計分器。公司的工人擠在可悲的營房裏。工程師們不安裝盥洗室，只在聖誕節的時候叫人運來輕便型的溝型厠所，五十個人用一間，公開示範如何使用才能耐久。當年包圍奧瑞里亞諾·布恩廸亞上校的黑衣老律師如今受香蕉公司控制，做出魔術般的決定，草草打發工人的要求。工人擬好請願單後，香蕉公司要過好久好久才正式接到通知。布朗先生一發現協議的內容，立刻掛上他那節鑲玻璃的豪華車廂，跟公司較顯赫的代表一起離開馬康多。不過，接下來的星期六有幾名工人在妓院裏碰到一位代表，就趁他裸體和女人——她幫忙逮他——共聚時，叫他簽下一份請願單。可悲的律師們在法庭上證明那人跟公司沒有關係，爲了不叫人起疑，他們還把他當做私闖民宅的惡棍關在牢裏。後來，工人逮到布朗先生化名乘三等車廂外出，他們叫他簽了另一份請願書。次日他把頭髮染黑，出現在法官面前，說一口純正的西班牙語。律師們指證那人不是出生在阿拉巴馬州普拉特維爾城的香蕉公司管理人傑克·布朗先生，而是生在馬康多的藥廠小商販達哥貝托·芳西卡。過了一會兒，工人還想再試，律師們就公開展示布朗先生的死亡證明書，由顧問和外國官員加以證實，說他六月九日在芝加哥被一輛救火車壓死了。工人厭倦了這些鬼扯的說明，不找馬康多政府，轉而上訴到最高法院。那邊的戲法律師證明說：香蕉公司旗下素來沒有工人，現在沒有，將來也不會有，因爲他們只雇臨時工，所以這一切請求無效。於是維吉尼亞火腿的寓言變成胡說，萬靈藥丸和聖誕厠所的說法也是胡說，法庭鄭重宣佈那些工人根本不存在。

大罷工開始了。栽種工作半途停止，香蕉在樹上腐爛，一百二十節火車停在側軌上。城裏擠滿了閒蕩的工人。「土耳其街」的週末延續好幾天，「雅各旅館」的賭場得安排二十四小時輪值。官方宣佈派軍隊重整公共秩序那天，約瑟·阿加底奧·席岡多就在那裏。雖然他對預兆並不熱中，可是這個消息却有如吉林奈德·馬魁玆上校帶他去看行刑以來他等待已久的死亡通告。不過，惡兆並不影響他肅穆的心情。他挨了自己預計的一粒槍子，滋味還不錯哩。過了一會兒，鼓聲大作，號角尖鳴，羣衆又叫又跑，他知道賭博已結束，而且他看行刑以來跟自己玩的孤獨遊戲也結束了。於是他走到街上去看。軍隊一共有三團，跟着鼓聲前進，搞得大地直發抖。他們那有如多頭邪龍般的氣息給亮麗的中午帶來臭臭的水蒸氣。士兵短小結實，看來很野蠻，身上流着馬汗，體味像曬乾的獸皮，沉默堅毅，看來像高地人。雖然他們花了一個鐘頭才全部過去，可是人家會以爲只有幾小班人在繞圓圈哩——他們都一模一樣，全是狗雜種，全都扛着背包和食器箱，帶着上刺刀的步槍，同樣盲從，缺乏幽默感。歐蘇拉在暗濛濛的床上聽他們走過，以手指在胸前劃了個十字。聖塔索菲亞·狄拉佩達俯身對着她剛燙的綉花桌布，想起兒子約瑟·阿加底奧·席岡多——此時他正面不改色看最後幾名士兵經過雅各旅舍門口。

軍法賦予軍隊調節爭議的功能，可是他們並未試着排解。士兵們一出現在馬康多，立卽放下步槍，幫忙砍香蕉，載香蕉，讓火車開出去。工人本來一直安心等着，現在帶着僅有的砍樹彎刀走進樹林，開始破壞對方的搗蛋行動。他們燒掉栽培場和糧食部，拆掉鐵路，阻止以機關槍開道的火車通行，切斷電報和電話線。灌漑溝渠沾滿了血跡。布朗先生還活着，住在帶電的網籬中，軍隊把他們一家人和美國同胞的眷屬接出來，護送到一個安全的地點。情勢眼看要變成一場不公平的血戰了，當局叫工人到馬康多集合。召集令宣佈該省的內政和軍事首長下星期五會來排解糾紛。

星期五車站附近一大早就來了很多人，約瑟・阿加底奧・席岡多也在人羣裏。他曾參加工會領袖會議，奉命跟賈維蘭上校混在人羣中，根據情勢引導民衆。他看軍隊在小方場四週設立機關槍砲床，香蕉公司的城鎭有槍砲保護，覺得很不舒服，上顎開始生出鹹鹹的黏液。十二點左右，三千名工人、婦女和小孩等候火車，火車沒有來，他們漸漸溢出車站前的小方場，往鄰近街道擠過去，可是那些街道被一排排機關槍封鎖了。當時他們不像等待的羣衆，倒像廟會的人潮。有人從「土耳其街」帶來油炸餅和飲料攤，大家忍受驕陽，默默等待，興致蠻好的。三點之前，傳言官方的火車要到第二天才來。羣衆失望地嘆了一口氣。於是一名陸軍中尉爬上車站的屋頂，那兒設了四處機關槍的砲床，瞄準羣衆，叫大家肅靜。約瑟・阿加底奧・席岡多隔壁有一位赤足的女人，體型很胖，帶着兩名四歲到七歲左右的孩子。小的由她抱着，她不認識約瑟・阿加底奧・席岡多，但是她請求他抱起另外一個，讓小傢伙聽得清楚些。約瑟·阿加底奧·席岡多把小孩放在肩上。多年後，那個小孩仍告訴別人；他曾看到陸軍中尉以一根舊留聲機的喇叭宣讀該省政軍首長的第四號詔命，可惜人人都不相信這回事。詔命是由卡洛斯·科蒂斯·瓦戛斯將軍和他的秘書安里克·賈西亞·伊撒查軍長簽署的，他在三篇八十字的文章裏宣佈罷工的人是「一羣惡棍」，授權軍隊開槍殺人。

詔書念完後，抗議聲四起，一個上尉到屋頂上接替中尉，以喇叭宣佈要發言。羣衆又靜下來。

上尉用緩慢而帶點倦意的語氣低聲說：「諸位先生女士，你們有五分鐘的時間可以撤退。」抗議和喊叫聲更大，淹沒了宣佈開始計時的喇叭聲。沒有人移動。

上尉用同樣的口吻說：「五分鐘已經過去了，再過一分鐘我們就開槍。」約瑟·阿加底奧·席岡多冷汗直流，把小孩放下，交給胖女人。她咕噥道，「那些雜種可能眞會開槍哩。」約瑟·阿加底奧·席岡多沒有時間開口，此時他聽見賈維蘭上校大聲複述那個女人的話。約瑟·阿加底奧·席岡多被緊張的情勢、奇蹟般的靜默感醉倒了，相信什麼力量都動不了這羣痴痴團結在一起的民衆，他在人羣中抬高腦袋，此生第一次提高嗓門。

他喊道：「你們這些雜種！額外的一分鐘給你們塞屁股縫好了！」

他喊叫之後，現場發生的事情未引起驚恐，倒引發了一種錯覺。上尉下令開槍，十四根機關槍立刻開動。可是一切都像鬧劇。機關槍咔嗟咔嗟響，白熱的火花清晰可見，密集的羣衆却好像突然變得刀槍不入似的，既不喊叫，也不嘆息，只當機關槍裝的不是子彈而是膠囊。突然間，車站的一側傳來死亡的慘叫，打破了大家的着魔狀態；「啊，媽呀。」人羣中央爆出一陣地震般的噪音，火山般的喘息，劇變的怒吼，擴張力很强。約瑟‧阿加底奧‧席岡多及時抓住小孩，那婦人已帶着另一個孩子，捲進驚恐的人羣漩渦中。

多年後，那個小孩仍敍述約瑟‧阿加底奧‧席岡多如何把他舉在頭頂，拋上空中，他活像浮在恐怖的人潮頂似的，落在附近的一條街道。不過人人都以爲他（敍述者）是個瘋老頭。當時小孩的位置很有利，淸淸楚楚看到狂野的民衆正要走到街角，一排機槍就開火了。好幾個聲音同時喊道：

「趴下來！趴下來！」

前面的人被子彈打倒，已經趴在地上了。倖存的人不趴倒，反而想退回小方場，驚慌的人潮像一條龍尾巴，與反方向的人潮相撞，反方向的人則朝對面那條街的龍尾走去，那兒的機關槍也不停地掃射。他們被困住了，像大旋風轉來轉去，邊緣四面有條不紊倒地，像洋葱般被機槍的大剪刀一層層剝下，最後只剩震央存在。那個小孩看見一個女人跪在方場，雙臂像十字架伸開，竟沒有被人踩扁。約瑟‧阿加底奧‧席岡多剛把他安頓在那兒，自己已倒下去，滿面鮮血，接着大軍出動，空空的方場、跪地的婦人，旱天的光線和歐蘇拉‧義瓜蘭賣過無數糖果小動物的世界頓時消失了。

約瑟‧阿加底奧‧席岡多醒來，面孔朝下躺在暗夜裏。他知道自己正在一輛靜默的長火車上，腦袋黏着乾血塊，全身骨頭疼痛不已。他實在太想睡覺了。他準備睡好多好多小時，完全脫離恐懼，就換個不太疼的姿勢側躺，指望舒服些，此時他才發現自己躺在死人堆裏。除了中間的甬道，車上根本沒有剩餘的空間。大屠殺大概已經過好幾個鐘頭了吧，屍體的溫度像秋天的膠泥，也像冷却的膠泥泡沫粘糊糊的，搬屍體上車的人有充分的時間像疊香蕉一樣把屍體疊好。約瑟・阿加底奧・席岡多想逃避這個惡夢，一個車廂一個車廂走過去，往火車進行的方向走；火車駛過睡眠的城鎮，一道道光線穿透木板條子滲進來，他看見無數男屍、女屍、童屍——像廢棄的香蕉，將要載去扔到海裏。他只認出一個在方場賣飲料的婦人，以及賈維蘭上校——手上還抓着一條鑲有莫瑞里亞銀釦的皮帶，先前曾想用它來開路脫身。他走到第一節車廂，跳入暗處，躺在鐵軌旁等火車過去。他從來沒見過這麼長的火車，貨車廂將近兩百節，兩端各有一個火車頭，中央還加一個。車上沒有燈，連紅綠閃光燈都沒有，夜間行車，偷偷摸摸快速前進。車頂有暗暗的士兵形影，並架着機關槍。

午夜之後下起傾盆大雨。約瑟・阿加底奧・席岡多不知道他跳車的地方是哪裏，但是他知道跟火車背向走可以回到馬康多。他走了三個多小時，渾身濕透，頭痛得要命，總算在曙光下看見幾棟房子。他被咖啡的氣味吸引，走進一間廚房，有個女人抱着小孩，探身在爐子上煮東西。

他精疲力盡說：「嘿，我是約瑟・阿加底奧・席岡多・布恩廸亞。」

他逐字唸出全名，想證明他還活着。他這麼做倒做對了，那個女人看見他髒兮兮、暗濛濛的身影由門口進來，腦袋和衣服沾了血跡，一副死人的肅穆感，還以爲他是幽靈哩。她認得他。她拿一條毯子給他禦寒，要他脫下衣服來烘乾，又燒些溫水爲他洗傷口——只是皮肉傷——拿一塊乾淨的菱形花布給他包紮腦袋。她聽人說布恩廸亞家的人喝咖啡不加糖，就給他一杯苦咖啡，將他的衣物攤在火旁烘烤。

約瑟·阿加底奧·席岡多喝完咖啡才開口說話。

「恐怕有三千人哩，」他咕噥道。

「什麼？」

他說明道：「死人。在車站方場的人大概全都死了。」

女人以同情的目光打量他。她說：「這兒沒有人死亡。從你的上校叔公那時候到現在，馬康多什麼事都沒發生過。」約瑟·阿加底奧·席岡多返家之前曾在三處廚房逗留，他們都說同樣的話：「沒有人死亡。」他穿過車站前的小方場，看到油炸餅的攤位一個個疊在一起，看不出大屠殺的痕跡。大雨下個不停，街道沒有人走，房屋鎖着，好像沒人住。第一陣彌撒鐘是僅有的人煙標記。他敲敲賈維蘭上校的家門。一名他見過好幾次的孕婦對着他的臉關上家門。她嚇慌了說：「他走了，他回自己的國家去了。」電線鐵絲網圍籬的入口照例有兩個當地警察把關，他們穿雨衣和橡膠靴，在雨中活像石頭做的。西印度黑人在偏街上唱週末聖歌。約瑟·阿加底奧·席岡多跳過院牆，從廚房進屋。聖塔索菲亞·狄拉佩達幾乎沒提高嗓門。她說：「別讓菲南妲看見你，她剛起來。」她活像履行一個密約似的，把兒子帶到「夜壺室」，替他鋪好梅爾魁德斯的破床，下午兩點菲南妲睡午覺，她就由窗口遞一盤飯菜給他。

奧瑞里亞諾・席岡多被大雨困住了，只得睡在家裏，下午三點還在等雨停。他接獲聖塔索菲亞・狄拉佩達的密報，趁那個時候到梅爾魁德斯的房間去看他的孿生兄弟。他不相信大屠殺和火車載屍體向海邊前進的說法。昨晚他讀到一篇了不起的宣言，說那些工人已離開車站，一小羣一小羣靜靜回家了。宣言還說工會領袖十分愛國，把要求減爲兩項：一爲改善醫療服務，一爲住宅區要建廁所。據說軍方取得工人的協議後，連忙去告訴布朗先生，布朗先生不但答應新條件，還說要出錢公開歡宴三天，慶祝衝突結束。軍方問他哪一天可以宣佈簽約，他看看窗外電光閃閃的天空，做了一個懷疑的手勢。

他說：「等雨停再說吧。降雨期間，我們停止一切活動。」

該地已三個月沒下雨，發生旱災。可是布朗先生的話一說完，整個香蕉區就下起傾盆大雨。約瑟・阿加底奧・席岡多回馬康多途中遇到的就是那一場雨，一星期後，雨還下個不停，官方的說法複述了一千次，以各種傳播工具傳遍全國，最後大家終於接受了：沒有人死亡，滿意的工人各自回家，香蕉公司停止一切活動，等雨停再說。軍法繼續注意有沒有必要採取緊急措施，預防大雨的公共災害，可是軍隊都困在營區裏。白天士兵褲脚捲得高高的，冒雨走過街道，跟小孩玩紙船。晚上熄燈後，他們以槍柄挨家挨戶敲門，把嫌疑份子拖下床帶走，一去不回。第四號詔書宣佈要搜查及消滅惡棍、兇手、縱火者和叛徒，行動仍繼續着，只是軍方一概否認，受害人的親戚擠在司令官辦公室打聽消息，他們也不承認。軍官們堅持說：「你一定是作夢吧。馬康多沒出過什麼事情，以前沒有，將來也不會有。這是一個快樂的小城。」他們終於以這個辦法除掉了工會領袖。

唯一的倖存者是約瑟·阿加底奧·席岡多。二月的某一天晚上，門口傳來搶托敲門的聲音。奧瑞里亞諾·席岡多還在家等雨停，他開門看見一名軍官帶着六名士兵。他們渾身濕透了，一句話也不說，由客廳直到食品室，每個房間、每個壁櫥都細細搜查。他們打開歐蘇拉房間的電燈，她驚醒過來，搜查期間她停止呼吸，手指伸成十字架形狀，指着走來走去的士兵。聖塔索菲亞·狄拉佩達想要去警告梅爾魁德斯屋內的約瑟·阿加底奧·席岡多，可是他要逃也來不及了。所以聖塔索菲亞·狄拉佩達又鎖上房門，他穿好襯衫和鞋子，坐在床上等他們。當時他們正在搜黃金工藝坊。軍官要家人打開掛鎖，他用燈籠迅速照一照工作枱和原封不動擺着酸液瓶及工具的玻璃櫃，似乎瞭解這個房間沒人住。他問奧瑞里亞諾·席岡多是不是銀匠，後者解釋說此地是奧瑞里亞諾·布恩廸亞上校當年的工藝坊。軍官說：「噢唷，」把燈光扭開，下令細細搜查，他們沒錯過瓶子後面錫桶中那十八條尚未融掉的小金魚。軍官在工作枱上逐一檢查，人情味油然而生。他說，「如果能拿的話，我眞想拿一條。以前這些小金魚是顚覆的象徵，現在則是遺寶。」他很年輕，剛跨出青春期，一點都不膽怯，自然怡人的風采直到此刻才表現出來。奧瑞里亞諾·席岡多送他一條小金魚。軍官把它放進口袋，眼神像孩子似的，其餘的放回水桶中，擺回原來的位置。

他說：「這是了不起的紀念品。奧瑞里亞諾·布恩廸亞上校是我們的偉人之一。」

不過，人性的浪濤並未影響他執行任務。到了深鎖的梅爾魁德斯房門口，聖塔索菲亞·狄拉佩達懷着最後一線希望。她說：「那個房間一百年沒人住了。」軍官命人打開，以燈籠照射屋內，燈光照上約瑟·阿加底奧·席岡多的臉，奧瑞里亞諾·席岡多和聖塔索菲亞·狄拉佩達看見他那雙阿拉伯眼睛，知道一種焦慮過去了，另一種焦慮將要開始，最後只能聽天由命。可是軍官繼續搜查房間，似乎一點都不感興趣！最後他發現櫥櫃中堆了七十二個夜壺。於是他打開電燈。約瑟·阿加底奧·席岡多坐在床邊，準備跟他們走，神色比以前更莊嚴，更沉靜。他背後是擺了破書和紙捲的書架，以及墨水池墨跡未乾的工作枱。空氣仍和奧瑞里亞諾·席岡多小時候看到的一樣純淨，室內仍一樣清爽，一樣沒有灰塵，未遭破壞，唯有奧瑞里亞諾·布恩廸亞上校未曾察覺這一點，可是軍官只對夜壺感興趣。

「屋裏住了多少人？」他問道。

「五個。」

軍官顯然想不通。他看一看約瑟·阿加底奧·席岡多坐的地方——奧瑞里亞諾·席岡多和聖塔索菲亞·狄拉佩達都看見他了——約瑟·阿加底奧·席岡多知道軍官往他這邊瞧，却沒有看到他，接着軍官熄了燈，關上門。他跟士兵說話的時候，奧瑞里亞諾·席岡多知道年輕的軍官是以奧瑞里亞諾·布恩廸亞上校的眼光來看這間屋子。

軍官對士兵說：「那個房間看來有一百年沒人進去過，裏面很可能有蛇哩。」

門關上以後，約瑟·阿加底奧·席岡多確信戰爭結束了。幾年前奧瑞里亞諾·布恩廸亞上校曾跟他談起戰爭的魅力，還舉了無數經驗中的例子來證明給他聽。他相信了。可是士兵們望着他却看不見他的那天晚上，他想起過去幾個月的緊張、坐牢的痛苦、車站的驚懼和運屍的火車，忽然認定奧瑞里亞諾·布恩廸亞上校不是騙子就是白痴。他想不通上校爲什麼需要用那麼多話來解釋戰爭的滋味，其實只要一個辭彙就够了：「恐懼」。反之，他到了梅爾魁德斯的房間，受超自然的光線保護，受雨聲保護，受隱形感保護，終於找到了前半生未曾找到的安寧，唯一的恐懼就是怕人活埋他。聖塔索菲亞·狄拉佩達送餐點給他的時候，他告訴母親這回事，她答應拚命活久一點，以便確定他不被人活埋。約瑟·阿加底奧·席岡多驅除了一切恐懼，遂潛心研讀梅爾魁德斯的手稿許多許多次，看不懂仍興致勃勃。大雨下了兩個月後，雨聲已變成另一種寂靜，他漸漸聽慣了，唯有聖塔索菲亞·狄拉佩達來來去去，干擾他的寂寥。於是他要母親把餐點放在窗枱上，把門鎖好。家裏其它的人都忘了他，連菲南妲也不例外——她知道士兵們曾經望着他却看不到他，也就不反對他留在那兒。他幽居六個月之後，由於軍隊已離開馬康多，奧瑞里亞諾·席岡多打開掛鎖，想在大雨未停前找個人聊聊天。一開門就聞到夜壺的刺鼻味兒，夜壺放在地板上，每一個都用過好多遍了。約瑟·阿加底奧·席岡多頭髮漸禿，根本不在乎空氣中叫人作嘔的臭味，仍在讀那些難懂的稿件。有一道天使的靈光照着他。他聽見開門聲，只略略抬頭，可是他的孿生兄弟只看一眼，就料到曾祖父的命運在他身上重演了。

約瑟·阿加底奧·席岡多只說了一句話：「不只三千個人。我確定在車站（方場）的每一個人都死了。」

16

一連下了四年十一個月零兩天的雨。有時候細雨霏霏，人人都穿上盛裝，以康復的眼神等着慶祝天晴，但暫停只是雨勢加强的徵兆，不久大家也就習慣了。天空崩裂，害人的暴雨一陣陣打下來，北面也吹來颶風，把屋頂颳得七零八落，牆壁倒塌，香蕉林的殘株連根拔起。歐蘇拉記得災禍本身能防禦無聊，失眠症流行期就是如此。奧瑞里亞諾·席岡多拚命幹活兒，以免閒得受不了。布朗先生揭開暴風雨序幕的那天晚上，他爲了一點小事囘家，菲南妲在壁橱裏找到一把半裂的雨傘，想要幫他的忙。他說：「用不着，我等雨停了再走。」這當然不是嚴格的誓約，不過他得說到做到。他的衣服都在佩特拉·科蒂斯家，所以他每隔三天就脫下全身的服飾，只穿短褲，等着衣服洗好。爲了避免無聊，他着手修理家中許多待修的東西；校整鉸鏈，爲鎖釦上油，把門環轉緊，又設計了門柱。他一連幾個月在屋裏逛來逛去，手持老約瑟·阿加底奧·布恩廸亞時代吉普賽人留下的工具箱；不知道是因爲不自覺的運動，是冬天無聊，還是被迫禁慾，反正他的肚子像皮囊漸漸縮小，那張快樂的烏龜臉不那麼紅潤了，雙下巴也不明顯了，最後全身的脂肪減少，又能彎腰綁鞋帶了。菲南妲看他裝門閂，修時鐘，不曉得他會不會像奧瑞里亞諾·布恩廸亞上校打造小金魚一樣，像阿瑪蘭妲織壽衣和縫鈕釦一樣，像約瑟·阿加底奧·席岡多搞羊皮紙稿一樣，像歐蘇拉面對回憶一樣，養成先建後拆的惡習。實情並非如此。最糟糕的是，霪雨損壞了一切，再乾燥的機械只要三天不上一次油，定會浮出泡沫；錦緞裏的絲線銹蝕了；濕衣服很快就生出一層紅色的苔蘚。空氣潮濕，魚類居然由門口進屋，由窗口游出去，在室內的空氣中游浮。有一天早上歐蘇拉醒來，覺得昏昏沉沉快要死了，叫人帶她去看安東尼奧·伊撒貝神父，用擔架抬去也好，這時候聖塔索非亞·狄拉佩達發現她背上爬滿了水蛭。她一一拿下來，用火箝夾死，免得牠們害她失血送命。屋內的積水得挖溝排出去，青蛙和蝸牛必須弄走，家人才能擦乾地板，拿掉床腳所墊的磚塊，再穿鞋子走路。奧瑞里亞諾·席岡多整天忙些他注意到的小事，有一天下午他坐在搖椅上打量早來的黃昏，想起佩特拉·科蒂斯，居然一點都不興奮，他才知道自己漸漸老了。非南妲的美艷容貌隨着年齡而端莊起來，他不難回頭享受她那種乏味的愛情，可是大雨免除了他的情感危機，使他像海綿般沉靜，對什麼都失去胃口。他想像別的時候他能在歷時一年的雨天做些什麼事，以此來自娛。他是最先把鋅板引進馬康多的人物之一——遠在香蕉公司大量採用之前，他就引進來蓋佩特拉·科蒂斯的臥室屋頂，享受雨聲所造成的親暱感。不過，這些青春的回憶他想起來竟無動於衷。最後一段荒唐的日子，他的放蕩能力已經枯竭，僅剩下一種開朗的心性，回憶往事既不辛酸也不後悔。也許有人會認爲大雨給了他靜坐沉思的機會；鉗子和油罐的事情則使他對自己一生本該從事却未曾從事的許多有用的行業產生了嚮往；但是兩種情形都不眞實，因爲靜態家居的誘惑並非後來才發現的，也不是道德教訓的結果。其來源幽遠極了，當年他在梅爾魁德斯的房間讀飛毯的故事、鯨魚吃掉船隻和水手的寓言，正好下大雨，他的這種本能已經揭露了。那幾天，小奧瑞里亞諾不巧在門廊上出現，外公才得知他的身分。他為小傢伙剪頭髮，穿衣服，教他不怕生人，這一來馬上證明他是正統的「奧瑞里亞諾·布恩廸亞」，顴骨高，眼神驚惶，表情十分落寞。菲南妲鬆了一口氣。有一段時間她衡量自己驕傲到什麼程度，實在沒辦法挽回這一切，愈是想對策，愈覺得不合理。她若早知道奧瑞里亞諾·席岡多會以這種態度接受現實，高高興興當外公，她就不會想這麼多辦法，纏夾不清了，她可以免除前一年的屈辱。小阿瑪蘭妲·歐蘇拉已經換牙齒，把小外甥當做活動的玩具，在煩人的雨天拿來解悶兒。此時奧瑞里亞諾·席岡多想起「美美」的舊房間內有一本英語百科全書，一直沒有人動過。他先翻圖片——尤其是動物園——給孩子們看，後來則展示地圖、外國風物和名人的相片。他不懂英文，只認得最出名的城市和偉人，遂揑造些人名和故事來滿足孩子們强烈的好奇心。

菲南妲眞的相信丈夫等雨停了就要回姘婦家。下雨的頭一個月，她怕丈夫溜進她房間，她得透露自己生下小阿瑪蘭妲·歐蘇拉後就不能燕好的秘密，那可就羞死人囉。難怪她急着和不見形影的醫生通信，而郵件經常損毀，通訊也中斷了。頭幾個月傳說火車在雨中出軌，醫生寫信告訴她沒收到她的函件。後來她跟陌生醫生的通信中斷了，她曾考慮戴上丈夫在喋血的狂歡節那天戴的虎頭面具，化名找香蕉公司的醫生檢查。可是，固定傳送水災壞消息的人告訴她，公司正在拆藥房，準備遷往不下雨的地區。於是她放棄了希望。她認命等雨停，等郵務恢復正常，同時以想像來解除暗病的苦惱。她寧死不去找馬康多唯一的醫生——那個浮誇的法國人，他竟跟驢子一樣吃草哩。她接近歐蘇拉，相信老人家知道一些減輕病情的方法。但是她習慣拐彎抹角談事情，本末倒置，「生產」不說「生產」，改說「排出」；「流」不說「流」，改說「燒」；免得難爲情，結果歐蘇拉自然以爲她是腸子有病，不是子宮，就勸她空腹服一帖甘汞。若非有這種痛苦——換了不怕羞的人，此事根本沒什麼丟臉的地方——若非信件遺失，菲南妲才不會爲下雨操心呢，她一輩子的生活都跟雨天差不多。她並未更改每日的活動程式，種種儀式也未曾變更。桌子底下墊磚塊，椅子底下墊木板，否則吃飯的人雙脚會弄濕，此時她照樣舖亞麻枱布，擺出精美的磁器和蠟燭，認爲水災不足以做爲規矩放寬的藉口。再也沒有人上街了。依菲南妲看來，上街根本沒有必要，不只下雨天如此，早就該這樣了；她覺得門就是用來關的，對街上的事情感興趣完全是娼妓的作風。不過，人家告訴他們吉林奈德·馬魁玆上校的葬禮儀隊由外面通過時，她第一個往外看，雖然只由半開的窗口瞧一瞧，心情却很悲哀，好久還爲自己意志薄弱而懺悔。

她想像不出比那更淒涼的行列。棺材放在一輛牛車上，車頂搭了香蕉葉做成的天篷，不過雨勢太大，街道泥濘不堪，車輪走一步就困住一次，天篷眼看要倒了。棺材上蓋有一面旗幟，也就是較高尚的退伍車人不肯接受的沾了血跡和彈藥的旗子，一條條水柱沖到棺材面，旗幟整個濕透了。棺材上還放了一把帶銀纓和銅纓的軍刀——想當年吉林奈德·馬奎玆上校曾把它掛在衣帽架上，解除武裝走進阿瑪蘭妲的縫衣室。尼蘭蒂亞休戰時的最後幾名老兵在後面趕車，有些打赤脚，褲子全部捲着，在泥地上嘩啦嘩啦掙扎，一手拿趕牛棍，一手拿紙花圈，花圈被雨淋得褪了色。他們像幻影般走過「奧瑞里亞諾·布恩廸亞上校街」，經過布家時往這邊看一眼，在方場轉彎，牛車卡住了，不得不叫人幫忙推動。歐蘇拉叫聖塔索菲亞·狄拉佩達扶她到門口。她專心凝視行人的種種困境，誰都以爲她看得見哩，何況她擧手做出天使信差的姿勢，隨着牛車的搖擺而晃動。

她喊道：「再見，吉林奈德我兒。跟我的親人打聲招呼，就說雨一停我就來看他們。」

奧瑞里亞諾·席岡多扶她回床上躺着，對她照例不拘禮俗，問她剛才的告別語是什麼意思。

她說：「是眞話。我只等雨停就要死了。」

看了街道的情形，奧瑞里亞諾·席岡多大吃一驚。他擔心牲口，就在頭上披一塊油布，前往佩特拉·科蒂斯家。他發現姘婦在院子裏，水深及腰，想要讓一具馬屍逐水飃走。奧瑞里亞諾·席岡多用一根槓桿協助她，浮腫的馬屍像大鐘翻個身，被泥水沖走了。雨季以來，佩特拉·科蒂斯一再清除庭院中的家畜屍體。頭幾個禮拜，她捎信叫奧瑞里亞諾·席岡多採取緊急措施，他回話說不用着急，情況沒什麼可怕的，等雨停再想辦法還不遲。她傳話說養馬的牧場淹水了，牛隻都逃往高地，那邊沒有東西吃，牠們會病死或被美洲虎吃掉。奧瑞里亞諾·席岡多答覆說：「一點辦法都沒有，等雨停了就會生出新動物。」佩特拉·科蒂斯眼見牠們成羣死掉，只能宰殺陷在泥裏的小部分。她眼睜睜看洪水無情地毀掉一度被馬康多視爲最大、最穩固的財產，無從爲力，除了疫病，什麼都沒有留下來。奧瑞里亞諾·席岡多決定去看看情形時，只看見馬屍和馬廐殘骸中的一匹髒騾子。佩特拉·科蒂斯看他來，旣不驚訝，也不興奮或憤慨，只露出嘲諷的微笑。

「時候差不多囉！」她說。

她老了，渾身只剩皮包骨，原先像食肉動物般翹翹的眼睛整天看雨，眼神變得悲淒又馴良。奧瑞里亞諾・席岡多在她家住了三個多月，倒不是覺得這裏比他家好，而是他需要那麼長的時間才能下決心再把油布披在頭上。他在這兒也跟在家差不多，老是說：「不急嘛。但願天氣過幾個鐘頭就轉晴。」頭一週他慢慢習慣了歲月和霪雨對姘婦健康的損害，漸漸以從前的眼光來看她，想起她快活放縱的性格，想起她的愛情曾增高動物的繁殖力，第二週的某一天晚上他半是基於愛情，半是基於利益，拚命愛撫她，把她給吵醒了。佩特拉・科蒂斯沒有反應。她咕噥道：「睡覺吧。現在不宜做這種事情。」奧瑞里亞諾・席岡多照照天花板上的鏡子，看見自己，看見佩特拉・科蒂斯的脊椎骨像一行線框跟一堆枯萎的神線串在一塊兒，知道她說得沒有錯，倒不是因爲時機，而是他們自己已不適宜做那種事情了。

奧瑞里亞諾・席岡多帶着皮箱回家，相信不只是歐蘇拉，馬康多的全體居民也是等雨停了就要死掉。他路過時看看鄉親們坐在客廳，手臂交疊着，眼神茫茫然，感受冗長又無情的時間慢慢過去，在只能看雨不能做任何事情的時候，根本不必劃分年份和月份，更不必把一天分成許多個鐘頭。奧瑞里亞諾・席岡多又要彈那架聲音像哮喘的手風琴給小孩聽，小孩都興沖沖問候他。不過演奏會還不如百科全書課那麼吸引人，他們再度到「美美」的房間集合，奧瑞里亞諾・席岡多運用想像力，把飛船說成一隻在雲間尋找住處的飛象。有一回他看到一名騎士，服裝陌生，表情却很熟悉，他細看之後斷言那就是奧瑞里亞諾・布恩廸亞的照片。他拿給菲南妲看，她承認那位騎士不但像上校也像布家的每一個人——其實他是一名韃靼戰士。時間就在「羅德島巨像」和弄蛇人的圖片中慢慢過去，有一天妻子告訴他食品室只剩三磅肉乾和一袋米糧了。

「妳要我怎麼辦呢？」他問道。

菲南妲回答說：「我不知道，這是男人的事。」

奧瑞里亞諾・席岡多說：「好吧，雨停了自有辦法。」

他對百科全書比家務問題更感興趣，就算午餐只吃一小片肉和一點米飯也無所謂。他常說：「現在沒辦法。雨總不可能下一輩子吧。」食品室的危機愈來愈迫切，菲南妲也就愈來愈憤慨，最後她的抗議和少見的怒火斷斷續續發出來，像六弦琴的單彈琴聲從早響到晚，聲音愈來愈高，愈來愈嘹亮。奧瑞里亞諾・席岡多起先沒發覺她的吟詠聲，直到第二天早晨吃完早餐，他覺得有一陣嗡嗡聲比雨聲更流暢更響亮，原來是菲南妲發出來的——她在屋裏走來走去，抱怨說父母培養她當女王，她却在一間瘋人院裏當佣人，懶惰、放蕩、崇拜邪神的丈夫躺着等糧食由天上掉下來，她則忙斷了背脊，想保住一個用釘子勉强串連的家，從天亮到睡覺時間有好多事要做，好多痛苦要忍受，好多東西要修理，上床後她眼裏滿是碎玻璃，却沒有人對她說：「早安，菲南妲，妳睡得好不好？」也沒有人基於禮貌問問她臉色爲什麼蒼白，睡醒時眼睛爲什麼有黑圈；家人一向把她當做眼中釘，老破布，牆上漆的蠢才像，大家總是在她背後說她的壞話，罵她教堂老鼠，罵她僞君子，罵她狡猾，就連阿瑪蘭妲——願她好好安息——也公然說她講話含糊不清，老天爺，講這種話！她爲了天父而乖乖忍受這一切，可是邪門的約瑟・阿加底奧・席岡多居然說「家裏娶進一個自負的高地人就完蛋了，想想看，一個神氣的高地人，上帝保佑我們，一個邪惡的大地兒女，跟政府派來殺工人的高地兵同一血源」，她實在無法忍受，他不是講她又是講誰呢？她是阿爾巴公爵的孫女，家世不凡，連總統夫人聽了都要發抖；像她血統這麼高的貴婦有權利簽十一個半島的名銜；在這個滿是私生子的小城，只有她看到十六件式的銀器不會搞混，而她那荒淫的丈夫竟笑得半死，說那麼多刀、叉、湯匙不是給人用的，是給蜈蚣用的；全城只有她閉着眼睛就說得出什麼時候該端上白酒，放在哪一邊，用什麼杯子裝，什麼時候該端上紅酒，該放哪一邊，用什麼杯子裝，才不傷土里土氣的阿瑪蘭妲——願她好好安息——以爲白酒是白天喝的，紅酒是晚上喝的；整個海岸只有她以用金夜壺爲榮，沒想到奧瑞里亞諾•布恩廸亞上校——願他好好安息——竟擺出共濟會會員的邪門姿態，厚顏問她這個習性是哪裏養成的，莫非她拉的不是屎尿而是甜草，想想看，居然說這種話！而她的親生女兒蕾娜塔不巧看她在臥室大便，居然說夜壺雖是純金的，表面刻有貴族紋章。裏面却是大便，而且比別人的大便更髒，是自負的高地糞便，想想看，她自己的女兒竟說這種話！所以她對家人從來不抱着幻想，不過她總有權指望丈夫體貼一點吧，無論如何他總是她法定的配偶呀，他是自願帶她離開娘家的——她在娘家沒缺過什麼，沒吃過苦頭，編葬禮花圈是當做消遣；她祖父曾寄一封親筆簽名的蓋印的信給他們，說他孫女的手不宜做世間的工作，只能彈琴——而她的神經病丈夫千哄百逼，把她帶到一個熱得無法呼吸的地獄來，結果她的五旬節大齋還沒結束，他就拿着皮箱和手風琴去跟一個賤人私通——那種女人只要一看背後，一看扭來扭去的屁股就可猜出來……是……是個跟她（非南妲）相反的人——她非南妲無論在皇宮或豬欄，在餐桌或床上都是天生的淑女，敬畏上帝，服從祂的法規，順從祂的願望，他跟她自然不能像跟另一個女人那樣玩下流把戲，而另一個女人是什麼事都肯做的，跟那些法國艷婦差不多，甚至更差勁，至少艷婦們還老老實實在門口掛個紅燈……想想蕾娜塔・阿戈蒂夫人和菲南度・戴・卡庇奧大人的獨生女居然得忍受這一切——尤其菲南度大人，他是正直君子，優秀的基督徒，聖墓教團的爵士，直接由上帝承襲了一種特權，死後遺體完好如初，皮膚光滑得像新娘，眼睛活生生的，像翡翠一樣清澈。

奧瑞里亞諾・席岡多打岔說：「這不是眞話，他的屍體運到這兒，已經開始發臭了。」

他耐心聽她罵了一整天，終於逮到一個毛病。菲南妲不理他，嗓門却降低了。晚餐時，惱人的嘮叨聲蓋過了雨聲。奧瑞里亞諾・席岡多低着頭，吃得很少，早早進房間休息。次日早餐時分，菲南妲直發抖，好像沒睡飽，似乎被滿腔怨氣搞得十分疲乏。可是丈夫問她能不能來個煮蛋時，她不說家裏的蛋上星期就用完了，却痛罵有些男人整天對着肚臍眼發呆，還敢說要吃雲雀肝。奧瑞里亞諾・席岡多照例帶孩子們去看百科全書，菲南妲假裝去整理「美美」的房間，存心讓他們聽見她咕噥，罵丈夫厚臉皮，竟告訴小傢伙百科全書上有奧瑞里亞諾・布恩廸亞上校的照片。下午孩子們睡午覺，奧瑞里亞諾・席岡多坐在門廊上，菲南妲又追到那兒，折磨他，激怒他，嘮叨叨圍着他打轉，說家裏只有石頭可吃了，她丈夫還像波斯國王坐在那兒看雨，因爲他本來就是懶骨頭、寄生蟲、沒用的人，比棉絮還要軟，習慣靠女人生活，自以爲娶了約拿的妻子，只聽鯨魚的故事就滿足了。奧瑞里亞諾・席岡多聽她罵了兩個多鐘頭，裝聾作啞，無動於衷。直到近晚時分，他實在受不了滿腦子咚咚的回音，這才開口打斷她。

他哀求道：「拜託閉嘴。」

菲南妲不閉嘴，反而提高嗓門。她說，「我沒有理由閉嘴。誰不想聽就到別的地方去。」這一來奧瑞里亞諾・席岡多失去了自制力。他不慌不忙站起來，活像要伸懶腰似的，發脾氣發得有條有理，逐一抓起秋海棠、羊齒和梔子花的花盆，逐一在地板上砸得粉碎。菲南妲嚇慌了，她直到現在才看出自己的嘮叨具有多大的威力。可是已來不及挽回了。奧瑞里亞諾・席岡多發洩得陶醉起來，打破磁器櫃的玻璃，從容不迫取出磁器，一個一個扔在地板上砸碎。他的動作勻勻整整，很從容，跟當初用鈔票貼房子外部一樣，把波希米亞水晶器具扔到牆上，手漆的花瓶、鮮花小船中的少女像、鍍金鏡框的鏡子，由客廳到食品室，只要打得破的東西一概砸，最後更把廚房裏的大陶罐打破，在庭院中央造成空洞的迴響。然後他洗洗手，把油布蓋在頭上，午夜左右才回來，帶回幾串乾肉、好幾袋米糧、長着象鼻蟲的玉米和幾串瘦香蕉。此後家裏沒缺過糧食。

在阿瑪蘭妲・歐蘇拉和小奧瑞里亞諾記憶中，雨季是一段快樂的時光。儘管菲南妲很嚴厲，他們仍在院子裏玩水，抓蜥蜴來切成一截一截，趁聖塔索菲亞・狄拉佩達不注意，把蝴蝶翅膀的塵埃放在湯裏，假裝下毒。歐蘇拉是他們最有趣的玩偶。他們把她當做破損的大娃娃，爲她裹上彩色花布，臉上塗煤煙和亞納脫樹果肉製成的染料，在屋裏扛來扛去到處走，有一次他們差一點用修剪花木的剪刀去挖她的眼睛，跟對待青蛙一樣。她神智不清，他們覺得很有意思。下雨的第三年，她的腦子大概眞的發生一些變化，逐漸失去現實感，分不清現在和生命早期的事情，有一回竟爲她的曾祖母佩特羅妮拉・義瓜蘭去世而痛哭三天，其實她的曾祖母已下葬一百多年了。她迷迷糊糊，居然把（玄孫女的兒子）小奧瑞里亞諾當做當年去看冰的次子，把讀神學預校的玄孫的約瑟．阿加底奧當做跟吉普賽人走掉的長子。她老是談親族的事情，孩子們學着編些親人來訪的故事——那些人不但早就死了，而且活在不同的時代。歐蘇拉坐在床上，頭髮蓋滿火灰，面孔裹着紅方巾，孩子們詳細描寫那些虛幻的親戚，活像眞認識他們似的，她很高興。歐蘇拉跟祖先談到她自己出生前的事情，爲他們告訴她的消息而興奮，陪他們哀悼比他們晚生的死者。孩子們很快就注意到，歐蘇拉跟幽靈對話時老愛問誰寄放一尊與眞人等高的聖約瑟石膏像等候雨停。這一來奧瑞里亞諾・席岡多想起有一筆財產埋在某處，只有歐蘇拉知道地方。他一再盤問，還用了一些手腕，硬是問不出來；因爲她儘管瘋瘋癲癲，似乎仍有幾分淸醒，一心保住這個秘密，誰能證明是黃金的眞主人，她才肯告訴他。她很嚴格，很有技巧，奧瑞里亞諾・席岡多叫一位酒肉朋友假伴成黃金的主人，她以陷阱重重的問題盤問他，一分鐘就把他給問倒了。

奧瑞里亞諾・席岡多相信歐蘇拉要把秘密帶進墳墓，就雇了一羣工人，藉口說要在庭院和後院挖排水溝，大事挖掘，還親自用鐵棒和各種金屬偵測器來測底質，探勘三個月，沒發現半點黃金的影子。後來他去找碧拉・特奈拉，希望紙牌算命比挖掘工人靈光，但是她說要歐蘇拉切牌才有效。不過，她證實有這筆財產存在，數目是七千兩百十四枚金幣，裝在三個帆布袋裏，用銅線裹着，埋在一個以歐蘇拉的床舖爲圓心、半徑三百八十八呎的圓圈內；但是她警告說，要等雨停，一連三年的六月都出太陽，把泥堆曬成灰塵以後才可能找到。這個情報模糊而細膩，奧瑞里亞諾・席岡多覺得跟唯心論者的說法很類似，所以當時雖是八月，至少還要等三年才符合預言的條件，他依舊繼續找。有一點雖然增加了他的迷惘，却也叫他嚇一跳：由歐蘇拉的床鋪到後院的牆壁正好是三百七十八呎哩。菲南妲看丈夫測量，以爲他跟孿生兄弟一樣發瘋了；後來他叫挖地工人把溝渠加深三呎，她更認爲如此。奧瑞里亞諾・席岡多的探險迷夢簡直可以跟曾祖父找尋新發明時相比，他僅存的脂肪消耗殆盡，跟孿生兄弟相像的地方又顯出來了，除了瘦瘦的身材，那淡漠的眼光和退縮的態度也很相像。他不再爲小孩費心；吃飯不定時，渾身上下泥濁濁的，躲在廚房角落吃，其母聖塔索菲亞・狄拉佩達偶爾問話，他難得回答。菲南妲看他空前勤奮，從來沒想到他會如此，遂把他的固執看做勤勉，貪慾看做克己，笨拙看成毅力，暗暗後悔以前罵他懶惰罵得太兇。可是當時奧瑞里亞諾・席岡多無心和解。他找完前院和後院，又把花園的泥土扔得到處都是，身體埋在高及頸部的枯枝和腐花堆裡，他挖穿了房子東廂的地基，有一天晚上家人半夜驚醒，地面震動，地底吱吱嘎嘎響，活像大地震。三個房間倒塌，門廊到菲南妲的房間裂了一條可怕的大縫。奧瑞里亞諾・席岡多並未因此而放棄搜尋。最後他的希望破滅了，似乎只有紙牌的預言講得通，他塡牢缺口的地基，以膠泥補好牆縫，居然繼續挖西廂。次年六月的第二個禮拜，雨勢稍緩，雲塊浮在天空，眼看隨時會放晴，他還在那兒。天氣眞的放晴了。某一個星期五下午兩點鐘，世界大放光明，一輪火紅的太陽出現在空中，陽光粗得像磚粉，涼得像水，此後就一連十年未下雨。

馬康多成了廢墟。泥濘的街上有傢俱的殘骸、佈滿紅百合的動物遺骨，這是一羣羣新客蜂湧到馬康多又蜂湧而去的最後遺跡。香蕉狂熱期草草建的房子已經廢棄了。香蕉公司已把內部設施拆走。以前的鐵絲網圍城完全報廢。木屋、下午玩牌的露台似乎都被一陣預言的狂風吹走了，幾年後那陣風也會把馬康多吹離地球表面。唯一的人生遺物就是派翠西亞・布朗的一隻手套，擺在一輛被野花堵死的汽車上。約瑟・阿加底奧・布恩廸亞建村時期探險過的魔境，後來植滿香蕉，如今成了殘根遍地的沼澤，呈現在地平線上，地平線那邊可以看見大海沉默的浪花。天晴後第一個禮拜天，奧瑞里亞諾・席岡多穿上乾衣服，重新認識小城，經歷了痛苦的激變。災難的倖存者，也就是香蕉浪潮前就住在馬康多的人，正坐在街心曬太陽。他們的皮膚還帶着霪雨造成的藻青色，身上還有一股霉味兒，可是他們心底似乎慶幸自己生長的小城恢復了原狀。「土耳其街」又跟早期差不多了——當時阿拉伯人穿拖鞋、戴耳環到世界各地賣小飾物，換回金剛鸚鵡，在馬康多歇脚，覺得此地可以休息，不再流浪，就此建了這條街。經歷了長年的大雨，攤棚中的商品都殘缺不全，布門簾長了一塊塊霉斑，櫃台被白蟻蛀壞，牆壁遭濕氣腐蝕，可是第三代的阿拉伯人跟祖父和父親坐在同一個地方，姿勢完全相同，沉默，勇敢，時間和災禍都動不了他們，跟失眠症過後一樣，跟奧瑞里亞諾・布恩廸亞上校的三十二次戰爭以後一樣，活生生却死氣沉沉的。他們面對賭枱、油餅架、射擊廊、解夢和預言巷的殘跡，精神十分堅毅，奧瑞里亞諾・希岡多照例不拘禮俗，問他們靠什麼神秘的方法免受暴風雨侵害，他們怎麼沒淹死，挨家挨戶一個一個問，他們都露出狡猾的笑容和如夢的目光，事先未商量却說出了同一個答案：

「游泳啊。」

本地人大概只有佩特拉・科蒂斯具有阿拉伯人的勇氣。她看着馬廐倒塌，穀倉被洪流冲走，但是她設法保住了房屋。下雨的第二年，她送緊急快報去給奧瑞里亞諾・席岡多，他回答說他不知道什麼時候才回她家，反正來的時候一定帶一箱金幣來舖臥室的地板。當時她探求內心，想找出力量來撐過這場苦難，終於培養出一股反射式的狂焰，發誓要重建情夫耗掉及水災掃光的財產。她的決心不屈不撓，奧瑞里亞諾・席岡多在上次傳口信之後八個月回到她家，發現她臉色泛青，披頭散髮，眼皮下垂，皮膚長疥癬，可是她正在小紙片上寫出摸彩的號碼。奧瑞里亞諾・席岡多嚇一大跳，他自己也渾身髒兮兮，一臉嚴肅，佩特拉・科蒂斯簡直以爲來看她的不是斯守一生的情郎，而是他的孿生兄弟哩。

他對她說：「妳瘋了，除非妳打算賣彩票，讓人抽骨頭。」

她叫他往臥室瞧瞧，奧瑞里亞諾・席岡多看到了那匹騾子。牠跟女主人一樣瘦得只剩皮包骨，卻跟她一樣活着，一樣堅定。佩特拉・科蒂斯以怒火來餵養牠，稻草、玉米或樹根沒有了，就把牠牽入臥室，餵牠吃密織棉布的床單、波斯地毯、絲絨床罩、天鵝絨幃幔，以及豪華大床上綉了金線，加了絲質流纓的頂篷。

17

天晴後，歐蘇拉還得費一番大功夫才能實踐死亡的諾言哩。雨天裏她的神智難得清明，八月以後可就常常清清醒醒了，當時有一陣乾風漸漸吹起，悶死了玫瑰樹，吹硬了泥堆，最後更使馬康多灑滿滾燙的灰塵，永遠蓋住生銹的梓板屋頂和古老的杏樹。歐蘇拉發現自己給小孩當了三年的玩具，傷心得痛哭。她洗掉臉上的油彩，取下他們在她身上掛的彩色布條、乾蜥蜴、青蛙、念珠和舊阿拉伯項鍊——自從阿瑪蘭妲死後，這是她第一次自己下床，不要人扶，再度參加家庭生活。她那無敵的心靈領着她穿過重重鬼影。有人發現她走路東踤西倒，有人撞到她擧得與腦袋等高的手臂，以爲她身體有毛病，並未想到她已經瞎了。她不用看就知道擴建房屋時仔細栽培的花壇被雨水破壞，被奧瑞里亞諾·席岡多挖掘一空；牆壁和地板的水泥有裂縫，家具發霉；門板的鉸鏈鬆脫；全家陷入一種聽天由命和絕望的心境；這在她當家的時候是難以想像的。她摸索着穿行空空的臥室，發現白蟻不停地咕嚕咕嚕啃木頭，蠹蟲在衣櫥內不停地戚喳戚喳，大紅蟻在水災期間繁衍起來，正在破壞房子的地基，聲音好可怕。有一天她打開聖徒像的皮箱，蟑螂早就把衣物啃成灰，突然跳出來，爬在她身上，她只得叫聖塔索非亞·狄拉佩達幫她除掉。她說：「人不能這樣怠怠慢慢活着。再這樣下去，我們會被動物吃掉。」此後她片刻不休息。天亮前她就差遣每一個能派上用場的人，連小孩都不例外。她把少數能用的衣物拿出去曬太陽，用強力殺蟲劑驅除蟑螂，刮掉白蟻在門窗上蛀出的脈紋，以生石灰悶死蟻窩中的螞蟻。她充滿復建的狂熱，終於來到被人遺忘的房間。她清理老約瑟・阿加底奧・布恩廸亞當年瘋狂研究點金石的實驗室，把沙礫和蜘蛛網弄掉，她整理士兵們搜亂的金銀工藝坊，最後更開口要梅爾魁德斯房間的鑰匙，想看看裏面的情景。約瑟・阿加底奧・席岡多曾表示他沒死以前不准任何人進去，聖塔索菲亞・狄拉佩達服從他的心願，想盡各種藉口來敷衍歐蘇拉。可是歐蘇拉不屈不撓，決心不讓房子最偏遠的角落受蟲害摧殘，所以她打倒一切障礙，堅持了三天，總算說服家人把門給打開了。她得抓着門柱，才沒被臭氣薰倒，可是她只花了兩秒鐘就想起女學生的七十二個夜壺放在裏面，想起某一個下雨的夜晚，一隊士兵滿屋子搜查約瑟・阿加底奧・席岡多，却沒找到他。

她彷彿看得清清楚楚，驚嘆說：「上帝保佑我們！好不容易才教了你一套禮節，你却活得像猪。」

約瑟・阿加底奧・席岡多仍在讀那些稿件。亂髮亂鬚間只見兩排長了綠垢的牙齒和一雙靜止不動的眼睛。他認出曾祖母的聲音，腦袋轉向門口，勉强微笑，不知不覺複述一句歐蘇拉的口頭禪。

他咕噥道：「妳指望什麼？時間一直往前走呀。」

歐蘇拉說：「確實如此，但是變化不該這麼大。」

她說完才發現她的答覆跟當年奧瑞里亞諾・布恩廸亞上校在死牢中說的一模一樣，正好證明時間不是往前走，而是循環的。卽使此時，她也不願聽天由命。她把約瑟·阿加底奧·席岡多當做小孩，痛罵了一頓，堅持要他洗澡、剃鬚，幫忙修理房子。一想到要離開他寧靜自處的房間，約瑟·阿加底奧·席岡多簡直嚇慌了。他大叫說，任何人都不可能叫他走——他不想去看那輛兩百節車廂的火車載滿死人，每天傍晚開出馬康多，駛到海邊去。他大叫說：「車站的人全都死了。三千四百零八個。」此時歐蘇拉才知道他活在比她更深的鬼魅世界，簡直跟曾祖父的幻想一樣孤獨，一樣難以企及。她任他留在房間裏，却說服家人不要鎖門，每天打掃，把夜壺丟掉，只留一個，使約瑟·阿加底奧·席岡多像他曾祖父當年囚居在板栗樹下時一樣整潔，一樣中看。起先菲南妲說她是老來瘋，無事忙，壓不住滿腔的怒火。可是，這時候她兒子約瑟·阿加底奧打算在發誓修行前先由羅馬回馬康多一趟，她（菲南妲）爲此興奮莫名，每天從早到晚澆花澆四次，唯恐兒子對家園留下壞印象。基於這個動機，她更加緊和那些未曾謀面的醫生通信；連歐蘇拉都還沒發現一盆盆羊齒、梔子花和秋海棠被奧瑞里亞諾·席岡多生氣砸毁，她已備妥一些來補充了。後來她賣了銀質餐具，買些陶製碟子、錫蠟飯碗和湯匙，以及羊駝呢枱布，使得原先放東印度公司磁器和波希米亞水晶器具的碗櫃顯得有點寒酸。歐蘇拉老想超前一步。她嚷道：「打開門窗，煮些魚和肉，買最大的海鼈，讓陌生人來，在屋角打地舖，在玫瑰樹叢中小便，愛上桌吃多少次就吃多少次，打嗝、吵鬧，以皮靴踏髒每一樣東西，讓他們愛怎麼樣就怎麼樣，只有如此才能驅除毁滅的氣氛。」可惜這些都是幻想。她當時已經太老了，靠借來的壽命活下去，想再創當年糖果小動物的奇蹟，子孫又沒有一個承襲到她堅強的毅力。在菲南妲的命令下，門窗依舊緊閉着。

奧瑞里亞諾・席岡多已將皮箱帶回佩特拉・科蒂斯家，他只能勉強維持一家人的溫飽。佩特拉・科蒂斯賣出騾子彩票後，再買一些動物來經營原始的彩票生意。奧瑞里亞諾・席岡多親自用彩色墨水畫些吸引人、叫人信服的彩劵，挨家挨戶去推銷，也許他沒發現很多人是爲了報恩才買的，更多人是出於同情。不過，爲同情而購票的買主也有機會以二十文錢的代價抽中一頭猪，以三十二文錢的代價抽中一頭小牛，他們滿懷希望，星期二晚上佩特拉・科蒂斯家的院子擠滿了人，等着一個小孩隨意由袋子裏抽出中獎的號碼。不久這個節目就變成每週一次的市集了，傍晚院子裏會擺出食物和飲料攤，有些幸運兒當場宰殺他們贏來的動物，講好由別人供應火酒和音樂，於是奧瑞里亞諾・席岡多無意間又彈起手風琴來，還參加適度的貪吃比賽。這些場面只是往昔盛會的小型複製品，奧瑞里亞諾・席岡多自己也看出他的精神已衰頹了，他瘋狂宴飲的技巧也枯竭了。他完全變了一個人。當年「大象」向他挑戰時的兩百四十磅容量已減到一百五十六磅；紅光滿面的烏龜臉變成大蜥蜴的瘦臉，而且他很容易厭倦和疲勞。不過在佩特拉・科蒂斯心目中，他此刻才是最理想的男人，也許因爲他激起她的同情，而同情和愛情混淆不清吧；也許因爲苦難使他們產生團結一心的感覺吧。倒塌的床鋪不再是瘋狂活動的場所，倒變成親親密密的避難地了。家裏少了多層的明鏡、錦緞和天鵝絨——鏡子被他們拍賣掉，用以購買摸彩用的動物，錦緞和天鵝絨則被騾子吃掉了——他們常熬到很晚，像睡不着的老祖父老祖母，天眞無邪，利用時間擬帳目，存起以前虛耗的每一文錢。有時候鷄啼了，他們還在堆積和分散硬幣，這邊拿走一點，那邊增加一點，這一堆給菲南妲，那一堆爲小阿瑪蘭妲・歐蘇拉買雙鞋子，甲堆給聖塔索菲亞・狄拉佩達——她好久沒買新衣服了——乙堆留做歐蘇拉的棺材本，彼堆買每磅價格三個月漲一文錢的咖啡，此堆買愈來愈不甜的糖，另一堆買雨後未乾的木料，另一堆買彩色墨水和紙張來畫彩券，剩下的賠給四月那頭小牛的中獎人——當時彩票已經賣光，牠突然害疔瘡病倒，他們奇蹟般保住了牛皮。他們的安貧儀式很純潔，幾乎總是把最大的一筆錢留給非南妲，他們這樣做不是基於慈悲或悔恨，而是她的福利比他們更重要。雖然他們未曾察覺，但是他們都有一個想法，總覺得非南妲就像他們想要生却沒有生的女兒，有一次他們忍着吃了三天的麵包屑，省錢給非南妲買一塊荷蘭枱布。然而，無論他們怎麼樣累得半死，勉强攢下多少錢，無論他們想了多少辦法，當他們收進又拿出硬幣，想賺點錢來維持生活時，他們的守護神却累得睡着了。進帳差的時候，他們睡不着，想不通牲口爲什麼不像以前那樣拚命繁殖，錢爲什麼從指縫間溜走，爲什麼民衆不久前還在酒宴中大燒鈔票，現在却認爲六隻母鷄當獎品的彩劵賣十二分錢簡直是搶人。奧瑞里亞諾·席岡多認爲問題不在世間，而在佩特拉·科蒂斯心靈的一個隱秘地點——洪水期間她的心靈發生某種變化，使動物生殖力降低，收入減少——不過他沒有說出來。他對這個謎團深感興趣，深入探討她的感情，本想追逐利益，沒想到一心要使對方愛他，自己倒愛上對方了。佩特拉·科蒂斯看他的感情加深，也愈來愈愛他，所以她到了秋熟的年紀又漸漸相信年輕時的迷信：貧困是愛情的徒刑。兩個人都把過去那些荒唐的酒宴、炫麗的錢財、無節制的慾情看做惱人的東西，哀嘆他們浪費大半生才找到共享孤獨的快樂。串通享樂那麼多年，白費了光陰，他們這才眞正狂戀起來，享受餐桌勝於床上的愛情奇跡，兩個人好快樂好快樂，直到他們成了憔悴的老公公老婆婆，還像小孩子精神煥發，像小狗般嬉戲。

彩劵的銷路一直不太好。起先奧瑞里亞諾·席岡多一星期總有三天關在以前的牧場辦公室裏畫彩劵，以嫻熟的技巧畫一頭紅牛啦，一隻綠猪啦，一羣藍母鷄啦，以什麼當獎品就畫什麼，他還描出印刷體的數字和佩特拉·科蒂斯取的店名：「天命描彩」。有時候一星期要畫兩千張票，實在太累了，他就把動物、摸彩名稱和號碼刻成橡皮章，只要沾上不同顏色的印泥就行了。晚年他突然起意用謎語代替號碼，獎品可以由猜中的人平分，不過這個辦法太複雜，很容易叫人起疑心，他試第二次以後就放棄了。

奧瑞里亞諾·席岡多忙着維持摸彩節目的威望，幾乎沒時間看孩子。菲南妲送阿瑪蘭妲·歐蘇拉去上一間只收六個女生的私塾，却不讓小奧瑞里亞諾上公立學校。她認爲讓他走出房間已經够仁慈了。何況當時的學校只收天主敎夫妻的婚生子，而小奧瑞里亞諾送來時衣服上別有一張出生證明，註明他是棄兒。所以他一直關在家裏，面對聖塔索菲亞·狄拉佩達慈愛的眼光和歐蘇拉的心靈奇癖，在狹窄的小天地裏，婆婆們敎他什麼，他就學什麼。他瘦弱纖巧，好奇心叫大人不安，眼神却跟上校小時候那種探詢或洞悉萬物式的目光不一樣，他的眼睛一眨一眨，有點狂亂。阿瑪蘭妲·歐蘇拉上幼稚園的時候，他在花園找蚯蚓，折磨昆蟲。有一次菲南妲逮到他把蠍子裝在小盒裏，打算放在歐蘇拉床上，就將他鎖進「美美」的舊房間，他遂孤零零在裏面翻百科全書的圖片。有一天下午，歐蘇拉在屋裏各處灑蒸餾水和一束蕁蔴，偶然碰見他，儘管以前見過他多次，仍舊問他是誰。

「我是奧瑞里亞諾‧布恩廸亞，」他說。

她回答說：「不錯，現在你該開始學當銀飾匠了。」

她又把他跟她兒子搞混了——雨後吹來熱風，歐蘇拉的腦子一度清醒，現在那陣風過去了。此後她就未曾恢復理智。她走進臥房，發現曾祖母佩特龍妮拉‧義瓜蘭在場，穿着正式出客的累贅硬布裙和串珠襖；她還發現外婆瑪麗亞‧米妮亞塔‧阿拉科魁‧布恩廸亞正在輪椅上用孔雀毛搧涼，而她的曾外公奧瑞里亞諾‧阿加底奧‧布恩廸亞穿着仿製的總督衞士長大衣；她父親奧瑞里亞諾‧義瓜蘭發明一種祈禱文，能使蟲子縮起來，脫離母牛的身體；她那膽怯的母親、豬尾巴表哥、丈夫約瑟‧阿加底奧‧布恩廸亞、已故的兒子們……全都坐在椅子上，貼牆排列，彷彿在守靈，不是拜望親戚。她串起一堆多彩的閒話，評論不同時間不同地點發生的事情，後來阿瑪蘭妲‧歐蘇拉由學校回來，小奧瑞里亞諾看百科全書看累了，發現她坐在床上自言自語，陷入死者的迷宮。有一次她驚叫說：「失火了！」恐慌霎時傳遍整間屋子，可是她說的却是四歲時目睹的穀倉火災。過去和現在的事情完全攪在一起，她死前神智曾清明過幾次，誰也不敢確定她是談當時的感覺還是以往的回憶。漸漸的，她身體萎縮，化爲胎兒，活生生成了木乃伊，最後幾個月簡直像睡袍裏的一粒櫻桃乾，經常舉起的一隻手臂有如美洲蜘蛛猴的手掌。她一連幾天不動，聖塔索菲亞‧狄拉佩達用力搖她，確定她還活着，就把她放在膝上，餵她喝幾匙糖水。她活像一個新生的老女嬰。阿瑪蘭妲‧歐蘇拉和小奧瑞里亞諾把她抱進又抱出臥室，放在聖壇上看看她個子是否比聖嬰大，有一天下午還把她藏在食品室的一個櫥子裏，她差一點被老鼠吃掉。某一個棕樹主日（復活節前的星期天）菲南妲上教堂，他們走進臥室，抓着歐蘇拉的頸子和脚踝，把她抬出來。

阿瑪蘭妲·歐蘇拉說：「可憐的高祖母，她年老死掉了。」

歐蘇拉十分驚惶。

「我還活着！」她說。

阿瑪蘭妲·歐蘇拉忍住笑說：「你看她甚至不會呼吸哩。」

「我正在呼吸！」她說。

小奧瑞里亞諾說：「她甚至不會說話，她像小蟋蟀一般死去。」

於是歐蘇拉向這個證據投降。她低聲驚嘆說：「我的天，原來死就是這個樣子。」她開始了冗長、結結巴巴、深刻的祈禱，歷時兩天以上，到了星期二竟變成對上帝的大雜燴請求，甚至勸上帝如何防止大紅蟻把房屋吃垮；如何讓瑞美廸奧絲照片前面的燈火長明；千萬別讓布恩廸亞家的人嫁娶同血源的親戚，否則子孫會長猪尾巴。奧瑞里亞諾·席岡多想利用她昏迷的機會問出金子埋在什麼地方，可是他的哀求依舊無效。歐蘇拉說：「物主出現時，上帝會指引他找出來的。」那幾天聖塔索非亞·狄拉佩達發現自然界有些反常，玫瑰帶着藜草氣味，有一盆鷄豆墜地，豆子掉在地上，排成完美的海盤車幾何圖形，有一天晚上她還看見一排發亮的橘子形圓盤飛越天空，認爲歐蘇拉隨時會死掉。

耶穌受難日家人發現她死了。香蕉公司來此期間，家人協助她計算過年齡，她自己估計大約一百十五歲到一百二十二歲。他們將她裝入一具小棺材下葬，棺村的尺寸比修女送奧瑞里亞諾來的提籃大不了多少，葬禮很少人參加，一方面是記得她的人大抵已不在人間，一方面也因爲那天中午太熱，連鳥兒都熱得迷迷糊糊，像泥土製的靶鴿撞上牆壁，或者穿透窗簾，死在人家的臥室裏。

起先鎮民以爲是瘟疫。家庭主婦掃死鳥掃得精疲力竭，尤其午睡時間更是如此，男人將一車車的鳥屍倒進河裏去。復活節的禮拜天，百歲神父安東尼奧·伊撒貝神父在講壇上說鳥兒死亡是「流浪的猶太人」造成的，他昨夜親眼看見那個人。他形容「流浪的猶太人」是公羊和女異教徒交媾的產物，是惡獸，吐出的氣息能燙焦空氣，眼神能害新婚婦女生出怪物來。鎮民相信神父老來胡說八道，沒有幾個人理他。不過星期三黎明有個女人叫醒大家，說她發現了裂蹄人的足跡。脚印很清楚，不可能看錯，去看的人都確定有怪物存在，和教區神父說的差不多。他們聚集起來，在院子裏設陷阱，終於逮住牠了。歐蘇拉死後兩星期，佩特拉·科蒂斯和奧瑞里亞諾·席岡多被附近傳來的一陣特別響的牛叫聲嚇醒。他們趕到那兒，衆人已經把怪物由一處蓋滿乾樹葉的尖柵陷阱中拉起來，牠不再叫了。此物重得像公牛，却只有小牛那麼高，傷口流出綠綠的油質液體；全身長滿粗毛，飽受小扁蝨折磨，皮膚硬硬的，長着鮣魚的那種鱗片，可是有一點和神父說的不一樣：牠的人身部分不像男人，倒像體弱多病的天使，雙手緊張又靈活，眼睛又大又憂鬱；肩胛骨有翅膀被伐木人砍掉的殘痕，已經結疤生繭了。他們把牠倒掛在方場的一棵杏樹上，供人觀賞，後來屍體腐爛了，他們搞不清該把這個雜種當動物扔進河裏，還是當人埋掉，乾脆升一把火來燒。誰也搞不淸鳥兒死掉是不是牠害的，反正新婚的婦女並未生出預言中的怪物，熱浪也並未消滅。

麗貝卡在那年年尾去世。長壽女佣亞金妮妲請政府當局協助撞開女主人鎖了三天的房門，發現她孤零零躺在床上，身子捲得像小蝦，腦袋長癬光禿禿，手指塞在嘴裏。奧瑞里亞諾負責辦喪事，想復建她的房屋準備出售，可是房子壞得太厲害，牆壁一漆好就呈鱗片狀，抬不到足够的灰泥來堵死地板縫中的野草和模樑上長的藤蔓。

這就是水災後的情形。人性怠惰，事跡煙滅的速度却很快，記憶漸漸被腐蝕一空，到了某一個「尼蘭蒂亞和約」紀念日，共和國總統派特使到馬康多來頒發奧瑞里亞諾·布恩廸亞上校拒絕好幾次的勳章，竟花了一下午的時間來查問誰能道出他子孫的下落。奧瑞里亞諾·席岡多以爲是純金勳章，有心去領，可是佩特拉·科蒂斯勸他說：特使已準備了典禮的宣言和演講辭，他去不太好。大約此時，吉普賽人回來了，是梅爾魁德斯學術的最後繼承者，他們發現小城荒廢得好厲害，居民都跟外界脫節，於是他們再度拖着磁鐵挨家挨戶走，把它當做巴比倫智者最新發現的東西；再度用放大鏡聚集陽光；好多人目瞪口呆看着水壺墜地，鍋子滾動；好多人付五十文錢看一位吉普賽女人戴假牙又拿出來。當年的長火車曾拖帶布朗先生那個玻璃頂的豪華車廂，拖帶一百二十節、要一下午才能過得完的水果車廂，如今變成一列黃色的舊車，旣沒人上車，也沒人下車，從不停靠這個荒涼的小站。敎會代表來調查鳥兒暴死、「流浪的猶太人」犧牲的報告，發現安東尼奧·伊撒貝神父正在跟小孩玩「蒙眼抓人」遊戲，以爲他的報告是幻想出來的，就將他送進瘋人院。不久他們派來一位新派的改革運動者奧古斯都·安琪爾神父，他大膽，不妥協，每天親自敲好幾次鐘，怕民衆的靈魂打瞌睡，還挨家挨戶去叫人起來望彌撒，可是不出一年他也感染了空氣中的懈怠氣息，受不了催人欲老的熱塵埃，酷熱的時間又吃些肉丸當午餐，也變得懶洋洋了。

歐蘇拉一死，家裏又落入荒疏的狀態，永遠無法補救，多年後，阿瑪蘭妲·歐蘇拉長成快樂、摩登的女子，沒有偏見，意志堅決，充滿活力，她把雙足踩在地上，打開門窗來驅除毀滅的氣息，重整花園，消滅大白天在門廊上走動的紅蟻，想喚醒家人遺忘的好客作風，却沒有效果。非南妲的遁世精神造成一道穿不透的深堤，堵死了歐蘇拉的百年流水。乾風吹過時，她不但不肯開門，還用木板把窗口呈十字架形釘死，順從父親的活埋遺命。她和不見形影的醫生通信，花了不少錢，最後却失敗了。無數次延期之後，她在雙方講好的日期和時間關進房裏，全身只蓋一塊白被單，腦袋向北，凌晨一點鐘，她覺得有人用一塊浸了冰液的手巾蓋住她的頭。等她醒來，身上有一道弧形的縫線，由肢體叉開處一直分佈到胸骨附近。醫生指定的休養期尚未過去，她就收到對方一封惱人的來信，說他們檢查了六個鐘頭，沒找到她多次仔細描寫的病徵。事實上，她談事情一向拐彎抹角，又一次造成混淆，精神感應手術的大夫發現她只是子宮下垂，用子宮環即可矯正。非南妲覺醒了，想求取更精確的資料，可惜那些通信者不肯再回她的信。她被一個陌生的名辭打垮了，決定藏起羞惡心，去問問子宮環是什麼，這才發現法國醫生已在三個月前懸樑自殺，由奧瑞里亞諾·布恩廸亞上校以前的一位袍澤弟兄爲他行葬禮，大大違反鎭民的心願。於是她向兒子約瑟・阿加底奧吐露衷曲，兒子由羅馬寄來一套子宮環，外附一本使用說明册，她記下內容，把小册子塞進厠所沖掉，免得別人知道她的病情。其實她是多慮，家裏僅存的幾個人難得注意她。聖塔索菲亞・狄拉佩達晚年寂寞，整天逛來逛去，煮一家人吃的少量伙食，大部分的心力用來照顧約瑟・阿加底奧・席岡多。阿瑪蘭妲・歐蘇拉承襲了「美人兒瑞美廸奧絲」的某些魅力，把以前用來折磨高祖母歐蘇拉的時間轉而用在功課上，漸漸證明她智力甚佳，有學習的熱誠，勾起了奧瑞里亞諾・席岡多當年對「美美」的那股期望。他答應要照香蕉公司時期立下的風俗，送她到布魯塞爾去讀書；爲了這個幻想，他拚命復建洪水破壞的土地。他跟菲南妲已形同陌路，外孫奧瑞里亞諾到青春期又變得退縮不理人，他偶爾囘家，完全是爲了阿瑪蘭妲・歐蘇拉。奧瑞里亞諾・席岡多相信菲南妲老來會軟化，讓外孫參加城鎮的生活，鎮民絕不會費心去思索他的身世。可是奧瑞里亞諾本人似乎喜歡孤獨幽居，根本不想認識家門外的世界。歐蘇拉叫人打開梅爾魁德斯的房間後，他開始在附近徘徊，由半開的門扉往裏瞧，誰也不知道他什麼時候開始接近約瑟・阿加底奧・席岡多，彼此產生了親情。過了好久，奧瑞里亞諾・席岡多聽外孫談起火車站的大屠殺，才發現他們之間的交情。有一次，某人在餐桌上惋嘆香蕉公司撤走後小城殘破得厲害，小奧瑞里亞諾以成熟的口吻和成人的見識反駁他。他的觀點跟一般人相反，認爲馬康多本是個繁榮的地方，一天比一天進步，香蕉公司來了，它才變得紊亂、腐化、飽受壓抑，公司不願實踐他們對工人許下的諾言，工程師遂製造大雨，做爲違約的口實。他說話很有見解，細細描述軍隊如何以機關槍射殺困在車站的三千多名工人，如何把屍體搬上兩百節的車廂，載去丟入大海；菲南妲覺得他活像在智者羣中瞎扮耶穌，實在不敬。她跟大多數人一樣，相信官方的說法，相信什麼事都不曾發生，看到外孫承襲了奧瑞里亞諾·布恩廸亞上校的無政府主義思想，忿忿不平，忙叫他閉嘴。反之，奧瑞里亞諾·席岡多聽出這是孿生兄弟的說法。說實話，儘管人人都認爲約瑟·阿加底奧·席岡多發瘋，他却是當時家裏心智最清明的人。他教小奧瑞里亞諾讀書寫字，引導他研究遺稿，教他切身詮析香蕉公司對馬康多的意義，多年後奧瑞里亞諾與世人接觸，由於他的說法跟歷史學家在課本上說的假事實完全相反，人人都以爲他的說法是錯覺。在燥熱的空氣、塵埃、暑氣永遠進不來的孤獨小房間裏，他們這兩個隔代的人同時看見一個老頭，背對着窗戶，頭戴一頂像烏鴉展翅的帽子，談起他們出生前好久好久的世局。兩個人同時描述說，他總是在三月的星期一出現，於是他們明白老約瑟·阿加底奧·布恩廸亞並不像家人說的那麼瘋狂，全家只有他一個人清醒，他發覺時間也會失足，出意外，因此而裂開，在屋裏留下永恆的斷片。約瑟·阿加底奧·席岡多分類整理遺稿上的神秘文字。他確定那種文字的字母大約有四十七到五十三個，分開來看很像草字，以梅爾魁德斯的細字體一連寫下來，則有點像曬衣繩上晾的衣服。小奧瑞里亞諾記得曾在英語百科全書上看見類似的圖表，於是他將百科全書拿到房間，跟約瑟·阿加底奧·席岡多一起比對。果然是同一種文字。

奧瑞里亞諾·席岡多創立謎語摸彩的那段時間，睡覺醒來喉嚨總有疙瘩，活像強忍住一股想哭的欲望似的。佩特拉·科蒂斯以爲這是劣境造成的許多失常現象之一，她每天早上用蜂蜜拍拍他的上顎，弄蘿蔔漿給他喝，歷時一年多。後來喉嚨的腫瘤壓得他透不過氣來，奧瑞里亞諾·席岡多去找碧拉·特奈拉，問她知不知道有什麼藥草可減輕他的病情。大膽的老祖母年屆百歲，開一家小暗娼館謀生，她不信任治療法，寧願請教紙牌。她看到「方塊老Q」的喉嚨被「黑桃老J」的武器弄傷，推想菲南妲正用針去刺丈夫的相片，想引丈夫回家，可惜她對巫術所知不深，造成了內在的紛擾。奧瑞里亞諾·席岡多只照過結婚相片，洗出來全部貼在家庭相簿裏，他趁妻子不注意搜遍全家，竟在抽屜底部發現盒裝的半打子宮環。他以為紅色的小橡皮圈是巫術工具，就放進口袋，拿給碧拉·特奈拉看。碧拉無法斷定此物的性質，只覺得可疑，便在院子裏升一把火，先燒掉再說。為了驅除菲南妲的魔咒，她叫奧瑞里亞諾·席岡多浸濕一隻孵蛋的母雞，活埋在板栗樹下，他滿懷信心做這件事，掘出的泥土剛蓋上乾樹葉，他已經覺得呼吸順暢多了。菲南妲以為子宮環失踪是那些隱形醫生報復的結果，就在女用襯衣內縫一個口袋，把兒子寄給她的新子宮環放在裏面。

奧瑞里亞諾·席岡多活埋母鷄六個月後，半夜咳嗽咳醒了，覺得體內好像有一隻螃蟹用鉗子勒住他。此刻他自知雖毀了魔術子宮環，浸溼魔咒母鷄，他却快要死了，可悲的眞相就是如此。他沒告訴任何人。他唯恐死前不能送阿瑪蘭妲·歐蘇拉到布魯塞爾，遂加倍在力，每週改辦三次摸彩。他從大清早就跑遍全城，再偏僻再髒亂的地區也照跑不誤，急着賣彩票，唯有垂死的人才會那般焦急。他吆喝說：「天命在此，別放過機會，一百年才來一次喔。」他努力裝出快活、喜悅、健談的樣子，可是光看他汗流浹背，臉色蒼白，就知道他的心思並非如此。有時候他會找個沒人看見的空地，坐下來休息，等體內的魔爪慢慢退去。半夜他常到紅燈區，以幸運的預言來安慰那些伴着留聲機哭泣的寂寞女子。他拿出彩券對她們說：「這個號碼已四個月沒中籤了，別放過機會，生命比妳想像中來得短。」最後人家不再尊敬他，漸漸拿他開玩笑，不像往日叫他「奧瑞里亞諾大人」，倒當着他的面叫他「天命先生」。他說話的調子愈來愈不對；走了音，變成低低的犬吠聲，可是他仍衝勁十足，不讓民衆前往佩特拉·科蒂斯家的時候減低期望。他完全失聲後，發覺自己再過不久就會痛得受不了，知道女兒不可能靠豬羊彩票的收入去布魯塞爾念書，遂起意以洪水毀掉的土地來當摸彩的獎品，反正有錢整地的人不難恢復土地的舊觀。這是一大壯舉，市長親自幫他的忙，發布宣言來報導這件事。並組織社團，以每張一百披索的代價購買彩券，彩券不到一星期就賣光了。抽籤那天晚上，幾位中獎人開了一個大慶祝會，盛況可比香蕉公司最發達的日子，奧瑞里亞諾·席岡多最後一次以手風琴彈奏「男子漢法蘭西斯科」那些被人遺忘的歌曲，可惜他已唱不出聲了。

兩個月後，阿瑪蘭妲·歐蘇拉前往布魯塞爾。奧瑞里亞諾·席岡多不但把大摸彩收的錢交給她，還將前幾個月好不容易才存下的錢，以及變賣自動鋼琴、翼琴和各種失修的零星物品所得的小款子全部給了她。照他估計，這個數目够她讀完書，現在只缺回程的旅費了。菲南妲認爲布魯塞爾離巴黎煉獄那麼近，直到最後一刻還反對女兒去那邊，不過安琪爾神父給她一封介紹信，寫給修女們經營的天主教女生膳宿公寓，阿瑪蘭妲·歐蘇拉保證在那邊住到卒業爲止，菲南妲的憤怒這才平息下來。有一羣聖芳濟教團的修女要前往托雷多，神父特地安排修女們在旅程中照顧阿瑪蘭妲·歐蘇拉，到了那邊，但願能找到可靠的人陪她前往布魯塞爾。他們緊急通信，安排整合的問題，奧瑞里亞諾・席岡多則在佩特拉・科蒂斯協助下，爲阿瑪蘭妲・歐蘇拉準備行裝。有一天晚上他們把衣物裝進菲南妲的一具新娘皮箱，東西放得整整齊齊，小女生記住哪些衣服和布拖鞋該在橫渡大西洋的時候穿，銅鈕釦的藍布外套和哥多華皮鞋則在上陸的時候穿。她還知道上梯板要如何走法才不會落水，知道她絕不能離開修女們，除了吃飯也不能踏出船艙，在海上無論如何不能回答男女船客的問題。她帶了一小瓶暈船藥，一小本安琪爾神父寫的六篇抗暴風祈禱文。菲南妲爲她做了一條藏錢的帆布腰帶，吩咐她連睡覺也不能脫下來；又以石灰洗淨夜壺，用酒精消毒，叫阿瑪蘭妲・歐蘇拉帶去，可是阿瑪蘭妲・歐蘇拉怕同學們取笑，不肯接受。幾個月之後，奧瑞里亞諾・席岡多奄奄一息，將會記得最後一次看見她的情景——她想拉下二等座車的窗戶，聽聽菲南妲的最後叮嚀，硬是拉不下來。她穿一件粉紅的絲質衣裳，胸衣左肩別着人造的三色紫蘿蘭，脚穿帶鈕釦的哥多華低根皮鞋和假緞子長襪，長襪的大腿以伸縮束帶紮着。她身材苗條，長髮披散着，活潑的眼神跟歐蘇拉這個年紀的時候很相像，她告別時不哭也不笑，顯示出同樣堅定的性格。車子愈走愈快，奧瑞里亞諾・席岡多伴着車子前進，手扶菲南妲的手膀子，免得她倒下去，女兒以指尖向他送了一個飛吻，他幾乎來不及揮手告別。夫妻一動也不動站在驕陽下，看着火車跟黑色地平線交疊在一起，這是他們婚後第一次手挽着手。

八月九日，他們尚未收到布魯塞爾來的第一封信，約瑟・阿加底奧・席岡多在梅爾魁德斯的房間裏跟小奧瑞里亞諾說話，不知不覺說：

「永遠別忘記有三千多人，都被扔進大海去了。」

接着他退守那些遺稿，睜着眼睛斷了氣。此時他的學生兄弟在菲南妲床上，終於結束了長久以來喉嚨如遭鋼爪勒壓的痛苦。一週以前他回到家，沒有聲音，不能呼吸，渾身只剩皮包骨，帶着皮箱和手風琴回來實踐死在妻子身邊的諾言。佩特拉·科蒂斯幫他收拾衣物，跟他道別，沒流半滴眼淚，但是她忘了把他要穿進棺材的漆皮鞋子交給他；後來聽見他的死訊，就穿上黑孝服，以報紙包好那雙鞋，請菲南妲容許她看看遺體，菲南妲不放她進門。

佩特拉·科蒂斯哀求道：「設身處地替我想一想，想想我多麼愛他才願忍受這種屈辱。」

菲南妲答道：「姘婦受什麼屈辱都是活該。等妳其它的姘夫死掉，再為他穿上這雙鞋吧。」

聖塔索菲亞·狄拉佩達實踐諾言，用菜刀割斷約瑟·阿加底奧·席岡多屍體的咽喉，確定人家不至於活埋他。兩具屍體裝進同樣的棺材，他們死後看來又跟青春期以前同樣相像了。奧瑞里亞諾·席岡多的酒肉朋友們在他的棺材上放一個花圈，花圈的紫緞帶上寫着：「別生了，母牛，生命短暫哩。」菲南妲覺得不成體統，非常憤慨，就把花圈扔到垃圾堆。最後一刻亂紛紛，扛棺材出門的醉鬼搞錯了，將兩具棺材放錯了墳坑。

18

奧瑞里亞諾好久好久不踏出梅爾魁德斯的房間。他背誦那些破書上的怪譚、「跛子荷曼」的研究集成、魔鬼學的筆記、製造點金石的秘訣、古命相家諾斯特拉達莫斯的「世紀書」和瘟疫研究，所以他長到青春期，對當代的事情一無所知，倒具備了中古人的基本知識。無論聖塔索菲亞‧狄拉佩達什麼時候走進他房間，總是看他讀書讀得入神。清晨他會送一杯不加糖的咖啡給他，中午則送上一盤米飯和炸香蕉片——奧瑞里亞諾‧席岡多死後，家裏就只吃這些東西。她監督他理髮，去除虱卵，把舊皮箱找出的衣物改給他穿，等他臉上開始出現髭鬚，她更將奧瑞里亞諾‧布恩廸亞上校留下的剃刀和剃鬚用的小水瓢拿給他。上校的孩子——包括奧瑞里亞諾‧約瑟——沒有一個長得像小奧瑞里亞諾這麼像他，尤其突出的顴骨和堅定無情的唇線最像。當年奧瑞里亞諾‧席岡多在房間裏讀書，歐蘇拉以爲他自言自語；如今聖塔索菲亞‧狄拉佩達對小奧瑞里亞諾的看法也差不多。其實他是跟梅爾魁德斯說話。雙胞胎死後不久，某一個炙人的中午他看見陰鬱的老人戴一頂烏鴉展翅般的帽子，背對着窗口的強光，宛如具體喚回了他出生前就留在腦子裏的回憶。奧瑞里亞諾剛分類整理好稿件上的字母，梅爾魁德斯問他是否發現了遺稿所使用的文字，他毫不猶豫就答出來了。

「梵文，」他說。

梅爾魁德斯向小伙子透露說：他回這個房間的機會受到了限制，不過奧瑞里亞諾餘生來得及學會梵文，等遺稿有了百年的歷史，他自能解出其含義，所以他（梅爾魁德斯）將平平靜靜前往最終的死亡世界。他指示奧瑞里亞諾說：香蕉公司時代有人在通向河邊的一條窄街上解夢，現在有位聰明的加達龍尼亞人在那條街上開書店，店裏有一本「梵文入門」，他若不趕快買，那本書六年之內就會被蠹蟲蛀光。奧瑞里亞諾叫聖塔索菲亞·狄拉佩達去買書，說那本書排在第二層書架最右邊「獲救的耶路撒冷」和「米爾頓詩集」中間，聖塔索菲亞露出驚訝的表情，這是她生平頭一次表露內心的情緒。她不識字，就記住他的話，由工藝坊僅存的十七條小金魚中拿一條去變賣，籌了一點錢——士兵搜查布家的那天晚上，小金魚被人藏起來，只有她和奧瑞里亞諾知道地方。

奧瑞里亞諾學梵文頗有進步，梅爾魁德斯到房間來的次數漸漸少了，而且看來較幽遠，在正午的强光下若有若無。奧瑞里亞諾最後一次感覺他的存在時，他只是一團看不見的影子，喃喃地說：「我發燒死在新加坡的沙灘上了。」此後房間就漸漸有了灰塵、暑氣、白蟻、紅蟻和蠹蟲，總有一天要把遺稿上的智慧化爲塵埃。

家裏倒不缺糧食。奧瑞里亞諾·席岡多死後第二天，送那個玩笑花圈的朋友之中有一位說要把他欠死者的錢還給菲南妲。此後每星期三都有送貨童子帶來一籃食物，足够一星期所需。沒有人知道那些食品是佩特拉·科蒂斯送的——她認爲繼續施捨能羞辱那個羞辱她的人。可是，她的怨氣消失得比預料中來得快，此後她基於自尊繼續送食物，到最後則是基於同情。有幾回她沒有動物供人抽籤，民衆對彩券也失去興趣，她自己忍着不吃，省下口糧來供菲南妲塡肚子，她一直實踐自己暗立的誓言，直到看見菲南妲的葬禮儀隊通過，才停止這項善行。

聖塔索菲亞·狄拉佩達覺得她辛苦了半世紀以上，如今家裏人口減少，她理當休息才對。這位靜悄悄，難以猜度的女人曾在家中播下「美人兒瑞美廸奧絲」這個仙種，也種下約瑟·阿加底奧·席岡多這個神秘肅穆的種子，她從未出口哀嘆一聲，一生寂寞勤勉，專心撫育小孩，簡直記不清他們是她的子女還是孫兒女，她根本不知道奧瑞里亞諾是她的曾外孫，却把他當做親生的兒女來照顧。只有這種人家才會任她經常在食品室的地板打地舖睡覺，聽夜鼠鬧哄哄，有一天晚上她半夜嚇醒，覺得有人盯着她瞧，原來是一條毒蛇爬過她的肚子，這件事她沒有告訴任何人。她知道只要告訴歐蘇拉，歐蘇拉一定會叫她到床上去睡，可是那些年大家先後爲麵包廠忙碌，爲戰爭擔驚受怕，照顧兒孫，難得有精神去考慮別人的幸福，誰若有事情一定要在門廊上大喊才有人注意。只有素未謀面的佩特拉·科蒂斯記得她。她留意她有沒有一雙上街的好鞋子，是否隨時有衣物可穿，卽使後來摸彩節目靠奇蹟才能維持，也是如此。菲南妲嫁過來以後，自然而然把聖塔索菲亞當做長生不老的佣人，雖然人家多次告訴她對方是她丈夫的母親，可是她隔了很久才發現，却一眨眼就忘光了，實在不可思議。聖塔索菲亞·狄拉佩達似乎從來不爲自己地位低而困擾。反之，人家總覺得她喜歡待在角落裏，從來不休息，從來不埋怨，把大房屋弄得乾淨又整齊——打從妙齡她就住在這裏，香蕉公司時代這兒簡直像軍營，不像一個家，她打掃得尤其盡力。可是歐蘇拉一死，聖塔索菲亞·狄拉佩達那超人的勤奮精神、無比的工作能力漸漸瓦解。她衰老又疲乏，而這個家也在一夕之間陷入老邁的危機。牆上長出軟苔蘚。院子裏雜草叢生，連一處空地都找不到，雜草侵入門廊的水泥層，地面像玻璃般裂碎，裂縫中長出一百年前歐蘇拉在梅爾魁德斯放假牙的杯子裏發現的那種黃花。聖塔索菲亞·狄拉佩達沒有時間也沒有辦法抵擋大自然的挑戰，整天在各臥室中驅除蜥蜴，晚上牠們又回來了。有一天早晨，她發現紅蟻離開蛀壞了的地基，穿過院子，爬上欄干——那兒的秋海棠已變成泥土色——深入房子內部。起先她想用掃帚來打螞蟻，繼而用殺蟲藥，最後改用石灰，可是第二天紅蟻又來到同一個地方，繼續通行，不屈不撓，誰也敵不過牠們。菲南妲只顧寫信給兒女，沒發現這些遏止不了的損害。聖塔索菲亞·狄拉佩達一個人繼續奮鬥，拚命除草，不讓它蔓延到廚房，拔除牆上幾個鐘頭就織好的蜘蛛網，儘量刮除白蟻。可是她看見梅爾魁德斯的房間也灰濛濛佈滿蜘蛛網，即或她每天掃三遍撣三遍，拚命清理，室內依舊有奧瑞里亞諾·布恩廸亞上校和那位青年軍官預先看到的碎屑和殘破氣息，她自知戰敗了。於是她穿上破舊的星期日盛裝、歐蘇拉留下的舊鞋子、阿瑪蘭妲·歐蘇拉給她的一雙棉襪，把僅存的兩三套衣物打成一個包袱。

她對奧瑞里亞諾說：「我放棄了，我這把老骨頭管不動這麼大的房子。」

奧瑞里亞諾問她要去哪裏，她作了一個含糊的手勢，似乎完全不知道目標。不過，她想表達得明確些，就說她要到里奧哈查城的一位表親家度過餘年。這個解釋不太合理，自從雙親死後，她未曾跟城裏的人來往，也沒收到過信件或口信，更沒提過任何親戚。不過，她決心帶着僅有的一披索二十五文錢離家，所以奧瑞里亞諾給了她十四條小金魚。他由房間窗口看見她穿過庭院，手拿包袱，年老駝背，脚步拖拖拉拉；看見她出去以後還從大門的一個孔穴伸手進來，把門閂擺回原位。此後就沒有人聽過她的音訊。

菲南妲聽說聖塔索菲亞逃走，咆哮了一整天，仔細檢查皮箱、抽屜和壁櫥，一樣一樣清點，唯恐聖塔索菲亞•狄拉佩達帶走任何東西。她生平頭一次生火，燙傷了手指頭，只得請外孫奧瑞里亞諾教她泡咖啡。漸漸的，廚房工作都由他接管。菲南妲一起來，就發現早餐煮好了；她又跟以前一樣，足不出戶，一踏出房間就能吃到奧瑞里亞諾用餘火燉着留給她的餐點——她端到餐桌上，舖好亞麻枱布，點起大燭臺用餐，孤零零坐在桌首，面對十五個空位。在這種情況下，奧瑞里亞諾和菲南妲依舊未分攤彼此的寂寞，各自過孤獨的日子，各自打掃房間，任由蜘蛛網像雪花落在玫瑰樹上，裏住橫樑，糊滿了牆壁。大約此時，菲南妲忽然覺得屋裏有好多小妖精。物品——尤其每天用的物品——似乎發展出一種自行變換位置的功能。菲南妲常常花時間去找她自認爲擺在床上的剪刀，翻箱倒櫃之後，竟在廚房的一個架子上找到了，而她以爲自己已四天沒到過那個地方。銀櫃裏突然找不到叉子，結果她發現聖壇上有六根，洗衣房有三根。她坐下來寫信的時候，東西迷失得更厲害。她擺在右邊的墨水池在左邊出現，吸墨紙不見了，兩天後她竟在枕頭下找到；寫給約瑟•阿加底奧跟寫給阿瑪蘭妲•歐蘇拉的信經常搞混，她老是爲自己裝錯信封而慚愧，這種事已發生過好幾回了。有一回她找不到自來水筆。過了兩星期，郵差在他的袋子裏發現，拿來還給她。他曾挨家挨戶去找物主哩。起先她以爲跟上次遺失子宮環一樣，是那些未曾謀面的醫生搞鬼，甚至寫一封信求他們別打擾她，可是她寫到一半，停下來做別的事情，再回房間，不但找不到剛才寫的信，連寫信的理由都忘光了。她一度以爲奧瑞里亞諾搗蛋，遂開始監視他，把東西放在他活動的路線，想趁他搬動時逮住他；可是她很快就確定他除了上廚房或厠所從未踏出梅爾魁德斯的房間，而且他不是耍奸計的人。最後她相信是小妖精作祟，決定把每樣東西放在她要用的地方。她以長繩將大剪刀拴在床頭；自來水筆和吸墨紙綁在桌脚；墨水池則黏牢在她通常寫字的桌面右邊，問題並未在一夕之間解決，她剛綁好大剪刀的長繩，繩子就不够長，害她無法剪東西，活像被小妖精給剪短了。拴筆的繩子也曾發生這種情形，連她的手臂都怪怪的，寫了一會就搆不着墨水池。遠在布魯塞爾的阿瑪蘭妲•歐蘇拉和遠在羅馬的約瑟•阿加底奧都沒聽她談過這些小煩惱。菲南妲告訴兒女她很快樂，這話不假，她自覺不必再跟任何人妥協，生活一步一步接近父母的世界——那個世界的人以幻想來解決問題，才不費心去管日常的煩惱呢。永無止盡的通信使她失去了時間觀念，聖塔索菲亞•狄拉佩達走了以後更是如此。以前她參考兒女決定回家的日期來追踪年月日。可是他們不時更改計劃，日子完全搞混了，哪一段時期也弄不清楚，每個日子都差不多，很難感覺它過去。她不但不焦急，反而深深喜歡這種延誤的現象。約瑟•阿加底奧早就宣布要立誓修行，可是多年後他還說他等着完成高等神學的學業，以便改學外交，她一點都不擔心，知道通往聖彼德寶座的螺旋梯陡得很，充滿了障礙。反之，她聽到別人不當一回事的消息——譬如兒子見到了教皇之類的——却歡欣鼓舞。阿瑪蘭妲•歐蘇拉寫信告訴母親她成績特別好，取得父親沒有預計到的特權，所以她的學業要延長些時日，菲南妲也同樣開心。

聖塔索菲亞・狄拉佩達拿文法書給奧瑞里亞諾三年多以後，他終於譯出第一頁遺稿。譯文雖然不是沒有用的廢物，却只是道路的起步，將來的歷程有多長還難以預計哩，因爲西班牙譯文沒什麼意義，內容已一行行排成暗碼。奧瑞里亞諾無法找出線索來解那些暗碼句子，不過梅爾魁德斯曾說他探究遺稿所需的工具書在加達龍尼亞智者的書店裏，他決定找菲南妲談談，請她容許他去買。他在佈滿沙礫、蔓延成災的房間裏思索最佳的請求方式，後來看菲南妲從餘火上端起餐點，認爲這是唯一跟她談話的機會，沒想到早就構思好的請求竟卡在喉嚨中，害他說不出話來。他只打量過她那一回。他聆聽她在臥室走動；聽她走到門口去等兒女的來信，把自己寫的信交給郵差；直到半夜他還注意聽她的筆尖冷冷粗粗刮着紙張，然後聽見她關燈，在暗夜中喃喃祈禱。他這才去睡覺，相信他等待的機會次日將會來臨。他一直認爲菲南妲會批准，有一天早上竟剪掉長及肩膀的頭髮，刮掉滿面的亂鬚，穿上他不知由誰那邊繼承來的緊身褲和一件帶假領的襯衫，在廚房等菲南妲來拿早餐。來的並不是每天高舉着腦袋、步履像石頭的女人，而是一位姿容絕代的老婦，身披泛黃的貂皮斗篷，頭戴鍍金紙板王冠，看來沒什麼精神，活像偷偷哭過似的。說實話，自從菲南妲在奧瑞里亞諾・席岡多的皮箱裏發現這套飽受蟲害的女王裝以後，她已穿戴過好多回了。誰要是看見她對鏡欣賞自己的王族姿態，一定會以爲她發瘋。其實不然，她只是把女王的衣飾當做回憶的工具罷了。第一次穿戴的時候，心裏忍不住生出疙瘩，眼眶泛出淚水，因爲她又聞到那位到她家去接她當女王的軍官脚上的鞋油味兒，憶起失落的夢，心靈不覺爲之一爽。她自覺好老，好疲倦，跟生命中最好的年華相距好遠好遠，甚至想念記憶中最差的一切哩。此時她才發現自己多麼想念門廊上的梔子花香和傍晚的玫瑰花香，甚至想念暴發戶的野蠻作風。她那死灰般的心情曾抵制最顯着的現實打擊，一遇到鄉愁却馬上就垮了。年華似水，她自覺有必要感受悲哀，久而久之就成了一種惡習。寂寞中她漸漸產生一點人情味。可是，那天早上她踏進厨房，看見一位臉色蒼白、骨瘦如柴、眼神如夢幻的少年端咖啡給她，那種可笑的情景却扯裂了她的芳心。她不但拒絕了他的要求，此後更將房屋的鑰匙擺在她放子宮環的口袋裏。這種預防措施根本不必要，奧瑞里亞諾若有心出去，自可逃走，甚至神不知鬼不覺溜回來。可是他長期幽居，對世事沒有把握，又習慣服從，心中的反叛種子早就乾掉了。所以他回到小天地，一再讀那些遺稿，晚上聽非南妲在臥室泣啜，直哭到深夜。有一天早晨，他照例去生火，發現頭一天他留給她的食物還擺在熄滅的爐子上。於是他偷偷看一看她的臥室，發現她蓋着貂皮斗篷躺在床上，比往日更美，皮膚已化爲一層象牙膜。四個月後，約瑟・阿加底奧回來，她的屍體還完好如初。

簡直想像不出世上還有（比約瑟・阿加底奧）更像母親的人。他穿一套暗色的波紋綢衣裳、一件圓硬領襯衫，未打領帶，以一條細綢帶子綁成蝴蝶結來代替。他臉色紅潤，沒什麼精神，眼神活像受了驚，嘴唇薄薄的；黑髮光光滑滑，在腦袋中間分成一條直線，跟聖徒像的假髮差不多，看來就覺得是人工製品。他那石蠟般的面孔有鬍子拔掉的痕跡，活像一道良心的問號。他的雙手很蒼白，青筋暴露，手指宛如寄生樹，左食指戴一枚鑲有蛋白石太陽花圖案的金戒指。奧瑞里亞諾打開臨街的大門，不用問他是誰就知道他是大老遠來的。他一步一步往前走，屋裏漸漸充滿了化粧水的香味——小時候歐蘇拉常在他頭上灑這種化粧水，以便在暗處找到他。不知道什麼原因，約瑟·阿加底奧離家那麼多年，至今仍像中年的孩子，心境悲哀又孤獨。他直接走進母親的臥室——奧瑞里亞諾依照梅爾魁德斯的公式，用外公的曾祖父所用的水管燒了四個月的水銀，以保存屍體。約瑟·阿加底奧什麼話都不問他。他吻吻屍體的額頭，由母親裙下的口袋取出三個未用的子宮環和她私室的鑰匙。他做每一件事都是直接又果決，與無精打采的外貌構成一大對比。他由私室拿出一個刻有家族紋章的小波紋花櫃子，在芬芳的檀香木內層發現一封長信，菲南妲以此信道出無數瞞着兒子的事實。他站起來看信，熱切却不焦急，看到第三頁特意停下來，用重新相認的表情打量奧瑞里亞諾。

他以犀利如剃刀的口吻說：「原來你是私生子。」

「我是奧瑞里亞諾·布恩廸亞。」

「回你的房間去，」約瑟·阿加底奧說。

奧瑞里亞諾進去就不出來了，甚至聽見孤獨的葬禮聲也不好奇出來瞧一眼。有時候他從廚房看見約瑟·阿加底奧滿屋子亂逛，呼吸急促，似乎悶得很難受，午夜之後還聽見他在廢棄的臥室間走來走去。他好幾個月沒聽見約瑟·阿加底奧開口，對方從來不跟他打招呼，他也不希望對方如此，他根本沒時間去想遺稿以外的事情。菲南妲死後，他拿出倒數第二條金魚，前往加達龍尼亞智者的書店去找他需要的書。一路上的見聞他根本不感興趣，也許因爲他沒有回憶可供比較吧，而無人的街道和淒凉的房屋又和他很想見世面時想像的差不多。他自行批准了菲南妲拒絕的要求，只此一次，而且只花必要的一點點時間，一路不停留，直接走過他家和昔日解夢街之間的十

不像書店，倒像一個舊
顧客通行的空間
學校筆記
生
說，
自己的
所以你好
緞天幕，再度
建立一個異國舊
聖徒像惹他不安，
；穿一件綉有金龍的
不遜於「美人兒瑞美廸
。他不用水瓢洗澡，倒踏
幾天後，他收起波紋綢衣裳

僅有的一套綢衣——改穿當年培特羅・克里斯庇教
織的絲質襯衣，衣服的心口綉有他的姓名縮寫。這套
睡袍，由於沒有別的衣服可穿，只好等乾了再換。他從
定出門，直到深夜才回家；然後心焦地踱來踱去，氣息
下聖徒可怕的目光是他對家園的兩大回憶。羅馬的八月，他
，看見阿瑪蘭妲穿着花邊裙子，手上纏着繃帶，由大理石鑲邊
，心情焦慮，她的形象被他理想化了。他不像奧瑞里亞諾・約瑟
影，他一面編些從事神職的謊言來騙母親，一面沉迷在色慾的深槽
南妲都沒想到母子通信只是互寄謊言。約瑟・阿加底奧一到羅馬就離
友住在（羅馬對岸）特拉斯特維爾的一間閣樓中，生活悲慘又邋遢，母
些奇幻的繼承權，可使他擺脫現實的挫折，所以他繼續編些神學和教規的
跟他談那些奇夢。他收到非南妲最後一封預感生命將盡而寫的信函，忙將假
提箱，乘一艘擠得像屠牛場的移民船度海，吃冷通心麵和生蟲的乳酪度日。非
麼內容，只拖拖拉拉細述她的不幸，而他還沒讀她的遺囑，一看破損的傢俱和門
就知道他已墜入一個永遠逃不掉的陷阱，永遠看不到羅馬春天的燦爛光線和永恆的
氣喘發作，整夜失眠，一面反覆衡量自己的不幸，一面在暗濛濛的房子裏穿梭——當
曾在這棟房子庸人自擾，害他對世俗產生恐懼。她怕玄孫在鬼影間失踪，指定他待在臥

房的一角，說太陽下山後死人滿屋子亂逛，只有那個角落能避開死人。歐蘇拉告訴他：「你如果做壞事，聖徒會通知我。」他小時候每夜嚇得半死，躲在那個角落中一動也不動，面對愛告狀的聖徒像那冰冷監視的目光，坐在櫈子上冷汗直流，等待就寢時刻到來。這種折磨沒什麼益處，當時他對身邊的一切已經有恐懼感了，日後也常爲一生遭遇的事物驚慌：街上的女人會破壞他的血液；家裏的女人會生出帶豬尾巴的小孩；鬥鷄會害死人，造成一生的悔恨；槍砲碰不得，一碰就會帶來二十年的戰爭；沒有把握的探險只會造成失意和瘋狂——總之，上帝以無限的善意創造萬物，魔鬼却把它給弄壞了，所以樣樣都可怕。睡醒時，飽受惡夢壓迫，幸虧窗口有亮光，沐浴時阿瑪蘭妲又愛撫他，以綢質粉撲在他兩腿間灑上爽身粉，他才免除了恐懼。歐蘇拉在花園的日光下也不同了，她不談可怕的話題，只用木炭粉刷他的牙齒，讓他笑得像教皇那麼燦爛；爲他剪指甲，塗指甲油，希望全世界到羅馬的香客接受教皇祝福時，能驚嘆教皇的手那麼好看；又把他的頭髮梳成教皇型，以化粧水噴噴他的身體和衣服，要他的身體和衣物具有教皇的芬芳。他曾在甘朶爾堡看見教皇在陽臺上以七種語言對香客發表演說，可是他只注意到教皇的雙手很白，活像泡過石灰，身上的夏裝光可鑑人，發出古龍香水的幽香。

約瑟・阿加底奧回來將近一年，先後變賣了銀製燭臺和紋章夜壺——這才發現金夜壺只是紋章表層鍍了金而已——他爲了吃飯，只得在城裏收些小孩到家裏來玩。午休時間他帶着他們露面，叫他們在花園裏跳繩，在門廊上唱歌，在起居室的傢俱上雜耍，他自己則彬彬有禮穿梭教學。當時他不再穿緊身褲和絲襯衫，改穿一套他在阿拉伯商店買的普通衣裳，但是他那副沒精打采的威儀和教皇式的風采依然存在。孩子們接收這棟房子，就跟當年「美美」的同學們一樣。他們直到半夜還在聊天、唱歌、跳踢踏舞；整棟房子就像一間沒有紀律的膳宿學校。只要這些人不到梅爾魁德斯的房間來吵人，奧瑞里亞諾不在乎他們入侵。有一天早上，兩個小孩推開房門，看見一個鬍髮滿面、渾身髒兮兮的人正在翻譯工作枱上的文稿，他們嚇一大跳，不敢進去，却繼續留意那個房間；隔着裂縫偸瞧，低聲講話，把活生生的動物由氣窗扔進去，有一回還釘死門窗，奧瑞里亞諾花了半天的時間才撞開。小鬼惡作劇未受罰，覺得很有意思，某一天早晨有四個人趁奧瑞里亞諾上廚房的時候溜進房間，打算毀掉那些舊遺稿。可是他們的手剛接觸泛黃的紙張，身體就被一股神力吸離地面，浮在半空中，後來奧瑞里亞諾回房，搶回遺稿。此後他們就不再打擾他了。

四個年齡最大的孩子即將踏入青春期，仍穿着短褲。他們忙着照顧約瑟·阿加底奧的外觀；每天比別人早來，整個上午替他刮鬍鬚，以熱毛巾按摩身子，剪手指甲和脚指甲，塗上指甲油，並爲他噴化粧水。他們曾多次爬進浴池，替他從頭到脚抹上肥皀，他則仰躺着思念阿瑪蘭妲。然後他們爲他擦乾身體，灑上爽身粉，穿上衣服。有一個金髮捲曲、眼睛紅紅像白兔的孩子習慣在布家過夜。他和約瑟·阿加底奧交情很深，老師哮喘失眠，他一句話也不說，陪他在黑漆漆的屋子裏亂逛。有一天晚上，他們在歐蘇拉以前睡覺的房間看到水泥縫中金光閃閃，活像地底有太陽，把房間的地板化爲玻璃板似的。用不着開燈；歐蘇拉以前放床舖的角落光線最强，他們一掀開那邊的破水泥方板，就發現奧瑞里亞諾·席岡多苦掘多時、搜尋好久的秘密地窟。有三個帆布袋用銅線裹着，內藏七千兩百十四枚西班牙金幣，在暗處像餘燼發出幽光。

發掘財寶很像突來的火苗。約瑟·阿加底奧落難時漸漸產生回羅馬的夢想，如今得到橫財，却不想回去了，把房子改造成頹廢派的樂園。他換上新的天鵝絨窗簾和床幕，浴室重新舖石板，牆面貼磁磚。餐廳的橱櫃擺滿蜜餞、火腿和泡菜，很久未用的食品室又打開來儲存約瑟·阿加底奧到車站領回的一箱箱水果酒和火酒——箱子上標有他的名銜。有一天晚上，他和四個年齡最大的孩子歡宴到天明。早上六點鐘，他們赤裸裸由臥室出來，放乾浴池的水，倒滿一池香檳；集體跳進去游泳，像鳥兒飛過佈滿香泡泡的天空，約瑟·阿加底奧則仰躺在邊緣，睜眼想念阿瑪蘭妲。他沉溺在自己的世界，思索他那曖昧的樂趣是多麼辛酸，直到孩子們累了，排隊進臥室，他還留在原地不動。孩子們在臥室扯下窗簾來擦身體，亂紛紛將水晶石鏡子砸成四片，吵吵鬧鬧躺在床上，把床幕也弄壞了。後來約瑟·阿加底奧由浴室回房，發現他們赤裸裸在刼後的臥房躺成一堆。他氣得要命，與其說是氣東西損壞，不如說是感受到縱慾的空虛，討厭自己也同情自己。他由專放馬毛腰帶和各種懺悔道具的皮箱底拿出一根神職九尾鞭，把孩子們趕出他家，像瘋人般咆哮，無情地鞭打他們，一般人對山狗都不至於如此。他自己也完蛋了，氣喘發作好幾天，活像快要斷氣的人。第三天晚上他難以呼吸，實在受不了，就到奧瑞里亞諾的房間，請他到附近藥房去買一種藥粉來吸。這是奧瑞里亞諾第二次出門。他只走兩小段路面就找到那間窗戶灰濛濛的小藥房，屋裏擺滿拉丁文標示的陶罐，有個美如尼羅河毒蛇的少女將約瑟·阿加底奧紙上寫的藥交給他。奧瑞里亞諾第二次打量只有昏黃街燈照明的荒城，跟上次一樣，一點好奇心都沒有。約瑟·阿加底奧以為他逃掉了，結果他乖乖回來，趕得有些氣喘，由於困在屋裏缺乏運動，雙腿軟弱又沉重，走路拖拖拉拉的。他對世界確實沒什麼興趣，幾天後，約瑟·阿加底奧違背他對母親許下的諾言，任他愛去哪裏就去哪裏。

「我沒什麼事情要出外去辦，」奧瑞里亞諾回答說。

他一直關在屋內，潛心研究遺稿，慢慢解出字句，却無法詮釋出眞正的意思。約瑟・阿加底奧不時端火腿片、餘味甚佳的花朵蜜餞到他房間去給他吃，還送過兩次好酒。他（約瑟・阿加底奧）對遺稿不感興趣，以爲是秘傳的消遣，不過他發現孤苦的外甥具有罕見的智慧和難以言傳的世間知識，深受吸引。後來他又發現對方懂英文，除了研究文稿，還曾把六冊百科全書當做小說，由第一頁讀到最後一頁。奧瑞里亞諾能暢談羅馬的一切，活像在那邊住過許多年似的，起先約瑟・阿加底奧以爲是百科全書的功勞，可是他很快就發現書上沒有寫的事情對方也知道，例如物價就是一個例子。他問奧瑞里亞諾的資料是哪兒得來的，對方只說：「樣樣都是大家知道的。」奧瑞里亞諾則覺得約瑟・阿加底奧近看起來和遠遠在屋內亂逛時的印象完全不同，感到很吃驚。他會大笑，偶爾會懷念家裏的往事，會關心梅爾魁德斯房間的慘狀。這兩個寂寞的親人漸漸接近，彼此還談不上深切的友情，不過這一來他們較能忍受使人孤立又使人團結的無邊寂寞。於是約瑟・阿加底奧可以請奧瑞里亞諾解決一些氣人的家務問題；奧瑞里亞諾也可以坐在門廊上看書，等候阿瑪蘭妲・歐蘇拉那準時來的家書，可以使用浴室——約瑟・阿加底奧剛回家時，曾把奧瑞里亞諾趕走，不准他去那邊。

某一個炎熱的黎明，有人猛敲臨街的大門，兩個人都驚醒了。來者是一位黑皮膚、綠眼睛的老人，面孔彷彿發出磷光，額上有十字架印痕。他的衣服破破爛爛，鞋子裂開，肩上的背包是他唯一的行李，外表看來像乞丐，舉止倒很威嚴，跟外貌正好相反。只要看他一眼，即或在客廳暗處看一眼，就可以知道他賴以生存的秘密力量不是自保的本能而是恐懼的習慣。原來他就是奧瑞里亞諾·布恩廸亞上校僅存的兒子奧瑞里亞諾·阿瑪多。他長年逃難，九死一生，想要找個歇息的地方。他表明身分，求家人讓他在這棟房子裏棲身——逃難的夜晚，他常把這兒想成他此生最後一處安全的堡壘。可惜約瑟·阿加底奧和小奧瑞里亞諾都想不起他；以爲他是流浪漢，就把他趕到街心；此時他們在門口眼睜睜看着約瑟·阿加底奧解事前就發生的悲劇在街心收場。有兩名警察追踪奧瑞里亞諾·阿瑪多許多年，像獵犬跑遍半個世界去找他，現在由對面人行道的杏樹間走出來，以毛瑟槍射出兩發子彈，射穿了他頭上的火灰十字架印痕。

約瑟·阿加底奧自從把那羣孩子趕出家門後，眞心等一班輪船的消息，打算在聖誕節以前到拿波里去。他告訴奧瑞里亞諾這件事，還計劃資助他創業謀生——以前每週有人送來一籃食物，菲南妲下葬後就停掉了。可是他最後的夢想也沒有實現。九月的某一天早晨，約瑟·阿加底奧在廚房陪奧瑞里亞諾喝完咖啡，洗澡洗到一半，四個被他趕走的大孩子由屋瓦的孔穴爬進屋。他們沒給他自衞的時間，衣冠楚楚跳進浴池，抓住他的頭髮，把他的腦袋按進水裏，直到他垂死掙扎吐出的泡沫由水面消失，蒼白如海豚的屍體滑進芬芳的水池底部，他們才放手。接着他們到只有死者和他們知道的藏匿地點拿出那三袋金幣。行動迅速、殘酷、有條有理，簡直像軍事作戰。那天下午，奧瑞里亞諾沒看見他去廚房，滿屋子找他，發現他浮在平滑如鏡的芬芳浴池中，巨大、浮腫，死前還思念阿瑪蘭妲。此時奧瑞里亞諾才知道自己對他已漸漸有了感情。

19

阿瑪蘭妲·歐蘇拉隨着十二月的第一批天使乘風破浪回來，以絲繩繫着丈夫的頸子，牽他返鄉。她事先未通知家人，突然出現，身穿一襲象牙色衣裳，戴一串長及膝蓋的珍珠鍊子，手上套着翡翠和黃玉指環，直直的頭髮梳成一個光滑的圓髻，以燕尾別針固定在耳後。她六個月前結婚，丈夫是比利時法蘭德斯的人，瘦瘦老老的，表情有點像水手。她一推開客廳的門，就發現自己離家比想像中來得久，害處也比想像中來得大。

她喊道：「老天，家裏顯然沒有女人！」她相當愉快，不見得眞覺惶恐。

門廊放不下她的行李。除了家人送她上學時帶去的非南妲的舊皮箱，她另外還有兩個直立的皮箱、四個大手提箱、一個陽傘袋、八個帽盒、一個裝有五十隻金絲雀的大鳥籠，外加她丈夫的踩地自行車——拆開來裝在一個特製的箱子裏，可以像大提琴一般拿來拿去。長途旅行後，她連一天都沒有休息。她由丈夫帶來的自動機件堆找出一件舊斜紋布工裝，穿在身上，着手修復祖宅。她趕散那羣佔領門廊的紅蟻，救活玫瑰樹，拔掉雜草，又在欄干那邊的一排花盆裏種上羊齒、梔子花和秋海棠。她管理一羣木匠、鎖匠和泥水匠，要他們補好地板的裂縫，重新安裝門窗的鉸鏈，修理傢俱，粉刷牆壁的裏層和外層，所以她回來三個月後，屋裏又聞到自動鋼琴時代那種青春和喜樂的氣氛了。任何情況下家裏從未有人心情比她好，也沒有人比她更愛唱歌、跳舞，把過去的事物和習俗全扔進垃圾堆。她掃把一揮，就將屋角堆放的葬禮紀念品、無用的廢物和迷信用品除掉，由於感激歐蘇拉，她沒有去動客廳裏掛的瑞美廸奧絲的照片。她笑得半死大聲說：「老天，眞奢侈，十四歲的老祖母！」有一個泥水匠說家裏滿是幽靈，唯有挖出他們埋藏的寶藏，才能趕他們走，她大笑說人不該迷信。她好自然，好開朗，具有自由和摩登的精神，奧瑞里亞諾看她來，不知道要如何處置自己的身體才好。她張開手臂歡呼道：「老天，老天！看看我心愛的食人魔長得多大了！」他未及反應，她已將一張唱片放在她帶回的手提留聲機上，教他跳最新的舞步。她叫他換掉奧瑞里亞諾・布恩廸亞上校傳給他的髒褲子，給他幾件年輕的襯衫和一雙兩色鞋，看他在梅爾魁德斯房間裏關太久，就推他上街去逛逛。

她像歐蘇拉一樣活潑、嬌小、不屈不撓，幾乎像「美人兒瑞美廸奧絲」一樣漂亮和誘人，還具有預測時尚的稀有本能。她郵購最新的時裝照片，證明自己設計並以阿瑪蘭妲的原始縫衣機做出的衣服型式一點都沒有錯。她訂閱歐洲發行的每一種時裝雜誌、藝術出版物和流行音樂評論，只要看一眼就知道世事的發展和她想像中差不多。這麼有精神的女人居然回到一個飽受塵埃和暑氣侵襲的死城，實在難以理解，何況她丈夫很有錢，可以住在世界的任何地方，又深深愛她，肯讓她用絲繩拖着到處跑。不過，時間一天天過去，她久留的意願更明顯了，每一個計劃都是長程的，每一個舉動都是以安居馬康多、在此地平安終老爲目標。一看金絲雀的籠子就知道這些目標是一時興起的決定。她記得母親曾在信上說鳥兒絶跡了，遂將行期延後好幾個月，找到一艘停靠

「幸運島」的船，到那邊選了最好的二十五對金絲雀，想讓馬康多的天空飛滿鳥兒。她無數的計劃受到挫折，這是最可悲的例子。鳥兒繁殖後，阿瑪蘭妲・歐蘇拉將牠們一對對放出去，可是牠們一獲得自由就逃出城外去了。她想用歐蘇拉擴建房屋時建造的鳥籠來喚醒鳥兒的愛心，却沒有效果。她在杏樹上做些人工的蘆葦草鳥巢，在屋頂上撒些餵鳥的種子，設法叫籠中鳥唱歌吸引逃掉的鳥兒，全是白費功夫，鳥兒一出籠就飛走，只在天空轉一圈，認認「幸運島」的方向而已。

阿瑪蘭妲・歐蘇拉同來一年後，雖然未交上一個朋友，未開成一次宴會，但她仍相信這個飽受災殃的鄉鎮能夠得救。她丈夫賈斯頓儘量不跟她作對，其實打從他下火車那天中午，他就知道妻子的決心是懷舊的幻想刺激出來的。他相信她一定會被現實擊敗，甚至懶得拼裝踩地自行車，不過他由泥水匠刮下的蜘蛛網找出最大的蜘蛛蛋，用指甲剝開，以放大鏡觀察幼蜘蛛浮現出來。後來他以爲阿瑪蘭妲・歐蘇拉繼續修房子是怕雙手太閒，遂決定拼好那輛前輪比後輪大的漂亮自行車，在該區找土生的昆蟲，捕來醺製成標本，裝入果醬瓶中寄給里葉茲大學以前教他的博物學教授——他雖以航空爲職志，當年却在那邊研究過昆蟲學。他騎自行車的時候，身穿特技緊身褲、炫麗的短襪，頭戴福爾摩斯式的帽子；步行的時候則穿一塵不染的天然亞痲裝、白鞋，打絲綢蝴蝶結，戴草帽，手上拿一根柳條棍子。淺色的眼睛使水手型的表情更加明顯，小髭鬚則像松鼠毛似的。他的年齡至少比嬌妻大十五歲，可是他一心要給她幸福，又具有好情郎的條件，彌補了年齡的差距。說實話，人家看到他年屆四十幾歲，服飾考究，頸子上套一根絲繩，脚下騎着馬戲團的單車，一定沒想到他和妻子曾立下狂戀的盟約，兩人曾在最不適當的場所屈從彼此的衝動，想在哪兒相愛就在哪兒相愛；自從兩人在一起以後便一直如此，所處的環境一天比一天特殊，熱情却更深更充實。賈斯頓不但是兇猛的情郎，有無限的智慧和想像力，大概也是有史以來第一個爲了在紫花田交媾而緊急降落，差一點害死自己和情人的男子。

他們是結婚兩年前認識的，當時他駕駛運動雙翼機在阿瑪蘭妲・歐蘇拉唸書的學校上空翻筋斗，勇敢避開旗竿，原始的帆布和鋁箔機身尾部勾到電線。此後他不在乎小腿套着夾板，每週週末都到阿瑪蘭妲・歐蘇拉寄居的修女膳宿公寓去接她——那邊的規矩不像非南妲期望中那麼嚴格——帶她到鄉村俱樂部去。他們在沼澤上空一千五百呎高的週日氣氛中墜入情網，地面的東西變得愈小，他們覺得彼此更親密。她跟他談起馬康多，說它是世間最燦爛最安詳的小城；跟她談起一棟大房子，說屋裏屋外充滿梔子花香，她要跟一個忠實的丈夫和兩個壯兒子、一個女兒在那邊終老，兒子將取名叫「羅德瑞哥」和「岡薩羅」，絕不叫「奧瑞里亞諾」和「約瑟・阿加底奧」，女兒要取名叫「維吉尼亞」，絕不叫「瑞美廸奧絲」。她一再提這個因鄉愁而美化的小城，賈斯頓知道他若不帶她回馬康多定居，她絕不肯嫁給他。他答應這件事，後來又答應在領子上拴絲繩，認爲都是她一時的奇癖，不久就會改變的。可是他們在馬康多住了兩年，阿瑪蘭妲・歐蘇拉仍像第一天那麼快樂，他這才開始着慌了。此時他已肢解過該區每一種可以肢解的昆蟲，西班牙話說得跟本地人一樣好，郵寄來的雜誌上每一道縱橫字謎他都解出來了。他天生具有殖民地人的肝臟，能抗拒午休時間的昏睡和含有酸醋蟲的水質，所以他不能藉口水土不服，催妻子回歐洲。他很喜歡本地的烹調術，有一次連吃了八十二個蜥蜴蛋。反之，阿瑪蘭妲・歐蘇拉經常訂購冰盒裝的鮮魚和貝類，肉罐頭和醃製水果，以火車運來——她只肯吃這一類的東西。而且她雖沒地方可去，沒親友可探望，丈夫也無心欣賞她的短裙、絨毛斜帽和七股的項鍊，她依舊穿歐洲款式的時裝，郵購服裝設計書。她的秘訣似乎在於隨時想辦法忙碌，解決自己造成的家務困境，笨手笨腳做一千件事情，次日再孜孜不倦彌補，叫人想起菲南妲，也想起家傳的先建後拆的惡習。當時她的喜樂氣質仍然很興旺，一收到新唱片就邀賈斯頓在客廳熬到深夜，練習同學以簡圖教她的新舞，到頭來他們往往在維也納搖椅或空空的地板上燕好一番。她只要生下計劃中的小孩，幸福就完滿無缺了，不過她跟丈夫約定結婚五年才生孩子，她尊重這個協約。

賈斯頓想找點事情來打發時間，早晨漸漸習慣到梅爾魁德斯的房間來陪害羞的奧瑞里亞諾。他喜歡跟對方一起回憶故國的每一個地方——奧瑞里亞諾活像在那邊住過很久似的，什麼都知道。賈斯頓問他用什麼辦法取得百科全書上沒有的知識，他跟當年答覆約瑟·阿加底奧一樣說：「樣樣都是大家知道的。」除了梵文，他還學會英語、法語和稍許拉丁文、希臘文。當時他每天下午出去，阿瑪蘭妲·歐蘇拉每星期又給他固定的零用錢，他的房間簡直像加達龍尼亞智者的分支書店。他每天勤讀到半夜，可是他參閱書籍的方法很特別，賈斯頓認為他買書不是要學習新知，而是要驗證他已有的知識對不對，他最感興趣的仍是那些遺稿，早上大部分的時間都花在遺稿上面，賈斯頓夫婦很想讓他參與家庭生活，可是奧瑞里亞諾性好隱逸，神秘性一天比一天濃。那種情漠了，賈斯頓努力跟他接近，未能成功，只得找別的消遣來打發閒暇的時光。大約此時[illegible]一個航空服務站。

這並不是新構想。事實上，他認識阿瑪蘭妲・歐蘇拉之前，計劃已進行到相當的程度，只是預計的地點不在馬康多，而在比屬剛果罷了——他家在那邊投資了棕櫚油事業。後來結婚，他決定到馬康多來住幾個月，討妻子歡心，計劃不得不往後延。可是他看阿瑪蘭妲・歐蘇拉決定組織公務改進委員會；他暗示可能會回歐洲，她竟嘲笑他，他知道事情要過很久才有轉機，遂跟布魯塞爾的合夥人重新連繫，心想在加勒比海拓展新業務跟非洲差不了多少。他一步一步進行，準備在以前的魔境——如今像一個碎燧石平原——設一個停機坪。他研究風向、海岸地區的地形、最佳的航空路線，沒想到自己跟當年的赫伯先生一樣勤奮，使鎭民心生猜疑，以爲他不是研究路線，而是想種香蕉。創業的生意可以使他名正言順久居馬康多，他非常熱心，前往省城好幾趟，與當局會晤，申請執照，擬定專屬權和約。同時他繼續和布魯塞爾的合夥人通信，簡直像當年菲南妲和見不着面的醫生通信一樣有恆；最後終於說服他們以船隻運來第一架飛機，由專門機師照料，到最近的港滬拼裝好再開到馬康多來。他初步構思及估量氣象一年後，相信通信的合夥人必會實踐一再保證的諾言，遂天天在街上亂逛，仰視天空，留心風聲，指望飛機出現，久而久之竟養成習慣了。

阿瑪蘭妲・歐蘇拉回家，給奧瑞里亞諾的生活帶來劇烈的改變，她自己倒未曾察覺。約瑟・阿加底奧死後，奧瑞里亞諾成了加達龍尼亞書店的常客。他獲得自由，可隨意支配時間，對小城產生了某種好奇心，漸漸認識它，沒有碰到驚人的事件。他穿過灰濛濛的寂寞荒街，懷着科學家的興致，打量廢宅內的情景、被鐵銹和飛鳥弄壞的金屬窗簾，被回憶壓彎了背脊的居民。他以想像力重建香蕉公司城已絕滅的榮華——它那乾乾的游泳池堆滿腐壞的男鞋和女鞋，房子遭毒麥侵害，裏面有一隻德國牧羊犬的枯骨仍以鋼鍊拴在一個圓環上，有架電話機鈴鈴響，他拿起來，鈴聲才停掉，有個苦惱又冷淡的婦人說英語，他回答說：「不錯，罷工過去了，三千多具死屍扔進海裏，香蕉公司撤走，馬康多混亂多年，總算得到了平靜。」他逛呀逛呀，來到紅燈區，以前這兒有人燒一疊疊的鈔票來爲酒宴助興，此時這幾條街比別的地方更悲慘更可憐，只亮着幾盞紅燈，荒涼的舞廳點綴着花環的殘跡——未曾有過丈夫的蒼白胖寡婦、法籍曾祖母和各色各樣的老女人仍守着留聲機等待顧客。奧瑞里亞諾發現沒有人記得他的家族，甚至奧瑞里亞諾・布恩廸亞上校，只有最老最老的西印度黑人例外——那個老人頭髮像棉絮，看起來活像一張底片似的，仍在家門口唱些悲哀的日落聖歌。奧瑞里亞諾短短幾星期就學會巴比亞蒙都方言（以西班牙語爲基礎），常以彆扭的方言找他聊天，偶爾還陪他喝曾孫女煮的雞湯。曾孫女是大塊頭的黑婦，骨架結實，臀部像母馬，乳頭像水瓜，完美的圓腦袋罩着一層鐵絲般的硬髮，活像中古戰士的鎧甲頭盔。她的名字叫做尼格羅蔓塔。當時奧瑞里亞諾變賣家中銀器、燭台和其它古物維生；大抵身無分文，常叫市場後面的人把廢棄的雞頭送給他，拿去給尼格羅蔓塔煮湯，加點馬齒莧和薄荷。那位曾祖父死後，奧瑞里亞諾不再去他們家，但他曾在方場的杏樹下碰見尼格羅蔓塔用捕獸笛引誘少數的夜貓子。他陪過她許多回，以巴比亞蒙都方言談談雞湯和其它的貧民美味，若非她說奧瑞里亞諾在場嚇走了客人，他會繼續去陪她。雖然他偶爾會感受那種誘惑，雖然他認爲跟尼格羅蔓塔媾合是彼此分攤鄉愁的高潮，他却沒有跟她同床過。阿瑪蘭妲・歐蘇拉回馬康多的時候，奧瑞里亞諾還是處男，她像大姊姊擁抱他一下，他竟然喘不過氣來。每次見到她，尤其她教他最新的舞步時，他總覺得骨頭鬆得像海綿，與多年前碧拉・特奈拉藉口到穀倉用紙牌算命時，他外公的祖父（約瑟・阿加底奧）的感受差不多。爲了平息那種痛苦，他進一步鑽研遺稿，廻避阿姨不知緣由的諂媚，免得晚上心跳睡不著，深受毒害；可是他愈躲着她，就愈是心焦地等待她那沒有表情的笑聲、貓兒般快樂的嚎叫，以及她那感恩歌，隨時得在屋內最不適宜的地方爲愛情苦惱。有一天晚上，兩夫妻在離他床邊三十呎的銀飾工作枱上以腹部撞倒藥瓶，最後竟泡著一汪鹽酸液交媾起來。奧瑞里亞諾不但整夜睡不着，第二天還發燒，氣得抽抽噎噎哭。他第一次等尼格蘿曼塔到杏樹下會面的夜晚，時間長得好像永遠過不完，他飽受遲疑的心境折磨，手上握着他向阿瑪蘭妲・歐蘇拉要來的一披索五十分錢——他討錢與其說是缺錢用，不如說是要連累她，貶低她，以自己的奇遇來羞辱她。尼格蘿曼塔帶他進入點着假燭火的閨房，爬上污痕點點的折疊床舖，讓他侵入她那母狗般沒有靈魂的身體，把他當做受驚的小孩，想草草打發他，突然發現他是個大男人，力大無比，她的內部必須做一番地震般的調整，才能跟他配合。

他們變成一對情人。奧瑞里亞諾早上譯遺稿，午休時間常到尼格蘿曼塔的閨房去——她在那邊等他，教他學蚯蚓，學蝸牛，學螃蟹交媾，最後不得不離開他，躺着等那些無賴漢。過了好幾星期，奧瑞里亞諾發現她腰間有一條小帶子，好像是琴弦做的，却又硬如鋼鐵，而且沒有盡頭，彷彿隨著她出生長大似的。調情的空檔間，他們常赤裸裸躺在床上吃東西，忍受令人昏迷的暑氣，面對鋅質天花板上鐵銹襯托得發亮的星光。尼格蘿曼塔第一次有了固定的男人，她笑得半死說他能把人的骨頭給壓碎，甚至產生羅曼蒂克的錯覺，此時奧瑞里亞諾忽然向她坦訴自己對阿瑪蘭妲・歐蘇拉的秘密情意，他找到代替的人，不但未能治癒苦戀，由於經驗加寬了愛情的視野，內心反而更難受。此後尼格蘿蔓塔繼續熱情款待他，却嚴格要他付帳，如果奧瑞里亞諾沒有錢，她就在帳單上加一筆——不是記數字，而是用大拇指的指甲在門背作記號。傍晚她到方場暗處穿梭，奧瑞里亞諾則像陌生人沿着門廊走動，阿瑪蘭妲・歐蘇拉和賈斯頓通常在那個時間用餐，他不太跟他們打招呼，不久又關進房間裏，無心看書、寫字或思考，聽到他們狂笑、私語、嬉戲，最後爆發成擾人的幸福，覆蓋着他們家的黑夜，他焦躁莫名。賈斯頓尚未開始等飛機的那兩年，他一直過這種日子。某一天下午，他到加達龍尼亞智者的書店，看到四個男孩子吵吵鬧鬧，爭論中古時代殺蟑螂的方法。書店老闆知道奧瑞里亞諾愛看只有聖畢德（七世紀——八世紀的人）才閱讀的古書，就懷着一種父性的惡意勸他參加討論，他連大氣都不喘，一口氣解釋說：蟑螂是地球上最古老的有翼昆蟲，舊約時代人類用拖鞋打死牠們，可是後來各種殺蟲法——由番茄片加硼砂到麵粉加糖，不一而足——都奈何不了牠們；蟑螂一共有一千六百零三種，能抗拒人類自古用來折磨動物和人類本身的最古老、最固執、最無情的良方，所以人類有生殖的本能，必定也有一種更肯定更迫切的殺蟑螂本能，蟑螂逃過人類的毒手是因爲牠們躲在暗處，人類天生怕黑，牠們在那裏就安全無虞了，可是另一方面牠們對中午的强光變得很敏感，所以從中世紀到今天……以至於永遠永遠，殺蟑螂的唯一妙方就是太陽的强光。

這件百科全書的巧合使他們變成很好的朋友。奧瑞里亞諾下午繼續和四名好辯者相聚——他們分別叫做阿瓦羅、日爾曼、阿爾芳叟和加伯瑞爾，是他一生最初也是最後的朋友。對於他這種困在紙上世界的人，這一類始於書店、黎明在妓院收場的聚會眞的十分新鮮。他從未想到文學是人類發明以嘲笑別人的最佳玩物，直到某晚鬧飲時阿瓦羅示範表演，他才知道。過了好久他發現這種專橫的態度是由聰明的加達龍尼亞人那兒學來的——他認爲知識若不能叫人想出調製鷄豆的新方法，就一文不値。

奧瑞里亞諾大談蟑螂的那天下午，他們的辯論在馬康多郊外的一家妓院中收場，那裏的姑娘是因饑餓才賣身的。老闆娘是個笑咪咪的老鴇。簡直有開門關門的奇癖。她不斷微笑，似乎笑顧客輕易相信人，他們信賴一個唯有想像中才會存在的場所，那邊連摸得到的東西都是空幻的；家具一坐就垮了，挖空的留聲機裏面有伏窩的母鷄，花園開滿紙花，日曆記載的是香蕉公司來臨前的年月日，相框掛的圖片是由從未出版的雜誌中剪下來的。連附近來的膽怯妓女也是如此：老闆娘通知她們客人來了，她們根本就是一種虛構物。她們不跟人打招呼，穿着比現在年輕五歲時留下的小花衣服露面，脫衣服和穿衣服同樣天眞，情慾激發時竟喊道，「老天，屋頂要垮了。」她們拿到一披索五十分錢，立刻去買老闆娘賣給她們的乳酪麵包捲，她笑得更甜——只有她知道餐點也不是眞的。奧瑞里亞諾的世界始於梅爾魁德斯的遺稿，終於尼格蘿蔓塔的床舖，如今在虛幻的小妓院找到治療膽怯症的笨方法。起先他毫無進展，老闆娘老是在調情最入味的時候走進房間，大談主角們的秘密魔力。可是時間一天天過去，他漸漸熟悉人世間的這些苦難，有一天晚上心情特別亂，竟在小接待室脫光衣服，把一瓶啤酒放在特大號的陽具上，在屋裏穿梭。是他使老闆娘笑咪咪提倡的誇張效果蔚爲風尚，不抗議也不予採信，日爾曼想燒房子證明它不存在，阿爾芳叟扭斷鸚鵡的頸子，扔進一鍋剛沸騰的燉雞裏，他也持這種態度。

雖然奧瑞里亞諾自覺跟四位朋友有共同的情誼，大家一條心，甚至把他們想成同一個人，不過他跟加伯瑞爾比別人更接近。有一天晚上他偶爾提到奧瑞里亞諾·布恩廸亞上校，只有加伯瑞爾認爲他不是戲弄人，他們的交情就此產生。老闆娘平日不參加談話，那回也以婦人特具的怒火激辯說：她確實聽過奧瑞里亞諾·布恩廸亞上校的大名，其實那是政府揑造出來的人物，以他做爲殘殺自由黨派的藉口。反之，加伯瑞爾不懷疑奧瑞里亞諾·布恩廸亞上校的存在，說上校是他的高祖父吉林奈德·馬魁茲上校的戰友兼密友。談到屠殺工人的問題，更證明記憶不可靠。每次奧瑞里亞諾提起這件事，慢說是老闆娘，就是比她更老的人也駁斥工人被困在車站、兩百節車廂載滿死屍的奇譚，他們甚至堅持法律文件和小學教科書的說法：香蕉公司從未存在過。於是奧瑞里亞諾和加伯瑞爾爲這些沒有人相信的事實產生一種默契，此事深深影響他們的生活，他們自覺在舊世界的浪濤中出了軌，那個世界已經結束，只留下一股哀思。加伯瑞爾走到哪裏就睡在哪裏。奧瑞里亞諾好幾次留他在銀飾工藝坊過夜，不過他睡不着，整夜聽死人在臥室間穿梭到天亮。後來奧瑞里亞諾把他交給尼格羅蔓塔，她有空就帶他到自己那多人使用過的閨房，將他的帳目以直線記在奧瑞里亞諾的債務表遺下的空位裏。

儘管他們的生活沒有規律，可是一羣人在加達龍尼亞智者的慫恿下想做點永恆的事情。他曾是古典文學教授，雖然現在鎮民上了小學就不再有興趣求學問，他却利用教學經驗和滿屋子奇書，叫他們整夜搜索第三十七種精采的戲劇場面。奧瑞里亞諾因找到友誼而神魂顛倒，因見識到非南妲小氣不讓他接觸的迷人世事而手足無措，剛剛看出梅爾魁德斯的遺稿是暗碼詩寫成的預言，就拋棄了細讀遺稿的習慣。不過後來他證明不放棄妓院也有時間做各種事情，又回到梅爾魁德斯的房間，決定不找到最後的秘訣絕不停工。此時賈斯頓開始等飛機，阿瑪蘭妲·歐蘇拉很寂寞，有一天早晨竟出現在他的房間。

她對他說：「嘿，食人魔，又回你的洞穴啦？」

她穿一件自己設計的衣服，戴一串自製的鱒白魚脊骨項鍊，簡直迷死人。她相信丈夫對她忠實，不再用絲繩拴着他，返鄉後第一次得到片刻的清閒。奧瑞里亞諾不必看就知道她來了。她把手肘架在桌上，離得好近，一點辦法都沒有，奧瑞里亞諾聽見她的骨頭咔咔作聲，後來她對遺稿產生了興趣。爲了克服心底的不安，他抓住自己失落的聲音、漸漸飛離的生命，以及化爲水螅化石的回憶，跟她大談梵文的教化天命；說人類可能以科學方法看見未來，就像我們對着燈光看紙張背面的字一樣；說這幾篇預言有必要解出來，免得它自行毀滅，又談起諾斯特拉達莫斯的「世紀書」；說聖米蘭諾斯曾預言坎特布里斯的毀滅。突然間，奧瑞里亞諾被一股從小潛伏在心中的衝動驅使，未打斷話題，伸手按着她的手，以爲最後的決定必能澄清他的疑慮。她像小時候一樣，天真又親暱地抓住他的食指，他繼續回答問題，她一直抓着不放。他們就這樣以不傳達任一種情愫的冰涼食指互相連繫，最後她由短暫的夢境中醒來，用手拍拍額頭，嚷道：「螞蟻！」於是她將遺稿拋到腦後，以跳舞的步伐走向門口，以指尖向奧瑞里亞諾送了一個飛吻——多年前父母送她去布魯塞爾的那天下午，她也曾以飛吻向父親道別。

她說：「你以後再說給我聽。我忘了今天該在蟻垤上面灑生石灰。」

後來她丈夫經常凝視天空，她有事到家裏的這一帶，偶爾會走進他房間，待個幾分鐘。奧瑞里亞諾看到這種改變，大受鼓舞，常在家吃飯——阿瑪蘭妲回來的幾個月到今天，他從未如此。賈斯頓很高興。他們飯後通常要閒談一個多鐘頭，他抱怨合夥人欺騙他，通知他說飛機要以某條船載運，結果那條船沒有來；船運代理堅稱那條船不走加勒比海航線，不可能來；合夥人則堅稱沒裝錯船，是賈斯頓在信上說謊。通信雙方都起了疑心，賈斯頓決定不再寫信，認爲不妨趕到布魯塞爾一趟，把事情弄明白，並載飛機回來。可是阿瑪蘭妲•歐蘇拉反覆說她寧可失去丈夫，也不離開馬康多，這個計劃頓時成了泡影。起先奧瑞里亞諾跟一般人看法相同，覺得賈斯頓是騎着踩地自行車的傻蛋，隱隱約約同情他。後來他在妓院中獲得更深入的人性資料，覺得賈斯頓溫溫順順是强烈的情慾造成的。等他進一步認識他以後，發現他眞正的性格正好跟柔順的擧止相反，就懷疑等飛機也是一種表態。此時他認爲賈斯頓不像表面看來那麼傻，相反的，他是非常堅定、能幹、有耐心的男人，他永遠贊成嬌妻的意見，不否決，激起她無限的順應心，以此來征服嬌妻，讓她陷在自織的網子裏，有一天終於嫌眼前的幻象太無聊，自願收拾行囊回歐洲。奧瑞里亞諾往日的同情化爲狂烈的厭惡。他覺得賈斯頓的一套很彆扭，却相當有效，於是他出面提醒阿瑪蘭妲•歐蘇拉。她笑他多疑，却沒發現他心底的情意、疑慮和醋勁兒。她一直以爲自己只勾起奧瑞里亞諾的兄弟之情，有一天她開一罐桃子，刺破了指頭，他連忙衝過來吸掉她手上的鮮血，那種熱切和深情的樣子害她脊骨發涼。

她深感不安，笑着說：「奧瑞里亞諾！你太多疑，不適宜當好打手。」

於是奧瑞里亞諾蠻幹起來。他輕輕吻她受傷的手窪，敞開心靈最深的通道，拉出痛苦的柔腸和苦悶中孵化的寄生獸性。他傾訴自己半夜常起來，對着她晾在浴室的內衣褲寂寞和憤怒得痛哭。他傾訴自己曾急切切要求尼格蘿蔓塔像猫般嚎叫，對着他的耳朵哭道，「賈斯頓，賈斯頓，賈斯頓，」他曾狡猾地偷取她的香水，以便灑在那些因饑餓而賣淫的小女孩頸子上，細細品聞。阿瑪蘭妲‧歐蘇拉看他熱情勃發，嚇一大跳，慢慢收攏指頭，像貝類般闔起來，最後她那隻受傷的手不再疼痛，不再值得同情，化做一團翡翠、黃玉和沒有感覺的骨頭。

她活像吐痰說：「傻瓜，我要儘快乘船到比利時去。」

某一天下午，阿瓦羅來到加達龍尼亞智者的書店，大聲宣佈他新發現了一家動物娼館。該館名叫「金童」，是個巨大的露天沙龍，有兩百隻鷺鷥隨意走來走去，咯咯報時，聲音吵得要命。舞池四周的鐵絲網圍檻中養着各種顏色的蒼鷺、肥胖如豬的鱷魚、十二個音響器官的蛇，一隻在小型假海中潛泳的金壳烏龜……分佈在巨大的亞馬遜茶花之間。那兒還有一隻溫順的大白狗，肯跟馬兒交配以求餵飽肚子。氣氛看來天眞濃密，似乎剛成立不久，美麗的黑白混血姑娘躲在紅花瓣和過時的唱片間絕望等待，她們知道人世間幾種男人早就遺忘的調情良方。一羣人前往幻象花房的第一天晚上，有個沉默的胖老太婆坐在柳條搖椅上監視門口，五位青年走進屋，她看到其中一個人骨瘦如柴，臉色發黃，顴骨像韃靼戰士，自盤古開天以來就永遠帶着孤獨的疫病，她覺得時間又轉回最早最早的源頭處去了。

她嘆口氣說：「老天，老天，奧瑞里亞諾！」

她再度看見奧瑞里亞諾·布恩廸亞上校的面容，想起打仗之前，他得志而寂寞，失意而流亡之前的那個遙遠的清晨，他曾到她臥室來下人生的第一道命令：要她給他愛情，此刻她又看見他在燈下的樣子。這個老太婆就是碧拉·特奈拉。幾年前她年屆一百四十五歲，不再計算年齡，繼續活在靜止不動的回憶時光裏，前途早就看出來也確定了，不再理會陷阱重重和紙牌算出的前程。

那天以後，奧瑞里亞諾就在高祖母（外公的祖母）同情的憐愛和瞭解中獲得了庇蔭。她坐在柳條搖椅上，回憶往事，重溫家族的榮華和不幸、馬康多已逝的光采；阿瓦羅則鬧哄哄大笑，存心嚇鱷魚；阿爾芳叟編些荒唐故事，說上星期有四名顧客行爲失檢，被鷺鷥啄掉眼珠子；加伯瑞爾待在黑白混血姑娘的房間，她不收錢，倒叫人寫信給一位走私的男朋友——因爲奧林諾可邊境的衛兵逮到他，叫他坐便盆，便盆裏的大便夾有鑽石，所以他在邊境那一側入了獄。有了充滿母愛的老闆娘，這間眞正的娼館成爲奧瑞里亞諾長期受困時夢想的世界。他感覺好舒服，跟完美的友情好接近，所以阿瑪蘭妲·歐蘇拉粉碎他幻夢的那天下午，只有這個地方能收容他。他本來想把秘密說出來，讓人替他解開胸中的鬱結，結果却在碧拉·特奈拉腿上流下順暢、溫暖、有益於身心的眼淚。她任他哭完，以指尖刮他的腦袋，他根本沒說他是爲愛情痛哭，她却立即認出人類史上最古老的啜泣。

她安慰他說：「不妨事的，孩子。告訴我對方是誰。」

奧瑞里亞諾說出來以後，碧拉・特奈拉發出低沉的笑聲，笑得跟當年一樣開朗，最後則像鴿子咕咕私語。她能看穿每一個布恩廸亞家人的心靈秘密，因爲百年的紙牌算命和經驗告訴她：這家的歷史有如一架再三重覆的機器，一個旋轉的輪子——只要軸心不轉太快，磨損到修不好的程度，它會繼續瀉入永恒。

她笑着說：「你別擔心，無論她此刻在什麼地方，她都等着你。」

下午四點半，阿瑪蘭妲・歐蘇拉由浴室出來。奧瑞里亞諾看見她走過他房間，身穿一件軟褶袍，腦袋裹着一條毛巾，像頭巾帽似的。他躡足跟踪她，醉得東歪西倒，走進他們夫婦的臥室，她正掀開袍子，又嚇得收攏起來。他比一比隔壁半開的房間，知道賈斯頓正在那邊開始寫一封信。

「走開，」她悄聲說。

奧瑞里亞諾微微一笑，雙手抱起她的腰肢，活像捧一鉢海棠花似的，將她仰放在床上；趁她來不及抵擋，猛扯下她的睡袍，陰森森逼近一具新洗過的裸體——其膚色、線條和隱秘的黑痣他在別的房間暗處早就想像過了。阿瑪蘭妲・歐蘇拉懷着聰明婦人的警戒心，誠心誠意自衞，滑溜溜、香噴噴、有彈性的身體不住地閃躲，想用膝蓋去頂他的腰，以指甲抓他的臉，可是雙方的每一道喘息都像人家由敞開的窗口凝視四月落日時的呼吸聲。這是尖銳的打鬥，生死的戰役，却一點也不猛，有時候會打歪，有時候像鬼魅般閃躲，過程緩慢、小心而肅穆，所以此事進行期間喇叭花有時間開放，賈斯頓有時間在隣室忘記航空的夢想，他們活像是一雙敵對的戀人，在水族館底部和好。在這一陣野蠻和形式化的打鬥中，阿瑪蘭妲·歐蘇拉知道她過份沉默很不合理，比他們儘量避免的打鬥聲更會叫隣室的丈夫起疑；於是她閉着嘴唇悶笑，繼續打鬥，假裝咬人自衞，身子漸漸不閃躲了，最後他們自知是敵手也是同謀，爭鬥變成口頭嬉戲；攻擊化爲愛撫。突然間，阿瑪蘭妲·歐蘇拉兒戲般停止自衞，等她發現自己會造成大錯，嚇得重新防衞，已經來不及了。一股大騷亂使她停在自己的重心處，根植不動，她的抵抗意志瓦解了，一心想發掘死後的棒球哨子和隱形球是什麼樣子。她及時伸手抓一條毛巾來塞嘴巴，免得體內痛苦的猫叫聲流洩出來。

20

某一個歡慶夜，碧拉·特奈拉守着樂園的入口，就這樣坐在柳條搖椅中去世。大家依據她的遺囑，不將她裝棺下葬，讓她坐着搖椅入土，由八個男人以繩索將搖椅放進舞池中央挖的大坑內。黑白混血姑娘穿着黑衣服，哭得臉色發白，發明一些不屬於人世間的儀式，脫下耳環、別針、戒指，扔進坑洞，以沒有名字和日期的石板把洞口封死，外面再蓋上一堆亞馬遜茶花。她們毒死動物，以磚塊和膠泥堵住門窗，提着排滿聖徒像、雜誌圖片、往日情人照片的木箱子分散到世間各處——她們以前的男友都在遠方，稀奇古怪，有的拉出鑽石糞便，有的會吃食人魔，有的在海上被封爲「紙牌老K」。

一切都結束了。加達龍尼亞智者想念永恆的春光，拍賣書店，回到他出生的地中海小村莊。僅存的往事遺跡將會在碧拉·特奈拉的墳墓中，聖歌和廉價的假珠寶之間腐朽。事先沒有人看出加達龍尼亞智者的決定。他爲了逃避戰禍，在香蕉公司的鼎盛時期來到馬康多，認爲最實用的作法就是開一家書店，賣古書及各種語言的初版書，顧客在對面的房子等着叫人解夢，偶爾會漫不經心翻翻那些書籍，把它當做報廢的舊書。他在店面後面度過半輩子，在學校筆記簿撕下的紙頭上以工整的字跡沾紫墨水寫字，誰也不知道他寫什麼。奧瑞里亞諾剛認識他的時候，他已經有兩箱這種雜色字紙，叫人想起梅爾魁德斯的遺稿。從那時候到他離開，他又寫滿了第三箱。所以他在馬康多期間大概沒做過別的事情。只有那四位朋友跟他保持關係，他們上文法學校時，他常以書本跟他們交換陀螺和風箏，並教他們讀西尼卡和歐維的作品。他對古典作家很隨便，活像人家跟他住過同一個房間似的，而且他知道許多不該知道的事情，例如聖奧古斯丁的法衣下有一件羊毛襖，十四年未脫下來；巫神「維蘭諾瓦的阿納都」小時候被蠍子咬過，從此成了性無能……等等。他對文字的熱誠夾着嚴肅的敬意和閒話式的非禮。連他自己的手稿也免不了遭受這種雙重的待遇。阿爾芳叟爲了翻譯那些手稿，特意學加達龍尼亞文，把其中一捲放進口袋——他的口袋經常擺滿新聞剪報和古怪行業的手册——有一天晚上他到那些因饑餓而賣淫的小姑娘住處，東西竟弄丟了。精明的老公公發現後，不但未大吵一架，反而笑得半死，說文學的命運本來就如此。反之，他返鄉的時候，人家勸他別帶走那三箱紙頭，無論如何都勸不動他，鐵路督察想要把那些東西當貨物，改用船運，他以加太基咒語痛罵那個人，最後東西終於獲准跟他留在客車上。他說：「人坐頭等車，文學却當貨物載，世界一定亂糟糟。」這是大夥兒最後一次聽他說話。他曾花一個禮拜的時間準備遠行，心情很差，行期近了，他的精神也崩潰了，東西漸漸放錯地方，擺在甲處的往往在乙處出現，大概是當年非南妲遇到的那些小妖精作怪吧。

他常咒罵道，「臭腸！我糞撒倫敦宗教會議的第二十七條教規。」

日爾曼和奧瑞里亞諾照顧他。他們把他當小孩子來扶持，以安全別針將車票、船票和移民證件別在口袋裏，詳細列出他離開馬康多到他在巴塞隆納下船時該做的每一件事，可是他扔掉一條褲子，裏面有他半數的積蓄，他却渾然不知。遠行頭一天晚上，他釘好木箱，把衣服放進他來時所帶的手提箱內，瞇起一雙安詳的眼睛，以冒失的祝福口吻指着他流亡期整天面對的亂書堆說：

「這些廢物我都留給你們！」

三個月之後，他們收到一個大信封，裏面裝着他航海期間積下來的二十九封信和五十幾張照片。雖然他沒寫日期，不過他寫信的順序很明顯。寫第一封信時，他的興致跟平日一樣好，大談渡海的困難；說高等船員不肯他把三箱稿件擺在船艙裏，他恨不得將那人丟下海去，說有一位女士像白痴，看到十三號就害怕，倒不是出於迷信，而是覺得這個號碼沒有盡頭；說他上船吃第一頓正餐，在飲水中喝出賴里達清泉產的夜甜菜味兒，跟人打賭打贏了。可是，日子一天天過去，船上的現實生活在他心目中愈來愈不重要，他懷念最遙遠、最瑣碎的事情，船隻走得愈遠，他的回憶就愈悲哀。照片上也可看出他懷舊的過程。頭幾張他顯得很快樂，身穿醫院外套型的運動衫，白髮如霜，橫渡十月那白浪滔天的加勒比海。最後幾張照片上他穿黑外套，戴綢巾，臉色蒼白，呆立在甲板上，那艘悲哀的船像夢遊般航行秋天的海面。日爾曼和奧瑞里亞諾寫了回信。頭幾個月他的來信很多，他們覺得跟此人比他住在馬康多的時候更親近，他留下的遺憾幾乎一掃而空。起先他說他出生的故宅樣樣都沒有變，屋裏依舊有粉紅的蝸牛；乾青魚夾烤麵包片依舊是那種味道，村裏的瀑布傍晚仍舊香香的。他寄來的又是筆記本撕下的紙張，佈滿紫色的草字，專誠為每個人各寫一段話。然而，那補償和激勵的信慢慢變成叫人覺醒的牧師函，他自己倒沒有發現。某一個冬天的夜晚，爐子上燉着湯，他想念店鋪後面的暑氣、太陽在杏樹上造成的紛擾、午休時間的火車氣笛聲，正如當年在馬康多想念冬天爐子上的熱湯、咖啡販子的吆喝以及春天成羣的百靈鳥。兩種鄉愁像兩面鏡子，面對面相映照，他遂失去了神奇的虛幻感，最後竟建議他們全部離開馬康多，忘掉他有關世界和人心的指示，唾棄荷瑞斯，叫他們無論上哪兒都要記得往事是謊言，回憶一去不回，每一個過去的春天都不可能恢復，再狂暴再堅定的愛情到頭來都是短暫的。

阿瓦羅最先接受建議，離開馬康多。他變賣一切，連那頭常在他家院子裏逗路人發笑的馴良美洲虎也賣掉了，買一張永久性的票，搭上一輛從不停息的火車。他從途中的車站寄來明信片，以狂叫的口吻描寫他由車廂窗口看到的瞬間影像，活像把一首虛幻的長詩扯裂，投入遺忘的深淵：路易西安納州的棉花田有空幻的黑人，肯達基草地有飛馬，亞里桑納州火紅的夕陽下有一對希臘情人，密西根的一個大湖邊有穿紅毛衣的少女畫水彩畫，以畫筆跟他揮揮手，不是道別，而是懷着希望，因爲她不知道自己看見的是一輛有去無回的火車。接着阿爾芳叟和日爾曼也在某星期六出城，打算在星期一回來，可是他們一走就杳無音訊，加達龍尼亞智者離開一年後，只剩加伯瑞爾留在馬康多，仍然東飄西蕩，偶爾去找尼格蘿蔓塔，回答一份法國雜誌上的競賽問題——頭獎得主可以去巴黎一趟哩。雜誌是奧瑞里亞諾訂的，他協助加伯瑞爾塡答案，有時候在家裏塡，不過大部到馬康多僅存的藥舖去，對着陶罐和纈草的氣味塡寫，加伯瑞爾的秘密女友梅西德絲住在那邊。這是往事的最後遺跡——過去的一切並未完全絕跡，仍然由內部慢慢耗損，慢慢毀滅，隨時走向終點，却沒有完全終結。小城達到呆滯的極限，後來加伯瑞爾競賽贏了，帶着兩套換洗的衣物、一雙皮鞋和拉伯雷的作品全集前往巴黎，居然得招手，機師才停車載他。當時古老的「

土耳其街」已成了荒涼的角落，最後幾名阿拉伯人依舊坐在門口，慢慢等待死亡，他們已多年未賣出一碼斜紋布了，暗濛濛的展示架只剩下不再使用的人體模特兒。香蕉公司城已化爲野草平原——遇到叫人吃不消的夜晚，派翠西亞・布朗大概會在阿拉巴馬州的普特拉維爾城一面吃醃蒔蘿，一面對孫兒女大談這個地方吧。有個老神父接替安琪爾神父的職位，誰也懶得費心查他的姓名，他患風濕症和疑惑性失眠，隨時躺在吊床上等上帝發慈悲，任由蜥蜴和老鼠爭奪附近教堂的繼承權。在這個連鳥兒都遺忘的馬康多城，塵土和暑氣濃得叫人不能呼吸，奧瑞里亞諾和阿瑪蘭妲・歐蘇拉獨享孤寂、愛情和愛情的孤寂，幽居在一個被紅蟻吵得幾乎不能睡覺的地方，成爲地球表面唯一快樂而且是最最快樂的人。

賈斯頓回布魯塞爾去了。他等飛機等膩了，有一天將最必要的東西收進一個小提箱，帶通信檔案離去，打算開飛機回來，再將特許權轉讓給一羣向省政當局提出更積極的計劃的德國籍飛行員。自從某天下午第一次偷情後，奧瑞里亞諾和阿瑪蘭妲・歐蘇拉繼續利用她丈夫不留意的時刻約會媾合，悶聲熱戀，韻事常因他意外返家而中斷。可是他們一看屋裏只有兩個人，立刻昏狂相愛，彌補失去的光陰。那是一種瘋狂的激情，害菲南妲的遺骸在墳墓裏恐懼得發抖，他們自己則永遠興奮莫名。無論是下午兩點在餐廳的大桌上，或是凌晨兩點在食品室，阿瑪蘭妲・歐蘇拉都會尖聲大叫，唱起極樂極苦的歌曲。她笑着說：「我最傷心的是以前荒廢了那麼多時間。」她熱情得手足無措，眼看着螞蟻破壞花園，啃食屋樑，眼看活生生的熔岩又一股一股爬上門廊，可是她唯有在螞蟻闖進臥房的時候才和牠們戰鬥。奧瑞里亞諾放棄那些舊文稿，不再踏出家門，加達龍尼亞智者來信，他也回得漫不經心。他們失去現實感、時間觀念和日常的習慣常規。他們把門窗重新關上，免得浪費時間脫衣服，整天像「美人兒瑞美廸奧絲」當年渴望的一樣，光着身子走來走去，不時赤裸裸在院子的泥堆中打滾，有一天下午他們在貯水槽中交媾，差一點淹死。短短的一段日子，他們造成的損害比螞蟻還要大：他們弄壞了客廳的傢俱；瘋起來竟把當年奧瑞里亞諾·布恩廸亞上校跟姘婦們未曾弄壞的吊床扯成一片片；挖空床墊，把裏面的棉花倒在地板上，兩人被棉絮悶得透不過氣來。雖然奧瑞里亞諾熱戀時跟情敵一樣兇猛，可是主宰這個災難樂園的却是阿瑪蘭妲·歐蘇拉，她以瘋狂的天賦和柔美的慾念主宰一切，彷彿把高祖母用來做糖果小動物的充沛活力全部投注在愛情上。她爲自己的新發明樂得大唱，笑得半死，奧瑞里亞諾則愈來愈入神，愈來愈沉默，他的熱情是自我中心，會燃燒的。可是他們都達到極高的藝術境界，等他們激動得精疲力竭，還會利用疲乏狀態來取樂。他們全心欣賞兩個人的身材，發現愛情的休息時段也具有未發掘的新機，比飢渴時段更充實。他常以蛋白揉搓阿瑪蘭妲·歐蘇拉聳立的乳房，以椰子油按摩她那彈性甚佳的大腿和桃子般的腹部，她則把奧瑞里亞諾的驚人陽具當玩偶來戲耍，以唇膏在上面畫小丑的眼睛，用眉筆添上土耳其人的髭鬚，爲它戴上薄綿紗蝴蝶結和小錫箔帽子。有一天晚上他們渾身從頭到脚塗滿桃子醬，像狗互舐身體，在門廊地板上瘋狂偷歡，後來有一大羣兇巴巴的螞蟻差一點把他們吃掉，他們才醒過來。

狂戀的空檔間，阿瑪蘭妲·歐蘇拉不時答覆賈斯頓的來函。她覺得他遠在千里外，又忙得要命，似乎不可能回來。頭一段時間，他曾在一封信上說合夥人眞的寄了飛機，可是布魯塞爾的一家船運代理行把它誤寄到坦干伊戈，交給零星的馬康多斯部落去了。這次錯誤帶來許多困擾，光是取回飛機就得花兩年的時間。於是阿瑪蘭妲・歐蘇拉拋開他會不巧回來的疑慮。至於奧瑞里亞諾，除了加達龍尼亞智者寫信給他，加伯瑞爾透過沉默的藥師梅西德絲傳來一點消息，他跟世人沒有別的連繫。起先彼此是眞正接觸。加伯瑞爾交出回程的機票，打算留在巴黎，拾撿海豚街一家旅舍的女侍丟出來的舊報紙和空酒瓶去賣。奧瑞里亞諾想像他穿一件高領毛衣，要等蒙特巴奈塞區的路邊咖啡館坐滿了春天的情人，他才脫下來；而且他白天睡覺，晚上寫信，以便在含有煮花菜氣味的房間裏讓飢腸混淆不清。可是，他的消息愈來愈含糊，而老智者的信則零散又憂鬱，奧瑞里亞諾對他們的印象漸漸跟阿瑪蘭妲・歐蘇拉對丈夫差不多，兩個人都浮在一個空空的宇宙中，日常和永恒的唯一現實就是愛情。

突然間，宛如快樂的無知覺世界被人踩了一腳，他們接到賈斯頓要回來的消息。奧瑞里亞諾和阿瑪蘭妲・歐蘇拉睜開眼睛，深深挖掘內心，手按着心口看信，知道彼此已親密到寧死不分開的境地。於是她寫了一封自相矛盾的信給丈夫，重申她的情意，說她很想很想見他，却又承認沒有奧瑞里亞諾就活不下去，說這是命運的安排。出乎意料之外，賈斯頓的回信平靜得幾近慈祥，以兩大頁信紙警告他們熱情不可靠，最後一段更祝他們像他短暫的婚姻期間一樣幸福。這種始料未及的態度害阿瑪蘭妲・歐蘇拉覺得屈辱，認爲丈夫早就想拋棄她，她正好給了他充足的藉口。六個月後，賈斯頓又從里奧波德維爾寫信來；他已在那兒修好飛機，請他們把踩地自行車寄去，說他留在馬康多的一切就只剩那一件還有點情感價值，她的不滿更深了。奧瑞里亞諾耐心忍受阿瑪蘭妲・歐蘇拉的怨尤，努力向她證明自己無論處於順境或逆境都能當好丈夫。賈斯頓留下的錢用光後，日常的困境使他們團結一心，這種情操不像激情那麼醉人，叫人眼花撩亂，但他們照樣和喧鬧縱慾的日子一樣常常燕好，照樣快快樂樂。碧拉・特奈拉去世時，他們已經懷了孩子。

阿瑪蘭妲・歐蘇拉懷孕期間行動不便，她試作魚骨項鍊生意。只有梅西德絲買了一打，此外就找不到顧客了。奧瑞里亞諾第一次發現他的語言天份、百科全書的學問、對遙遠事蹟和地方的罕見記憶功能都像他太太的那盒珠寶一樣毫無用處——其妻的眞首飾價值很高，大概要馬康多的最後一批居民把所有的錢湊起來才買得起。他們像奇蹟般活下去。雖然阿瑪蘭妲・歐蘇拉並未失去原有的好脾氣或者淘氣調情的天才，但她吃完午餐漸漸習慣坐在門廊上思考。奧瑞里亞諾往往陪在她身邊。有時候他們在那邊默默等待到天黑，面對面凝視彼此的眼睛，跟偷情時期一樣相愛。前途不穩，他們遂將心靈轉向過去。他們回憶當年洪水期的往事：兩人在院子裏玩水，殺蜥蜴，把牠掛在歐蘇拉身上，假裝活埋她。他們回憶這些事，更看出彼此自從有記憶就喜歡在一起。阿瑪蘭妲・歐蘇拉深入回溯往事，想起某一個下午她走進銀飾工藝坊，母親告訴她小奧瑞里亞諾是棄兒，擺在一個籃子裏漂來，被他們撿到了。雖然他們覺得這個說法不可靠，却沒有別的資料可查出實情。他們研究各種可能性，只能確定一點：菲南妲絕不是奧瑞里亞諾的母親。阿瑪蘭妲・歐蘇拉聽過佩特拉・科蒂斯的醜名，相信奧瑞里亞諾是她的孩子，不禁爲這個假定而恐懼不安。

奧瑞里亞諾確定自己和嬌妻是姊弟關係，十分痛苦，跑到教區神父家去搜那些發霉生蟲的檔案，想找出自己身世的線索。他發現最老的施洗證件是阿瑪蘭妲・布恩廸亞的——她在青春期，也就是尼坎諾・雷納神父以巧克力詭計證明上帝存在的那段時間由雷納神父施洗。他又覺得自己可能是奧瑞里亞諾・布恩廸亞上校的十七名私生子之一，就翻遍四冊記錄，尋找他們的出生證明，可是施洗日期跟他的年齡相差太遠了。患風濕症的老神父躺在吊床上觀察他，看他找親戚找得入神，因疑慮而發抖，就以同情的口氣問他叫什麼名字。

他說：「奧瑞里亞諾・布恩廸亞。」

神父以堅信的口吻大聲說：「那你不要再找了。多年前有一條街就叫這個名字，當時大家習慣以街名來做兒女的學名。」

奧瑞里亞諾氣得渾身顫慄。

他說：「原來如此！連你也不相信。」

「相信什麼？」

奧瑞里亞諾回答說：「奧瑞里亞諾・布恩廸亞上校打過三十二次內戰，全部失敗。軍隊把三千名工人圍起來，用機關槍殺光，屍體以兩百節車廂的火車載去扔進大海。」

神父以憐憫的目光打量他。

他嘆口氣說：「噢，孩子，只要確定你我此刻存在就夠了。」

於是奧瑞里亞諾和阿瑪蘭妲・歐蘇拉接受籃子裝棄嬰的說法，倒不是眞的相信，而是這樣能減輕他們的恐懼。懷孕月份漸增，兩個人慢慢合而爲一，這棟只要一陣風就能吹垮的房子相當寂寞，他們在這兒愈來愈融成一體。他們的活動範圍以菲南妲的臥室爲起點——那邊可看見靜態愛情的魅力；以門廊那一端爲終點——阿瑪蘭妲·歐蘇拉常坐在那邊縫新生兒的小鞋子和小帽子，奧瑞里亞諾則在那邊回加達龍尼亞智者偶爾寄來的信。房子的其它部分任其不屈不撓步向毀滅。銀飾工藝坊、梅爾魁德斯的房間、聖塔索菲亞·狄拉佩達那原始又沉默的天地……化爲無人敢穿越的家庭叢林。大自然兇巴巴環伺在四周，奧瑞里亞諾和阿瑪蘭妲·歐蘇拉繼續種梔子花和秋海棠，以生石灰界線來保護他們的世界，在歷史悠久的人蟻戰爭中建立最後的戰壕。阿瑪蘭妲·歐蘇拉疏於照顧長髮，臉上開始長汚斑，兩腿浮腫，以前那鼬鼠般適宜歡愛的身材變得很難看，她不再是當初帶一籠金絲雀和丈夫返家的青春美女了，但她的心靈依舊很活潑。她常笑着說：「呸，誰會想到我們竟眞的過食人魔的日子！」懷孕第六個月，他們收到一封信，顯然不是加達龍尼亞智者寄來的，他們和世俗連繫的最後一道表徵就此斷裂。發信地點爲巴塞隆納，不過信封上的字是傳統的藍墨水公文字體，具有報導惡耗時特具的那一副純眞不動感情的樣子，阿瑪蘭妲·歐蘇拉正要拆閱，奧瑞里亞諾一把從她手上搶過來。

他跟她說：「這封不要看，我不想知道信上說什麼。」

他的預感沒有錯，加達龍尼亞智者此後就未曾來信。那封陌生的信沒有人閱讀，擱在菲南妲有一回遺落戒指的雜物架上，任它生蟲，而且一直擺在那裏，裹着它所報導的壞消息慢慢蝕毀，這對孤獨的戀人則迎着最後階段的浪濤航行，試圖漂向清醒和遺忘的荒漠，未能成功，虛擲了許多不含悔悟的苦難時光。奧瑞里亞諾和阿瑪蘭妲·歐蘇拉察覺到這個危險，最後幾個月一直手牽手，到頭來更由衷愛上私通懷下的胎兒。晚上他們在床上相擁，面對地上的一羣羣螞蟻、蠹蟲的蛀食聲、鄰室野草不斷長高的咻咻聲，一點都不害怕。他們多次被死人的動靜吵醒，聽見歐蘇拉對抗造物法則，維持家系的生存；約瑟・阿加底奧・布恩廸亞搜索大發明的神秘眞相；菲南妲祈禱；奧瑞里亞諾・布恩廸亞上校對戰爭失望，默默做小金魚；奧瑞里亞諾・席岡多沉迷酒色，寂寞而死；他們這才知道强烈的執着可戰勝死亡，確信將來昆蟲搶走人類的樂園，別種未來的動物又由昆蟲手中搶過去以後，他們倆早就成了幽靈，依舊會繼續相愛……想到這一點，他們又快樂起來。

某一個星期日下午六點鐘，阿瑪蘭妲・歐蘇拉開始陣痛。那羣因飢餓而賣淫的小姑娘的女主人叫大家把她抬上餐廳的大桌面，跨騎在她肚子上，一陣一陣猛折磨她，最後她的叫聲被一個龐大男嬰的哭聲淹沒了。阿瑪蘭妲・歐蘇拉含着眼淚，發現他的確是布恩廸亞家的一員，與名叫「約瑟・阿加底奧」的那些人同樣强壯和任性，眼睛則跟衆位「奧瑞里亞諾」一樣睜開，是特殊的千里眼。他可能會從頭建立家族，去除其有害的惡習和孤寂的天命，因爲百年來只有他是眞正的愛情結晶。

她說，「他眞是食人魔。我們給他取名叫羅德瑞哥吧。」

丈夫反對說：「不，我們叫他奧瑞里亞諾，他將會打贏三十二次戰爭。」

接生婆剪斷臍帶，以一塊布擦掉他全身的藍色油汚，由奧瑞里亞諾掌燈照明。等他們將他的身體翻過來，才發現他比普通人多了一個東西，探身細看，竟是一條猪尾巴。

他們並不驚慌。奧瑞里亞諾和阿瑪蘭妲·歐蘇拉不曉得家族已有先例，也不記得歐蘇拉那些嚇人的諍言，接生婆說孩子換牙後可以把猪尾巴切掉，他們就安心了。而且阿瑪蘭妲·歐蘇拉流血不止，他們沒時間去想這個問題。他們爲她敷蜘蛛網和火灰丸，設法救她，等於空手去擋泉水，沒什麼大用。頭幾個鐘頭她儘量保持良好的心境。奧瑞里亞諾嚇慌了，她牽着他的手，叫他別擔心，說她這種人不想死的時候絕不會死，又笑接生婆以這麼殘忍的方法救治她。可是奧瑞里亞諾漸漸不敢抱希望，射在她身上的光線好像慢慢消失，她的形影愈來愈模糊，最後她昏昏沉沉睡去。星期一黎明，他們找來一個女人，在她床邊朗誦人獸通用的燒灼祈禱文，可惜阿瑪蘭妲·歐蘇拉的鮮血對於不是源自愛情的任何策略都毫無感應。他們拚命試了二十四小時，下午沒採取任何措施，鮮血却自行停止，她的輪廓轉爲尖削，臉上的斑痕消失，變成雪白的光暈，而且她又泛出笑容，大家知道她死了。

直到這一刻，奧瑞里亞諾才知道他多麼喜歡朋友，多麼想念他們，此時眞恨不得跟他們在一起。他把嬰兒放進其母爲他準備的提籃，以毯子蓋住死屍，漫無目標在城裏亂逛，找一處可回溯過去的入口。他敲一敲最近沒去過的藥店店門，發現是一間木匠舖。提燈開門的老婦同情他神志不清，堅稱那邊從來沒有藥店，她也不認識一個頸子細長、睡眼惺忪、名叫梅西德絲的女孩子。他額頭貼着以前加達龍尼亞智者的書店門板痛哭，自知剛才不肯爲死者落淚，怕打破愛情的魔咒，現在才哭出來做一補償。他以拳頭猛敲「金童」的水泥牆，呼喚碧拉·特奈拉；有幾個橘色的圓盤飛過天際，以前假日的晚上他經常站在院落中看得入迷，現在却無動於衷。倒塌的紅燈區只剩一間沙龍開門營業，有個手風琴樂團正在那兒演奏主教的姪兒——「男子漢法蘭西斯科」的傳人——拉菲爾·愛斯卡羅納的歌曲。酒保以前伸手冒犯過母親，所以一隻手臂萎縮。他請奧瑞里亞諾喝一瓶甘蔗酒，奧瑞里亞諾也買一瓶請他。酒保跟他談手臂的災禍。奧瑞里亞諾則跟對方談心靈的災禍，說他是冒犯姊姊，心靈才萎縮的。最後他們相對痛哭，奧瑞里亞諾的痛苦暫時解除。可是次日他孤零零面對馬康多的最後一個黎明，張開手臂站在方場中央，想喚醒全世界，用力大喊：

「朋友是一羣狗雜種！」

他吐得一塌糊塗，哭得一塌糊塗，尼格蘿蔓塔救了他。她帶他回房，爲他洗淨身子，餵他喝一杯清湯。她拿起一塊煤炭，抹去他無數次跟她交媾的欠帳，以爲這樣能安慰安慰他，又自動說出自己最孤獨的悲哀，免得他獨自落淚。奧瑞里亞諾睡着一會，醒來才恢復頭痛的知覺。他睜開眼睛，想起了孩子。

他找不到提籃。起先他高興得要命，以爲阿瑪蘭妲·歐蘇拉復活了，起來照顧孩子。但她的屍體在毯子底下像一堆石頭。奧瑞里亞諾想起他回來的時候臥室門開着，就穿越梔子花香的門廊，看看餐廳——生產的遺物還擺在那裏：有大鍋、血淋淋的床單和火灰罐，捲曲的臍帶擺在攤開的襁褓布上面，與大剪刀和釣魚線並列在餐桌上。他以爲接生婆半夜來抱走孩子，遂安心停留片刻，靜靜思考。他坐在早年麗貝卡教綉花、阿瑪蘭妲陪吉林奈德·馬魁茲上校下象棋、後來阿瑪蘭妲·歐蘇拉縫嬰兒小衣物……坐過的搖椅上，神志突然清明起來，自知靈魂受不了這麼多往事的壓力。他被自己和別人的懷念情緒刺傷，佩服玫瑰枯樹上的蜘蛛網不屈不撓，毒麥堅毅不屈，燦爛的二月清晨空氣這麼有耐心。這時候他看到孩子了。孩子全身只剩一個浮腫的乾皮囊，數不清的螞蟻正抬着他沿花園石徑走向蟻窩的洞口。奧瑞里亞諾動彈不得；不是嚇得麻痺，而是一瞬間想通了梅爾魁德斯遺稿的最後關鍵，他看見遺稿上照人類時空排列的銘文：「此家系的第一個先祖被人綁在樹上，最後一個子孫被螞蟻吃掉。」

奧瑞里亞諾一生從未如此清醒，他把死者和失去妻兒的痛苦拋到腦後，以菲南妲的交叉木條釘死門窗，免得世俗的誘惑干擾他，因爲他知道自己的命運已寫在梅爾魁德斯的遺稿上了。他走進房間，發現史前植物、熱騰騰的水窪和亮晶晶的昆蟲已將室內的一切人類遺跡破壞殆盡，那些遺稿却完好如初。他心情很激動，未將遺稿拿到光線好的地方，就站在原地大聲譯出內容，一點困難都沒有，活像原稿是西班牙文寫的，活像他是站在正午亮麗的陽光下閱讀似的。那是梅爾魁德斯提前一百年寫的家族史，連最小的細節都不曾遺漏。他用母語梵文來寫，偶數句譯成奧古斯都大帝的私用暗碼，奇數句譯成斯巴達軍用密碼。以前奧瑞里亞諾剛看出最後的一層防禦措施，就被阿瑪蘭妲・歐蘇拉的愛情搞得迷迷糊糊，防禦措施的基礎如下：梅爾魁德斯記載事情，不是照傳統的時間，而是將百年的事件濃縮在一起，讓它在一瞬間同時存在。奧瑞里亞諾發現這一點，心蕩神馳，一頁都不跳過，把梅爾魁德斯當年親口唸給阿加底奧聽的通告唸出來，其實那就是他處決的預言；他還找到後來身體和靈魂升天的天下第一美女出生的預告；找到雙胞遺腹子的身世——他們譯遺稿半途而廢，不只是無能和缺乏魄力，也因爲時機未成熟。讀到這裏，奧瑞里亞諾一心想知道自己的身世，就往前跳幾頁。此時一陣風慢慢吹起，是新生成的風，暖洋洋的，充滿過去的聲音、古天竺葵的呢喃、壓過鄉愁的幻滅嘆息。當時他正在發掘自己存在的第一個先兆——看到好色的外公跋涉虛幻的高原，尋找一個不能給他幸福的美女——所以沒發現那陣風。奧瑞里亞諾認出是寫誰，便追察此人子孫的秘徑，發現某一個黃昏在滿浴室蠍子和黃蝴蝶之間，有個技工滿足了性慾，有個女孩子爲反叛而獻身……結果懷下他這個胎兒。他看這一段看得很專心，第二陣風呈圓柱狀吹來，吹鬆了門窗的鉸鏈，掀起東廂的屋頂，弄垮地基，他還一無所覺。此時他才發現阿瑪蘭妲·歐蘇拉不是他姊姊，而是他阿姨；法蘭德斯·德萊克爵士攻打里奧哈查城，只是要他們在最複雜的血統迷宮中互相追尋，生出害家脈斷絕的神話動物。下面的事實奧瑞里亞諾已經知道了，不想浪費時間，就跳過十一頁，轉而譯他自己目前的活動報導，預知他將要譯遺稿的最後一頁，活像照一面有聲鏡子似的，此時馬康多已被聖經的颶風化爲一渦一渦可怕的塵泥和沙礫。於是他又跳幾頁，提早看最後的預言，想確知他死亡的日期和情況。可是他還沒看到最後一行，就明白自己永遠踏不出這個房間了——書上預言他奧瑞里亞諾·巴比龍尼卡譯完遺稿的時候，此一幻影城將會被風掃滅，由人類的記憶中消失，而書上寫的一切從遠古到將來……永遠不會重演，因爲被判定孤寂百年的部族在地球上是沒有第二次機會的。

馬奎斯與「一百年的孤寂」

也　斯

當代拉丁美洲小說，近年來有驕人的成就，「一百年的孤寂」便是其中著名的一部傑作。跟歐洲和美國的小說比較起來，拉丁美洲小說的年齡尚淺，但當歐洲上一代的實驗小說已呈疲態時，拉丁美洲的「全面小說」却帶來了新的力量，掀起了「新小說」以來的另一次小說的高潮。今天拉丁美洲小說的代表人物，老一輩的我們可以舉出瓜地馬拉的阿斯杜里亞斯（曾獲得諾貝爾文學獎）、阿根廷的波赫斯、古巴的加賓地亞；後一輩的則可以舉出阿根廷的葛蒂沙、巴西的居馬雷斯·盧沙、墨西哥的福恩吉斯、秘魯的華加斯·羅沙、古巴的雷沙馬·念馬，和這裏要談到的哥倫比亞的賈西亞·馬奎斯。這些作家，既有意於新技巧的嘗試，但又不忽略他們生活的現實環境。

看拉丁美洲小說的發展史，常覺得跟我國五四以來小說的發展有相似的地方。彼此都經歷過混亂的政治局面，也產生過政治教條式的作品；彼此國內都有寫之不盡的自然環境，也產生過不少寫實的鄉土文學；彼此都盲目摹倣過歐美的文學，使本國的文學成爲外國的附庸，又因此而產生了一派矯枉過正的人，盲目排斥外國文學，使本國的文學陷於故步自封的景況。

拉丁美洲小說跟我國的小說既然有這麼多相似的背景，那麼他們掙扎出來的道路：怎樣吸收新技巧融會貫通以表現當前的現實，怎樣以自然環境和政治情況來作爲襯托現代人思想感情的背景，而不是以描寫鄉土風味和宣揚政治口號爲唯一目的，怎樣從盲目接受或排斥外國文學而至與外國文學正常地互相影響，這都是值得我們注意。

「一百年的孤寂」是當代拉丁美洲小說中的一部代表作，它處理的是一個大題材：以哥倫比亞一個家族的興衰，表現了整個拉丁美洲多年來文化、歷史、政治的諸面。它是一齣包容了魔幻與現實、愛情與戰爭、生命與死亡的悲喜劇，它不是一本沉悶的作品，它的文筆幽默、美麗、簡單，是一部揉合了幻想和歷史的小說。

「一百年的孤寂」的作者賈西亞・馬奎斯在一九二八年生於哥倫比亞在加勒比海附近一個名叫亞拉卡達加的炎熱多雨的小村莊中，他在作品中屢次寫到那鄉村的歷史。「一百年的孤寂」的背景馬康多便是這小村莊的化身。

賈西亞・馬奎斯由他的外祖父母撫養長大。外祖父是個軍人，喜歡憶述自己在內戰時的英雄事蹟，外祖母則娓娓叙說拉丁美洲的神話和傳說，兩人都供給了他豐富的題材，構成了他作品歷史性和幻想性的兩面，難怪他說在文學方面最大的影響是來自於外祖父母了。有一次一位記者問他那種流暢、豐富而準確的筆法是從那裏學來的，他回答說：「那是我外祖母的風格。」

他十二歲時，離開故鄉到波哥大城一所耶穌教會學校唸書，畢業後繼續讀法律，但因爲覺得法律跟正義沒有什麼關係，所以就轉做記者。他起先在「觀察家」工作，也就是在那裏開始發表最初的小說。一九五四年報社派他去義大利當通訊員，他一邊利用這機會學習拍攝電影和到處旅行。他的第一部小說「風吹落葉」在一九五五年出版。但哥倫比亞的獨裁者封閉了他的報社，使他淪落在異鄉。結果在巴黎一所小旅館中，反覆修改十多次寫成「沒有人寫信給上校」（這是一個中篇，在一九六一年才出版），小說中寫到那些痛苦和飢餓，正是他當時身受的感覺。關於他有一段著名的軼事，便是說他在巴黎挨餓的日子中，用一副鷄骨頭煮湯來充飢，那副鷄骨頭煮過後便晾在窗前弄乾用來煮第二遍，這樣一直煮了六七餐。

他離國三年後重回哥倫比亞，跟一個美麗的女孩子結婚，一起到委內瑞拉去，他在那裏重作記者。在一九六一年，一家報社把他派到紐約，他工作了數月，然後辭了職，乘這個機會「挾着福克納的作品」深入南方，到處去旅行。他在一九六二年出版了短篇小說集「大媽的葬禮」和小說「邪惡時刻」。他在南部因爲吃不消新奧爾良的食物，結果逃到墨西哥的奇夭達去。他在那裏八年中都是以寫作電影劇本爲職業，一邊構思着十六歲以來便計劃寫作的那部「一百年的孤寂」。據說，在一九六五年，當他正從亞加普高駛車前往墨西哥的途中，他忽然想通了。他回家以後，立即把自己關進書房中，告訴妻子說要在裏面隱居六個月，不要讓任何人打擾他。這一關便關了十八個月，然後才完成這部巨著。「一百年的孤寂」於一九六七年在阿根廷出版，立即轟動了整個拉丁美洲文壇，不但獲得好評，而且還成了暢銷書，有一回甚至一周再版一次。這書的成功，賈西亞・馬奎斯也成了足球明星或歌星一般的著名人物。

「一百年的孤寂」除了轟動拉丁美洲文壇外，在歐洲也獲得很大的成功，法國的「世界報」特別闢出兩版篇幅來專題討論賈西亞・馬奎斯，據說卽使對法蘭西本土的作家來說，這也是少有的榮譽。這本小說的英譯本一九七〇年中在美國出版，也立卽成了暢銷書。他在一九六八年出版了「伊莎貝在馬康多看雨的獨白」；在一九六九年與華加斯・羅沙合作「對談拉丁美洲的小說」，這是兩人一次對談的紀錄。他的下一次小說將以一個一九四歲年老昏聵的獨裁者爲主角，這便是一九七五年所出版的長篇小說「獨裁者的秋天」。

「一百年的孤寂」是敍述哥倫比亞一個名叫馬康多的村莊中的布恩廸亞家族的興衰史。前後一共經過六代的人物，他們經歷了哥倫比亞的內戰、西班牙殖民、美國財團帶來的經濟繁榮和豪雨的災荒，他們從與外界隔絕的生活到接受外界的沖擊而到達最後的衰滅，在這些明顯的大事的脈絡外還交織着每個人的幻想、愛情以及最後孤寂和死亡的下場。

第一個發現馬康多的是約瑟・阿加底奧・布恩廸亞，他在故鄉因爲鬥鷄時與一位朋友發生爭執，他動手把朋友刺死了。朋友死後變了一個鬼魂，夜夜在他家裏出現，要找水來洗刷咽喉的傷口。從此約瑟・阿加底奧・布恩廸亞再也睡不安寧；他不是感到恐懼，他是覺得憐憫，他難忘鬼魂在雨中凝望着他時那種戀懷生命的眼色，他想到對方是多麼孤獨，他再也忍受不了。所以他就離開故鄉，帶着妻子和願意追隨他的人去找尋新的土地。經過兩年時間，攀過大山和越過沼澤，最後找到馬康多，便在那裏建屋安居下來。這批最初的馬康多的居民都不足三十歲，還沒有人患病也沒有人死亡，整個馬康多只有二十多所磚屋，築在一道清澈的河邊，河裏的石子像「史前時期的鳥蛋」，而就在這樂園般的新地上，布恩廸亞家族的「歷史」開始了。

起先馬康多活在與外界徹底隔絕的環境中。唯一作爲他們與外界的橋樑的是一羣流浪的吉卜賽人。吉卜賽人的領袖是梅爾魁德斯，他是一個智慧的人，在這書裏也是一個非常重要的角色。吉卜賽人一年一度去到馬康多，帶去外界新鮮的發明，像磁鐵、放大鏡、星象儀、飛氈和冰。這引起了與世隔絕的馬康多人對外面新奇世界的注意，尤其啓發了約瑟・阿加底奧・布恩廸亞研究科學的熱心。吉卜賽人帶來磁鐵，約瑟・阿加底奧・布恩廸亞便想利用磁鐵來吸出地下的金，結果只吸出一具穿盔甲的屍體；吉卜賽人帶來放大鏡，他便想利用它來作武器跟敵人開戰，他把自己的計劃呈上政府，但多年都沒有一個答覆；吉卜賽人帶來星象儀和六分儀這些航海的工具，他苦苦埋首研究，終於有一天向他的家人宣佈：「地球是圓的，像一個橙子那樣。」他家裏的人都以爲他發瘋了。

但吉卜賽人再來的時候，却證明了他的說法沒有錯。吉卜賽人的領袖梅爾魁德斯爲了鼓勵他，特別建造了一間煉金的實驗室送給他。從此約瑟・阿加底奧・布恩廸亞更加專心研究了。他從一個活躍而整潔的人變成一個孤獨而襤褸的人。最後他思考時間問題而百思不得其解，終於變瘋了，他的家人便把他綁在一株大樹，他綁在樹上過了五十年才死。

他有兩個兒子和一個女兒。大兒子約瑟・阿加底奧也是個沉默孤獨的人。他少年時便愛上家中一個名叫碧拉・特奈拉的女人，結果特奈拉懷了孩子，他感到責任的重壓，偷偷地跟那些吉卜賽人一起離開馬康多。他在許多年後回來，娶了義妹麗貝卡。有一天，他打獵回家，別人聽見傳來一聲槍聲，然後就見他倒臥在血泊中。血從他耳朵中流出來，好像認識路那樣，一直流到廚房他母親歐蘇拉那裏去。

第二個兒子是奧瑞里亞諾·布恩廸亞上校。他年輕時也是個孤獨的人，常常一個人躲在他父親的實驗室中製造銀的小魚。當時西班牙派了一個自稱「市長」的人來馬康多，要管理一切，把馬康多變成西班牙的殖民地。馬康多的人民不願被人統治，但還是容許「市長」等外人住了下來，跟他們一起生活。奧瑞里亞諾·布恩廸亞結果就娶了「市長」最小的女兒，但她懷孕時死了。

在哥倫比亞內戰中，奧瑞里亞諾·布恩廸亞上校參加革命黨，他領導了三十二場戰爭，三十二仗都打敗了。他和他的好友馬魁玆都了解到戰爭的徒勞無功，了解他們實在是爲一些無人需要也無人明白的原因而戰。上校不顧兵士的反對，與政府軍簽署和約，然後拔槍自殺，但子彈穿過他的胸膛，從背後出來，他却沒死。他從此心灰意冷，躲回家裏父親的實驗室中，繼續鑄造銀的小魚，造好又熔了再造。他跟四周的人沒有來往，只是自己一個人孤獨地活着，就像他父親晚年一樣。最後他伏在一株樹上孤獨地死了。

約瑟·阿加底奧·布恩廸亞的第三個孩子是女兒阿瑪蘭達。她起先跟麗貝卡一起愛上一個來修理鋼琴的義大利人，但那個義大利人愛的是麗貝卡。後來麗貝卡嫁了阿瑪蘭達的大哥約瑟·阿加底奧，那個義大利人轉而追求阿瑪蘭達，但她拒絕了他。後來義大利人自殺了，她悲傷地故意燒傷自己的手，終生用黑布纏着手來表示自己的貞潔。晚年她給自己編織壽衣，她曉得壽衣一旦織成，自己便會死了，所以盡量拖延時間，織了又拆，拆了又織，最後終知道死亡是不可避免的，所以便織完了它。臨死時她叫別人把一切給死者的信都交給她，她便把這些給死者的信放進棺材裏帶到陰間去了。

到了第三代，長孫阿加底奧（卽長子約瑟・阿加底奧的兒子）童年時和他祖先一樣，也是一個孤獨的孩子，也愛上他父親愛過的碧拉・特奈拉（其實卽是他的生母，但他不知道）。他成年後性格有很大的轉變，內戰期間叔父上校派他管理馬康多，他變成一個獨裁者，亂立嚴法，濫殺無辜，終於給敵對的政府軍抓去槍斃。另一個孫子奧瑞里亞諾・約瑟（卽二兒子奧瑞里亞諾・布恩廸亞上校的兒子）深深地愛上了姑姑阿瑪蘭達，心中非常痛苦，所以離家從軍。多年後回來仍未能忘情，準備再去航海，未出發之前一夜，在戲院看戲時被一個政府軍發現，開槍把他打死。這個謀殺他的政府軍官，後被愛護布恩廸亞家族的人報仇殺死，每個過路的人都向他開一槍，身中百餘發子彈，屍體沉重得抬不起來。

到了布恩廸亞家族的第四代，馬康多已經不再是一個小村莊，與外界的聯繫也頻密多了。做了獨裁者的那個阿加底奧有三個孩子：一個女兒和一對孿生兒子，他的長女名叫「美人兒瑞美廸奧絲」，是一個非常美麗的女孩子，自小已異於常人。她不愛穿衣服，整天不是吃東西和睡覺便是去洗澡。有一天，她正跟曾祖母歐蘇拉在晾衣服，她的臉孔忽然變得很蒼白，蒼白得透明，曾祖母問她：「你有什麼不對勁麼？」她回答說：「沒有呀。我從未覺得這麼舒服過。」說完，她手中還握着剛洗過的一張大大的白床單，便冉冉昇上天空消失了。

那對孿生兒子中，弟弟約瑟・阿加底奧・席岡多是第一個把汽船帶到馬康多的人。

這時火車也通到馬康多來了，帶來了許多外界的人。有一次一個名叫布朗先生的美國人來到布恩廸亞家中，好客的曾祖母拿出食物來招待他。他們家有許多香蕉，布朗先生吃了許多，他吃了一根，又細心地拿起一根來量度一番，量量它有多長，有多濶，然後又吃一根，然後他一句話也不說便走了。過了不久那個布朗先生帶着一羣人乘火車回來。原來他們打算在馬康多設立香蕉園。他們霸佔了馬康多的土地，還圍上了籬笆。他們招募馬康多的居民去做勞工，但工人的待遇非常惡劣，還要遭受種種剝削。約瑟・阿加底奧・席岡多就是在那時候成爲勞工領袖，發動罷工，要求合理的待遇。資方假意答應，要他們在某一天到火車站去談判。到了那天，三千多工人到火車站去了，但對方却沒有出現。忽然有人在擴音機中說，「限你們在五分鐘內離開，不然便要開槍了。」工人們不曉得發生了什麼。突然槍聲卜卜，資方請來維持秩序的政府軍向工人開槍了，一時工人們驚惶失措，但却逃避不及，三千多人竟全被屠殺。政府軍爲了掩飾事實，把這三千多具屍體搬上火車運往海邊丟進海中。約瑟・阿加底奧・席岡多是唯一的生還者，他在屍堆中醒來，跳下火車逃去。他徒步走回馬康多，挨家逐戶去訴說他的遭遇，但沒有人相信他。

原來政府正式在電臺中宣佈那些工人不過是暫時調往別處，不久便要回來的，所以當約瑟・阿加底奧・席岡多向別人說起他親身經歷的大屠殺，別人都以爲他的神志不清，不願意相信他的話。他從此也變得心灰意冷了，就像他的許多祖先們一樣，他從此也躲在吉卜賽人梅爾魁德斯設立的實驗室中，潛心研讀神秘的古籍，再也不出去，有一次政府軍來搜索，他們逼這家人打開實驗室的門，但他們只見滿屋子煙塵瀰漫，闃無人跡，他們的肉眼無法看見這位隱居的人。

在工人被屠殺後不久，馬康多便開始降下豪雨。牲畜被淹死，農作物被淹壞，整個馬康多也癱瘓了。

約瑟·阿加底奧·席岡多的學生哥哥奧瑞里亞諾·席岡多本來是個縱情酒色的人，他娶了個清教徒的妻子，彼此個性合不來。他另外跟一個辦抽獎遊戲的女子相好。說也奇怪，他跟那女子同居的時候，他的牲畜繁殖得特別快，他也特別富有，紙幣糊滿了屋子的外牆。但在豪雨前夕，他回到原來的妻子的家中探望兒女，結果因爲豪雨不能離開迫得留下來。這場豪雨一共下了四年，他跟妻子朝夕相對，要忍受她的嘮叨和埋怨。另一方面，牲口和農作物被豪雨敗壞，屋子在雨中傾塌，門窗被腐蝕，屋中充滿昆蟲，他們的食物越來越少，他們的健康也越來越差。這不僅是他們家族的情形，也是整個馬康多的情形，整個地方形同廢墟，再沒有人離開自己的家門。

這時那些美國人和他們所設立的公司都撤走了，外人帶來的那種文明也暫時停絕，馬康多再次回到從前那種與外界隔絕的處境中，但這一次却比以前衰敗死寂多了。豪雨一直繼續了四年。雨停後，家族中許多餘下來的老人也相繼死去。第一代發現馬康多的約瑟·阿加底奧·布恩廸亞的妻子歐蘇拉一直活了一百多歲，一直目睹了這麼多代人的生死，甚至看到第六代的長孫奧瑞里亞諾的誕生。歐蘇拉晚年縮成一個小嬰孩的體積，可以用籃子盛着。她也在豪雨後死去。

歐蘇拉死後。第四代的兩個孿生子中，哥哥奧瑞里亞諾·席岡多在雨停後離開妻子回去找以前同居的那個女人。經過這場雨災，彼此都是同樣憔悴、同樣襤褸，但他們在這崩頹的世界中重新燃起戀火，一起生活下去。奧瑞里亞諾以做彩票維生，挨家逐戶去求人買，但災後又誰有餘錢買這些東西呢？他便是在貧困中度其餘生。孤獨地躲在實驗室中的弟弟約瑟·阿加底奧·布恩廸亞也在豪雨後死去了。

哥哥跟原來的妻子生了兩個女兒和一個兒子。大女兒蕾娜塔・瑞美廸奧絲愛上一個美國技師，但戀情被她的清教徒母親阻撓。她的愛人偸偸來家中幽會，被她母親發覺了，誣說家中有偸鷄賊，叫人看守着門口，乘他出來時把他打死。蕾娜塔・瑞美廸奧絲遭受這個打擊，覺得徹底絕望，任由母親把她送進修道院也不反抗了。

次子約瑟・阿加底奥被母親送去外國學做主教，學不成。回來後無意中發掘出家中的一筆藏金，後來有四個少年因爲搶奪金子把他殺死。

最小的女兒阿瑪蘭達・歐蘇拉也被送往布魯塞爾讀書，嫁了一個投機分子回來。

大女兒被送往修道院後，有一天生下一個孩子，她便差人把他送回布恩廸亞家中。這孩子便是第六代的長孫奥瑞里亞諾，也是最後目睹布恩廸亞家族衰亡的一人。奥瑞里亞諾少年時也是個孤獨的孩子，因爲家裏的人不准許他到外邊去，所以他就整天躲在家裏，尤其喜歡流連在吉卜賽人梅爾魁德斯的實驗室中，他在那裏翻閱梅爾魁德斯的手稿，發覺那是用梵文寫的。有一天梅爾魁德斯的鬼魂出現，告訴他可以在那條街道那間書店中找到唯一的一本梵文字典，他依言去買了。

他去到外邊，發覺許多人已經記不起布恩廸亞家族，它已在人們的記憶中消失。他叔祖時代的屠殺也再沒有人知道，歷史教科書上另有一套說法。他家中祖先的事蹟也被人遺忘了。奥瑞里亞諾靠着字典閱讀梅爾魁德斯的手稿，但其中仍然有些不明白的地方。

奥瑞里亞諾的阿姨阿瑪蘭達・歐蘇拉婚後回到馬康多來。奥瑞里亞諾跟她年紀相若，大家本來是童年時的玩伴，重逢後不禁戀愛起來。她丈夫做投機生意，想把飛機運到馬康多來，托朋友們代辦，但許久都沒有回音，他恐怕他們欺騙他，所以便親自到外國去一趟。她丈夫離開後，整所屋子便只有她和奧瑞里亞諾二人。他們活在一種愛的狂熱中，等到她懷了孕，他們更是寸步不離自己的屋子，他們過着一種與外界隔絕的孤寂生活。後來阿瑪蘭達・歐蘇拉生下一子後死去，奧瑞里亞諾感到非常悲哀，他整天漫無目的地在城市中閒蕩，「找尋一條回到過去的路」，他去敲那些商店的門，但是人面全非，他認識的朋友已不在了。他垂頭喪氣地回到家裏，竟然發覺不見了那個初生的嬰兒，最後在花園找到——原來給螞蟻吃掉了。

奧瑞里亞諾整個人呆住了。他不是因爲驚訝，而是忽然想到梅爾魁德斯那疊羊皮紙的手稿中的一句話：「家族中的第一個人是綁在一株樹上而最後一個人是給螞蟻吃掉。」他突然明白過來，吉卜賽人手稿中所寫的原來是預言他家族的歷史。

他曉得自己的命運一定也寫在那手稿中，他連忙趕到實驗室中，翻閱那一百年前寫下的預言。那些用梵文寫成的句子，忽然都變得明白不過了。他讀着，跳過一些段落，讀着，讀着那些祖先的歷史，那個昇到天上去的美人、那對孿生兄弟，他們的事蹟都在那些羊皮紙上重現了。他讀着的時候，風起了。那些溫暖的風，充滿了過去的聲音，在他四周吹拂着。

但他沒有理會，他繼續看下去，他看到那些一向不知道的秘密，他略去那些熟悉的事蹟。他看着的時候風勢越來越猛，吹掉了周圍屋子的門窗，掀掉了屋背。他逐漸曉得自己再也離不開這房間，當他看完這手稿的最後一行，馬康多整個城市就在狂風中消失。這就是布恩廸亞家族的下場。

看過「一百年的孤寂」，一定會覺得賈西亞・馬奎斯的寫法很奇特，他不是寫歷史小說，也不是寫幻想小說，而是把二者混合起來。像哥倫比亞的內戰、西班牙的殖民、美國「聯合水果公司」在拉丁美洲的活動、連綿的雨災，這些都是歷史上的眞事；但像人可以乘坐飛氈飛馳、血液會繞路流到死者母親家中、美麗的女孩子會昇上天空、吉卜賽人能夠預知未來的事、這些都是百分之百神話式的幻想；賈西亞・馬奎斯把這兩種質素揉合起來，結果是使現實更豐富，也使幻想更堅實，從而生動地寫出人的哀樂生死。

有些拉丁美洲作家所說的「魔幻寫實」，就是這麼一種揉合的寫法。比如瓜地馬拉作家阿斯杜里亞斯的小說「混血女郎與褲襠先生」，就是寫一個窮人爲了致富，答應魔鬼打開褲襠到處走，後來更把妻子也出賣給魔鬼。其中那些鬼神的法力當然是些幻想的東西，但拉丁美洲農民的艱困生活，和那些貧富不均的現象，其實又非常現實。

「一百年的孤寂」開闢了歷史小說的新途徑。穿插了幻想性材料，使「一百年的孤寂」具有一種神話或寓言的質素。它彷彿是一個「失樂園」的神話。當約瑟・阿加底奧・布恩廸亞等人最先離開故鄉去找尋新的居地時，他們走了兩年，有一晚他們睡在河邊，約瑟・阿加底奧・布恩廸亞做了一個夢，夢見一個囂鬧的城市，屋子的牆壁像鏡子一般，他問那是什麼城市，有人回答他說：「馬康多」。翌日他醒來後便命人砍下樹木，在河邊建立他們的城市，並命名爲馬康多。起先馬康多就像一個世外桃源，人民愉快而平等地活在其中的樂園。約瑟·阿加底奧·布恩廸亞……安排好每所屋子的位置，使他們每個人都是走同樣遠的路去河邊打水，使每所屋子在最熱時都是獲得同樣多的陽光……在幾年之內，馬康多成爲一個比一切鄉村更有秩序也更勤懇的鄉村，它有三百個居民。它是一個眞正快樂的鄉村，沒有一個人超過三十歲也還沒有一個人死亡。

這是一個樂園般的地方，但不久吉卜賽人來了，引起人們對外面世界的好奇，後來與外界接觸的結果只有帶來衰亡，只有造成樂園的喪失。他們不是像亞當和夏娃那樣被逐出樂園，他們還住在樂園內，但這個樂園已經敗壞，不再是樂園了。戰爭奪去了人們的生命、專制統治壓抑了人們的自由、經濟侵略剝削了工人的利益、到了最後馬康多已經沒有了最初的自由平等，不再是一個快樂的鄉村，人們不再辛勤工作，終日縱情酒色，像聖經中的所多瑪與峨摩拉兩座城一樣；馬康多最後面臨豪雨的浩刼，更被狂風毀滅，也就是像聖經中那兩座城被火毀滅一樣。後期的馬康多呈現一片破落的景象：「沒人理會他叫什麼名字的神父懶洋洋地躺在他的吊床上等待上帝的寬恕，被懷疑折磨得不能成眠，蜥蜴和老鼠爭奪霸佔鄰近的教堂。馬康多也被鳥兒遺忘了，塵埃和熱力這麼濃重，呼吸也變得困難起來……」

起先馬康多充滿鳥兒，吉卜賽人就是跟隨着鳥兒歌聲來找到馬康多的，但結果連鳥兒也忘記這地方了。

敗壞這樂園的是人，人的衝突、鬥爭、野心、情慾帶來最大的冲擊，如果我們細心分析一下書中布恩廸亞家族的十四個角色，一定會發覺他們有許多共通的地方。尤其是男性方面，布恩廸亞家族的男子漢都有很多相似。他們的名字不是叫做阿加底奧就是叫做奧瑞里亞諾，他們的性格也有彼此共通的地方，多由熱烈的執着而歸於幻滅。

這家族中最初幾代的人，都是從狂熱的行動歸於孤獨的沉默。他們的理想都不能實現，到頭來都是在孤寂中度他們的餘生。第一代的約瑟・阿加底奧・布恩廸亞狂熱地研究科學，希望與外界溝通結果失敗，晚年瘋了被綁在樹上，只會說拉丁文，沒有人明白他的話。第二代的奧瑞里亞諾將軍連打了三十二仗都敗北，晚年對一切都懶得理會，只是躲在家中鑄小銀魚，造完又熔了再做。第四代的約瑟・阿加底奧・布恩廸亞狂熱地從事社會改革，理想落空後晚年就躲在書房中潛讀梵文手稿，不願出房門半步，也不與任何人溝通。布恩廸亞家族的人陷於孤寂的另一個原因是愛情的幻滅。家中的男子漢在少年時都愛上一個年紀較大的女性，但這些愛情都不成功。整個家族中，愛情幻滅的例子比比皆是。第二代奧瑞里亞諾將軍自從十四歲的妻子死後，對一切人都沒有了感情，再也不能愛了。他的妹妹阿瑪蘭達初戀失意，變得滿腔怨憤，再沒有愛過其他人，結果只是在家中編織壽衣，編完了拆掉再編。第三代的奧瑞里亞諾・席岡多因爲對姑母的愛被拒而失去生存的興趣，明知有殺身之禍也不逃避。第四代的奧瑞里亞諾・席岡多愛的是情婦，但在雨災中卻迫得跟妻子共同生活多年。他的女兒蕾娜塔・瑞美廸奧絲愛上一個美國人，但被母親反對，把她的戀人殺死了，她結果任由母親把她送進修道院，過着孤獨的生活。這家族中的愛情多半是不成功的，正如歐蘇拉晚年時徹悟她兒子上校從未愛過誰，女兒阿瑪蘭達也懦弱得不敢愛，她的兒子都是不能愛人的。整個家族中，愛情往往是以亂倫、縱慾、守寡、痴戀、外遇等等形式出現，不是愛而是「愛的缺失」。

上面說這家族中的人往往從熱烈的行動歸於孤獨的沉思。從全面看，整個家族由第一代至第六代也是一個始於行動而終於沉寂的過程。布恩廸亞家人彼此在性格上有許多相似的地方，這家族的歷史也充滿重覆。家中長壽的老婦人如歐蘇拉和特奈拉都目睹了整個家族的興衰，也了解這種變幻。「沒有一個布恩廸亞家人心中的秘密是她（特奈拉）不能探測到的，因爲一個世紀來的占卜和經驗教曉了她：這家族的歷史是一部無可避免地重覆操作的機器；是一個轉動的車輪，如果不是因爲輪軸不斷和不可補救的磨蝕，它就要一直轉進永恆中去了。」

這家族的歷史的確是一個不斷反覆轉動的車輪，到了後來，車輪磨蝕了，越轉越慢了。整個家族一代不如一代，第一代的約瑟・阿加底奧・布恩廸亞夫婦都活了一百多歲，但最後一代那個嬰孩却一出生便夭亡了。第一代的約瑟・阿加底奧・布恩廸亞是一個有進取心，熱中尋求眞理，對生命大有熱誠的人，但這種質素到了後代却消失殆盡了。前幾代的人都有閱歷和建樹；後一代的人却沒有那麼多見識，比如第五代的約瑟・阿加底奧雖然被送往羅馬神學院學習做教皇，但却一到了那裏便退了學，跟兩個朋友懶散地到處遊蕩，他的死亡也跟什麼崇高理想無涉，只是因爭奪藏金而被殺。第六代的奧瑞里亞諾甚至很少離開家門，十多年來都在房子裏看書，與外界完全隔絕了。還有就是這家族第一二代的人極受尊重，都是領導人物，這種受人尊重的程度一代代減輕，到了第六代時這家族已被人忘却，奧瑞里亞諾更是個私生子，他祖母把他鎖在房間裏，說是從河上撿來的。這家族越來越衰落，終於造成了孤寂地滅絕的下場，磨蝕的車輪也不能再轉動了。而在這崩潰衰敗的全景中，那些由行動而歸於孤寂，但始終固執地堅持着一點什麼的人物，更是一些荒謬的悲劇英雄了。

反映南美洲生命與矛盾的馬奎斯

破曉時分，瑞典打來電話。加布里爾・賈西亞・馬奎斯半睡半醒，聽見對方以微弱的嗓音通知他獲得諾貝爾文學獎的消息。後來他解釋說：「我還以爲是開玩笑呢。」對方請這位哥倫比亞籍的小說家，本月到瑞典去參加頒獎典禮，領取獎金時，賈西亞・馬奎斯才說：「我知道這是眞的了。」接着一大羣記者登上他座落在墨西哥城的住宅門階，他僅有疑慮立刻煙消雲散。這位不愛公開露臉的作家表現出特具的魅力，笑着說：「我更高興的是，以後不會再當諾貝爾獎候選人了。」接着他跟妻子和少數好友到附近的一家旅社去喝香檳，開了個私人慶祝會。

賈西亞・馬奎斯是獲得諾貝爾文學獎的第一位哥倫比亞人——第四位拉丁美洲人❶。瑞典學院推崇這位長篇和短篇小說家那「不可抗拒的敍述才華」，讚美賈西亞・馬奎斯的十一部小說作品擅於描寫拉丁美洲的風景，反映出「一整個大陸的生命和矛盾」。這位五十四歲的作家最著名的作品是「一百年的孤寂」，一九六七年出版後卽橫掃三洲的暢銷書排行榜。不過他的另外一些作品——包括「獨裁者的秋天」、「邪惡時刻」和最近的「事先張揚的命案——一個記錄」——

❶另外三位是智利詩人嘉貝拉・密絲特拉兒（一九四五年）、瓜地馬拉小說家米爾・安基・阿斯杜里亞斯（一九六七年）和智利詩人帕布羅・聶魯達（一九七一年）。

更以活動畫一般的文體、微妙的政論和現實及幻想的迷人組合大大提高了作者的名氣。墨西哥作家卡洛斯・福恩吉斯說：「馬奎斯對西班牙語文的貢獻超過塞萬提斯。他使我們的語文和我們的神話都復活了。」

賈西亞・馬奎斯的短篇小說曾被譯成三十種語文，是頗受歡迎的諾貝爾獎得獎人。以前世人常對瑞典學院選出的文學家報以「誰？」的驚呼，這回正相反，拉丁美洲、歐洲和美國的數百萬讀者很快就表示讚許。在作者的祖國哥倫比亞，喜洋洋的崇拜者爲「加布」——賈西亞・馬奎斯的俗稱——獲獎而欣喜欲狂。在得獎人寄居的墨西哥，電視台整天播放節目來介紹他的生平和作品。在歐洲——賈西亞・馬奎斯一九五〇年代曾在那邊當過幾年的記者——作者最熱誠的擁護者之一密特朗總統宣佈：「我懷着熱情，向這位抓住世人想像力的小說家道喜。」賈西亞・馬奎斯本人則輕輕鬆鬆接受這一切禮讚。他曾跟新聞週刊的約瑟夫・哈莫斯對談，內容精采，他高高興興承認說：「最近十年，我就數今天下午最平靜。」

他的文學特性是屬於所謂「魔幻寫實」的一型。現年八十三歲的阿根廷作家矛吉・路易士・波赫斯——本人也多次成爲諾貝爾獎的候選人——在他那謎宮式的寓言和短篇小說中提倡此種技巧。不過賈西亞・馬奎斯把魔幻寫實主義向前推展一步，揭露拉丁美洲的一部壓迫、暴力和神話的歷史。賈西亞・馬奎斯不像許多現代的歐洲和美國作家傾向於封閉的內省，而是撒下大網去捕捉政治和社會的現象。他曾攀緣單向度的時間，讓作品中的整個村子患上了失眠症，狠狠探查傾頹的世界中社會人的角色。在賈西亞・馬奎斯的虛幻宇宙中，命運是最後的勝利者，它反覆無常，殘忍成性，人類永遠逃不開它的掌握。譯過他作品的美國翻譯家葛里哥雷・拉巴撒說：「賈西亞・馬奎斯的作品沒有一部是喜劇收場的。不過一路上有很多趣味和快樂——這也許就是他的人生畫面吧。」

壓迫

賈西亞・馬奎斯的作品震撼人心，分佈極廣，爲他贏得可觀的版稅，有人想改編成電影，要給他相當高的紅利，他都拒絕了。這些作品使其他拉丁美洲作家遭到政府非難的文學作品漸漸引人注目。最近外國出版商對秘魯的華加斯・羅沙和阿根廷的曼紐爾・白格感到興趣，部分要歸功於賈西亞・馬奎斯的成就。這位諾貝爾得獎人曾告訴哈莫斯：「我總覺得他們頒獎給我，也將半洲的文學考慮進去了……頒獎給我等於獎勵此區的整個文學。」瑞典學院似乎也讚許拉丁美洲作家普遍具有的政治活動性。學院補充說：「賈西亞・馬奎斯跟拉丁美洲的其他大部分重要作家一樣，强烈偏向於窮人和弱者。」

賈西亞・馬奎斯早就擁護激進的政治目標——他以爲諾貝爾獎評審委員會將基於這個理由不會認眞考慮他。二十餘年來，他始終堅定地支持古巴的革命，甚至爲它作宣傳，而且和卡斯楚總統頗有交情。賈西亞・馬奎斯還公然批評拉丁美洲的右翼軍事政權。一九七五年，他公開發誓不再寫小說，要等到智利獨裁領袖奧古斯托・平諾契將軍下台才提筆❶。作者流亡國外，這也是他

❶賈西亞・馬奎斯一九八一年年發表「事先張揚的命案——一個記錄」，違背了此誓言。

的政治觀造成的。一九八一年三月，賈西亞・馬奎斯怕被哥倫比亞當局逮捕，熱熱鬧鬧逃往墨西哥，他說當局僞造文件，指控他和左翼的游擊隊活動有關係。不過哥倫比亞新總統貝利沙利奧・貝坦庫的民主新氣象使他大受鼓舞，賈西亞・馬奎斯說他打算在明年春天回哥倫比亞。

身爲活動分子，賈西亞・馬奎斯不只說出他的政治信念，也付諸行動。他得過數不清的獎——繼諾貝爾文學獎之後，又獲得墨西哥頒給外國人的最高榮譽——「阿玆特克老鷹獎」，他以相當多的獎金來贊助政治目標，他捐贈東西可不是理論式的。有一份獎金的孳息充作哥倫比亞政治犯的辯護基金，另一份則捐給委內瑞拉一個不太有名的左翼組織。譯者拉巴撒說：「他把委內瑞拉獎捐給一個小組織，該組織原來是托羅斯基派，使正統的共產黨相當惱火。」賈西亞・馬奎斯答應由十七萬五千美元的諾貝爾獎金中拿出大部分來，在祖國哥倫比亞創立一份左傾的報紙。

現實

大作家本人要協助發行那份報紙。賈西亞・馬奎斯在法律學校待過一陣子，一九四八年開始了新聞記者的寫作生涯。後來二十年間，他替拉丁美洲的報紙從哈瓦納、紐約和歐洲各大都城拍發新聞稿。現在他寫一個每週專欄，同時在波哥大（哥倫比亞的一個都市）的自由派大報「觀察家」日報和西班牙的「國家」日報發表。賈西亞・馬奎斯說他的目標是教導「一般讀者——而不是自以爲無所不知的知識階層」。他常常痛罵哥倫比亞軍方或雷根政府的外交政策。但是他也花一些篇幅來談兒時的回憶和小說作品。他說：「我相信新聞雜誌業是我的主要行業。搞新聞雜誌能使我跟現實保持接觸。」

說眞的，新聞記者的見識使賈西亞・馬奎斯的小說生色不少。他不厭其煩注重細節——氣味啦，味道啦，質地啦——創造出拉丁美洲鄉村生活的生動形象。從腐化的地方官吏到占卜的吉普賽人，他筆下的角色具體表現出貧困的鄉下生活那種惰性和鬼魂夢。哈佛大學的一位歷史教授小約翰・伍馬克說，「拉丁美洲的讀者找到了自己和實質社會的一幅透視圖。大家以爲賈西亞・馬奎斯的作品是虛幻文學，其實它大部分描寫拉丁美洲的眞實經驗。」

賈西亞・馬奎斯擷取自己一生的經驗來塑造小說的王國。神話般的馬康多——亦即「一百年的孤寂」和他早期短篇小說的背景——跟作者的出生地亞拉卡達加相似得驚人，該地是加勒比海沿岸哥倫比亞香蕉區的一個泥濘小村莊。賈西亞・馬奎斯生於一九二八年，父親爲電報操作員，有十六個孩子。他一生的前八年跟外公外婆一起度過，他描寫外公外婆是「想像力豐富又迷信的人」。他的外公——賈西亞・馬奎斯的短篇小說「沒有人寫信給上校」的主角可以說就是以他爲藍本塑造的——是老軍人，成天懷念內戰。賈西亞・馬奎斯的外婆則以鬼故事、仙靈故事、已故親人的對話來款待萌芽中的大作家。

那幾年賈西亞・馬奎斯獲知了孤獨的涵義。他困在一間大房子裏，只有古怪的老親戚相伴，體驗到寂寞的滋味，日後成爲他小說的主題。「獨裁者的秋天」中的獨裁者面對的是權力的孤獨，「夏娃在猫兒體內」中的婦人感受到美的孤獨。「一百年的孤寂」中的吉普賽老人曾記載馬康多某一家人六代的經歷，他遭受的則是最大的孤寂：死亡。但是賈西亞・馬奎斯不見得永遠把孤獨描寫成逃不了的恐怖事物；有時候他也將它刻劃成逃避人世詐術的避難所。

儘管賈西亞・馬奎斯老是描寫寂寞，但是他對生命却表現出壓抑不了的熱誠。賈西亞・馬奎斯是個快活、結實的人，以好客、慷慨、幽默而知名。哥倫比亞記者蘇瓦德・麥克考伊記得「一百年的孤寂」出版後不久，她曾訪問過賈西亞・馬奎斯，問他最能跟書中的哪一個角色認同。他立卽回答說：「那個娼婦，她在最短的時間內促成了最多人的快樂——却沒有人知道。」

不過，這位喜愛羣居的得獎人固執地保衞自己的隱私。不旅行的時候，賈西亞・馬奎斯每天寫作，聽音樂。他有兩個成年的兒子，妻子梅西德絲是哥倫比亞人。她笑着談起他們的二十五年婚姻：「可以當記錄了，不過却沒給我帶來諾貝爾獎。」現在他們家的前門台階灑着一句亮麗的標語：「恭喜——我們愛你。」賈西亞・馬奎斯說：「這是一種美麗的姿態。」而且是他應得的。

（宋碧雲譯）

南美的熱帶叢林

——馬奎斯訪問記

一、我的寫作是先從「畫畫」開始

問：首先想請教你是如何開始寫作的？

答：畫畫。

問：畫畫？

答：當我很小，還不認得字的時候，便常常以漫畫來說故事。

問：後來你當了記者，你認爲記者訓練對你個人寫作有何影響？

答：新聞工作是一種謀生方法，你可以憑藉文字換取麵包，這是非常重要的。小說能改進我新聞報導的文學品質，而新聞報導又使我時時不忘現實生活，對我的小說創作頗有助益。從前，新聞寫作與小說創作是平行不相交的兩條線，將來它們是要共趨同一目標的。

問：你目前在做的就是這件工作嗎？

答：迄今我尚未遇見那樣的材料，所以我寫的都是一些根據南美洲人在歐洲的生活經驗的短篇故事。我所採取的不是新聞記者的觀點，也非把它當做回憶來處理，而僅僅就某種文學觀點，賦與文學的價值。如果有時間，我眞想寫一本回憶錄，談談我作品中，每一事件，每一冒險的來龍去脈。這本回憶錄，必將使得那些批評家和分析家覺得尷尬。

二、「獨裁者的秋天」才是我的巔峯之作

問：「一百年的孤寂」(*One Hundred years of Solitude*)出乎尋常地受到廣大讀者的熱愛，對你的寫作可有什麼影響？我認爲「獨裁者的秋天」(*The Autumn of the Patriarch*)，無論在風格或主題上，都跟它很不一樣。

答：妳讀過「風吹落葉」(*Leaf Storm*)這本書嗎？

問：是的。

答：我不敢確定大家是否注意到，不過我覺得「風吹落葉」和「獨裁者的秋天」有着很密切的關係。許多人都以爲「一百年的孤寂」是我的巔峯之作，其實我個人以爲，迄今爲此，應該是「獨裁者的秋天」，「獨裁者的秋天」正是我自始所冀求的。我甚至在執筆「一百年的孤寂」之前，便着手寫它了，但我遇上一堵牆，使我無法眞正進入作品之中，那堵牆就是「一百年的孤寂」。我個人覺得，自己的每一本書都是下一本書的學徒。從一本書到另一本書是一種進步——祇

是前進的方向也許相同，也許不相同。事實上，與其說是進步，不如說是一種「追尋」。在我個人的追尋與進化過程裏，我認爲最好的一本書是「沒有人寫信給上校」（*No One Write to the Colonel*）。有時候我會開玩笑地說——但我確信如此——即是：我必須寫了「一百年的孤寂」，別人才會去讀「沒有人寫信給上校」。

至於從「一百年的孤寂」到「獨裁者的秋天」，其間風格的轉變，我可以隨口提出兩個，不，三個理由來。首先，寫完了「一百年的孤寂」，心頭如釋重負，便比較無懼於再一次的文學探險。第二，「獨裁者的秋天」實在是一本花費不貲的書，我整整寫了七年，無一日間斷，運氣好的時候，也許能寫出滿意的三行。所以，事實上，由於「一百年的孤寂」才使「獨裁者的秋天」的寫作免遭經濟拮据的壓力。第三，「獨裁者的秋天」的風格所以易變，是基於主題的需要。如果像「一百年的孤寂」那樣採取直線敍述，「獨裁者的秋天」充其量只是另一篇描述獨裁者的故事，冗長而煩人。

「風吹落葉」和「獨裁者的秋天」，基本上主題是一樣的，兩者皆是圍繞着一具屍體的獨白。當我寫「風吹落葉」之時，幾乎沒有什麼文學（或寫作）經驗。我企圖尋求一種方法，來敍說發生在某人身內的一則故事。當時我找到了兩本可以做爲模範的書，一本是福克納的「當我躺下等死」（*As I Lay Dying*），這本書是一連串獨白的結合，每段獨白都先由獨白者的姓名引領。我欣賞福克納的方法，但不喜歡他以人物姓名來標明獨白的段落。我認爲人物應該溶入獨白，獨白者和他的獨白應合而爲一。第二本則是「達洛葳夫人」（*Mrs. Dalloway*），我深知吳爾芙（Virginia Woolf）的那種內心獨白技巧需要相當的文學訓練，我當時則尚未具備。於是我折衷而行，找到了一條獨白的公式，無需標明姓名，讀者便明白誰在獨白。當然，那樣子就不免有所限制，爲了避免混淆，我祇能安排三個人。我選了一個老人，因爲他年紀大，聲音容易辨認；他的女兒，女性的腔調，明白易識；還有一個小孩，聲音更易聽得出來。將三個人的獨白加以混合，引領讀者行進，這便是我架構這部小說的方式。二十五年後，我已寫了五本書，再加上「一百年的孤寂」的鍛鍊，已經能够勇敢投入「獨裁者的秋天」的冒險中，而無須擔心撞裂頭顱。這部小說是一篇複合的獨白。到了這裏，獨白的人是誰已經不重要。我追尋了二十年，終於找到了所要的——社會的獨白。書中說話的人是整個社會；是社會裏的每一個人。他們把話一句句的傳下去，一個傳給一個，而究竟是誰在說並不要緊。

三、我是一切純理論的敵人

問：你的一切作品皆以拉丁美洲的經驗爲背景，然而却受到世界各地讀者普遍的歡迎，你認爲這是什麼因素使然呢？

答：我是一切純理論的敵人。批評家最感興趣的是寫作人的「觀點」，他們拿這「觀點」當做「起點」，引出結論。批評家說我的作品具有普遍的價值，事實上，他們的結論是從我的書暢銷全球推導出來的。如果有天，我眞正明白我的作品受到全世界歡迎的原因，我將無法再提筆寫下去，或者我將不得不爲了純商業理由而繼續寫下去。我覺得文學創作一定要誠摯，爲求誠摯，你必定有一大片所謂的「無意識區」。海明威稱此道理爲冰山：我們看到海面上的冰山，祇是其全部的十分之一而已，但這十分之一却得依恃賸下的十分之九來持撐。即使我眞能探究我作品中所有的這些無意識因素，我也不願做。我個人認爲那些說不出的直覺的東西，是我所以受到普遍歡迎的部分原因。一個作家祇要寫出人們眞正的遭遇，那麼全世界的人，無分文化、種族或語言的不同，都會想聽的。我覺得人是宇宙的中心，祇有他才是重要。記得年輕時候讀過一篇福克納訪問錄，他說他相信人是不可毀滅的。那時我還不十分瞭解他的意思，如今才明白他說得對。顯然地，這份信念最後將衍生一種政治信仰和一種文學信仰，有了那種信仰的人，便能寫出具有普遍價值的文學作品。

問：美國人一想起拉丁美洲，便認爲它是一塊宗教氣息非常濃厚的土地。

答：美國人這樣想是不錯的，但如果妳認爲那是一種正式的宗教就錯囉。拉丁美洲的人民所以篤信宗教，那是因爲他們的生存是如此地孤獨無助；他們長久期待着某種自然力量——"The Coming"——而這股力量也許就在他們的內心裏，但除非他們發現了，否則他們不得不退而依賴各式各樣的宗教幫助。我的作品中便充滿那種宗教情懷（一般說來，以天主教爲主），但我同時亦表示出：宗教並不能充分滿足人所提出的問題。

問：長久以來大家都說「一百年的孤寂」是南美文學的「唐吉訶德傳」，你是否同意這種說法呢？抑是你認爲拉丁美洲文學有其與衆不同之處？

答：拉丁美洲文學是西班牙文學的分支，它對西班牙的關係，比美國之於英國更爲明顯。在「希斯班涅克文學」（Hispanic literature）中，有時確實很難分辨何者是西班牙的，何者是拉丁美洲的。但無論如何，我們終究是塞萬提斯以及西班牙詩傳統的後裔，拉丁美洲文學對西班牙作家的影響，正如西班牙文學影響拉丁美洲作家一樣的多。從最初的佚名詩篇直到今天的拉丁美洲文學，西班牙文學的發展，有其一貫之道，就此意義而言，我是這股大潮流的一部分，正如我不屬於始自莎士比亞或費爾丁的那股潮流一樣，雖然我可能受了它的影響。（我相信我也受過古典希臘戲劇的影響。）

四、我所欽佩的小說家

問：有一個問題不知道你能否回答，那就是西班牙文學的那股主流的特徵何在？

答：這是一個相當複雜的問題。對於複雜的問題，我祇能給予複雜的答案；對於誇大的問題，我祇能給予誇大的答案。西班牙文學的主要價值在於對眞正的自我身分的追求。

問：依你看，當代拉丁美洲作家與西班牙作家之間有何差異？一般人都認爲拉丁美洲比較富於想像力，創造力較爲旺盛。

答：因爲兩者的人文與地理的發展不一樣，兩地的文學自然有分歧。今天的西班牙作家，所關心的仍然是如何踏出內戰戲劇的窠臼，如何擺脫法朗哥政權的沼澤。而拉丁美洲多年來遭歷各種不同的政治和社會變動——迫使本地作家捫心自問：「我們到底是誰？」文學是一種社會產物，即使那苦心經營的祇有一人亦然。我想像不出今天會有那個拉丁美洲作家會去寫「哈姆雷特」，同樣，也不會有那個西班牙作家會去寫盧弗（Juan Rulfo, 1918—，墨西哥小說家）的「彼得羅•帕拉莫」（*Pedro Paramo*）。

問：我想問一個比較簡單的問題，當代作家中有那幾位是你所欽佩的？

答：說來不少，而且我對每一位的欽佩原因和動機也都不一樣。每次有人問我這個問題，我就怕，不是怕說錯了人，而是怕有許多位沒有被我提到。就拉丁美洲而言，我最欽佩盧弗。妳認爲葛林（Graham Greene）如何？

問：他的小說有幾本我很喜歡。

答：我提起他，是因爲他是我心裏所能想起的當代唯一偉大的英國小說家。我認爲他是本世紀最偉大的作家之一。十九世紀的英國文學，成績斐然，可是現在寫得好的就沒有幾人。美國有幾位倒是堪與十九世紀的英國文學相比擬，他們是霍桑、愛倫坡、梅爾維爾，以及馬克吐溫。第二代之中，則祇有海明威和福克納，但都不及上一代的氣勢。

問：十九世紀的俄羅斯文學又如何呢？

答：十九世紀的俄羅斯作家，就整體而言，是優於英國甚多，但也僅限於某些特殊的主題，而非一切，甚至不是大部分，而只是一小部分。他們和美國作家相似，只對某些事情比較擅長。梅爾維爾是我認爲最偉大的美國作家。

問：對於初始從事寫作的人，你有沒有什麼忠告？

答：唯一可能的勸言便是要不停地寫，不棄不餒，寫了再寫，不停地寫。

五、拉丁美洲兩個明顯的文化趨向

問：你對今日拉丁美洲的文化有何評價？

答：毫無疑問的，現在是拉丁美洲原創力最能發揮的時刻。作家們面對作品檢查制度，貧窮，甚或被放逐，仍不斷的創作。

問：拉丁美洲文化的一般特徵爲何？

答：沒有一般的特徵。不過，我倒認爲有兩個非常明顯的文化趨向：一是加勒比海的文化趨向，一是安底斯山脈的文化趨向。我所謂的前者，所指的乃是巴西。因爲，我認爲的加勒比海區域並不是地理學名詞，而是個文化區域。巴西有非常特出的文化潛力，有很重要的國家認同，及純屬於他們自己的美學。這也是爲什麼我在全世界各國裏對巴西最感興趣。

我認爲拉丁美洲在今天的世界上是唯一有主動創造力的地區。巴西的電影復興、哥倫比亞的劇場運動，都受到全世界的注意。同樣的拉丁美洲的文學也是當代的最佳文學。當然，日本、德國、美國都有很好的作家，然而，他們並不是像我們這麼重要的一股力量裏的一部分。

問：你提到兩個文化中心，那麼，拉丁美洲大陸，尤其是哥倫比亞居於什麼樣的地位？它是否在承認並整合黑人文化上佔重要位置？

答：我不認爲這是承認或不承認的問題。加勒比海文化乃是一個事實。它的音樂風行全世界。廿年以前，沒有人知道加勒比海區域的任何音樂。我們抱怨美國帝國主義對拉丁美洲的文化滲透；但沒有人談到拉丁美洲文化經由移民而對美國文化的滲透。拉丁美洲文化對美國文化的這種影響完全是自然的，沒有任何政府參與在內。

六、「放逐文化」扮演的角色

問：「放逐文化」扮演了什麼樣的角色？

答：在拉丁美洲，放逐並不是新現象。大量的放逐者，尤其是非志願的放逐者，創造了他們的文化產物。奧斯卡・卡斯楚（Oscar Castro）所寫的劇本「巴黎的智利人」就是典型的放逐文學。在外國的拉丁美洲人發掘他們國土的事物，放逐文化對他們國家的文化枷鎖有促使它打破的功效。

問：阿爾及利亞前總統班貝拉（Ben Bella）曾經說過，第三世界國家的文化枷鎖，一部份原因是它的國家未開發所造成的，你是否同意？

答：他說得對。非洲除了阿爾及利亞、摩洛哥、安哥拉之外，我所知不多。不過我可以說，拉丁美洲比起非洲來幸運多了。野蠻的西班人雖然是殖民者，但它比其他國家好。他們殖民後，和拉丁美洲人民整合，因而產生了文化上的革命。可是，英、法、葡等國則不同，他們甚至連語言都沒有留下來，而只是一味的殘酷的掠奪，他們加諸殖民地的文化枷鎖，使得這些地方毫無進步的機會。

（本文原爲西方傳播界對馬奎斯的專訪，張伯權、王杏慶綜合整理，七十一年十月二十二日載於中國時報「人間」副刊）

馬奎斯的「一百年的孤寂」敲醒了什麼？

李歐梵

八月底，初搬到芝加哥，面湖而居，晚上萬籟俱寂，看着湖邊大道上川流不息的閃閃的車燈，突然感到一陣興奮，夾雜着一種求知慾的饑渴，好像很久沒有讀一部大幅小說了。

我喜歡看大幅小說，惜乎沒有充分的時間，只有在暑假或搬家的時候，才能暫時離開公務，沉醉於自己的所有。

這一次我隨興所至，所選的一部小說是馬奎斯的「一百年的孤寂」。一連看了一個多禮拜，讀了將近四分之三，却又因公務而擱置了。不料一個多月後，就聽到馬奎斯得到今年諾貝爾文學獎的消息。

我對於馬奎斯可以說是心慕已久，他曾在一次訪問中談到他，只是自己所讀有限（至今只看了他的幾個短篇和這個長篇的一大部分），所以一直不敢在讀者面前獻醜，也許是這一次馬氏得獎和我下決心讀他的偶合，所以禁不住執起筆來談談。現在已是午夜，所以我只覺得思潮洶湧，但却毫無章序，所以我的分析也是感性的，並非學術論文，特此聲明。

「一百年的孤寂」寫的是什麼？一個大家族的歷史？整個拉丁美洲的歷史？反戰的宣言？對弱者和原始民族的同情？反對西方（歐洲）物質文明對南美文化帶來的災害？或是「戀母恨父情意結」甚至亂倫意味很重的心理小說？

我覺得以上所有的主題都包涵在內，洋洋大觀，應有盡有。這部小說，在技巧本身仍有缺點，然而它的構思的確是偉大的，因爲它植根在一個大文化傳統之中。哥倫比亞——甚至於整個南美洲——的文化，實在値得我們進一步的研究。它充滿了神話和魔幻，馬奎斯自稱是「魔幻寫實主義」，事實上，除了馬奎斯之外，不少南美作家都是多少帶點魔幻之風的，記得幾年前在艾荷華的國際寫作班上見到一個南美作家，他說了兩句話，使我至今感觸良深：

「我服膺的文學，可以說是 Fantasrealism ，是把幻想和現實結合在一起的，在我的文化中，這兩者根本分不開！」

「我曾參加過革命，幾乎被捕，可是作爲一個作家，我要窮一生的精力，使我的作品證明一個目標：我要使文學與政治、社會，或者革命全然無關！」

這兩句話，我當時聽來頗刺耳，不禁聯想到中國讀者的反應，這種論調，恐怕很難接受吧。（那次在艾荷華的聚會，有一大堆中國人，竟然沒有一個人和外國作家交談。）

先不談他的第二個論點，只談談「魔幻寫實主義」。什麼是「魔幻」（Magic）？什麼是「幻想」（Fantasy）？馬奎斯筆下的世界，和張系國的科幻小說不同，因爲前者雖出於作家的想像，但這個「想像」的世界仍然奠基在拉丁美洲的文化傳統上，換言之，這個文化的現實本身就充滿了許多神話色彩。「一百年的孤寂」中的老頭子，就是這樣一個代表性人物，當他快死的時候，一個人突然說起拉丁文，在屋裏住不下去，要到院子裏去，甚至被綁在一棵大樹上，別人都以爲他發瘋了，因爲他常常和自己曾經殺死的一個人的鬼魂交談，而且變成了好朋友！

馬奎斯描寫馬康多村的變遷，頗多「神來」之筆。在歐洲文明尚未入侵之前，這是一個半神話的世界，所以時間可以靜止——遂引起全村的人長時期的失眠症——也可以急速變化。人們可以通神，也充滿了獸性的活力，小說中的老頭子和他的太太，眞是精力充沛，幾乎到了長生不老的境界。這種活力，使得「一百年的孤寂」和一般的廿世紀西方現代小說大異其趣，後者往往由於心理活動或語言遊戲太多，顯得有氣無力。而且，目前的西方——特別是美國——小說，幾乎沒有什麼重要的題材可寫，寫來寫去，唯一的大題目還是納粹殺害猶太人的「浩刼」，這也許是猶太人心靈上的一個「咒」，但除此之外，就沒有什麼大題材了。猶太人作家中只有一個人願意把神話和迷信帶進小說來——辛格（Singer），但和馬奎斯比起來，辛格仍然是一個小「狐狸」，要小聰明，擅長說小故事。馬奎斯適得其反，好像他所敍的事俯拾皆是，題材太多了，因爲他的小說中時空的幅度太廣，在細節上無暇照顧，所以讀起來有時候是相當吃力的，不如讀辛格容易。然而我仍願耐心的看下去，因爲馬奎斯筆下的世界太多彩多姿了。似乎作者和他小說中的人物——甚至小說外的南美讀者——身上都流着共同的神話血液，可以共享這個魔幻與現實交織的世界，許多局外人認爲荒謬無稽的事，他們都覺得理所當然。

作爲一個中國讀者，我眞羨慕這個世界。中國傳統文化中有沒有神話因素？當然是有的，可惜這個世界——特別是漢魏六朝的時代——已經無法引起現代中國作家的靈感了。中國的舊小說中，神仙鬼怪的事多得很，可惜缺乏一種整體性，眞正滙幻想和寫實於一爐的偉大作品，我認爲中國只有一部：「紅樓夢」（「聊齋誌異」當然也是一部好作品，但是內中的各篇故事是否可以構成一個整體性的魔幻世界？我認爲恐怕還是有點參差不齊）。廿世紀「五四」以後，寫實主義掛帥，作家的社會感和政治感隨歷史的環境要求而逐漸加强，反而失去了文化感——一個用現代的眼光對過去的文化所作的獨創性的反省。馬奎斯偉大之處，我認爲在此。

爲什麼西方的殖民主義、帝國主義、宗教和經濟勢力層層入侵南美之後，仍然會出現像馬奎斯這種受西方文化陶冶而仍然不受其「同化」的作家？他可以使自己本土的傳統，在藝術中再生，進而影響西方文化，而中國的作家——特別是在大陸——卻除了暴露社會黑暗面之外，只不過多喊幾句反帝、反封建的「革命」口號而已！馬奎斯本人在政治上是左翼人物，也是反對他本國的政權的（所以流亡在墨西哥），然而他的作品中絕無政治口號意味，小說中部所描述的那一場二十多年戰爭，保守派與自由派事實上兩敗俱傷，表面上仍然是保守派戰勝了，但馬奎斯在這方面的造詣幾臻托爾斯泰的境界。在「戰爭與和平」中，托翁不免說教，借安德烈的戰場經驗，和庇埃和老農的交談，使讀者得到啓示；而「一百年的孤寂」中那個布恩廸亞家裏的兒子，絲毫沒有像托翁筆下人物的內省性格，可以說是一介勇夫，但身經百戰之後卻記不起自己爲何而戰！馬奎斯在幾筆輕描淡寫之餘，就把一場歷史上的大戰荒謬性呈現無遺。如果小說中的神話現實並不荒謬，那麼歷史的現實——從兩黨內爭到外力入侵——卻是荒謬的，沒有永恆的意義的。馬奎斯雖有其政治立場，但他的小說却早已超越了政治、超越了歷史。就從這一點而言，他就比巴爾扎克更高明，幅度更廣。有人把他與福克納相提並論，認為馬奎斯所創的馬康多村可以和福克納小說中的那個南部小城比美，我認為馬奎斯的歷史感和神話感較福克納更深沉，誠然，美國的傳統怎麼能比得上南美的淵源流長、多多彩姿的文化？

馬奎斯的獲諾貝爾獎，為南美文學取得世界地位。但事實上南美文學早已超越了英美文學，我曾經提出注意第三世界文學的論點，馬奎斯是第一個印證，我估計下一位印證者是包赫時（Borges）。除了南美之外，我認為值得注意的地區是非洲和東歐，我心慕的作家，除了馬奎斯、包赫時之外，還有一個捷克流亡作家孔德拉（Kundera）和一個出生在東印度羣島的奈普（Naipaul），這幾位作家在藝術上的成就，我預測會在索忍尼辛之上（索翁近年來的見解，逐漸偏向於俄國宗教，在思想的層次上並不見得高明，當然他個人的經歷和節操仍是值得佩服和尊敬的），但願我這個論點，並不全是聳人聽聞。

中國人得不得諾貝爾獎，對我來說並不重要，我最關切的是：中國現代的文化和歷史環境是否可以潤育出偉大的文學作品？

我所知所愛的馬奎斯

三毛

賈西亞・馬奎斯是近年來世界性受歡迎的作家。他的作品不只在西班牙語地區得到普遍的歡迎，同時在世界各地只要對近代文學略有涉獵的人都不應該不知道他，很可惜的是，在中國，他的名字還不能被一般讀者所熟悉。

大概是九年前，我開始喜愛這位先生的作品。第一本念的是「沒有人寫信給上校」，第二本是「大媽的葬禮」。馬奎斯的作品，在任何一個國際機場都能有機會買到，可以說是一個廣受一般大衆所喜愛的作家，五年前我念完了他的長篇「一百年的孤寂」。我的看法是，這是西方近代文學作品中最爲有趣的一本書，它可以讓每一個人讀得如痴如醉，在作者引導的幻境中痴迷忘返——那是一個瑰麗的世界，沒有超級豐富想像力的人，寫不出這樣的故事。

在「一百年的孤寂」之前，馬奎斯的短篇小說一樣深深的吸引着我。記憶中最深的兩篇，一篇好似叫做「這個村莊裏沒有賊」，另外一篇叫做「鳥籠」。平凡的故事，平凡的百姓，作者的筆下寫來卽是深刻。

馬奎斯的作品，初看的感受與福克納的東西在氣氛上十分相近。沉鬱、緩慢、飽滿又有說不出的餘味，他的短篇小說有些寫得極短，却刻劃出了人性深處的悲哀，在節奏上不是明快的。這是他的特質。

對於西班牙語系的近代文學而言，馬奎斯給我的感動已持續了好幾年，幾幾乎忍不住想把他的作品譯到中國來。

馬奎斯的短篇小說被改成電視劇的有好多篇。前兩年西班牙的電視節目中，幾乎每一星期都有他的作品上演，受到普遍的接納和欣賞，這也很清楚的表明了，他的受喜愛是廣泛的。

我個人對於西班牙語文有着强烈的情感，於他們的土地，人民也有半生以來的認同。對於一個以此種文字寫作的作家，在心理上便已多了一層更深的相屬之感，更何況，這是一個悲憫胸懷的人，文字淡近而意境深厚，他的實力，是不能忽視的。

這一次，馬奎斯得到諾貝爾文學獎是理所當然的。事實上，我個人的看法是，他早該得獎了。

但願因爲這位文豪的作品，使我們中國不再只注意歐美文學，西班牙語系的文學一向十分豐富而燦爛，這份引介到中國來的工作，還有待更多的努力。

賈西亞・馬奎斯作品年表

一九二八年　三月六日加布里爾・賈西亞・馬奎斯出生於哥倫比亞的亞拉卡達加，鄰近加勒比海的巴蘭基利亞，一個炎熱多雨的村鎮。父親加布里爾・賈西亞是電報操作員；母親名叫瑪利亞・馬爾克斯・伊關蘭。

一九二八—三六年　賈西亞・馬奎斯和外祖父尼古拉斯・馬奎斯・伊關蘭，外祖母伊關蘭・科特斯住在一起，距離一個叫馬康多（Macondo）的香蕉園不遠。

一九三六—四六年　賈西亞・馬奎斯父母遷往內陸小鎮蘇克雷，一個熱帶草原；他們把他送往巴蘭基利亞一間學校唸書，不久，他考獲離首都波哥大（Bogota）不遠的國家專上學院獎學金，從那裏可乘船或火車到波哥大，但他十分厭惡這段行程，他形容首都是一個充滿恐懼和憂傷的城市。在專上學院的日子，他甚少進城，寧願讀法國科幻作家儒勒・凡爾納及 Emili Salgari 的書。

一九四六年 取得學士學位後乘船回家看父母；他在求學期間也是在假期才回家一趟。

一九四七年 進哥倫比亞國立大學（在波哥大）修讀法律。在那裏認識普利尼奧・門多薩（Plinio Mendoza）。第一個他正式沉迷的作家是卡夫卡，然後是福克納。他寫了他第一篇的小說「第三次辭世」，爲了證明愛德華多・博爾達（Eduardo Borda）所謂「哥倫比亞新一代的作者乏善可陳」這話是錯的。令他出奇的是，這篇小說竟連同博爾達的致歉在「觀察家」刋登。

一九四七—五二年 在「觀察家」發表了十個短篇，如「藍狗般的眼睛」，主題大多環繞死亡，以後他把其中好些內容繼續發展。他後來曾反對把這些小說結集。

一九四八年 由於爆發了一場哥倫比亞人稱爲「暴力」的內戰，與父母遷往近海的卡塔赫納，繼續學業，兼任新成立的世界報記者。

一九五〇年 同巴蘭基利亞旅行，認識了阿方索・富恩馬約爾（Alfonso Fuenmayor），阿爾瓦羅・塞佩達・薩姆地奥（Alvaro Cepeda Samudio），赫爾曼・巴爾加斯（Herman Vargas）和拉蒙・文耶斯（Ramon Vinyes）；他們十分欣賞他，向他介紹了許多文學作品，拓展了他的文學世界。於是，他辭去「世界報」的工作，也不再上大學的課，却在巴蘭基利亞住下來。然後，他陪同母親回家鄉阿拉卡達卡賣掉祖父的房子，令他震驚的是這個鄉鎮，已面目全非。接受了家鄉「先鋒報」的一份低薪差事，把空暇時間，全部投入寫作、閱讀和文學研討中，也開始了初名「房子」，後改爲「風吹落葉」的第一部小說。吉列爾莫·德托雷斯（Guillermo de Torre）爲出版社審稿將這部小說退回，認爲作者沒有寫作才華，還是轉行爲妙。大約就在這時，重遇以前在蘇克雷吸引他的女孩子，梅塞德斯·巴爾查（Mercedes Barcha）。

一九五四年 返波哥大，出任「觀察家」影評人及記者。

一九五五年 寫了一篇關於路易斯·亞歷杭德羅·貝拉斯科（Luisalejandro Velasco）沉船的歷險記。同時，短篇小說「星期六後的一天」獲「波哥大文藝協會」獎。至於另一篇作品「伊莎貝在馬康多看雨的獨白」則刊登在一份名爲「神話」的評論雜誌上。加入一個左翼宣傳單位。離開哥倫比亞往日內瓦採訪「四强會議」。接着，「觀察家」又派他去義大利，擔任歐洲通訊員；他在當地兼修「實驗電影中心」的課。年底跑去巴黎一趟，却聽到「觀察報」因刊登他寫貝拉斯科的文章而遭查禁的消息，他初嚐失業之苦，他在巴黎的某個閣樓，開始寫「邪惡時刻」。

一九五六年 寫「邪惡時刻」時，他對其中一個角色念念不忘，終於把他發展爲中篇「沒有人寫信給上校」。

一九五七年 春天，在巴黎邂逅海明威，他稱海明威爲「大師」；海明威則招呼他「再見，老兄。」如此而已。「沒有人寫信給上校」完成。旅遊東德、捷克、波蘭、蘇聯和匈牙利等地。後來在倫敦逗留了兩個月。聖誕前夕抵委內瑞拉首都加拉加斯，任「快報」編輯。

一九五八年　與梅塞德斯・巴爾查在巴蘭基利亞結婚。「沒有人寫信給上校」在「神話」發表；同時，寫了後來收錄在「大媽媽的葬禮」一書內大部分的小說。轉往「委內瑞拉畫報」和「傑出人仕」工作。

一九五九年　出席索薩・布蘭科（Sosa Blanco）在古巴的審判，而且，是簽名抗議判他死刑的記者之一。回到波哥大，爲國際「拉丁美洲報」開設辦事處。同年，長子羅德里戈（Rodrigo）出生。寫短篇「大媽媽的葬禮」；修訂「邪惡時刻」。

一九六〇年　在古巴爲「拉丁美洲報」工作。

一九六一年　調去紐約，任「拉丁美洲報」位居次席的負責人。但同年辭職，去新奧良，看福克納筆下的社會，接着，打消回哥倫比亞的主意，改赴墨西哥，從事電影編劇。寫「失去時間的海洋」，也擔任婦女雜誌「家庭」和偵探刊物「事件」編輯。「邪惡時刻」贏得波哥大「埃索文學獎」，獎金三千元。中篇「沒有人寫信給上校」出版。

一九六二年　次子貢薩洛（Gonzalo）出生。「大媽媽的葬禮」、「邪惡時刻」在墨西哥出版，收入短篇如「禮拜二的午休」、「老樣子的一天」，批評西班牙版的「邪惡時刻」校對不佳。

一九六三年　離職，轉投「華達・湯姆遜宣傳公司」。與墨西哥作家卡洛斯・福恩吉斯（Carlos Fuentes）合寫第一個電影劇本。

一九六四年　爲電影「死亡時刻」（Time to die）寫大部分的劇本。

一九六五年　替著名墨西哥導演阿圖羅・利斯坦（Arturo Ripstein）寫劇本。這年，在駕車從亞加普高城往墨西哥城途中，突然興起寫「一百年的孤寂」的衝動，他說：「整個故事已瞭然心中，我甚至能立卽讀出第一章的內容。」於是，閉門十八個月，每天八小時寫這個孕育了二十年之久的長篇小說。

一九六六年　「邪惡時刻」在墨西哥出版，認爲這才是小說的初版；「一百年的孤寂」開始在波哥大、巴黎、墨西哥城、秘魯首都利馬各地的刋物連載。

一九六七年　阿根廷首都布宜諾斯艾利斯的「南美洲出版社」出版「一百年的孤寂」數月內，十八份翻譯合約蜂湧而至。出席在委內瑞拉擧行的第十三屆國際拉丁美洲文學會議，頒發「羅慕洛・加利戈斯獎」，擔任「頭版」小說獎評判之一。開始定居西班牙的巴塞隆拿。

一九六八年　發表「有一雙大翅膀的老人」，「最英俊的溺斃着」、「鬼船最後之行程」和「奇蹟的出售者——善人布拉卡曼」。「伊荷貝在馬康多看雨的獨白」出版，「沒有人寫信給上校」英譯出版，收「大媽媽的葬禮」及其他短篇。

一九六九年　「一百年的孤寂」一書獲義大利 Chian Chiano Prize 和法國的「最佳外國作品」

獎與秘魯小說家華加斯·羅沙（Vargas Llosa）的「對談拉丁美洲的小說」出版。

一九七〇年　「一百年的孤寂」英譯出版，美國評論界選爲該年十二本最佳作品之一。由格雷戈里·拉巴薩（Gregory Rabassa）英譯，拉巴薩是他大部分著作的英譯者。寫作「獨裁者的秋天」。美國的哥倫比亞大學授予他名譽文學博士學位。

一九七一年　華加斯·羅沙的「賈西亞·馬奎斯：毀神者的歷史」出版，這是第一本評論他的專著，根據作者的博士論文寫成；「評論季刊」做了一個九十頁的「一百年的孤寂」專輯。

一九七二年　在墨西哥出版小說集「純眞的埃雷廸拉」，除同名中篇小說外，其他多是他四七—五三年間的作品。「風吹落葉」出英譯本。早期小說集「藍狗般的眼睛」和「那個令天使等待的黑人」未經作者同意出版，前者在阿根廷，後者在烏拉奎。同年，獲「羅慕洛·加列戈斯」獎和「紐斯達國際文學獎」。

一九七三年　完成長篇「獨裁者的秋天」初稿。往法國、西班牙、墨西哥旅行。

一九七五年　出版「獨裁者的秋天」。

一九七六年　「獨裁者的秋天」刋行英譯本，自認爲最得意之作。

一九七八年　「純眞的埃雷廸拉」英譯本出版。

一九七九年　「邪惡時刻」，出版英譯。

一九八一年　九月，發表短篇「雪地上的血跡」；十二月，應法國總統聘請赴法出任法國——西班牙語國家文化交流委員會主席，同月二十日，法國總統密特朗在愛麗舍宮授予他最高騎士榮譽獎章。任坎城影展的評判。

「事先張揚的命案——一個記錄」面世，二周內銷售了一百萬冊，打破拉丁美洲所有文學書籍的出版紀錄。爲海明威逝世二十周年寫「我的海明威」。

一九八二年

十月二十二日，獲得諾貝爾文學獎。隨後，又獲得墨西哥政府頒給外國人的最高榮譽「阿玆特克老鷹獎」。

世界文學全集10

一百年的孤寂

作　　者　賈西亞・馬奎斯
譯　　者　宋碧雲
總 編 輯　葉麗晴
執行編輯　李偉涵

創 辦 人　沈登恩
出 版 社　遠景出版事業有限公司
郵　　撥　07652558
地　　址　台北縣220板橋市松柏街65號5樓
網　　址　www.vistaread.com
電　　話　(02)2254-5460
傳　　真　(02)2254-2136

發 行 部　晴光文化出版有限公司
郵　　撥　19929057
電　　話　(02)2254-2899
法律顧問　世紀聯合法律事務所尤英夫律師
印　　刷　中茂分色製版印刷事業有限公司
電　　話　(02)2225-2627

初　　版　1982年3月
再版一刷　2002年4月
四　　版　2010年9月
書　　碼　978-957-39-0104-4
定　　價　新台幣 200 元

行政院新聞局登記證局版台業字第0105號